ENDER'S SHADOW

安德的影子

▷ ［美］奥森·斯科特·卡德 著

▷ 郭卫文 译

果麦文化 出品

CONTENTS

CHAPTER 01　波可
/ 001 /

CHAPTER 02　慈善厨房
/ 014 /

CHAPTER 03　报复
/ 031 /

CHAPTER 04　回忆
/ 047 /

CHAPTER 05　准备好了吗
/ 063 /

CHAPTER 06　安德的影子
/ 079 /

CHAPTER 07　探察
/ 103 /

CHAPTER 08　优秀学员
/ 125 /

CHAPTER 09　安东密码
/ 142 /

CHAPTER 10　管道系统
/ 153 /

CHAPTER 11　爸爸
/ 165 /

CHAPTER 12　花名册
/ 184 /

CHAPTER 13　飞龙战队
/ 204 /

CHAPTER 14　兄弟
/ 218 /

CHAPTER 15　勇气
/ 235 /

CHAPTER 16　别动队
/ 256 /

CHAPTER 17　死线
/ 271 /

CHAPTER 18　朋友
/ 298 /

CHAPTER 19　抗争
/ 320 /

CHAPTER 20　审判
/ 331 /

CHAPTER 21　猜测
/ 346 /

CHAPTER 22　重逢
/ 360 /

CHAPTER 23　安德的游戏
/ 383 /

CHAPTER 24　回家
/ 410 /

CHARACTER

地球

卡萝塔修女 Sister Carlotta
（豆子的推荐人）

波可 Poke
（流浪儿团伙首领，豆子的老大）

萨金特 Sergeant
（波可团伙副手）

阿喀琉斯 Achilles
（波可团伙第二任老大）

沃列斯卡博士 Volescu
（恶魔科学家）

朱利安·德尔菲克 Julian Delphiki
（尼古拉的父亲）

埃琳娜·德尔菲克 Elena Delphiki
（尼古拉的母亲）

指挥学校

马泽·雷汉 Mazer Rackham
（第二次虫族入侵时拯救人类的传奇英雄）

战斗学校

希伦·格拉夫上校 Colonel Hyrum Graff
（战斗学校指挥官）

安德森少校 Major Anderson
（战斗学校教官，上校的副手）

沈 Shen
（日本学员）

阿莱 Alai
（穆斯林学员）

邦佐·马利德 Bonzo Madrid
（火蜥蜴战队队长）

佩查·阿卡莉 Petra Arkanian
（凤凰战队队长）

丁·米克 Dink Meeker
（野鼠战队小组长）

豆子 Bean
（本书主角）

迪马克上尉 Captain Dimak
（豆子的教官）

安德·维京 Andrew "Ender" Wiggin
（战斗学校传奇学员，豆子的指挥官）

"疯子"汤姆 Crazy Tom
（飞龙战队C组组长）

尼古拉 Nikolai
（希腊学员）

CHAPTER 01
波可

"你觉得发现了安德以后,我的计划就该被取消了吗?"

"这与格拉夫发现那孩子无关,问题在于你找来的这些孩子越来越差。"

"我们都清楚这是项长期工作。我选择的这些孩子都是在最艰苦的生存环境中挣扎着活下来的。"

"你找来的孩子全都营养不良,健康状况恶化,心灵还遭受过严重的创伤,不用测试都知道他们过不了关。他们中的大多数人丝毫没有责任感,不可救药。如果找不到可偷可砸可破坏的东西,他们甚至连一天消停日子都过不了。"

"但他们与所有孩子一样,有巨大的发展潜质。"

"在IF[①]看来,你这种做法可有些感情用事,让人放心不下呀。"

[①] International Fleet,国际联合舰队。为霸主领导的国际联盟所属的对抗虫族的国际舰队。其直接领导者为行政长官和将军。

波可始终圆睁双眼，留心着身边的情况。其他几个小孩子也在各自的位置上四下张望着。这些小孩子虽然尽职尽责，有时甚至全神贯注，但还是不能将所有需要注意的危险都注意到。也就是说，大多数时候波可必须靠自己的警觉来应对种种威胁。

需要留意的威胁太多。比如巡警，平时难得露面，可是一旦现身，他们就会特别卖力地清理流浪儿们厮混的街道。他们挥舞手中的电磁鞭追赶四散逃跑的孩子们，带刺的鞭子毫不留情地打在他们身上，连最小的孩子也不放过。巡警们还会厉声呵斥，骂这些流浪儿是寄生虫、小偷、瘟神、玷污美丽城市鹿特丹的病毒。波可必须尽量把监视的眼光放远些，如果发现远处出现骚乱——这常常是巡警开始清理街道的征兆——她就立刻吹口哨示警，大家听到她的口哨声会飞快地找地方藏匿，直到警报解除。

不过巡警并不常来。真正更直接的威胁来自大一些的孩子。九岁的波可，是她那个小团伙的女帮主（她的手下几乎没人知道她是个女孩子），那些常常在街上欺侮他们的十一二岁，或者十三岁的流浪儿可不会听她的。街头的成年乞丐、小偷和妓女完全没把这些小屁孩放在眼里，除非在他们挡道时才一脚踢开他们。大一些的孩子挨踢后，转过身就会去欺负波可他们这样的年龄更小的孩子。所以波可一伙不管在什么时候发现能吃的东西——特别是找到一个油水丰厚的垃圾堆，或者讨到一点好心的傻瓜施舍的硬币和食物——都必须小心翼翼地看管和收藏好。那帮欺软怕硬的恶棍最喜欢做的事，莫过于抢走比他们小的孩子已经得手的那一丁点儿残羹剩饭。

波可的观察力很强，她很快就发现街对面垃圾桶顶上有个骨瘦如柴的小孩。看上去这孩子不过两岁大小，饥肠辘辘，快要饿死了。胳膊和腿细得像竹竿，骨关节大得有点夸张，浮肿的肚皮也很显眼。看这个架势，就算他不会马上饿死，也挨不过这个秋天了。鹿特丹的秋天寒气袭人，而他那身衣服，与其叫单薄，还不如说压根儿就什么都没穿。

平常，波可对这种小孩不会多加留意。但眼前这个孩子却有点怪，他精气神很足，眼睛骨碌碌地转动，警觉地探测着四周的情况。他与街上那些昏昏沉沉的活死人不同，那些人往往连吃的都懒得去找，也不在乎有没有个舒服点儿的地方可以躺着，就是一直晃晃荡荡，直到呼出最后一口鹿特丹的臭烘烘的空气。

这个小男孩——他在干什么？既不像在找吃的，也不像在注视过路人——没人会把东西施舍给这样小的孩子。就算他有点收获，转眼间也会被其他孩子抢走。他要想活下去的话，就应该跟在岁数大些的捡破烂的人后面，捡他们丢下的食物包装袋，把沾在袋子上的最后一点甜末儿和面渣子舔干净。

在这条街上，这个小孩什么也甭想得到，除非他能加入某个小团伙。但波可才不愿收留他呢，这种小孩子只会拖累人。波可自己的手下已经活得够艰难的了，绝不能再添一张光会消耗食物的嘴。

这个小孩子早晚会来求我的，波可想，他会边诉苦边乞求。那对有钱人或许能起点作用。我只为自己的手下着想，他可不是我们这一伙的。

两个十二岁大小的、无所事事的妓女，向这个街角围过来，逼近波可的地盘。她低声呼哨。原来聚在一起的孩子立即在街头散开，好让威胁者看不出他们是一伙的。

可惜没用。两个妓女早已认定波可是这伙人的头儿，她们拧住她的手臂，把她紧按在墙上，索要保护费。波可明白，遇到这种倒霉事最好别说自己什么都没有——她总是有一些储备用来应付这种饥不择食的恶棍。波可知道这些妓女为什么饿成这个样子。她们虽然成天在街上转来转去，却引不起那些恋童癖的兴趣。她们看上去太憔悴、太干瘪。波可把她们带到自己的一个秘密储藏点，取出个小面包袋，里面有半块甜饼。

早已变味的酥皮饼。为了应付类似的危机，波可把这东西留了好几天，不过两个妓女还是如获至宝。其中一个一把抓过去，撕开袋子，把人类与生俱来的掠夺天性表现得更出色些。在朋友下手之前，她抢先一口，把饼咬掉一多半。准确地说，是刚才的朋友，现在的争食者。两人立刻大打出手，连声尖叫，互啐口水，用尖利的指甲狠挠对方。

波可转过身，刚才蹲在垃圾桶上的那个小男孩不知什么时候已经来到她背后，差点儿绊倒她。刚刚失去食物的波可，正气不打一处来，顺势抬起膝盖，把小男孩顶翻在地，怒冲冲地吼道："你那颗猪头不想碰到地上的话，就不要站在别人后面！"

小男孩默默地站起来，满脸期待和询问的神色。

"离我远点儿，小杂种，在我这里你什么都得不到。"波可说，"我才不会从我手下的口粮里分一粒豆子给你呢，你连一粒豆子都不值。"

她的手下聚拢成一堆，刚才欺负他们的人已经到别处去了。

"你怎么把吃的东西给她们？"小男孩说，"你自己更需要那块饼。"

"噢？我没听错吧！"波可说。她提高嗓门，让她的手下人都能听清，"你简直该来当我们的头儿，不是吗？像你这样的大高个子，当然不知道保护食物的烦恼。"

"你每天都得向那些抢劫者缴纳食物。只把东西给一个人不成吗？让他替你把别的家伙打发得远远的。"

"你以为我想不出这个主意呀？笨蛋！"她说，"只能管一次用，我用什么法子让他服从我？"

"要是他不服从你，就弄死他。"小男孩说。

这话激怒了波可，她知道，自己根本没有足够的力量实现这个疯狂得不现实的主意。她猛抬膝盖再次顶翻了小男孩，还在他倒地时补踢了一脚。"也许我该先把你这小子弄死。"

"你忘啦？我连一粒豆子都不值。"小孩说，"你杀掉一个，另外的就会怕你，就会为你去打架。他必须卖力干，才能在你手下挣饭吃。"

波可听着这孩子的荒谬主张，脑子里一时转不过弯来。

"现在他们理直气壮地吃你的东西，"小孩说，"还得意洋洋地昂着头。你必须杀杀他们的威风，弄死一个，让其他人拜倒在你脚下，让人人都和我一样渺小，那样你才能随心所欲。"

"你真让我觉得讨厌。"波可说。

"那是因为你没这么去想。"他说。

他在油腔滑调地找死！如果波可真想揍扁他的话，他就彻底玩完了，这点他心里当然清楚。

波可扫视一圈，发现自己的手下全都一脸茫然。

"我不想听一个还在吃奶的孩子告诉我，让我去杀一个根本杀不了的人。"

"叫一个小孩子站在他后面，你使劲一推，他就被绊倒啦。"小男孩说，"你用事先准备好的大石头，或者板砖，照着他脑袋猛砸，砸出他的脑浆。"

"打死人对我没好处。"波可说，"我需要的是一个听我命令的打手，让他保护我们这伙人。我可不要一个死人。"

小男孩咧咧嘴，像是笑了一下。"现在你觉得我的办法有点儿意思了吧？"

"那些欺软怕硬的恶棍没一个靠得住的。"她说道。

"可以让他在施舍食物的慈善厨房前保护你们。"男孩说，"那样你们就能进厨房了。"他眼睛虽然一直看着波可，但其实是对大家讲这番话的。"他能把你们所有人都带进厨房。"

"小孩进厨房，会挨大孩子揍的。"萨金特说。他只有八岁，做起事来好像觉得自个儿是波可团伙的二当家，其实她压根儿没有副手。

"你可以让你的打手把他们赶走。"

"他能对付得了两个人吗，如果对方来三个人呢？"萨金特问。

"像我刚才说的,"小男孩回答道,"你把他推翻在地,他就没有个子大的优势了。你要先准备好,手里捏紧石头。难道你不是一个勇敢的士兵吗?他们不是都称你为士官①吗?"

"萨金,别理他。"波可说,"我真搞不懂啦,我们中间居然有人一本正经地和一个两岁大的小屁孩讨论问题。"

"我四岁了。"小男孩说。

"你叫什么?"波可问。

"不知道,从来没人告诉过我。"

"你是说,你笨得连自己叫什么名字都忘啦?"

"从来没人告诉过我。"他重复了一遍刚才的回答。说这些话的时候,他一直躺在地上,眼睛望着波可。波可那伙人围着他。

"你连一粒豆子都不如。"她说。

"是这样。"小男孩喃喃道。

"嘿!"萨金特说,"你他妈就是一粒豆子。"

"现在你有名字了,就叫豆子。"波可说,"坐回到你的垃圾桶上去,我要考虑一下你这个办法能不能行得通。"

"给我吃点东西。"豆子说。

"如果真有一个大孩子听我指挥,如果你说的这个办法管用,那我一高兴,也许会给你点儿吃的。"

"我现在必须吃点儿东西。"豆子说。

波可明白,的确是这样。

她把手伸进衣袋,掏出节省下来的六颗花生米。豆子坐起身,从她

---

① 英文"sergeant"意为"军士、警官",音译"萨金特"。下文"萨金"是"萨金特"的昵称。

手心里捏起一颗，放进嘴里吃力地咀嚼起来。

该死。这么好的花生米，竟然被她浪费在一个必死无疑的孩子身上。

不过她打算试试他的办法。他的办法虽说有点鲁莽，却是她听过的第一个让人觉得有希望改善团伙处境的计划。他们悲惨的生活如果因此而得以改善，她将来就不用打扮成少女的样子到马路上去做生意了。办法是豆子想出来的，那么应该让大家看到，她对豆子很公正。这正是在小团伙里当老大的窍门：让手下人看到你始终能公正地处理一切。所以她摊开手，直到豆子一颗颗地吃完六颗花生米。

咽下最后一颗花生米，豆子又盯着她看了好一阵才说："你要做好弄死他的准备。"

"活的对我才有用。"

"但要准备好，如果他不合适，就弄死他。"豆子说完，摇摇晃晃穿过街道，费劲儿地爬上他刚才占据的那个垃圾桶，眼睛又机警地转动起来，张望四周的情况。

豆子不喜欢波可给他取的新名字，不过自己总算有了个名字。这样一来，大家就都知道街上有他这号人物，遇到什么事没准儿会来告诉他一声，这点正是他梦寐以求的，和刚吃下肚子的六颗花生米一样美妙。

下一步就要看波可是否能抓住机会去实施他提出的那个计划了。豆子并不觉得波可是鹿特丹最聪明的团伙首领。正相反，她没什么才干，使足全力也只不过刚够维持自己小团伙的生存。她的心肠太软、智力平平，面黄肌瘦的样子，说明她连搞到足够食物的办法都想不出。

话说回来，如果她做什么事都得心应手，就不会听他刚才说的那一套了。他绝不能再去同波可套近乎。因为假定她听从了他的建议，喜欢他的方案，就应该干掉他。马路上的生存规则就这么无情。好人命不长。波可也一样，像她现在这种混法，离阴沟翻船的一天怕是不远了。

这是豆子的推测，也是他此刻最担心的事情。

这次他把宝押在了自己对人的观察上，他耗费了大量的精力观察人们的行为，摸索其中的规律。如果波可这回完不成他的计划，那可就栽了。倒不是豆子故意浪费时间。首先他得搞清楚马路上生存的这些孩子每天都在做些什么，搞清楚他们相互之间掠取、残杀和交易的方式。他发现如果谁稍稍长点脑子，就可以把许多事做得更漂亮。豆子尽最大可能扩展自己的学习范围——什么都不放过。他学习荷兰语和IF通用语①，周围的大人说什么他全能听懂。可惜学会这些还是填不饱肚子，他常常饿得心烦意乱。这正是豆子决定要抓紧时间行动起来的原因。他选择投靠波可。但是现在，他却只能坐在垃圾桶上，眼睁睁地看着她把事情搞砸。

波可一开始就选错了对象。她本来需要一个惹眼的大块头，愚笨野蛮，服从指挥，站出来就能唬住别人，但她却以为找个小个子就行了。当她挑选的人——一个看过一本讲英雄故事的连环画之后就自称阿喀琉斯②的无赖——走过来时，豆子直想冲着她大叫：不！不能选他！愚蠢！太愚蠢了！这家伙貌不惊人，矮小、聪明、敏锐，一条腿有点瘸，是个跛子。也许波可正是看中了这一点，觉得他比较容易制服吧。笨蛋！这个计划可不仅仅是为了把对方打趴下——想把一个人打趴下还不容易嘛，只要他没有防备。问题在于，你需要的是一个可以留下来为我们所用的人。

但豆子什么都没说。现在绝不能惹她发火。且看下一步会发生什么。看看挨打后的阿喀琉斯会做出什么反应。波可迟早会明白，这回算

---

① 作者虚构的一种主要在IF中使用的国际通用语言。
② 荷马史诗《伊利亚特》中杀死特洛伊勇士赫克托尔的英雄。

是白干了，她必须杀掉这家伙，藏好尸体，再试着找到下一个目标：先让手下人把对方打翻，而后进行谈判。

阿喀琉斯大摇大摆地过来了——也许是那条瘸腿迫使他走出这种独特的弧圈步吧。波可装出一副两股战战、准备撒腿逃命的架势。做得太夸张了，豆子心想，连这点小事都做不好。阿喀琉斯显然起了疑心，他一定发现有些事不对劲儿。像平常那样就可以！傻瓜！现在阿喀琉斯已经有所警觉，对身边的情况倍加留意。她对他说出自己藏东西的地方——这一部分装得还像个样子——然后她领着他往布置好埋伏的小巷走去。但是，看得出，他非常小心。完了，他折回身了。计划要泡汤啦。

还好，因为他是个跛子。虽然阿喀琉斯刚触到陷阱就感觉不妙，但他却来不及逃跑。几个小家伙在他身后使绊子，面朝他的波可和萨金特顺势把他推翻在地。波可的确太笨了，不过她手下的小家伙还算机灵，他们尽职尽责，举起砖块，一下一下狠命地砸在阿喀琉斯的身上和病腿上。好啊，干得漂亮，阿喀琉斯显然被这种往死里打的架势吓坏了。

豆子从垃圾桶上跳下来，走进小巷，一路探头观望，靠近现场。人堆挡住了他的视线，他就往中间硬挤。小家伙们——其实都比他大——认得他，都知道这次行动是他出的点子，就让他进到里面。他站到阿喀琉斯的脑袋旁。波可一只脚踏在他身上，手甲握着一坨大煤渣，开始发话。

"慈善厨房发放食物时，你必须保护我们，让我们能排上队，不被大孩子撵走。"

"当然，好的，一定照办，我保证。"

千万别信他的鬼话。看他的眼睛，正算计着你的弱点呢。

"这样你自己也能得到更多食物，阿喀琉斯。你帮助我们，我们得到足够的食物，到手的东西越多，分给你的也就越多。你需要一个集体。和你一般大的那帮无赖排挤你，把你孤立了，我们都看见啦！你在他们眼里连个屁都不值，但跟我们在一块儿就不同了。看到我们是怎干的了吗？一个团队，明白吗？我们是一个群体。"

OK！明白了，本来就是个好主意，他又不傻，马上就做出了反应。

"这可太厉害啦，波可，你以前怎么不这样干呢？"

她一时不知说什么好，不自觉地瞄了豆子一眼。

只是飞快的一瞥，但阿喀琉斯看到了。豆子清楚他在盘算什么，这太明显了。

"杀了他。"豆子说。

"别犯傻，"波可说，"他入伙了。"

"是啊是啊，"阿喀琉斯忙不迭地说，"我入伙，我入伙，这实在是个好主意。"

"杀了他，"豆子说，"现在你不杀他，以后他迟早会杀了你。"

"你居然能容忍这个小兔崽子说这种屁话？"阿喀琉斯看着波可道。

"你和他之间，只有一个保得住小命。"豆子说，"杀了他，另外找一个。"

"你到别处可再找不到像我这种腿脚有毛病的人啦。"阿喀琉斯说，"再找的家伙不会觉得你值得依赖，但我却需要依赖你。我入伙。我正是你想找的人。这不是明摆着的事吗？"

也许是豆子的提醒使波可更谨慎了。她一时有点拿不定主意，就又发话问道："你的团伙中全是些比你小的孩子，难道你不觉得尴尬？不需要再想想吗？"

"是你的团伙，不是我的。"阿喀琉斯说。

大骗子，豆子想，波可，你难道看不出他在对你撒谎吗？

"对我而言，"阿喀琉斯说，"加入你们我就有了家。他们全是我的小弟弟小妹妹。我有责任照顾好我的家庭，对吧？"

豆子明白，阿喀琉斯已经赢得了这个回合的胜利。这个精于玩弄权术的无赖，他把这些小孩称为他的小妹妹、他的小弟弟。豆子从他们的眼睛里看到饥饿。不是平时那种因为食物匮乏引起的饥饿，而是一种真正的，更刻骨铭心的饥饿——对家庭、对爱、对安定生活的渴盼。他们在波可手下混时也偶尔能体会到一点儿这样的感觉。不过阿喀琉斯正在许诺要给他们更多。他成功地躲过了波可最佳的下手机会。现在再要杀他就太迟了。

已经错过了杀他的时机。不过看架势愚蠢的波可似乎没有意识到这点。她正把手中那坨沉甸甸的煤渣高举过头，准备砸下去。

"别砸。"豆子说，"现在不能再杀他。他已经入伙了。"

波可把拿着煤渣的手慢慢放下来，收回到腰部，转过身瞪着豆子，"你是从地狱里钻出来的吧。"她说道，"你可不是我们的人。在这里你什么也别想得到。"

"不用替我说话。"阿喀琉斯说，"你们还是来把我杀了吧，你们本来不就是这么算计的吗？"

嘀，听上去还真够有胆的，但豆子清楚，阿喀琉斯并不勇敢。他只不过很聪明而已。他清楚他已经完全占到了上风。尽管他还躺在地上，波可手里倒是拿着武器，但这已经没有任何意义了。从现在起，团伙真正的老大是阿喀琉斯。

"这个小家伙，"阿喀琉斯说，"他也许不是你的手下，但他是我的家庭中的一个成员。你可不能打发我的小兄弟去街头流浪啊。"

波可迟疑着。

阿喀琉斯坐起身子，一边揉着被打伤的地方，一边察看自己的伤势。他用一种赞赏的、开玩笑的眼光打量着这群打伤他的小孩子。"妈的，你们可真够狠！"他们笑了——开始时还带有几分紧张。他会不会因为挨了这顿打而在以后找机会报复他们？"别担心，"他说，"你们向我展示出了你们的能力。用这种法子，就算两三个恶棍一起来也不是我们的对手，你们以后会看到的。我相信你们能干好。咱们的事业将会越来越红火。现在,我先得知道你们叫什么名字。"

他一个个地记住他们的名字。记住后再确认一遍,在偶尔忘记某个小孩的名字时,他就郑重其事地道歉,做出努力回想的样子。十五分钟过后,大家都爱上他了。

如果他能做得这么好,豆子心想,如果他能让人们那么快就喜欢他,为什么他原来没有这样做呢?

因为这些傻瓜都崇拜权力。地位比你高的人,永远不会与你分享他们掌握在自己手中的权力。为什么要指望他们呢?他们什么都不会给你。地位比你低的人,只要你鼓励他们,尊重他们,他们就把本来属于自己的权力放弃了,转而交给你。也许他们没有认识到自己的权力吧,因此他们并不在意。

阿喀琉斯站起来,身子晃了一下,他的瘸腿比平时疼得更厉害了。大家往后挪挪位置,给他让出一点地方。如果他想走,现在他就可以走了。离开这里,不再回来。或者约几个帮手杀个回马枪,把这些小屁孩痛揍一顿。但是他站在原地,面带微笑,伸手从衣袋里掏出一把葡萄干。一大把葡萄干!他们平时连想都不敢去想。他们的眼光像钉子一样盯在他手上,都能把他的手钻出几个洞来了。

"小弟弟、小妹妹们优先,"他说,"最小的先来。"他看着豆子说:"你。"

"不能给他!"这帮孩子中最小的一个说,"我们根本就不认识他。"

"豆子要我们杀了你。"另一个说。

"豆子。"阿喀琉斯说,"豆子,你做这些是为了维护这个团体,是不是?"

"是的。"豆子说。

"你想要点葡萄干吗?"

豆子点点头。

"那你先来,是你使我们大家聚到了一起,对吧?"

阿喀琉斯也许会杀他,也许不会。不过此刻,所有人脑子里想的都是葡萄干。豆子捏起一撮,放进嘴里。他没有咀嚼,而是用唾液浸湿嘴里的葡萄干,品尝它慢慢渗出来的味道。

"你知道吗,"阿喀琉斯说,"不管在你嘴里含多久,它也不能变成葡萄了。"

"葡萄是什么?"

阿喀琉斯冲着他笑起来,豆子还是舍不得嚼。接着,阿喀琉斯把葡萄干分给其他孩子。波可从来没有给手下分过这么多的葡萄干,但那是因为她从来没有拥有过这么多葡萄干。可惜大家不懂这点。他们现在一门心思念叨着:波可给我们残汤剩饭,而阿喀琉斯给我们葡萄干。

这正是他们愚蠢的症结所在。

CHAPTER 02
慈善厨房

"我知道你调查过这个地方,也许你把整个鹿特丹都调查过一遍。但近来这里发生了一些事,呃,发生在你调查之后,那是……唔,我也不知道算不算回事。"

"说吧,我听着呢。"

"你知道孩子们在慈善厨房门前排队时总会出现争斗。我们也想过办法控制,但为我们工作的志愿者只有那么几个,他们还得负责分发食物和维持饭厅内的秩序。所以每次都有许多更需要食物的小孩子排不上队,他们被大孩子们撵走了。如果我们制止那些大一点儿的混混,放进来几个小孩子的话,这些孩子一离开这里就会挨打。而且以后就再也见不到这些小孩的影子了。真是可恶极了。"

"适者生存。"

"这太残酷了。文明社会应该与此相反。"

"你是文明人,他们不是。"

"但是,现在情况不同啦。就在几天前,一夜之间突然发生了变化。我不明白是怎么回事。但我只是……你也说过,只要发生什么不同寻常的事……也不知是谁在后面组织的——我是说,一大群残酷竞争的孩子中间,能一下子进化出文明来么?"

"只有在那种地方,才可能进化出文明。"

接下来的一周里,豆子保持低调,尽量不引人注目。他没有什么新的建议好提——他们在他那里已经得到了最好的建议。他清楚对他的感谢心情持续不了多久。虽然他个子小,吃得不多。但如果经常碍事,讨人嫌,成天在别人面前唠叨的话,情形很快就会改变。大家会觉得他无聊,不分给他食物,甚至希望他死掉或者退出这个团伙。

而且,他常常能感觉到阿喀琉斯的眼睛在盯着自己。他留意到这点,但并不害怕。如果阿喀琉斯杀了他,那也可以算是一种解脱。反正他已经离死不远了。归根结底,这说明自己的计划还不够完美,不过这是他唯一的计划,结果是好是坏只能听天由命。阿喀琉斯当然永远忘不了豆子当时是怎样唆使波可杀死他的,但就算阿喀琉斯现在正在暗中策划怎么除掉豆子,豆子也没有能力去阻止他。

变化很快就发生了。这天一大早,阿喀琉斯叫萨金特到阿尔特·范·尼斯街的海尔格家的慈善厨房前去排队。他说,无论如何我们得想办法把原来输掉的东西挣回来吧,在死之前,我们应该齐心协力,争取吃到鹿特丹最好的免费食物。虽然他嘴上说得轻松,但还是督促着他们不断演练行动步骤,直到夜幕低垂。大家配合得越来越好,身手越来越敏捷,他们跟随他,服从他。练习给了他们信心。阿喀琉斯在一旁不停地指点,"他们会这样"或者"他们可能会那样"。他比较熟悉无赖们的做法,因为他自己原本就是个无赖。他们信任他,从某种程度上说,他们对波可的信任从来没达到这种程度。

波可,真是个呆瓜,还在费力不讨好地扮演着老大的角色。好像她还能控制一切,好像阿喀琉斯只不过是她任命的一个教练。豆子很佩服阿喀琉斯的处事方法。他对波可从不表露出蔑视,也不表露出自己内心对权力的渴望。阿喀琉斯用行动证明自己是赢家，因为事实上大家都在围着他转。他处理一切都得心应手。

海尔格家门前早早地排起长队。阿喀琉斯仔细观察那些来晚了一步的无赖，他们带着几分霸气在队伍里加塞儿——无赖们知道哪些位置最有利。阿喀琉斯会让萨金特去向哪个无赖挑战呢？豆子推测着阿喀琉斯选择目标的原则。他那么聪明，当然不会去选最弱的，因为揍一个最弱的无赖，只会招惹来更多麻烦。当然最好也别去选一个不容易很快摆平的特别强壮的无赖。所以当萨金特穿过大街时，豆子全神贯注，想看清楚阿喀琉斯锁定的目标究竟是哪个。然后豆子看到了——是个强壮的无赖，身边没有同伴。

大块头，一脸凶相。把这样一个无赖打倒将是重大的胜利。这个家伙不与任何人搭话和打招呼。他占到了他的领地，另外几个无赖向他投去愤恨的一瞥，掂量着他的实力。看样子，就算阿喀琉斯没有选中这个等汤喝的队列，没有选中这个孤身一人的大个子，今天这里可能也会发生一场斗殴。

萨金特表现得十分冷静，他悄悄走过去，直接插到大块头的前面。"喂！"大块头说。他猛地推了萨金特一把，萨金特身子一斜，几乎被推出队列。但是，阿喀琉斯事前教过他该怎么做，他立刻定住脚，控制好身体，往前方扑去，撞到排在前面的另一个无赖身上。其实大块头并没有朝那个方向推他。

被撞了一下的无赖立刻转过身，对萨金特吼起来，萨金特辩解道："是他在后面推我。"

"是他故意撞你的。"大块头说。

"我会那么蠢吗？"萨金特说。

前面那个无赖估摸了一下大块头的实力。一个以前没打过交道的家伙，看上去有点凶，但并不是不可战胜。"当心点儿，皮包骨的伙计。"

在无赖们当中,"皮包骨"是个可怕的侮辱,因为这个词意味着无能和虚弱。

"需要当心的是你。"大块头毫不示弱。

在他们吵起来的时候,阿喀琉斯领着事先挑选好的几个小孩子过来了。在此之前,阿喀琉斯已经安排了两个小孩到队列另一边去,躲在大块头视线之外靠墙的一个邮筒后。一切顺利,阿喀琉斯猛地对着大块头破口大骂起来。

"你他妈的想做什么,你这张给人擦屁股的草纸!我让我的人到这里来排队,你竟敢推他?你竟敢推他去撞我的朋友?"

当然他们压根儿不是什么朋友——在鹿特丹的这个街区,阿喀琉斯是地位最低的一个混混,以前排这样的队时总是排在最后。但大块头不知道这些情况,他还来不及摸清对手的底细。在大块头转身面对阿喀琉斯的时候,早就埋伏好的两个小男孩趁机在后面迅捷地绊住大块头的小腿。通常斗殴前的争吵和推搡都省略了,阿喀琉斯闪电般地施出辣手,三下五除二地结束了战斗。他用力一推,像上次那帮小家伙对付他那样。大块头仰面摔倒在硬硬的鹅卵石街面上。眨眼之间,他就头晕眼花地躺倒在地。另外两个小孩把事先准备好的大块鹅卵石递给阿喀琉斯。一下,两下,石头狠狠地砸在对方胸口上。豆子能够听到肋骨像树枝一样折断的声音。

阿喀琉斯抓住他的衬衫把他身子提起来,再狠狠摔到地上。他痛苦地呻吟着,奋力挣扎。呻吟了一会儿之后,他终于不动弹了。

其他排队的人都不由自主地往后退。这种打架的方式超出了常规。无赖们斗殴通常都选在小巷里,决出胜负就结束了,一般不会给对方造成严重伤害。

紧接着阿喀琉斯发出信号,让波可把团伙里的其他成员带过来排进队列。与此同时,阿喀琉斯沿着队列高视阔步地一边走,一边放开喉咙嚷道:"你们可以对我无礼,我不介意,我不过是个残废的跛子!但我不准你们碰我的家人!不准你们把我的孩子挤出队列!听清楚啦?否则我就让你们倒在街上,敲断你们的骨头,像刚才那个小东西一样。下次说不定会打得你们脑袋开花,脑浆遍地。你们小心点,在我的厨房前想排在我前面,下场就会和这个躺在地上的、满脑子狗屎的家伙一样。"

这是在叫板!"我的厨房!"阿喀琉斯毫不掩饰,没有一星半点儿胆怯。他咆哮着,一拐一拐地沿着队列来回走动,逼视着每一个胆敢流露出挑战情绪的无赖。队伍另一边,两个小孩正把人事不省的大块头扶到一边去。萨金特大咧咧地跟在阿喀琉斯身后,看上去一副陶醉骄傲的样子。他们斗志昂扬,其他无赖眼光躲躲闪闪,等着看这帮巧取豪夺的家伙接下来还会有什么行动。

阿喀琉斯并不只是在那里夸夸其谈。当看到一个无赖恨恨地瞪着他时,他立即一拳招呼到对方脸上。不管怎么说,事先计划时他并没有专门想过如何对付这样的好战者。但他现在已经看清了形势,正等着这种麻烦事发生。排在队伍里的小孩子们马上像子弹一般钻到那个无赖身后去使绊子。和演习时一样,阿喀琉斯一扭身子,把这个刚选定的倒霉蛋一把推倒在地,吼道:"你他妈以为这很好玩吗?"然后接过一块手下人递来的鹅卵石,踩住躺在地上的对手,但这一次他动口不动手了:"滚到队伍最后面去,白痴!你应该感到庆幸,因为我允许你在我的厨房吃上两口。"

这个好斗的无赖完全泄气了,被阿喀琉斯打翻在地再踏上一脚,他只得服软。

慈善厨房的门开了。阿喀琉斯连忙转过身,面对开门的妇女,像老朋友那样笑吟吟地打招呼。"感谢您今天给我们食物。"他说,"我今天最后吃。感谢您给我的朋友带来食物。感谢您厚待我的家人。"

开门的妇女熟知这些在马路上讨生活的流浪儿的生活规律。她也认得阿喀琉斯。今天发生什么特别的事啦？以往阿喀琉斯总是非常羞怯，在大一点儿的男孩中总是最后一个领到食物。今天他一副神气十足的样子，让人不太习惯。波可的团伙最先进门。"这是我的家人。"每个小孩进饭厅的时候，阿喀琉斯都这样说，"谢谢，您对我的孩子真好。"

甚至他把波可也叫做"我的孩子"。她也许注意到了其中的羞辱，但没有表露出来。她一心关注的是进入慈善厨房这个奇迹。原来设定的计划居然成功了。

无论她认为这计划是她的还是豆子的，对豆子来说都没什么意义。至少在他把第一口汤喝进嘴之前是这样的。他尽可能慢地喝汤，但他还是不能相信那么快就把汤喝光了。没有多的啦？

他疾速将面包塞进衣服，向门口走去。藏好面包赶紧走人，是阿喀琉斯的妙计。一些无赖在厨房里合计报复方案。眼睁睁看着平时进不了厨房的小不点儿当着他们的面吃东西，简直让他们难受得要死。阿喀琉斯认为，他们会慢慢习惯这种情况的，但第一天特别重要，大家必须赶在无赖们吃完之前离开这个是非之地。

豆子走到门口时，队列还在往里面挪动。阿喀琉斯站在门口，向那个妇女讲述排队时不幸发生的意外。医护人员一定已经抬走了那个受伤的无赖——现在听不到他在街头的痛苦呻吟了。"一定是个很小的孩子，"阿喀琉斯说，"我们需要一个警察到这里来管管交通。如果有警察，开车的人就不会那么粗心大意了。"

女人表示赞同。"真可怕。他们说他的一半肋骨都断了，肺也挤破了。"看上去她很担心，两手搓个不停。

"天不亮就排起长队。太危险了。这里不能安一盏灯吗？我可得为我那些孩子考虑。"阿喀琉斯说，"您不希望我的小家伙们更安全吗？总不会只有我一个人在关心他们吧？"

女人唧唧咕咕地说着钱啊慈善厨房经费不够啊什么的。

波可在门口清点人数，萨金特指定他们到外面街上集合。

豆子注意到阿喀琉斯在试着建议让成年人来保护他们排队，时机把握得恰到好处。这个女人心肠软，豆子现在是整个厨房里最小最瘦的孩子，所以知道自己最容易激起她的同情心。他走过去，拉拉她的羊毛裙。"谢谢你照顾我们，"他说，"我还是第一次进到一个真正的厨房里来呢。阿喀琉斯爸爸告诉我们，说你会保护我们，让我们这样的小孩子每天都能来这里吃东西。"

"哦，可怜的小家伙！哦，看你，瘦成这个样子。"泪水从女人脸上滑落，"唉，可怜的乖孩子。"她把豆子搂在怀里。

阿喀琉斯看着这一幕，露出愉快的神色。"我会尽力照顾他们，"他平静地说，"我会维护他们的安全。"

然后他领着他的家人——怎么看这都不再是波可的团伙了——离开海尔格的厨房。这一天的其余时间他们必须潜伏起来，以防那些无赖们三三两两地来找他们的麻烦。

他们当然能潜伏下来，因为今天不用再去寻找食物了。肚子里的汤已经给他们提供了足够的能量，比他们平时能得到的多得多。何况他们还有面包。

自然，首先要向阿喀琉斯交纳面包税，他刚才连口汤都没喝上。每个孩子都把自己的面包尊敬地递给他们的新爸爸。他咬下一块递上来的面包，慢慢咀嚼，吞咽。接着下一个进贡的面包又递到眼前来了。这个仪式进行了很久。阿喀琉斯在每块面包上都吃了一口，只有两个人的面包他没碰：波可的和豆子的。

"多谢。"波可说。

她可真是蠢到家了，居然认为这是对她的尊重。豆子心里一清二楚。阿喀琉斯拒绝吃他们的面包，相当于把他们开除出这个家庭。我们死定了，豆子想。

从第二天早上起，海尔格的慈善厨房外有了一个照看队列的成年人，第三天这里又安上了一盏新路灯。到了周末，照看队列的人换成一个警察。尽管如此，只要没有成人在场，阿喀琉斯就不让他的小团伙从藏身之处冒出来。直等到照看队列的成人出现，他们这一伙才排着队走到队列的最前面去。然后，阿喀琉斯高声感谢排在第一名的无赖，感谢他给他的孩子们让出位置，感谢他帮助照顾他的孩子们。

无赖们看他们的眼光全都透着仇恨。只不过因为有成年人在场，他们才不得不表现出得体的举止。但他们满脑子转的都是如何才能弄死这帮小屁孩的念头。

情况一点儿也没有好转。无赖们甚至越来越不"习惯"，尽管阿喀琉斯一再断言最终他们会习以为常。因此豆子虽然下决心不再多嘴，但他知道必须做点什么事，转移一下无赖们对他们这伙人的仇恨。阿喀琉斯倒是认为战争早已胜利结束，接下来没什么好做的了。

这天早晨排队的时候，豆子换了一下自己的位置。平时都是波可殿后——这是她的一种方式，假装带他们进来的还是她。但这回豆子故意排在她后面，站到原来排第一的无赖前头。那个无赖的眼里，都快要喷出火来了。

豆子走到门口时，阿喀琉斯和那个女人站在那里，看上去两人正为阿喀琉斯的孩子们能吃到东西而高兴。豆子突然转过脸去对着后面的无赖，用他能发出的最大声音问道："你的孩子们哪儿去啦？你怎么不把你的孩子们也带到厨房来呢？"

那个无赖气得差点破口大骂起来，但门口的女人扬扬眉毛，眼光集中在他身上了。"你也在照顾小孩子吗？"她问。显而易见，她对这事感到欣喜，想得到一个"是的"或"当然"之类的回答。再白痴的无赖也明白应该让施舍食物的人感到满足。所以他说："当然，我也在照顾小孩子。"

"好啊，你应该把他们带来。你都看见了，就像这个阿喀琉斯爸爸一样。我们总是很高兴能见到这些小不点儿。"

豆子再次大声说："他们让照顾小孩子的人先进去呢！"

"你听听，多好的主意呀。"女人说，"我想这可以成为我们的一项规则。现在，都向前走，我们别挡在门口，后面的孩子们还饿着肚子呢。"

豆子进门时，没有去看阿喀琉斯的脸色。

早餐后不久，向阿喀琉斯进贡面包的仪式开始了。豆子把自己的面包也献了上去，虽说这样做有一定的风险，可能使每个人都注意到阿喀琉斯从不分享他的面包。但是，今天，他想知道阿喀琉斯会怎样看待他进厨房门时做出的那种冒昧大胆的举动。

"如果他们都带小孩子来，汤很快就被分光了。"阿喀琉斯冷冷地说。他的眼光里什么含义都没有——但这，毕竟，也是一个信息。

"如果他们都当上爸爸，"豆子说，"他们就不会老想着要杀我们了。"

这时，阿喀琉斯的眼睛里有了点情绪。他从豆子手里接过面包，咬住面包皮，狠狠撕下一大块，足足有一大半。他把面包塞进嘴里，慢慢咀嚼，再把剩下的面包还给豆子。

这使得豆子一整天都处于饥饿状态，但是值得。倒不是说阿喀琉斯以后就不会再想法除掉他，不过至少他不再是被排除在这个团伙之外的人了。何况就是剩下的这点儿面包，也比他原来一天——或是一个星期——能得到的食物多得多。

他的身体在逐渐恢复，胳膊和腿上在生出肌肉，横穿街道时不再觉得疲惫了。现在走路时很他容易就能跟上同伴的步伐。他们都更有精神，与街头那些没有爸爸的小孩子相比，他们要健康得多。这一点有目共睹。当然，街上还有那么多找不到爸爸的小孩子，其他无赖要想招募家人，组建自己的家庭，其实是一件易如反掌的事。

卡萝塔修女是国际联合舰队儿童训练项目下的一名招募人员。所属教会对她参与这种工作一度颇为不满。于是她扬言要依据《地球防卫条约》的条文上诉,这才赢得胜利,得以继续坚持自己的工作。

她坚信,她的天职就是照顾儿童,而且她认为,如果虫族赢得下一轮战争,那地球上所有的小孩子都将死亡。上帝当然不会让这种事发生——这是她的信念。至少,上帝不会希望他的仆人们坐着不动,一味消极地等待让上帝出手,展示神迹拯救他们。他要他的仆人们为了正义而尽最大努力把自己的工作做好。这正是她的事业,作为一个圣尼古拉斯修女,她有责任为战争的需要和孩子们的未来做出自己的贡献。只要IF认为有必要把具有非凡天分的孩子训练成为指挥官,以应对未来的战争,她就会帮助他们去寻找那些与众不同的孩子。

这些年来,她一直保持着这种狂热的激情,可始终没能找到一个能通过测试的孩子。她找到的那些孩子最后虽然告别了马路生活,接受各种培训,但却没有一个能进入战斗学校。他们没有机会学习那些引导他们去拯救世界的课程。因此她开始认为,自己真正的任务是去完成另一种神迹——给孩子们希望,帮助孩子们摆脱困境,让地方当局关注他们。她筛选出最有潜力的孩子,用电子邮件和地方当局联络,跟踪调查这些孩子的情况。她最初找到的孩子当中,有一部分已经大学毕业了。他们说自己的一切都是卡萝塔修女所赐,但卡萝塔确信,他们的得救归功于上帝。

鹿特丹的海尔格·布劳恩打来电话,告诉她说,慈善厨房照顾下的孩子们突然发生了令人吃惊的变化。她在电话里用了"文明"这个词。她说,孩子们依靠自己的力量,正在变得文明起来。

卡萝塔修女立即赶到海尔格那里,去了解那听起来像奇迹一样的事情。事实上,当她亲眼看到那种场面时,她简直有点不敢相信自己的眼睛。领早餐的队列里,排满了年龄很小的孩子。大一点儿的孩子不仅没有推挤和威吓他们,反而在带领和保护着他们,直到每个小孩子都得到一份食物。起先海尔格有点担心,害怕食物会很快耗尽。但她随后发现,捐助的人得知孩子们现在的这种表现后,大大增加了捐助的份额。现在她这里有充足的食物——另外,来帮忙的志愿者也增加了好几个。

"那天我简直都有点绝望了。"她告诉卡萝塔修女,"有些孩子对我说,一辆卡车把一个排队的男孩的肋骨撞断了。当然那是谎话,但是他就躺在那里,躺在队伍里。我开门时,打他的那些孩子甚至还没来得及把他藏起来。我差点儿想放弃了。让上帝保佑这些孩子吧,我打算搬到法兰克福我的大儿子那里去了。那里的政府不接纳地球上的任何难民,不像鹿特丹,满大街都是可怜的孩子。"

"很高兴你能留下来。"卡萝塔修女说,"上帝把这些孩子托付给我们,你不能把他们再交还给上帝。"

"嗯,真是件怪事。也许排队时发生的斗殴把孩子们从恐怖的生活中唤醒了吧,就是那天,大男孩中有一个——是大孩子中间最弱小的一个,瘸了一条腿,他们叫他阿喀琉斯——呃,我想去年我曾向你提到过他的名字,因为阿喀琉斯的脚踝残废了,你知道这个孩子——不管怎么说吧,这个阿喀琉斯——他带着一帮小孩子出现在队列中,他差不多是在恳请我提供保护,提醒我注意那个断了骨头的可怜的男孩——就是被我叫做尤利西斯①的那一个,因为他总是不断地从一个厨房串到另一个厨房——他到现在还在医院里养伤,肋骨全被打折了,你能想象如此残忍的事,会发生在孩子们身上吗?——总之,是阿喀琉斯,是他提醒我同样的事可能会发生在他带着的那帮小不点儿身上,这引起了我的特别

---

① 荷马史诗《奥德赛》中的主人公,特洛伊战争后从一个岛辗转到另一个岛,在大海上漂流十年才回到家乡。

关注。我尽可能早些出门来照看队列,最后还请求警察局派了个人来,起先带点儿志愿性质,现在已经很正规了——你或许了解,我自始至终都是让孩子们排队的,但你注意到了吗?这根本不管用,因为排队时他们很安分,他们不会在我眼皮子底下威吓弱小的孩子,他们总是在我看不到他们时才使坏。不管我怎么做,到厨房前来排队的全都是大孩子,队列中越靠后的越弱小。是的,我知道他们都是上帝的孩子,我给他们食物,在他们用餐时向他们传播福音,但我越来越心灰意冷,他们全是些铁石心肠,没有丝毫同情心。但阿喀琉斯,哦,他带来了一大帮小孩子,包括我所见到的街头最小的那个孩子,看到他可真让人心酸,他们叫他豆子,那么一丁点儿大,也就两岁大吧。我后来了解到,他自己认为自己满四岁了,说起话来倒是显得比十岁的孩子还老成,非常早熟,我估计这正是他能在街头活下来并且被阿喀琉斯收留的原因。他身上只有皮肤和骨头,活脱脱就像人们说的那种'皮包骨',这种说法用在小豆子身上,真是再恰当不过了。我简直不敢想他身上那点儿肉怎么能支撑他行走,他怎么可能站得起来,他的胳膊和腿瘦得就像虫族[①]——噢,这样说是不是有点不妥?把他和虫族放一块儿比较?我可能该说'蚂蚁的',因为他们说在英语里虫族这个字眼有点猥亵的意思,即使在IF通用语而不是英语里,也是不好的,你不这样认为吗?"

"如此说来,海尔格,你觉得变化是从这个叫阿喀琉斯的孩子身上开始的?"

"叫我哈吉[②]好了。我们现在是朋友啦,不是吗?"她握住卡萝塔修女的手,"你一定得去见见这孩子。勇敢!智慧!给他一个测试的机会,

---

[①] 此处的虫族(Formics)是本书虫族(Buggers)的一种委婉说法。
[②] 海尔格的昵称。

卡萝塔修女。他是个天生的领导者！他是个文明人！"

卡萝塔修女没有指出文明人通常不大可能成为优秀的战士。不过这个男孩的确有点意思，上次她居然没有注意他。这提醒她以后工作时得加倍细心，以免疏漏。

晨光熹微，卡萝塔修女来到门口，这时已经排起长队。海尔格向她招手，然后动作夸张地指示出一个看上去精神饱满的孩子，他正被一群小孩子围在中间。只有靠近他并且只有在他走动时，才能看出他的右腿伤残到什么程度。她试着判断瘸腿的原因：早期软骨病？未矫正的畸形足？摔断后错误治疗的后遗症？

这至关重要。如果病因是其中之一，战斗学校就不会收录他了。

然后她看到小孩子们看他时充满崇敬的眼光，他们管他叫爸爸，希望得到他的赞赏。成年男人中尚且很难找到好父亲，而这个男孩——多大岁数？十一岁？十二岁？——却已经学会怎样去做一个称职的好爸爸了。他是保护和供养家庭的人，对他的孩子们来说，他是国王，甚至是神。欺负这个家里任何一个成员，就是对他的侵犯。也许，这个叫阿喀琉斯的男孩的内心深处，带着点儿耶稣基督的影子呢！她会测试他，也许他的腿能够康复。就算腿好不了，她也可以为他在荷兰的某个城市里，找一所适合他的好学校——宽恕我，国际联盟——至少那里还没有被绝望的穷难民给填满。

但他谢绝了。

"我不能扔下我的孩子。"他说。

阿喀琉斯是对的。他的孩子们依赖他，丢下他们是不负责任的行为。卡萝塔看中了阿喀琉斯，因为他是文明人，而文明人是不会丢下自己的孩子不管的。

"那么，我待会儿再来找你，"她说，"吃过饭以后，带我到你们常去的地方，让我们办个小小的学校，我来教大家。我只有几天时间，但会很不错的，你说呢？"

"上学真好。"阿喀琉斯说，"这些小孩子没一个能识字。"

卡萝塔修女清楚这点。当然了，就算阿喀琉斯认得几个字，也不会有多高的水平。

但是，在阿喀琉斯说他们谁也不识字的时候，出于某种原因，也许是一些几乎察觉不到的动作，他们中最小的一个，那个叫豆子的，忽然映入她的眼帘。她盯着他，发现他的眼睛里闪动着亮光，如同暗夜中遥远的篝火。她不觉心中一震：这是个认识字的孩子。说不清楚是为什么，她突然间感觉到，上帝指引她来这里寻找的，是这个小孩子而不是阿喀琉斯。

她竭力让自己摆脱这种感觉。使这里变得文明的，像基督那样工作的人，是阿喀琉斯。IF需要的那种领袖人才，应该是他，而不应该是最弱最小的那一个。

上课时，豆子始终保持安静，从不开口提问，也不回答任何问题，即使卡萝塔修女不断要求，他照样默不作声。他不想让任何人知道他早已会识字并懂得算数，他也不想让人知道自己能听懂街上常用的每一种语言。他学一种新语言像别的孩子捡起一块小石子儿那样轻松。无论卡萝塔修女怎么鼓励，无论她提供什么奖品，豆子都一言不发。他知道，一旦别的孩子觉得自己在炫耀，想在班上争第一，他就没机会在这个课堂上学习了。卡萝塔修女教的那些东西，大多数他早就懂了。但在她的讲授里，有许多线索，指向外面的世界，指向知识和智慧。没有其他成年人愿意花时间来与他们做这种交流，豆子的语言能力因此得以大幅度提高。她带来的知识对豆子来说简直就是一场盛宴，如果他足够安静，就可以留在宴会上继续享受。

但是，在学习快到一周时，他还是犯了错。当时卡萝塔小姐发给每人一份试卷，让他们答题。豆子马上吃透了卷子。这是一次"小测验"，题目前的说明里写着"请圈出每个问题的答案"。因此他不假思索地提笔就圈,等他忽然察觉到大家都还静坐着没动手时,已经做完了半页考卷。

所有人的眼光都落到了他身上,因为卡萝塔修女盯着他。

"你在做什么呀,豆子?"她问道,"我还没告诉你们该怎么答题呢。请把你的试卷给我。"

白痴,太粗心啦——如果为此而死,豆子,那你活该。

他把卷子递给她。

她看过卷子,然后凝视着他。"把题目做完。"她说。

他从她手里接过卷子。他拿着铅笔在卷子上方旋来转去,假装在努力思考。

"你用一分半钟做完了前面的十五个题目,"卡萝塔修女说,"请不要认为我会相信,后面的问题会突然把你给难住。"她的话音里透出一点儿冷冷的讽刺。

"我不会做。"他说,"我只是觉得画圈圈好玩儿。"

"别蒙我,"卡萝塔说,"把剩下的题做完。"

他投降了,答完然后交卷。这并不需要花多少时间。题目都很简单。

卡萝塔浏览了一遍卷子,没做任何评价。"我希望剩下的人等我念过题目说明,给你们读出问题时再答卷。如果乱猜那些生词的意思,会把题全答错的。"

接着她大声读出每个问题和可供选择的答案,这时其他孩子才开始在卷子上画圈。

在那之后,卡萝塔修女没有再在课堂上说出什么引起别人注意到豆子的话,但是危害仍然产生了。刚下课,萨金特就凑近豆子说:"原来你识字。"

豆子耸了一下肩。

"你一直在骗我们。太不够意思啦。"萨金特说。

"我可从没说过自己不识字。"

"你该表现出来呀。你怎么没想到教教我们?"

因为我得活下去呀,豆子在心里说。

他能做出的唯一回答是再次耸耸肩。

"以后可别再像这样瞒着我们啦。"

萨金特用脚轻轻碰了他一下。

豆子不想再多说什么。他匆匆离开了团伙。

他在街上转悠了一下午。他不得不谨慎。在阿喀琉斯团伙中,他作为最无足轻重的人,也许不会被人注意。但街上那些憎恨阿喀琉斯的家伙,却会格外关注他团伙的成员。他们也许会想着杀了豆子或暴打他一顿,以此来警告阿喀琉斯。

豆子知道,有不少无赖会动这种心思。特别是那种无力维持家长地位的笨蛋,他们对小孩子太苛啬。小孩们很快就学会了在爸爸威胁自己的时候,对他最有力的惩罚就是离开他,让他成为孤家寡人,然后尽快去投奔另一个爸爸。这样一来,他们不仅有新爸爸保护,还能在慈善厨房比旧爸爸先吃。单个的大混混只能最后吃。如果东西被吃光了,他甚至什么都吃不到。海尔格完全不在乎单个的大孩子吃没吃到东西,因为他不是一个爸爸,他没有照顾小孩子。因此那一小撮无赖在最近这段时间里对新规则恨之入骨,他们不会忘记给他们带来这种痛苦的罪魁祸首是阿喀琉斯。这帮无赖现在甚至连别的厨房也进不去了,海尔格厨房前的奇事传开以后,所有慈善厨房都设立了同样的规则:有组织的小孩子优先。如果你不能维护一个家庭,那就挨饿去吧,没人会正眼瞧你。

尽管如此,豆子还是忍不住想靠近其他团伙的人,竖起耳朵听他们说话,搞清楚这些团伙的运作情况。

从听到的只言片语中很容易推想出结果:他们都做得不够好。阿喀琉斯不愧是个杰出的领导者。比如其他团伙里没有一个采用分享面包这样的仪式。那些爸爸大多只会对小孩子们施加严厉的处罚。孩子们动辄挨打挨骂，如果不服从命令，或者动作不够快，面包就会被他们的爸爸没收。

波可真选对人了。运气不错，也许她并不总是那么蠢。

只可惜阿喀琉斯还是不与她分享面包，现在她终于意识到这事很不妙，不是什么好兆头。豆子注意到在其他孩子向阿喀琉斯进贡时，她的脸色难看极了。阿喀琉斯现在也能喝到汤了——海尔格每天给他把汤端到门口来，所以吃面包时不再像过去那样一咬一大口，他带着微笑，只在每人的面包上咬一小口。

也许他已经心满意足了，豆子想，也许这就是他对波可的全部报复。

几个街头无赖在闲聊，豆子蜷缩在一个报摊后，正好能听到他们说话。

"他四处扬言，说要取阿喀琉斯的狗命。"

"噢，太好了。尤利西斯要收拾他。这下可有好戏看啦。"

"唔，也许他不会那么快就下手。"

"阿喀琉斯和他那些讨厌的家庭成员会把他大卸八块的。这回可不会只打他的胸口了。上次阿喀琉斯说过，没忘吧？他说谁惹他就把谁的脑袋砸开，让他的脑浆顺着街淌。那家伙做得出这种事来的。"

"他不过是个跛子。"

"阿喀琉斯只有一条出路，抛开一切，赶紧逃命。"

"我倒是希望尤利西斯真能弄出点儿事来。干掉他，越快越好。到时候我们谁也不收留他手下那帮小杂种。对吧？谁都不去管他们，让他们都死去吧。我现在就想把他们全扔到河里去。"

几个无赖一边这样聊着，一边离开报摊。

等他们走远，豆子立即起身，去找阿喀琉斯。

CHAPTER 03

报 复

"我想我找到了一个你们需要的孩子。"

"你以前也常说这话。"

"他天生是个领导者,只是他的身体情况不大符合你们的要求。"

"也就是说,如果我不想在这个孩子身上浪费时间,你也不会有什么意见。"

"如果他通过测试,符合你们那些苛刻的智力标准和人格标准,那么可能只需从IF的铜纽扣或卫生纸预算中抠出一点儿来,就能矫正他的身体缺陷。"

"我还不知道嬷嬷也会挖苦人。"

"达不到你们的要求,只好说几句风凉话啦。"

"那先给我看看测试结果吧。"

"我想让你先看一下那个孩子,顺便还想请你看看另一个孩子。"

"还有一个身体条件不过关的?"

"年纪小了点儿。但和我听说的那个叫安德·维京的男孩很相像。这孩子——不知他怎么做到的,在马路上学会了识字和阅读。"

"啊,卡萝塔修女,你使我无聊的生活变得充实起来啦。"

"把你从无聊中拯救出来，正是我为上帝服务的方式之一。"

豆子径直找到阿喀琉斯，给他讲自己刚听到的情况。十分危急，尤利西斯出院了，放出话来，扬言要一洗前耻。

"我想他很快就要来找我们了，"波可阴郁地说，"我的意思是说，我们得准备好大打一场。"

"这段时间尤利西斯一直躺在床上，"阿喀琉斯说，"他也许知道点儿我们的情况，但短时间内不可能想出什么对付我们的法子。"

"我们一定要团结起来，保护你的安全。"萨金特信誓旦旦地说。

"也许有办法能让大家都得到安全。"阿喀琉斯说，"如果这几天我躲起来，你们就会没事。"

"那我们怎么进厨房吃饭呢？"一个很小的孩子问，"没有你，他们不会放我们进去的。"

"大家跟着波可。"阿喀琉斯说，"门口的海尔格一样会让你们进去。"

"要是你被尤利西斯发现了呢？"另一个小孩子问。他擦了一下涌出眼眶的泪花，生怕别的孩子认为他软弱。

"那我就死定了。"阿喀琉斯说，"他可不会仅仅满足于把我打进医院里去。"

刚抹去眼泪的小孩子终于控制不住了，他开始抽泣，惹得其他孩子也跟着哭起来，嗡嗡的哭声很快汇成一片，像唱诗班的合唱。阿喀琉斯笑着摇摇头。"没事儿，我死不了的。只要我藏起来，你们就安全了。等尤利西斯冷静一段时间，习惯了新的生活以后，我再回来。"

豆子默默地观察和倾听。他不觉得阿喀琉斯的办法行得通，但他已经发出警告，尽到了自己的责任。

当天晚上，阿喀琉斯悄悄走了，没有告诉其他孩子藏身之处。这样就不必担心有谁泄露他的行踪。

入夜以后，豆子竭力保持清醒，今天他似乎有点害怕睡着，但后来还是敌不住频频袭来的睡意，迷迷糊糊进入了梦乡。他梦见一所学校，不是卡萝塔修女那种办在街头小巷的临时学校，而是真正的学校，有桌子有椅子的学校。在梦中，豆子无法在课桌后面坐下来。他只能在课桌上空盘旋，空中的他能在屋子里任意飞行。他飞往天花板，飞入上面的一道裂缝，进入一个神秘黑暗的地方，然后不断向上，向上，感到越来越温暖，越来越温暖……

他从黑暗中醒过来。一股微微的凉风吹过。他得去撒泡尿。他还想飞。刚才的梦使他痛苦得想哭出来。他忘了以前是不是也梦见过自己在飞。为什么他长得这么矮小？为什么只能依靠这双瘦骨伶仃的短腿浪迹街头？如果他真能飞翔，他就可以在飞的时候俯视下面的人，看清他们愚蠢的脑瓜顶。他可以像鸟一样在他们头上放屁撒尿。那他就不用再害怕谁了，如果他们气得发疯，他就振翅高飞，他们休想捉住他。

不能再睡了。豆子突然有一种感觉。他突然感到非常恐怖，自己也不知道这种感觉因何而来。他起身到巷子里去撒尿。

波可正蹲在那里，听见响动，抬起头来看着他。

"让我一个人在这里待一会儿。"

"不。"他说。

"别跟我废话，小家伙。"

"我知道你蹲在那里撒尿。"豆子说，"反正我又看不到什么。"波可禁不住恼羞成怒地瞪着他，直到他转过身去对着墙壁撒尿。"你不打算对别人说起我的事吧。要是你想说的话，恐怕你早就说出去了。"

"谁都知道你是女的，波可。背着你的时候，阿喀琉斯爸爸说你时用的是'她'和'她的'这两个词。"

"他不是我爸爸。"

"也不是我的。"豆子说。他面朝墙壁，等着波可完事。

"好了，转过身来吧。"她站起来迅速扎好裤子。

"有些事情让我害怕，波可。"豆子说。

"什么事？"

"我也说不清。"

"你连自己在怕什么都不知道吗？"

"是呀，这正是让我觉得特别害怕的原因。"

她咯咯咯地笑起来，柔声道："豆子，你只有四岁，年纪太小。小孩子家家夜里看到一些模糊的影子，或者眼前一团漆黑时，都会感到有点害怕。"

"我不会。"豆子说，"我害怕，是因为有些事情不对劲儿。"

"尤利西斯要伤害阿喀琉斯，不就这件事吗？"

"你一点儿不担心这事，对吧？"

她瞪着他。"我们吃得比以往任何时候都好。大家都很快乐。那是你的计划，是你的功劳。我才不管他那些闲事呢。"

"但你恨他。"豆子说。

她迟疑了一下，"怎么说呢，我总觉得他在嘲笑我。"

"你怎么知道小孩子夜里害怕什么呢？"

"因为我经历过，"波可说，"而且还没忘。"

"尤利西斯不会伤害阿喀琉斯的。"豆子说。

"我知道。"波可说。

"你正打算现在就去找阿喀琉斯并且保护他吧？"

"我得留在这里照顾小孩子。"

"那你就是想先找到尤利西斯，想办法杀了他。"

"那怎么可能？他比我大呀，比我大很多呢。"

"总之你不是出来撒尿的。"豆子说，"真要憋急了，你的尿脬还不胀得跟皮球似的，撒起尿来哗哗响。"

"你听见啦?"

豆子耸耸肩。"你不准我用眼睛,当然只好用耳朵啦。"

"你想得太复杂了,想弄明白将来的事,你还知道得不够多。"

"我觉得阿喀琉斯说他要去藏起来是撒谎。"豆子说,"我想你现在也在对我说谎。"

"这你可得习惯。"波可说,"世界上本来就充满了骗子。"

"尤利西斯不会在乎杀的人是谁,"豆子说,"对他来说,杀你也能得到和杀阿喀琉斯一样的快感。"

波可不耐烦地摇摇头。"尤利西斯算不了什么。他伤不了谁。他说那些话全是吹牛。"

"那你起来干什么?"豆子问道。

波可耸耸肩。

"你想去杀阿喀琉斯,对不对?"豆子说,"然后让大家以为是尤利西斯干的。"

她眼珠一转,"你今天晚上没喝多吧?怎么那么蠢?"

"蠢点儿没关系,能看出你在撒谎就够啦。"

"回去睡觉。"她说,"和其他孩子待一块儿去。"

他盯着她看了一阵,最后服从了她的命令。

确切地说,是表面上服从。他回到他们近段时间睡觉的那个地下维修隧道里,马上又悄悄从后面的出口爬出去,攀上 堆板条箱和大铁桶,爬过几堵高高矮矮的墙,来到一片低矮的屋顶上。他及时赶到了屋顶边缘,正好能看见波可溜出小巷,走上大街。她这是要去什么地方,见个什么人。

豆子顺着一根排水管滑下屋顶,急走几步,沿着柯特·胡格大街跟上了波可。他蹑手蹑脚,尽量不发出响动。波可只顾赶路,加上夜空中还有些别的城市噪音,她完全听不到跟在后面的豆子的脚步声。他贴着墙根儿的阴影跟踪，与波可保持一段并不太远的距离。只见波可一路向前，转过两个街口，向河边走去，不知是去和谁碰头。

波可在码头开阔地带的中间停下来，四处张望，发现了自己要找的人。豆子紧张地看过去。只见有个黑影在那里等着。豆子爬上一个很大的板条包装箱，想找个更好的观察点。他能听见两人说话的声音——都是孩子——但听不清他们在说什么。不管那人是谁，他比波可高，可以肯定不是阿喀琉斯就是尤利西斯。

那个男孩搂着波可，吻她。

太奇怪了。豆子常看到发育成熟的少年做这种事，但小孩子这样搂在一起干什么呢？波可才九岁。当然这个年龄的雏妓不是没有，但人人皆知，只有变态的家伙才会去找她们。

豆子必须挨近些，才能听到他们在说什么。他从板条包装箱后面溜下来，慢慢移到一个售货亭的阴影下。那两个人，像是在配合他，正好转过脸来。可惜在阴影里隔这么远，还是看不清面孔，但只要不出声，就不会暴露。现在豆子总算能听到一点他们的谈话了。

"你保证过的。"波可说，接着那个黑影含混不清地回答了句什么。

一条船从河里驶过，船灯扫过河岸，照亮了与波可在一块儿的男孩的脸孔。原来是阿喀琉斯。

豆子不愿再看下去了。想想看，他还以为阿喀琉斯总有一天会干掉波可呢。他实在搞不懂女孩男孩之间的秘密。大家彼此恨得一塌糊涂时，居然会发生这样的事，而且发生在豆子自以为刚刚理清头绪的时候。

他轻轻退开一段距离，然后才放开步子跑上霍伦邮政大街。

现在，他还不想回去睡。尽管他的疑问都有了答案，他的心还是怦怦乱跳。有些事情不对劲儿，这种心慌意乱的感觉提醒他，一定有什么事情不对劲儿。

波可并不是唯一一个对他说谎的人。阿喀琉斯也当众说谎。他在试图掩盖什么事。他脑子里一定有什么诡计。仅仅为了与波可幽会？那为什么要躲开尤利西斯呢？想要波可成为他的女孩，也不必这样藏着掖着的呀。他完全可以光明正大地做，像别的无赖，那些岁数更大些的无赖那样。当然他们一般不会要九岁大的女孩。这难道就是阿喀琉斯试图掩盖的事吗？

"你保证过的。"刚才在码头上时波可对阿喀琉斯这样说。

阿喀琉斯究竟答应过波可做什么？这肯定是波可去找他的原因——要他实现承诺。但阿喀琉斯除了在家庭里给她一个位置以外，还能给她什么呢？阿喀琉斯什么也没有。

所以他一定是答应过波可不做什么。不要杀她？那对波可来说，单独去找阿喀琉斯谈这个，岂不更蠢？

不要杀我，豆子想。对了，这可以作为一个承诺：不要杀豆子。

然而我的处境还不算最危险。虽然我提议杀掉他，但波可才是那个把他打翻在地，再踏上一脚的人。那个场面当然会永远印在阿喀琉斯的脑子里，时时刻刻纠缠他，也许梦中都摆脱不掉：他倒在街头，一个九岁的小女孩踩在他身上，举着一大坨煤渣，威胁要杀死他。像他那样的跛子，在大街上无论怎么努力也难以得到其他无赖那样的地位。因此他练得忍耐力极强——他必须忍受长着两条好腿的无赖们的耻笑，甚至最贱最蠢的无赖都看不起他。尽管他一向卑微，但他生命中最屈辱的一瞬间，还是被波可踩在脚下的那一刻，当时，有那么多比他小的孩子在围着看热闹。

波可啊，你才是他最憎恨的人。你才是他早晚要抹去的痛苦记忆的根源。

很明显，阿喀琉斯今天说的全是谎话。他并不是去躲避尤利西斯。他最终会压倒尤利西斯的——说不定，就在明天。面对尤利西斯时，他正气凛然。你杀了波可！他会厉声呵斥。而尤利西斯会像一个嘴角淌口水的呆瓜,他没办法在这种时候矢口否认自己到处吹过的牛皮。

这个该死的阿喀琉斯,太狡猾了。而且那样能忍,直等找到一个替罪羊才下毒手。

想到这里,豆子立刻转身往回跑,他得去提醒波可。豆子用尽全力,拔足疾奔,一直不停地跑向码头。

但是,在波可和阿喀琉斯会面的码头上,现在已空无一人。

豆子无望地四处寻找。他想放声喊叫,但那样做实在不明智。就算阿喀琉斯最恨的人是波可,也不等于他就放过了豆子,尽管他接受过豆子奉上的面包。

或者只是我在发神经,把所有事都想岔了?他刚才亲热地搂着她,不是吗?她是自愿去的,不是吗?男女之间的事我还不太懂。阿喀琉斯是个家长,一个保护者,不是杀人犯。是我故意往那方面想,是我在设想他会杀害一个毫无防备的人。阿喀琉斯是个好人。我才是坏蛋,我才是罪犯。

阿喀琉斯懂得爱,而我不懂。

豆子走到码头边,目光越过河道。水面被一层缓缓漂移的薄雾覆盖着。河对面远处的岸上,布姆吉斯大街上灯火闪烁,像圣诞节的彩灯。波浪轻轻吻着码头边的桩子。

他的眼光慢慢收回到脚下的河面。有什么东西漂在水上,正随着波浪一下一下地撞击着码头。

好一阵,豆子盯着那东西发愣。其实看第一眼时他就明白,自己一直担心的事终于发生了,只是他不愿意相信眼前的一幕。那是波可。她已经死了。甚至不需要有人证实,街上的每个人就会确信是尤利西斯犯下了这桩谋杀案。

豆子呆呆地立在那里,看着下面的河水,他意识到自己现在只有两种选择:要么把这事说出去,就在此刻,一分钟都不能耽误,去说给所有人知道；要么永远缄口不言此事，因为阿喀琉斯只要察觉到一丝异常，就会毫不犹豫地尽快除掉他。他可以简单地解释：尤利西斯又下杀手了。这样一来，在他杀尤利西斯的时候，他甚至可以声称是为两个家人的死亡讨还公道，而不是一个。

不用再想了，豆子能做的就是保持沉默。月光下波可翻转向上的脸清晰如画，但豆子必须假装从没见过这具漂浮在河里的尸体。

她太蠢，蠢得看不出阿喀琉斯的诡计，蠢得相信他说的一切，蠢得听不进我的劝告。我也一样蠢，竟然拔腿走开，而没有扬声示警。也许这样做就能救她一条命：旁边有一个证人，而且阿喀琉斯别想追上。他没有把握将证人与波可一块儿杀掉，就不敢对波可贸然下手。

是波可使豆子活到了今天。她是给他起名字的人。她是采纳他建议的人。但是现在，她却因此送了命，而自己本来是有机会救她的。

波可被扼死并抛尸河中之后，卡萝塔修女迅速地设法了解到了孩子们变得情绪低落的原因。波可的死亡使提前进行测试的理由变得更加充分。阿喀琉斯还没有现身——那个叫尤利西斯的男孩已经袭击了一次，短时间内阿喀琉斯不太可能从藏匿的地方出来。因此卡萝塔修女只好先对豆子进行测试。

开始，这孩子心烦意乱，表现不佳。卡萝塔修女搞不懂，既然他能在马路上自学阅读，怎么却把如此简单的初级测试题做得一团糟。一定是波可的死亡影响了他。她停下测试，给豆子谈起波可的死亡，她说波可的灵魂会如何前往上帝和圣人那里，得到眷顾，最后体会到前所未有的幸福和欢乐。但豆子对那些事好像并不感兴趣。如果说接下来的测试中有什么变化的话，那就是他表现得比刚才更差劲。

嗯，如果同情不起作用，也许严厉些反而能刺激他吧。

"你还不知道这个测试意味着什么吧？"她问。

"不知道。"他说。语调中明显含有一种"我才不关心这个呢"的意思。

"你只知道这条街上的事。但鹿特丹的这条街不过是这个大城市的一小部分,而鹿特丹也只不过是世界上成千上万同样规模城市中的一个。而这个测试,豆子,事关整个人类种族。因为虫……"

"是说虫族吧。"豆子道。像大多数马路上的淘气包一样,他也瞧不起这种委婉的说法。

"它们迟早会侵略我们,血洗地球,杀死每一个有灵魂的生命。我们必须设法阻止这种事发生,为此,需要选出一些优秀的孩子,把他们送到战斗学校去训练成杰出的指挥官。豆子,对你的测试就是要看看,你是否有可能成为一个这样的孩子,这种测试关系着世界能不能得救,来不得半点马虎。"

测试开始以来,豆子第一次聚精会神地听她讲话。"战斗学校在哪里?"

"在太空中的一个轨道空间站里。"她说,"如果你在测试中表现得足够好,你就将成为一名太空人!"

豆子脸上并没现出孩子气的兴奋。他在竭力思索。

"到现在为止,我已经把测试搞砸了,对吧?"他说。

"到现在为止的测试结果表明,你笨得连协调好呼吸和走路的能力都不具备。"

"我能再做一次吗?"

"可以。我这里有备用的题目。"卡萝塔修女说。

她拿出预先准备好的卷子,面带鼓励的微笑,试着让豆子放松。"你想成为一个太空人,对吧?想成为IF的一员?"

豆子根本没注意去听她后面说的话。

这次通过了。他用大大少于规定的时间做完了全部题目,而且接近满分。

她又给了他一套试题，这是为更大些的孩子预备的题目——一套正规测试题，事实上，六岁才是被选拔进战斗学校的标准年龄。他这次做得没有刚才那么出色，毕竟这孩子没体验过的事情太多，不能理解其中一些问题的内容。尽管如此，他的成绩也比她以往测试过的任何一个孩子都好。

卡萝塔修女本以为阿喀琉斯是最佳人选。但这个小不点儿，他还只是个幼童，却真的，怎么说呢——太让人吃惊。不会有人相信她是在马路上发现他的，更不用说这孩子当时已经饿得奄奄一息了。

一种猜疑闪过她的脑海。结束第二次测试后，她记好分数，把卷子放到一边，向后靠在椅背上，微笑地注视着眼光蒙胧的豆子，开口问道："让街头的孩子们结成一个家庭，这是谁想出的办法？"

"阿喀琉斯。"豆子说。

卡萝塔修女没说话，看着他的眼睛。

"不管怎么讲，是他想出家庭这个说法的。"豆子说。

她还是不开口。她知道得给他时间，自尊心会使他说出更多实情。

"找个大点儿的无赖来保护小孩，是我想到的。"豆子又说，"我给波可提起这个计划，她想过以后决定尝试一下，但她还是犯了一个错误。"

"什么错误？"

"选错了保护我们的大孩子。"

"你的意思是，他不能保护波可。波可还是受到了尤利西斯的伤害，对吗？"

豆子恨恨地哭了，泪水夺眶而出，顺着脸颊滑下来。

"尤利西斯只不过是隔得老远地吹牛皮，到处说说大话而已。"

卡萝塔修女心里有点明白了，但是还不愿相信。"那，你知道是谁杀了波可吗？"

"我跟她说过的,应该杀了他。我跟她说过选错了人。我看到过他躺在地上挨打时的表情,那些表情显示,他绝不会原谅她。但是他很沉得住气,一直在等机会。他从不吃她的面包。她本应该从中看出点什么。她不该一个人出去找他的。"豆子不禁哭出声来,"我想她是为了保护我。因为开始是我当着大伙儿的面让她杀死他。我想她是去求他,求他不要杀我。"

卡萝塔修女努力让自己的声音显得平静。"你认为自己正处在阿喀琉斯的威胁之中吗?"

"是,就像我刚才说的。"他说,略一凝神,又开口道:"一直都是这样。他不会原谅我。他要报复,那是迟早的事。"

"你了解吧,阿喀琉斯给我和哈吉,哦,就是海尔格,留下的印象并不是这样。在我们看来,他显得——很文雅。"

豆子吃惊地瞪着她,像看见了一个疯子。"文雅?难道文雅就是这个意思?耐心等待,直到弄到你想要的东西?"

"你想离开鹿特丹去战斗学校,因为那样一来,你就可以远远地避开阿喀琉斯了。"

豆子点头承认。

"另外那些孩子情况怎样?你觉得他们也在受到他的威胁吗?"

"没有。"豆子说,"他是他们的爸爸。"

"但不是你的爸爸,尽管他与你分享面包。"

"他抱着她,亲她。"豆子说,"我看见他们在码头上,她让他亲她。接着说到他曾经向她保证过的什么事。我就走了,刚跑过不到六个街区我就感觉要出事,我赶忙往回跑,这段时间并不长,但她已经死了,而且眼睛被挖掉了,浮在水面上,随着波浪撞击着码头。如果他恨你,他甚至可以在刚亲过你之后就马上杀死你。"

卡萝塔修女的手指在桌子上轻轻弹了一阵。"这可真有些不好办。"

"什么事不好办?"

"我本来准备对阿喀琉斯也进行测试。我觉得他具有进入战斗学校的素质。"

豆子打了个寒噤。"那就别把我送去。他去我就不去。"

"你真的认为……"她的声音越来越小,"认为他想在这里对你下手?"

"想?"他苦笑一声说,"阿喀琉斯是不会想一想就算了的。"

卡萝塔修女在豆子的陈述中了解到阿喀琉斯的性格特点:冷酷而果敢。这正是战斗学校那些招募人员在费力寻找的东西。与豆子相比,也许阿喀琉斯对他们更有吸引力。他们可以利用他这种暴虐的性格,把他训练成一个冷血战士。

但是让街头无赖变得文明起来的办法却不是阿喀琉斯想出来的。想出这个办法的人居然是小豆子。真是匪夷所思,这么小的孩子设计并实施了这一切。这孩子是上帝的恩赐,不应该生活在冷漠和仇恨中。不过有一件事可以肯定,如果把两人都选送到战斗学校将是一种错误。当然,她可以把其中一个送到一所地球上的学校里,让他脱离马路生活。阿喀琉斯将会变得真正文明,在大街上讨生活所造成的绝望情绪使得孩子们相互仇杀,但这种情绪不会长久困扰孩子们的。

一转念,她又觉得自己是在胡思乱想。阿喀琉斯杀死波可,并不是因为马路生活所造成的绝望情绪,而是出于一种畸形的自尊。是该隐①式的行为,仅仅因为感到羞耻就下手杀害自己的弟弟。是犹大②的做派,在谋杀之前还能镇静地亲吻。自己刚才在想些什么呀,善待邪恶?好像那只是一种自然的生存竞争?不,虽然大街上的孩子们全都生活在恐惧和

---

① 亚当和夏娃的长子,出于嫉妒谋杀了弟弟亚伯。
② 耶稣门徒,出卖耶稣的人。曾在出卖耶稣后假装无辜,和其他门徒一样亲吻耶稣的手。

饥饿中，全都无助和绝望，但他们却并不全都冷酷无情，一心想杀人。

事实果真如此的话，那么，豆子才是正确的人选。

当然，他也曾经劝过另一个孩子去杀人。

但那是因为另外的人对他的生存构成了威胁，而不是因为畸形的自尊心理。

我应该做出怎样的判断呢？基督不是要求我们下判断要毫不犹豫吗？为什么偏偏在我没做好准备的时候遇到这种事？

"我得把你的测试结果上报给战斗学校的那些决策者，豆子，在结果下来之前的这段时间里，你想留在我这里吗？在我这里你会没事的。"

豆子埋下头看着手，点了点头，然后趴在自己的胳膊上，呜呜地哭起来。

那天一早，阿喀琉斯回到他们那个团伙的住处。"我不能再躲下去了。"他说，"那种感觉真窝囊。"他像平常一样，领着他们去吃早饭。但波可和豆子不在其中。

萨金特吃完早饭后，到处打探情况。他和别的孩子交谈，和大人们交谈，想查明到底发生了些什么事，所有信息可能都有用处。在维吉码头一带，他听到几个海岸工作人员说早晨从河里捞起一具尸体，是个小女孩。萨金特找到停放尸体的地方，只见几个大人守在那里，正等着有关当局派人来处理。他没有犹豫，也没有搭理一边站着的大人，径直走过去，掀起遮盖尸体的防水油布。他看到了波可。

"干啥呢？小家伙！"

"她叫波可。"萨金特说。

"你认得啊？知不知道是谁把她杀啦？"

"是那个叫尤利西斯的家伙，就是他干的。"萨金特说。他把油布盖好。他的侦察活动结束了。阿喀琉斯的担忧不无道理，尤利西斯正在杀死他能找到的这个家庭的成员。

"除了杀掉他,我们别无选择。"萨金特说。

"已经流了太多的血,"阿喀琉斯说,"但我想你说得不错。"

几个小一些的孩子在哭泣。其中一个呜咽着说:"在我快饿死的时候,波可给了我吃的东西。"

"别说啦。"萨金特大声道,"我们现在吃得比波可当头儿时好得多。"

阿喀琉斯伸出手拍拍萨金特的胳膊,让他安静下来。"一个杰出的团伙老大所能做的事,波可都做到了,是她把我带入了这个家庭。所以,从某种程度上说,我给予你们的其实就是她给予你们的。"

孩子们都庄重地点了点头。

一个小孩问道:"你认为尤利西斯也杀掉了豆子吗?"

"如果那样,我们损失就太大了。"萨金特说。

"任何损失对我的家庭来说都是大损失。"阿喀琉斯说,"但是再也不会出这样的事了。尤利西斯如果不马上从这个城市滚蛋,就只有死路一条。把这个话传出去,萨金特。让满大街的人都知道我们挑战的姿态。尤利西斯休想再在城里的任何厨房里吃到一口东西了,除非他接受挑战。当他把刀子插进波可眼睛里时,就应该明白这点。"

一阵寒意突然涌上萨金特心头。他对阿喀琉斯敬了个礼,立刻飞跑出去。这是个表示服从的仪式性动作。

他跑着,哭着,心中充满恐惧。他并没有向任何人提到过波可的死状,没有给任何人讲过波可的眼睛被刀子剜成了两个血窟窿。阿喀琉斯怎么会知道这个细节?也许阿喀琉斯通过其他渠道了解过这件事?也许他先就听说了些什么,只是直到萨金特带回消息时他才提起?也许,也许。不。萨金特明白了,尤利西斯根本就没有出手。这是阿喀琉斯干的。就像豆子一开始警告过的那样。阿喀琉斯绝不会原谅打过他的波可。他等到现在才杀她,是因为有尤利西斯那个混蛋去顶罪。他坐在那里说什么波可是多么多么好,大家都该对她心存感激,说什么他阿喀琉斯给予大家的就是波可给予大家的。

只有豆子一个人保持着清醒。几乎在所有方面,阿喀琉斯对家庭来说都是个好爸爸,但他却是个凶手,绝不饶恕冒犯过他的人。

波可本来也知道这点。豆子提醒过她,她也感觉到了,但她最后还是选择了阿喀琉斯做他们这群小孩的爸爸。她为自己选了个杀手。她就像海尔格在他们吃饭时对他们讲的那个什么耶稣一样。她也是为了她的孩子们而死去的。阿喀琉斯呢,他就像上帝。他让人们为自己的过失付出代价,不管是什么样的过失。

重要的是,选择会赢的一边,选择上帝这一边。海尔格就是这么教他们的,不是么?站到上帝那一边。

我要站在阿喀琉斯一边。我要尊敬我的爸爸,是的,那样我才能活下去,活到能够独立自主的那一天。

就豆子来说,嗯,他很聪明,但聪明也救不了他的小命。如果你不能靠聪明保住小命,那还不如死了好些。

这时,萨金特跑到了第一个拐弯处,他要把阿喀琉斯对尤利西斯的禁令传到城里的每个慈善厨房,他一直没能止住哭泣。悲剧已经发生了。现在应该多为活着的人考虑。虽然萨金特已经知道尤利西斯并没有杀人,但能把他置于死地却是一件对自己家庭的安全很重要的事。波可的死给其他的爸爸们提供了退后一步的好理由,他们会在一旁观赏阿喀琉斯如何收拾对手。当这件事完了结以后,阿喀琉斯将会在鹿特丹所有的爸爸中间成为领袖。萨金特会站在他身边,他不会把自己知道的秘密告诉任何人,因为只有这样做才能让自己,让家庭里的其他成员以及所有鹿特丹大街上的孩子们,好好地活下去。

CHAPTER 04 回忆

"第一个人我是看走眼了。他测试结果很好,但人品不符合战斗学校的要求。"

"从你所展示的测试结果中,我看不出他有什么毛病。"

"他很精明。虽然给出了正确答案,但那并不一定代表他的真实想法。"

"你是通过什么测试确定这一点的?"

"他策划了一起谋杀。"

"唔,这只是个小缺点嘛。那另外一个呢?你想过没有,我们能对一个这么年幼的孩子做些什么呢?捞起一条这么小的鱼来,我通常是把它再扔回河里就算完事了。"

"教育他,养育他。他会长大的。"

"他甚至连个名字都没有。"

"他当然有名字。"

"豆子?这也能算个人的名字吗?笑话。"

"等他成名之后,这个名字就不再会是笑话了。"

"那你先收养他一段时间,等他满五岁再来吧。把你能教的都教会他，然后给我看你的成果。"

"我还得去找别的孩子呢。"

"不，卡萝塔修女，你不必再去找了。奔波这么多年以来，这小家伙要算你找到的孩子中最优秀的一个啦。你没有时间再去找下一个。把这个符合标准的教养好，这就是IF交给你的工作。"

"你在吓唬我吧。你的意思是说我们剩下的时间不多啦？"

"我也不知道。也许基督徒预期的千年末日审判快到了吧。"

"但世界并没有灭亡啊。"

"是的，迄今为止，这个世界还完好无损。"

刚开始，豆子的注意力全都集中在食物上。现在有足够的食物供给。他每次吃东西都把肚子填得圆鼓鼓的，吃到感觉反胃时才停下来。他吃得太频繁，每天都得大便，有时一天两次。他把这事当作笑话讲给卡萝塔修女听。"我现在只做两件事，吃和拉！"他说。

"就像森林里的动物。"嬷嬷说，"现在该认真学习啦，不然可对不起你的肚子。"

当然，她每天都在教他阅读和算术，引领着他"更上一层楼"。她还抽出一些时间和他讨论，启发他去回想留存在记忆中的早期生活的每个细节。她对豆子回忆中提到的那个"整洁的地方"特别感兴趣。可惜他的记忆有很大的局限性。他记得自己在那个"整洁的地方"，曾经从小床上爬过栏杆，掉到地上。他拉住身边能抓扶的东西，靠着墙，挪动双脚蹒跚前进。只有在需要通过一块找不着可抓扶东西的空地时，才趴下身子爬行。

"当时你肯定只有八九个月大。"卡萝塔修女说，"大多数人都回忆不起那么小时发生过的事。"

"我记得当时人人都很慌张。那正是我翻出护栏床的原因。我当时预感到所有的孩子都会出事。"

"所有的孩子?"

"小的和我一样大,还有些大一点的。曾有几个大人走进来看着我们哭。"

"为什么呢?"

"一定发生了什么意外,肯定的。我知道情况不妙,我觉得马上会有祸事降临到躺在床上的孩子们头上。所以我不顾一切地从床上爬出去。我并不是第一个爬出床的。我不知道别的孩子后来怎样了。我躲过了大人的搜寻,他们没有找到我。等我再次从藏身的地方爬出来时,所有的床全都空了。屋子里十分黑暗,只有一个标有'出口'字样的灯亮着。"

"你那时就识字啦?"她的话音里透着怀疑。

"没有。我是在识字以后,回想起那个闪光的词,才知道那个词就是'出口'的。"豆子说,"那是我从藏着的地方爬出来之后看到的唯一一个词,我记得很牢。"

"嗯,你独自一人,床都空了,房间里很黑,然后呢?"

"我再出来时,床全都不见了,被换成办公桌和文件柜。房间被搞成一间办公室的样子。嗯,我当时不知道那是办公室,现在才明白。我记得那间屋子一下变了样。到了白天,人们会去那里工作,总待在藏身的地方变得很难受,而且我越来越饿了。"

"你藏在什么地方?"

"我躲在马桶后面的水箱里面。掀起上面的盖子很艰难。窝在里头难受极了。我那时还不知道那是什么。但一有人来用厕所,里头的水就又涨又落的,里面有些部件也动弹起来,把我吓得够呛。我刚才说了,我感到饿。喝的倒是没缺过,只可惜我自己的尿也在里面。我的纸尿裤湿透了,从身上掉下来,我成了个光屁股。"

"豆子,你明白你正在给我讲什么吗?这些事都发生在你一岁以前,知道吗?"

"是你说我那时应该不到一岁的。"豆子说,"我不知道那时我有多大。你让我回忆。我告诉你的越多,自己想起来的事也就越多。但如果你不相信我说的……"

"我只是有点……我当然相信你说的这些。不过其他那些孩子是怎么回事呢?你们生活的地方,就是你提到的那个'整洁的地方'在哪里?那些大人是些什么人?为什么他们把别的孩子都带走了呢?其中一定有些见不得人的隐秘。"

"无论如何,"豆子说,"能离开厕所让我很开心。"

"你光着身子,你刚才说,然后离开了那个地方?"

"不是。我被人发现了。我从厕所出来,一个大人看到了我。"

"然后呢?"

"他带我到他家里。我得到了衣服。那时我管它们叫'衣衣'。"

"你那时会说话啦?"

"会一点儿。"

"这么说来,那个大人带你回家,还给你买了衣服。"

"我想他是个守门人。我现在知道了许多工作岗位的情况,明白那个人多半是个守门的。他在夜里上班,穿的衣服像那种守卫人员的制服。"

"后来呢?"

"有一天我听到他和一个女人为了我大吵大闹,然后他就对我说了一大通话,我听出他的意思是要我离开,我就走了。"

"他把你打发上街就不管啦?"

"不,我自己偷偷走的。现在想起来,他可能是准备给我另找个人家,他对我说要把我送给别人,听起来有点吓人,所以我趁他不注意就溜了。当时我有衣服,肚子也不觉得饿。他是个好人。离开他以后我一直在心里盼着他别遇上任何麻烦。"

"从那以后你就开始了大街上的生活？"

"差不多是吧。一对夫妇经常给我一些吃的东西。但每次他们给我食物时，别的大孩子都会围过来叫嚷、乞讨，弄得他们最后只好谁都不给。大孩子们常把我推开，或者把我手中的食物抢走。我很害怕。有一次一个大孩子见我在吃东西，像疯了一样冲过来抠我的喉咙，迫使我把刚吃下的东西吐到街上。他甚至捡我吐出来的东西吃，但他吃不下去，那让他作呕。那以后我就尽量在所有时间都藏起来，所有的时间。"

"结果饿得差点儿死掉。"

"我观察街上的一切。"豆子说，"偶尔，吃到一点点东西。我没有死。"

"是的，你挺住了。"

"我见到过很多死人，见到过很多孩子的尸体，大孩子的小孩子的都有。我心里一直有个疑问：他们中有没有人来自那个'整洁的地方'？"

"那你见到过你认识的孩子吗？"

"没有，没有谁看上去是从'整洁的地方'出来的。就是有，他们也全都饿变形了。"

"豆子，谢谢你告诉我这些事。"

"这不是在回答你的问题吗？"

"你想过没有，一个像你这样弱小的婴儿，在这么糟的环境里居然活了三年。你不觉得这是个奇迹吗？"

"我没猜错的话，你的意思是说我早就该死了。"

"我只是……我的意思是说上帝始终在看护着你。"

"喊！唔，可能吧。但他为什么不看护那些死去的小孩子呢？"

"他把他们带到他的世界里去了，他爱他们。"

"那就是说,他不爱我?"

"不,他同样爱你,他——"

"如果他如此特别地看护我,至少应该偶尔带给我些吃的东西吧。"

"他指引我来找你。他赋予你特别的使命,豆子。"

豆子对这种话题感到厌倦。卡萝塔修女一谈起上帝来就神采奕奕,但他却连上帝长什么样子都想象不出来。她似乎把所有的好事都归于上帝名下,但坏事一来,她就替上帝找理由,说其中自有深意啦,后头紧跟着就有好事啦什么的。而豆子能想得到的却是,那些小孩子如果再有多一点的食物,就不会饿死。

不过一旦他把自己的真实想法说出来,就会引起她的不安,她会提到更多与上帝有关的事,而且会使用许多豆子完全听不懂的字眼。豆子意识到最好不与她讨论这个难缠的话题,她爱怎么说由她怎么说好了。

最使他入迷的是阅读和算术。有纸有笔,可以用真正的纸笔写写算算,这种感觉太棒了。

还有地图。卡萝塔修女开始没有教豆子怎样看地图,但墙上几幅地图的形状吸引了他。他经常走近那些地图,辨认写在上面的那些小字。有一天他认出一条河流的名字,明白蓝色表示河流,更大的蓝色区域则表示比河流更宽阔的水面;接着他又发现图上有不少字和他在街上见过的那些街名标志一样,他领会到眼前的东西是一幅与鹿特丹有关的图片;最后他懂了,这幅图画的就是鹿特丹,只是没画出街边的房子和街上的人。图上的鹿特丹的形状活像一只鸟。他在上面找出了自己原来生活过的地方,波可被害死的地方,还有他知道的其他一些地方。

卡萝塔修女发现他自己学会了看地图,兴奋不已。她把鹿特丹在其他地图上的位置指给豆子看。在一张地图上,鹿特丹只占了很小一块,在另一张上不过是个小点,有一张地图甚至没有标出这个城市。卡萝塔修女告诉豆子鹿特丹在这幅图上的位置。豆子从没想到过世界竟然那么大,也从没想过世界上会有那么多人。

最后卡萝塔修女再回到鹿特丹市区图上,让豆子试着回忆他能记得的最早的事情发生在哪里。但是,在地图上,一切都显得有点与现实不同,要对上号并不容易。他花了不少时间,判断出一些得到过别人施舍的地方。他把这些地点指给修女看,她在地图上相应的位置做好记号,一个都不漏过。过了一会儿豆子恍然大悟——所有这些地点都集中在一个区域内,而且排成了一条线,就像一条标出记号的小路,从他投靠波可的地方开始,往回一直通向……

通向那个"整洁的地方"。

想要找到那地方的准确位置太困难了。当时跟看门人逃出去的时候,他心中充满恐惧。他不清楚那地方的方位。实际情况还有可能像卡萝塔修女说的那样,看门人的住处并不在"整洁的地方"附近。所以她顺着豆子回忆的路线往回找到的那个地方,可能只是看门人的住所。或者说是那个看门人三年前住过的地方。

他知道自己早晚会想起来那个"整洁的地方"在哪里,他知道这个。现在豆子明白了:对卡萝塔修女而言,了解他的来历是非常重要的。

她想查清他的身世。

他使劲想,希望能回忆起更多的往事。但他以后不会再把每件事都讲给她听了,因为她并没有把知道的每件事都告诉他。这样才平等。他要瞒着她,自己去找那个"整洁的地方",等他觉得合适的时候才给她说。万一结果不是她想要的呢?她会再次把他打发到大街上去?还会让他去太空中的战斗学校吗?测试结束时她倒是做过这样的承诺,当时她说他的测试结果很好,但要等他满了五岁才能进入太空,而且到那时也还不是由她一个人说了算。当时豆子就知道,她并不一定有能力实现自己的承诺。所以,如果她在他身上发现了什么毛病,就极可能收回做出的一切承诺,甚至包括保护自己不受阿喀琉斯伤害的诺言。这正是他决定要单独行动的缘故。

他细细琢磨地图,不断在脑子里勾勒拼凑一些画面。每天睡觉前,他都自言自语一阵,逼着自己思考回忆,尽力回想看门人的面孔,还有自己生活过的那个看门人住的房间,以及室外的楼梯。那个俗不可耐的女人就是站在那个楼梯上与看门人吵架的。

当豆豆觉得自己已经把所有能够回忆起的内容都回忆到了以后,就开始寻找机会出门。豆子喜欢厕所,特别喜欢冲水,虽说看见东西一下子就被冲走了有点吓人。有一天,豆子从厕所出来,没有回到卡萝塔修女通常给他上课的地方。他朝走廊另一头走去,出门来到街上。一路顺利,没有人阻拦他。

豆子马上意识到自己犯了个错误。光顾着去回忆看门人住的地方,结果忘了搞清楚自己现在待的这个地方在地图上的位置。他对这里一点都不熟悉,而且这里看上去和自己习惯的街道大不相同。自己原来混的那条街上挤满了过路人,有推手推车的、骑自行车的,还有穿旱冰鞋的,熙来攘往,好不热闹。眼前这条街上只见四处停放着轿车,却几乎见不着一个人,甚至见不着一家店铺。所有住房和办公室,包括居家办公室的门外都有个小标志。唯一与众不同的房子,就是他刚走出的这一幢。这幢房子显得比别的建筑结实、端正和高大,但它前面却没有任何标志。

他知道自己要去哪里,但却不知道从这里出发怎么才能到达目的地。而卡萝塔修女很快就会开始四处找他的。

豆子先考虑躲起来,但接着他想到嬷嬷听过自己在"整洁的地方"躲藏的故事,她一定能估计到这点,然后封闭这幢建筑把他从藏身之处揪出来。

脑子里这个念头一转,豆子立刻撒腿跑了起来。他惊讶地发现自己现在有多强壮,跑得和飞翔的鸟一样快,而且一点儿不累,感觉似乎可以一直不歇气地跑下去。他跑过整条街，在街口转到了另一条街上。

一条街，又一条街，他迷路了。不，不能这么说，因为他一开始就迷了路，这样继续迷下去，再迷也迷不到哪儿去。他在大街小巷中来回地行走、小跑、漫步、疾奔，最后意识到应该先找一条运河或水道，流水会把他带向河边或者一个自己熟悉的地方。当第一座跨过水面的桥出现在眼前时，他辨认了一下河流的方向，然后选择顺着一条离河最近的街道往前走。尽管他现在还是不知道自己身在何处，但至少他知道应该怎么走了。

豆子的办法很见效。他沿着河道一路前行，发现河流在远处转了个弯，他想起地图上河流弯曲的地方，判断出了自己目前所在的位置——马斯河林荫大道，这条路可以把他带到波可遇害的地方。

卡萝塔修女在地图上标出的所有记号，豆子都记得一清二楚。他必须穿过自己原来在街头流浪时生活过的一些地方，然后循序渐进，才有希望不断接近当年看门人的住处。这并不是件容易的事，何况卡萝塔修女这会儿可能已经让警察四处找他了，他们肯定会以为他又投入了街头的流浪生活，因而会在他从前生活过的那些地方找他。

他们一定想不到我豆子现在不饿。既然我不饿，我就不会慌张。

他决定绕道走。离开河流，离开城中吵闹繁忙、到处是流浪儿的地段。因此只要看到热闹喧哗的街道，他就避开。在这天剩下的时间和第二天的大部分时间里，他在城里转了个大圈子，有一阵子他甚至绕到了鹿特丹城外。他看到了城郊的乡村，和画上画的一样——到处是大片的农田、高出地面围绕着农田的公路。卡萝塔修女曾经对他解释过，鹿特丹大部分农田低于海平面，筑建堤坝是保护农田不被大海涨潮淹没的唯一方法，而堤坝的上面则被修成公路。豆子知道自己没必要去堤坝那里，不管能不能走得过去。

豆子游荡着返回城市。第二天傍晚时分，他走到斯希丹布鲁克区，认出雷汀克大街的街名,接着找到伊尔斯默兹路口。他对这个十字街口很熟悉,这里有一家让他印象深刻的餐馆。当他还是个婴儿,不大说得来话时,曾来过这间餐馆的后门。当时有很多大人冲上来喂他吃东西,帮助他,而不是一脚把他踢到大街上去。

他站在暮色里。这儿的一切还都和原来一样。他眼前仿佛看到一个妇人正端着一小碗食物,一边拿着一个小调羹喂他,一边絮絮叨叨地不知说着哪个国家的话。现在他能认得餐馆前的牌子了,上面写的是亚美尼亚文字,多半当年那个女人说的就是亚美尼亚语。

自己当时是从哪条道走到这儿来的呢?是被食物的味道吸引来的吗?他往前走几步,又后退几步,在附近转来转去,想找回当年的感觉。

"干啥呢,胖子?"

两个八岁左右的小孩走了过来,一副吊儿郎当的样子,但不像欺软怕硬的无赖。可能是哪个团伙的成员吧。不,不能说团伙,现在应该叫家庭了,阿喀琉斯令所有事情都发生了改变。这种改变也许已经波及这一带了。

"我找我爸爸。"豆子说。

"哪个是你的爸爸?"

豆子不能断定他们问的这个"爸爸"是指正常的爸爸,还是指一个团伙的老大。但他趁着这个机会,说出了"阿喀琉斯"的名字。

他们嘲笑豆子居然跑到这里来找"阿喀琉斯":"他的地盘在河下边老远,他怎么会上这儿来见你这种细皮嫩肉的胖子呢?"

被嘲笑一下倒无关紧要,重要的是知道阿喀琉斯现在显然已经声名显赫,他的名气竟然传到城市的这一边来了。

"我才不会对你们说他的事情呢。"豆子说,"阿喀琉斯家庭里的孩子都好吃好喝的,长得像我一样胖。"

"嘿,也都像你这么矮吗?"

"过去我还要高点儿,可是我问题问得太多,老遭打压,被压矮了。"豆子说罢,推开他们,横穿过罗泽兰街。看门人的住处似乎应该在街那边的什么区域。

他们没有跟上来。可能是阿喀琉斯魔力般的名字起了作用,但也许仅仅是因为豆子表现出的超常的自信镇住了他们。他刚才对他们满不在乎,一副没把对方放在眼里的样子。

街这边并没有什么事物让豆子感到眼熟。他只好再折回原地,继续寻找线索,寻找当年离开看门人后自己可能瞄过一眼的东西。但是没用。天色已经完全黑了,他还在那里徘徊。

完全是碰巧,豆子站在一盏路灯旁辨认一个招牌时,一组刻在灯杆上的缩写字母撞进了他的眼睛:PDVM。他不理解这几个字符的意思,前几天他竭力回忆线索时甚至也没想起过它们。但他肯定自己原来见过这组字符,而且不止见过一次。看门人的住所就在这附近。

他慢慢转动身体,扫视这一带,看见了一栋小公寓楼,配着条一段在露天一段在楼里的楼梯。

豆子记得看门人住在最高一层。一楼、二楼、三楼、四楼,对,就是四楼。豆子走近这栋小楼的信箱,想看清上面的名字,但墙上那些信箱挂得太高,名字模模糊糊的,全褪了色,有的信箱连标签都被弄丢了。

他不知道看门人的名字,尽管应该听说过的,但现在早已忘干净了。就算邮箱上的名字标得清楚,也不大可能想得起来。

户外的楼梯并不通到顶楼,只通到二楼,楼梯所以修成这样,显然是为了给二楼的一家诊所提供方便。但现在这么晚,户外楼梯尽头的门已经锁上了。

除了等待,无事可做。豆子或者等到明天早晨选择一个入口进去,或者等到有人半夜回来,跟在后面溜进去。

困倦的等候中,豆子昏昏沉沉地打起瞌睡来。愣怔怔地惊醒两次之后,他不禁有点担心被警察看见,把自己撵走。所以他干脆找了一个自甘堕落的借口来劝慰自己,蜷缩到楼梯下面"值夜班"去了。

一个醉汉的笑声把豆子吵醒了。天还黑着,天上飘起了小雨——不过没飘到楼梯下面,所以豆子没被淋着。他探头出去,看谁在那里笑。

是一男一女,两个都被酒精弄得疯疯癫癫的,男人伸手在暗中又捏又抓,女人半推半就地推挡着男人的爪子。"你就不能等一等吗?"她说。

"我就不能。"他说。

"我看你除了睡觉,别的什么也干不了。"她说。

"这次不了。"他一边说,一边吐起来。

她厌恶地瞪他一眼,躲开几步。他跌跌撞撞追上她。"现在好多了。"他说,"我好多啦。"

"那可得再加点儿钱。"她冷冷地说,"还有你先要把牙刷干净了。"

"刷干净,呃,当然得刷干净。"

他们现在正站在这座公寓楼前面。豆子等待时机,好跟在他们后面往里溜。

但他马上意识到自己要找的人就在眼前。这个男人正是当年那个看门人。

豆子从楼梯下的阴影里走出来。"谢谢你把他带回家。"他对女人说。

两人大为诧异地盯着他。

"你是谁呀?"看门人问。

豆子看看女人,眼睛转了转说:"要是他没醉成这样就好了。"接着对看门人道:"妈妈看到你又喝成这样回家会不高兴的。"

"妈妈!"看门人嚷道,"你这该死的臭嘴在说啥?"

女人一把将看门人推开。他歪了两步失去平衡,斜倚在墙上,然后屁股一沉,坐到了地上。"我早知道,"她说,"你带我回家是想气气你老婆吧?"

"我没有结婚。"看门人说,"这孩子不是我的。"

"你说的话当然不会假啦。"女人说,"但你现在最好还是让他扶你上楼,妈妈在等着呢。"她说完撒腿就走。

"那我给你的四十块钱呢?"他可怜巴巴地问,明知道不会有什么好结果。

女人做了个下流手势,消失在黑夜里。

"你个小婊子。"看门人道。

"我想找你单独说点事。"豆子说。

"你这该死的到底是谁?你妈妈是哪个?"

"我正是为这个才来找你。"豆子说,"我是你发现并带回家的那个婴儿。三年前。"

看门人麻木不仁地看着豆子。

一束亮光突然射了过来,接着又是一束。豆子和看门人被一片手电筒的光束照在中间。四个警察围了过来。

"别想跑啦,小家伙。"一个警察说,"还有你,及时行乐先生。"

接着豆子听到卡萝塔修女的声音。"他们没有犯法。"她说,"我只是想找他们谈谈。到他住所去吧。"

"你在跟踪我?"豆子问她。

"我知道你在找他。"她说,"在你找到他之前,我不想干扰你的行动。这样做只是为了以防万一。你觉得自己够聪明吧,小伙子,但我们为你打发了四个街上的暴徒和两个臭名远扬的猥亵犯,他们一度尾随在你身后。"

豆子眼睛一骨碌。"你以为我不知道该怎样对付他们吗?"

卡萝塔修女耸耸肩。"正因为你从不犯错,我才害怕你犯下你生命中的第一个错误。"她说这话时用的是一种讽刺的语调。

"如我所言，从这个帕勃罗·德·诺切斯身上什么也打听不到。他只是个喜好嫖妓的移民。荷兰现在归入了国际联盟区域，吸引了不少这种没用的东西到这里来鬼混。"

卡萝塔修女耐着性子听警官说这番"如我所言"的演讲。但当他说到这个男人是个"没用的东西"时，她忍不住说话了："他曾把一个婴儿带回家喂养照顾。"

警官摆摆手，提出异议："难道我们想让大街上多出一个流浪儿来吗？那些流浪儿都是这号人瞎搞弄出来的。"

"并不是什么都没打听到。"卡萝塔修女说，"你从他那里弄清楚了那孩子被发现的地方。"

"但找不到当时租用那幢建筑的人了。那个公司的名字根本没做过任何登记。什么线索都没留下，没法子找到他们。"

"什么都没留下也能说明一些问题。"卡萝塔修女说，"我给你说过，有人在那个地方养过不少小孩子，后来匆匆关闭了那个地方，带走所有的孩子，只有一个逃了出来。你还说那个公司用了假名无法追踪。那么好，针对他们这些做法，你现在凭你的经验判断一下，他们在那个建筑里会干些什么？"

警官耸耸肩。"当然，很明显是个器官工场。"

卡萝塔修女鼻子一酸，眼里噙着泪水。"只有这一种可能吗？"

"不少有钱人家的婴儿生下来就有缺陷。"警官说，"所以买卖婴幼儿器官的地下黑市十分猖獗。无论何时何地，我们一旦发现器官工场就会将其查封。也许我们的同事当时正在侦查这个器官工场，他们就闻风而逃停止了买卖。不过这一家的确比较奇怪，事实上我们后来进去搜查时，根本没发现任何跟器官工场有关的东西。所以也说不定他们突然关闭工场是另有原因。就这些，没别的了。"

卡萝塔修女认真地听着，警官显然没有意识到自己发现的这些线索有多重要。她问道:"那些婴儿是从哪里找来的呢?"

警官茫然地看着她,好像觉得她问的是一个怎么生孩子的问题。

"器官工场,"她说,"到哪里去找孩子呢?"

警官耸耸肩。"找那些孩子怀久了想堕胎的呗。向诊所付点黑钱,做点儿安排就行,诸如此类。"

"这是唯一的来源吗?"

"唔,这个我就不知道了。还有从医院偷来的孩子?我想不会有那么多,医院的安全系统不至于让大量婴儿被拐走吧。被穷人卖掉的孩子?常能听到这种事,是的。有些原本有八个小孩的穷难民,过两年就只剩下六个了。他们哭着说那些孩子死了,但提供不出任何证据。你什么也别想查到。"

"我所以追问这个问题是因为,"卡萝塔修女说,"这孩子非比寻常,与众不同。"

"长三只胳膊吗?"警官问。

"才华出众,是个天才,特别早熟。他从那地方逃掉的时候还不到一岁,还不会走路呢。"

警官愣愣地想了一会儿才说:"他爬着逃走的?"

"他藏在厕所的水箱里。"

"他一岁不到就能搬起水箱盖子来?"

"他说掀动它非常艰难。"

"唔,那也许是用廉价塑料做的,肯定不会是陶瓷的。你知道那些管件标准是怎样一回事。"

"瞧,你现在明白了,我为什么要查清这孩子的身世。有一对父母创造了一个奇迹。"

警官耸耸肩。"有的孩子天生聪明。"

"但总有些遗传的因素在里面,警官。这样一个孩子一定会有……不平常的双亲。他的父母很可能十分著名，因为他们一定有杰出的智慧。"

"也许吧，但也许不呢。"警官说，"我的意思是，难民中也可能有些别具天赋的人，但他们的生活却糟得要死。为了救活一个孩子，也许他们不得不卖掉另一个。这也得算作聪明吧。总之你排除不了这孩子的父母是难民的可能性。"

"我也认为有这种可能。"卡萝塔修女说。

"这些就是能向你提供的全部信息了。这个帕勃罗·德·诺切斯什么都不知道。他连自己从西班牙哪个城市来的都差点儿没说清楚。"

"他那时还醉着呢。"卡萝塔修女说。

"等他酒醒了，我们再问问他。"警官说，"如果我们了解到更多的情况，会马上通知你的。在此之前，你只好根据我刚刚告诉你的那些情况去做工作了。"

"我已经知道了我想要知道的事情。"卡萝塔修女说，"你提供的情况已经足以让我知道这孩子是一个真正的奇迹，是上帝一直在佑护他，要让他去实现一个崇高的目的。"

"我可不是天主教徒。"警官咕哝道。

"但上帝同样爱你。"卡萝塔修女愉快地说。

CHAPTER 05
准备好了吗

"为什么派我去照顾一个大街上长大的、刚满五岁的孩子？"

"你看过他的测试分数。"

"非得要把这分数当回事吗？"

"整个战斗学校的运作程序是以这个测试项目为基础的，毫无疑问，你当然要认真看待他的分数。我查过了，没有一个孩子的测试分数比他高，包括你那个明星学生。"

"我不怀疑测试的有效性，问题在于测试的人是否靠得住。"

"卡萝塔修女是个嬷嬷。你再找不到比她更诚实的人了。"

"再诚实的人也难免偶尔骗一下自己。这么多年来，她一直到处寻找一个——就一个——近乎完美的孩子。以为一旦找到，就不枉此前的所有努力，她已经想成功想得发疯了。"

"你别说，真还让她给找到了。"

"看看她是怎么找到的吧。她在第一份报告里推出的是一个叫阿喀琉斯的孩子，这个——这颗小豆子——只是个替补。然后阿喀琉斯被丢在一边，不再提起——他死了吗？嬷嬷不想给他医腿了吗？——之后她才推荐了现在这粒小绿豆。"

"'豆子'是那个孩子称呼自己时使用的名字。有点像你的安德鲁·维京称自己为'安德'。"

"安德鲁·维京可不是我的。"

"豆子也不是卡萝塔修女的。如果她要捏造分数或者在测试过程中舞弊,那她早把其他孩子推到计划里来了,我们也早就知道她不可靠了。她从来没有做过那样的事儿。她总是把自己选出的最有希望的孩子刷下去,为他们在地球上安排另外一个不属于学校计划内的去处。我觉得你之所以不乐意,是因为你现在把所有的关怀和精力,都放到了那个叫维京的男孩身上,不想再分心。"

"你定制什么床,我就非得睡什么床啊?"

"我刚才的话不一定妥当,你多多包涵。"

"我当然会给这个小不点儿机会,尽管我根本不相信这些测试分数。"

"不仅要给他机会,还得让他进步。测试他,考验他,别让一棵好苗子毁掉。"

"你还不大了解我们的训练情况。我们对所有学生一视同仁,对他们进行的任何测试和考验,都是为了使他们不断进步。"

卡萝塔修女流着泪告诉豆子该出发了。相比之下,豆子反而显得更平静一些。

"我知道你有点害怕,豆子。没事的。"她说,"你在那里会很安全,能学到很多东西。你会陶醉在知识的海洋里,一到地方,你就会喜欢上那里。你只管做你应该做的,不用挂念我。"

豆子眨眨眼,想:她觉得我现在很害怕,我走了以后会想她。为什么她会有这些想法?是我的言行给她造成了这样的印象吗?

他现在对卡萝塔修女已经没什么感觉。刚刚遇到她时,他可能还愿意接受她的同情。她和蔼可亲，给他吃的东西。她保护他，帮助他。

但是，当豆子找到看门人帕勃罗时，卡萝塔修女却从中作梗，阻止他和自己以前的救命恩人谈话。之后她也并没向豆子转告帕勃罗说过的只言片语。而且关于那个"整洁的地方"的情况，她也一直瞒着不说。

从那时起，豆子对她的信任就消失了。他不知道她收留自己的目的何在，可能牵扯到一件豆子自己不情愿做的某种事情吧，但她不告诉他真相。她对他保密，像阿喀琉斯一样。

所以接下来的几个月，她虽然一如既往地教导他，他却感到与她的距离越拉越大了。他学会了她教授的全部知识——另外还自学了很多她没教过的东西。

他知道她的眼泪发自真心。她的确疼爱豆子，分别以后会想念他。毕竟他是个理想的孩子，温顺、灵敏、听话。对她来说，这正是"乖孩子"的特点。但对豆子来说，这只不过是他换取食物和学到知识的一种手段罢了。他可不是笨蛋。

为什么她认为豆子现在应该害怕呢？因为她在为他的未来担心。这说明战斗学校里一定有些吓人的东西。他必须小心从事。

她又为什么认为豆子会想念她呢？因为她会想念豆子。她不能想象他的感受会与她不同。她在想象中设定了他应该有这种反应。就像她有时和豆子一块儿玩那种"角色扮演"游戏一样。豆子听她讲过她的童年生活，无疑，她是在一个从不缺衣少食的家庭里长大的。豆子在街头生活时，从来不会为了训练想象力而去扮演什么角色。他要想象的是获取食物的计划，还有怎样才能让自己逐渐被一个团伙接受，以及在得不到任何人帮助的情况下如何存活。那是她的游戏。让豆子扮演一个嬷嬷原来从没见过的圣子的角色，让豆子扮演一个离别时会哭泣的孩子——他现在不哭是因为他对新学校和他的第一次太空旅行心存畏惧，这使他的感情受到了抑制。总之吧，她想让豆子扮演一个爱她的孩子。

明白了这一切，豆子做出决定：就算她对自己的想象深信不疑，那对他豆子也毫无害处。就像波可当时收留我一样，尽管我在团伙里起不到什么作用，但我毕竟不会给她带来伤害。那么，她爱相信什么就让她相信去吧。

这样一想，豆子从椅子上溜下来，绕过桌子走到卡萝塔修女身边，尽可能伸长胳膊拥抱她。她把他抱上膝头，紧紧搂住他，泪水滴到他的头发里。

过了一会儿，他溜下她的膝头。修女擦了擦眼睛，起身牵着他的手，领他到正等着他的士兵和小轿车那里去。

他向汽车走过去时，两个穿制服的男人迎面走过来。他们身上的制服，不是那些爱踢孩子屁股的、在街上挥舞棍子的巡警穿的那种灰色制服，而是天蓝色的。这是国际联合舰队的制服，看上去一尘不染。围着看热闹的人流露出的神情，更多的是羡慕而不是畏惧。这制服象征着太空的权力和人类的安全。

但是他太矮小了，当他们埋下头注视他的时候，他真的感到有点害怕，不由得把卡萝塔修女的手抓得更紧了一些。

一个士兵弯下腰，要抱他上车。豆子恶狠狠地瞪着他，把他瞪了回去。"我自己能行。"他说。

士兵点了点头，直起身来。豆子一只脚跨上轿车的踏板，使劲把整个身体往上撑。踏板离地面很高，他搭手的地方又滑，很难抓紧。但他还是做到了，并在小车后座的中间坐好。对于豆子来说，车上只有这个位置能看得见车外。坐在这里，他的视线可以从前座的空隙中穿出去，看清楚小车往哪儿开。

一个士兵在驾驶座上坐好。豆子以为另一个士兵会坐到自己旁边来，说不定不准他坐在后排中央。但他坐到了前排另一个座位上，把后排座位全留给了豆子一个人。

他向车窗外的卡萝塔修女望去。她还在用手绢擦着泪眼。她对他轻轻地挥手。他也举起手挥了挥。她的眼泪又涌上来了。小车在路面的磁轨上滑行起步,不久就离开城市,以每小时一百五十公里的速度穿越乡村,朝阿姆斯特丹机场驶去。

豆子从没坐过飞机,根本不知道太空飞船和飞机有什么区别,其他孩子一上飞船就开始讨论这个话题。"我想太空飞船应该比这个大吧。它不是垂直升空吗?""那是老式太空飞船,傻瓜。""居然连张餐桌都没有!""在失重状态下你什么都放不稳,笨蛋。"

对豆子来说,太空就是天空,他关心的是天气情况,要下雨还是要下雪,会刮风还是会出大太阳。在他看来,飞到太空并不比飞过白云更让人感到新鲜。

引起他注意的是另外那些孩子。大多数是男孩,全都比他大,而且明显要大许多。其中一些怪里怪气地打量他,他听到身后有个压低的声音在说:"他到底是个小孩子还是个洋娃娃呀?"不过他早已习惯了别人对他的身高和年龄冷嘲热讽。事实上,他感到奇怪的是讽刺他的人太少了,只有一个声音,还是压着嗓子在说。

观察这群孩子让他兴味盎然。他们全都那么胖,那么软。身子像枕头,脸蛋丰满,头发厚密,穿戴周整。豆子知道,当然了,他自己现在也比原来胖得多。但他看不见自己,只能看看他们,不由自主地拿他们和大街上的孩子做比较。萨金特能够把他们中的任何一个撕成几块。阿喀琉斯能够……好啦,现在不用再去想什么阿喀琉斯啦。

这些孩子不是我的对手。

但是,同样可以确定的是:在别的方面我永远不能赶上他们。他们会一直比我高大,比我壮实,比我活泼,比我健康,比我快乐。他们现在相互吹捧,诉说着想家的感受,嘲笑那些不能和他们一起登上太空飞船的落选的孩子,装出一副对战斗学校的情况无所不知的模样。豆子一言不发，只是用心倾听，观察他们的种种表现。豆子一方面想加入他们的争论，把这帮家伙说得哑口无言，开辟一条通向第一名的道路。另一方面，他又打心眼儿里瞧不起这群人。在一群癞皮狗里，就算排名第一，又有什么意义呢？

他低下头，看见自己那双小得不像样子的手，再瞄一眼坐在他旁边的男孩的手。

和他们中的任何人比，我都像个洋娃娃。

几个孩子在抱怨，说他们饿坏了。因为有一条严格的规则：太空飞船发射前二十四小时之内不得进食。而大多数孩子从来没有经历过这么长时间吃不到东西的痛苦。对豆子来说，二十四小时不吃东西根本不值一提。他在街头生活时，只要不饿到下一周，就不会有多大烦恼。

太空飞船起飞了，和飞机的起飞一样，只不过它更重，因此需要一条更长的跑道，才能使它加速到升空所需的速度。豆子对飞船的运动感到很新鲜，它向前冲击的速度那么大，感觉上却像处于静止不动的状态，偶尔有些摇晃和起伏，如同它还在利用轮子滚动前进，只不过承载它的那条空中之路是眼睛看不见的。

飞船升到一定高度后，与两架装满燃料的飞机实行对接，补充的燃料将与剩余的燃料一把飞船加速到逃逸速度[①]。如果一开始加足燃料，那太空飞船就不能从地面起飞了。

飞船补给燃料时，一个男人从控制舱出来，站在所有座位的前面，身上崭新的天蓝色制服完美无瑕。他脸上挤出一个微笑，生硬得像是用钢模子压出来的，和他的制服一样一丝不苟。

"我亲爱的孩子们，"他说，"你们中显然有一部分还不识字。座位

[①] 克服地心引力的速度，即第二宇宙速度。

上的安全带是为了让你们在整个飞行过程中都能固定在原位。为什么那么多人把它解开了呢？你们想要去什么地方啊？"

一片扣安全带的轻微"咔咔"声回答了他的问题，动静参差不齐，听着像零零落落的鼓掌。

"另外我还要提醒你们一点，不要去管别人怎么怎么样，管好你自己。你们要牢牢记住，你身边的孩子每次测试分数都比你高，其中有一些甚至比你高出很多。"

豆子想：不可能的事。一定有一个得到最高分的人。

走廊对面的一个男孩显然和豆子想的一样。"说得很对啊。"他嘲讽道。

"我正在讲述要点，当然我也乐意说几句题外话。"男人说，"如果我说的这些让你困惑不解，忍不住要开口发言，那好，请吧，请把你压在心头的话说出来让大伙儿听听。"

那个男孩感觉到了自己的冒失，但还是决定硬着头皮挺住。"这里一定有个人得到了最高分。"

男人凝视着他，好像在引诱他继续往下说。

引诱他给自己挖一个更深的坟墓，豆子想。

"我是说，你说每个人的得分都比其他人低一些，还有些人得分更高，显然这不可能是事实。"

男人不动声色。

"我说完了。"

"感觉很爽吧？"男人开口了。

他脸上精确的微笑丝毫不变，但说话的语气变了，一改刚才那种轻松的讥讽，转为冷峻的威胁："我在问你话呢，小伙子。"

"不，我不觉得有多好受。"

"你叫什么名字？"男人问。

"尼禄①。"

一些懂点历史的孩子听到这个名字忍不住笑了起来。豆子清楚尼禄皇帝是怎么回事,但他没有笑。一个自己的名字叫做"豆子"的孩子,稍稍长点脑子就不会去嘲笑其他孩子的名字。还有,叫尼禄这种名字才最容易成为真正的负担。它暗示这个男孩挺有实力,或者至少意味着他根本不怕别人给自己起外号。

说不定尼禄就是他的绰号。

"只有……尼禄?"男人问。

"尼禄·博兰格尔。"

"是法语吧?你的意思是说你很饿吗?"②

豆子没听明白这个笑话。博兰格尔是一种食物的名称吗?

"阿尔及利亚语。"

"尼禄,你是太空飞船上所有孩子的榜样。他们中的大多数实在是蠢到家了,他们以为把那些愚蠢的想法留在自己脑瓜里更好。而你,却懂得应该把自己的愚蠢表现出来,这是个深刻的道理。你当然可以信奉、坚持和保留你的愚蠢。但当你把自己的愚蠢当众展览时,你就为自己赢得了一个机会,你发现它,修正它,这样你会变得越来越聪明。怎么样,大家都勇敢些吧,向尼禄·博兰格尔学习,当你有一个自认为超凡出众的聪明想法的时候,就让我们听到你的声音。有话就说,有屁就放,这样你才能学到本事。"

尼禄嘴里咕哝了几句。

"听——这一位的肠子又胀气了,可惜没刚才那么响。告诉我们你

---

① 著名的古罗马暴君。
② 博兰格尔(Boulanger)在法文中有面包店的意思。

在说什么,尼禄。声音洪亮些。你的勇气可以为大家树立个榜样,哪怕你只用半个屁股呢。"

两个学员笑起来。

"听听——你放的屁把别人的屁也引出来啦,那些和你一样蠢的家伙,他们好像自以为比你强那么一点儿,但其实并不知道真正聪明的选择。"

再不会有笑声了。

不知为什么,豆子感到不妙。他觉得这种刺人的语言,确切说是单方面的攻击性语言,这种当众的折磨和公开的羞辱,最后会绕着弯子落到自己头上来。他不清楚自己怎么会有这种预感,事实上那个穿制服的男人并没有留意到豆子,而豆子也没有做出任何引人注目的举动,没有发出任何杂音。但他很有把握,这个男人利刃下的牺牲品最终将会是他,而不是尼禄。

很快豆子就意识到,他为什么能够确定攻击会转移方向。现在四处都是不怀好意的窃窃私语,议论着飞船上是否有个得到最高分的家伙。虽然没什么依据,豆子还是预感到,他就是那个得到最高分的家伙。

"我告诉过你声音要洪亮,尼禄。我等着呢。"那个男人继续对尼禄说。

"我不知道我说的话哪一点愚蠢。"尼禄说。

"首先,你的愚蠢表现在没把自己的位置摆正。在这里,我才有绝对权力,你什么权力也没有。我能够让你陷入悲惨的生活境况中,而你却无力保护自己。要多高的智力才能使你明白应该闭紧嘴巴,免得引起他人的注意呢?在这种力量悬殊的对比下,会出现什么结果你难道看不出来吗?"

座位上的尼禄泄气了。

"第二,你看上去像在听我讲,实际上却没有得到有用的信息。你只是在抓我话里的逻辑错误。这告诉我们,你是一个老想使自己显得比老师更聪明的人,你听老师讲解就是为了挑出他们的漏洞,借此表明你比其他同学高明。这是一种毫无意义的、极端愚蠢的听课方式,是对时间的可耻浪费。显然你将为此浪费几个月的时间,然后你才能最终体会到,从占有信息的成年人那里发掘对自己有用的信息,才是唯一正确的听讲方式。"

豆子心里不服。挑错不是浪费时间。学习的实质不正在于抓住错误,留意错误吗?如果你的头脑不能分辨信息是有用的还是错误的,那你根本就什么都学不到。你不过是以错误的信条代替了原来的无知而已,不会有任何进步。

不过,那个男人说,指出老师的错误一点儿用也没有,这话说得不错。如果我发现老师的错误,就应该什么都别说。那样的话我就是唯一认识到错误的人,这将使我比那些迷信老师的学生更为厉害。

"第三,"男人说,"我刚才说的话表面看来是自相矛盾和漏洞百出的,但那只是因为你对这个问题没有深入思考。事实上确定谁是这艘太空飞船上的最高分得主并没有什么意义。有那么多的项目,体能、智力、社交、心理等等,而每个项目的测试中都有一个'最高分',你们是在综合各项成绩之后挑选出来的。耐力成绩最好的孩子在体能测试中不一定能拿到最高分;记忆力测试的第一名在直觉力测试中也许就不算最好的了。此外,社交能力强的孩子可能过于在乎别人的看法。现在你懂得肤浅的想法会让你得出愚蠢和无用的结论了吗?"

尼禄点点头。

"让我们再听一次你肠子胀气的响动,尼禄。你刚才犯错时用了多大声音,现在就用多大声音,承认你错了。"

"我错了。"

飞船里任何一个孩子都会老实承认,自己宁可死,也不愿意身处尼禄这会儿的位置。但豆子反而感到有些羡慕,虽然他不知道自己为什么会羡慕一个被扫尽了脸面的牺牲品。

"可是,"男人说,"你只错了一点,如果你乘坐另外一艘满载学员飞往战斗学校的太空飞船,那你刚才的回答就完全错了。你知道为什么吗?"

他停顿了一下。

"有人知道为什么吗?谁能来猜一猜?我发出邀请,欢迎大家来猜。"

没人接受这个邀请。

"那我只好挑一个义务兵了。有一个孩子叫——嗯,这个名字很稀奇——'豆子'。谁是豆子?请说话。"

来了,终于来了,豆子想。他感到十分不安,同时也觉得非常兴奋,因为这正是他所希望的,虽然他不知道为什么。

"我在这里,先生。"豆子说。

男人左顾右盼,做出一副找不到豆子座位的样子。当然,那不过是在演戏——他在讲话之前就清楚豆子坐在哪里。"我不知道你的声音是从哪个座位上发出来的。能举一下手吗?"

豆子马上举起手。他发现这个动作使他分外羞愧,因为他虽然举起了手,但却连高靠背座椅的顶端都够不到。

"还是看不见。"男人说,虽然他明显应该看得见,"我允许你解开安全带站到你的座椅上。"

豆子立即照办,解开安全带,跳上座位。现在他只比前面的椅背高出一丁点儿。

"啊,看到你了。"男人说,"豆子,你能推测一下这个问题的答案吗?为什么尼禄在这艘太空飞船上这样回答,比在其他飞船上这样回答更接近正确呢?"

"也许这艘飞船上有一个人在许多项测试中都得了最高分吧。"

"不仅仅是许多项测试,豆子。是所有的智力测试,所有的心理测试,所有与指挥相关的测试。每一项,都比这艘船上的任何学员高。"

"那么我还是没说错。"尼禄发起了新的挑衅。

"不,你错了。"男人说,"因为那个非凡的孩子,在所有与指挥相关的测试中都取得最高分的孩子,在体能测试中的得分却是最低的。你们知道为什么吗?"

没人答话。

"豆子,你正好还站着,你再推想一下这孩子为什么在体能测试中得分最低?"

豆子知道这个男人是怎样布置圈套的了。但是他不会去掩盖这个明显的答案。他要把答案说出来,即使提这个问题的人故意要让别的孩子憎恨他。反正无论谁说出这个答案,他都将成为大家憎恨的目标。

"也许他的个子非常非常矮小。"

很多男孩子发出嘘声,表示对这个回答的反感。当然也反映出了他们的傲慢自大和华而不实。穿制服的男人却严肃地点了点头。

"正是有这样一个非凡无比的男孩,你的回答完全正确。正是这个男孩异常矮小的身材使尼禄刚才的判断出了点错误,他刚才断言一定有个人是最高分。"他转身对着尼禄。"差点你就是个完美的傻瓜了。"他说,"可是……如果不是因为这点意外的话,你就碰巧说对了。当然啦,最差的钟每天还至少可以显示两次正确的时间呢。豆子,现在坐下,系好安全带。燃料已经加好,我们马上要助推加速了。"

豆子坐下来,他感到其他孩子已经开始对他产生敌意。他就是最矮小的一个,凭借以往的经验,他知道自己已经成为那些欺软怕硬的家伙的眼中钉。这个男人为什么要绕这么大一个圈子来让他成为众矢之的,让他成为人人都讨厌和憎恶的目标呢?

尽管朝我来吧，把你们的箭全朝我射过来吧。我会在这个学校里顶住的，总有一天这儿会由我说了算，那时就不用担心谁不喜欢我了。那时的问题将变成我喜欢谁。

"你们大概还记得，"男人继续说着，"尼禄满嘴喷粪之前我早就告诉过你们了。我再强调一次，你们中间很多人自以为是个人物，还不习惯别人没把你们当个东西，所以忙不迭地想找个靶子，满足你们那点想成个人物的可怜的虚荣心。我承认这儿有些人看上去天造地设正是这种靶子，但是，你们必须学会控制住自己，不要以为谁看着好欺负就可以对他指指戳戳，敲敲打打，也不要煽动别人去议论、贬低谁，别像疣猪一样躲在背后发出哧哧的讥笑声。克制自己不去做这些蠢事的原因在于，你们不清楚这群人里谁将在未来成为你们的指挥官。仔细想想吧，你们身边的某个人有朝一日对你们下一个命令就可以决定你们的生死。我建议你们设法赢得他的好感，不要像校园里那些小阿飞一样，为了炫耀自己而去羞辱他。"

男人把挂着冰冷微笑的脸转向豆子，对着他。

"我敢打赌，坐在那儿的那颗豆子，他已经计划好有一天当上舰队司令来指挥你们所有人了。他甚至在计划怎么收拾我。让我独个儿驻守一个边远行星的观象台，直到将我这把老骨头弄垮，瘫倒在工作岗位上，像一条阿米巴虫。"

豆子丝毫没想过自己将来会与这位军官较劲。他并不想报复谁。他不是阿喀琉斯。阿喀琉斯是个蠢货。这个军官也是个蠢货，他居然把豆子当成那种人。但毫无疑问，这个男人以为豆子会对他满怀感激，因为他警告了其他孩子别去招惹他。这个军官的"保护"完全是多事，这只能加深他和其他孩子之间的隔阂。

男人显然从豆子的脸上看出了他正在为什么事烦恼。"告诉你，豆子，我不在意你怎么对我。因为我们的敌人只有一个，那就是虫族。如果你能成为一个给我们带来胜利的舰队指挥官,打败虫族,保护地球人类的安全,那么你就是叫我自己把自己吃了,骂我是天下第一的笨蛋,我还是会说,谢谢你,先生。虫族才是敌人,不是尼禄,不是豆子,也不是我。"说到这儿,他提高了音量,"所以,大家都管好各人的手,别到处乱伸。"

男人再次咧嘴一笑,显得有几分阴森。

"此外,在上次去学校的飞船上,有人企图打一个孩子,结果他在失重状态下被对方甩出去,飞过整个太空船,折断了胳膊。有一个基本的战略法则:在你能确定自己比敌人强大时再出手,否则就管好自己别去打架。这就算是你们进战斗学校后上的第一堂课吧。"

这叫什么第一堂课啊?学校无疑只是要这个家伙在太空船的飞行过程中照护孩子,而不是要他来上课的。如果真要照着他的说法去做,那么在与一个强大敌人的对抗中,你只能无所作为。有时哪怕你是弱小的一方,也不得不主动挑起争斗,并不一定非要确定自己比对手强大。你可以想办法让自己变得强大,然后出其不意地行动。你可以突然袭击,可以从背后下手,可以蒙蔽敌人,可以欺骗说谎。总之为了成功,你可以不择手段。

这个孩子堆里唯一的大人,在这艘太空飞船上算得上是个真正强大的家伙。但如果他是鹿特丹大街上的流浪儿,他所谓的"战略法则"就会让他在一个月之内饿死。当然,假如在这之前他还没因为说那些自认为很香的屁话被人弄死的话。

男人转过身,准备回控制舱。

豆子冲他大声喊起来。

"你叫什么名字?"

男人转回身,目露凶光,凝视着豆子。"怎么着?已经在起草把我的睾丸放到泥沙地去当弹子打的命令啦,豆子?"

豆子没答话，只是回视着他的眼光。

"我是迪马克上尉。还有什么想要问的？"

也许现在搞清楚比以后再去打听要好些。"你在战斗学校讲课吗？"

"是的。"他说，"我到地球度假，跟这艘满载男孩女孩的太空飞船一起回校，意味着我的休假结束了。"

补给燃料的飞机与飞船分离，升到了他们上面。不，是他们乘坐的飞船正在下降。现在，飞船尾部已经比头部低得多了。

金属盖板缓缓垂下，盖住窗户。只觉得飞船在不断下坠，越来越快地下坠……然后，伴随着一声震耳欲聋的轰响，火箭点火，飞船重新开始上升，越来越高，越来越快，豆子感到自己被后坐力压得都快要陷进椅背中去了，而且这段时间就像永远一样长久。

然后……一片静默。

静默，接着是一阵恐慌。他们又开始坠落了，但不是朝下面的方向，人人都感到恶心和害怕。

豆子闭上眼，没什么作用。他再次睁开眼睛，努力让自己适应。没有人对他说明在这种情形下应如何保持沉着。但他在大街上自学过控制反胃的方法——那时他吃的许多食物都有些变味，常常引起恶心，而那些保命的食物又绝对不能吐出来。因此他开始使出自己的惯用手法深呼吸，同时通过专心活动脚趾来转移注意力。这一招意想不到地见效，他在极短的时间内克服了失重带来的不适。虽然这时还分不清上下，但他自我感觉很不错。

其他孩子可没有他这一手，突如其来的平衡感的丧失，使他们受到巨大影响。大多数人连连作呕，好在肚子里没什么可吐的。

迪马克回到船舱里，这回他站到了天花板上。非常有意思，豆子想。另一堂课开始了，讲的是如何摆脱脑子里原来的方向感和重力假设。事情明摆着，这些孩子就算再愚蠢也用得着别人告诉他们这些吗？

豆子没有听讲，他在自己宽松舒适的安全带的束缚中稍微活动了一下，试一试这样做需要克服多大的压力。在他们前往战斗学校的这段时间里，豆子决定至少要学到一点在失重状态下运动的经验。他认为在太空中，将来某一天也许要靠这种知识来救自己的命，得搞清楚移动自己的身体需要使多大劲，要想停下来又应该使多大劲。

CHAPTER 06
安德的影子

"通常你的新兵评估报告都很简短。就是说说几个捣乱的小家伙，一两件小事。还有一种最让人满意的报告——没什么可报告的，一切正常。"

"你有权忽视我的报告，长官。"

"你称呼我长官？哎呀，我们现在真的都变成又古板又小气的人啦。"

"你觉得我在这份报告中哪一部分是多余的呢？"

"我觉得这份报告是一首情歌。"

"我知道，这么做有点像在欺负吃奶的孩子，现在对每批新兵都使用那种过去你曾经在安德·维京身上用过的手段……"

"每批新兵你都这样？"

"正如你看到的，长官，结果总是十分有趣。立竿见影，一下就把类别划分出来了。"

"对，分门别类，让大家都知道自己的位置。换一种法子还达不到这种效果呢。不过，我同意你报告中隐含的褒奖。但与豆子相关的内容居然长达七页，你真的从这个孩子的沉默和服从中发现了这么多东西吗？"

"这正是重点所在,长官。那根本不叫服从。那叫——怎么说好呢,是我在做实验,但却仿佛觉得他才是显微镜后面的那只大眼睛,而我呢,反倒成了载玻片上的一份样本。"

"这么说来,他让你失态了。"

"他能让任何人失态。他表面上极为冷漠,长官。但——"

"但内心却炽热如火。是的,我读过你的报告,每一页都在往外冒火花。"

"正是这样,长官。"

"我想你应该知道,不要给我们的学员施加太大的压力,这是一条经过反复验证的有益的忠告。"

"长官?"

"不管怎么说,既然是这样一种情况,你能对豆子产生莫大的兴趣还是让我感到高兴。因为,你也了解,我本人对他并没兴趣。我自认为我们已经有了一个可以作为最佳选择的男孩。然而豆子那该死的像造假一样的成绩,对我们压力不小啊,要求我们对他特别关照。非常好,他会得到特别关照。这事就交给你啦。"

"但是长官……"

"也许你没听出这是一个客气的命令?"

"我只是担心……我想他对我的评价很低。"

"好啊。那样他就会低估你。除非你认为他给你的这个很低的评价恰如其分。"

"与他比起来,长官,我们可能都是些小傻子。"

"得了吧,把你的注意力集中到工作上去。尽你所能不要去崇拜他。"

从进入战斗学校的第一天起,豆子脑子里就只关注两个字:生存。

没人会帮他——迪马克在太空飞船上玩的那套小把戏已经让豆子认清了这一点。他们要让他处在一群……怎么说呢？说好听点是一群竞争者，说难听点就是，一群敌人的包围之中。所以他又回到了大街生活的氛围里。哼，那也算不了什么。豆子在大街上不也生存下来了吗？

至关重要的是，他得学会被其他人忽略的那些东西——团队的运作方式，战斗学校的体制构成。教官们彼此如何相处。权力的核心何在。谁害怕谁。每个团队都有自己的头儿，有马屁精，有叛逆者和胆小鬼。每个团队内部都有强劲的联系纽带，但也自有其薄弱环节。有友爱，也有伪善。一层层谎言掩盖下的依然是谎言。豆子必须尽快把这一切弄明白，只为了能在空间站上生存下去。

他们被带到宿舍，分发到床、橱柜、小电脑。这种电脑比他过去跟卡萝塔修女学习时用过的那种更为精密复杂。几个孩子马上玩起来，试着编程序或搜索内置游戏。豆子对此丝毫不感兴趣。战斗学校的电脑系统可不是活生生的人，从长远角度考虑，学会操控它应该很重要，不过在今天看来它就显得无关紧要了。今天豆子想了解的事全都在新兵宿舍外面。

不多一会儿，大家都各就各位。他们是在空间站设定的"早晨"这个时间段到达的——空间站建立之初就使用这种佛罗里达时间，这给大多数来自欧洲和亚洲的人带来点小麻烦。对于从欧洲起飞的孩子而言，现在是傍晚时分，有一段很大的时差需要适应。迪马克解释说要想把身体调整到正常状态，得进行充分的体能锻炼，还要在下午小睡一会儿——不能超过三小时，接着再来一次高强度的体能锻炼，然后他们就可以在为学员规定的睡觉时间入睡了。

他们挤出宿舍，在走廊里排成一队。"你们的标志色是绿褐绿。"迪马克说。他向大家说明如何凭借走廊墙壁上的灯光标志弄清楚返回宿舍的通道。豆子发现自己在行进中被人从队伍里挤出来好几次，最后终于落到了队伍末尾。他并不介意——挤撞两下又不会头破血流，而且队伍最后恰好是最佳的观察位置。

走廊里时而有其他孩子从他们身边经过。大多数穿着不同图案的鲜亮制服。有时是一个，有时是两个或三个。还有一次迎着他们跑来了一群装束齐整的学员。这些人戴着头盔，配着样子奢侈的武器，神态威武，趾高气扬。豆子觉得非常有趣。这是一个团队，他想，他们这是要去大打一场吧。

刚到的孩子们敬畏地看着这帮大孩子，招来了一片满不在乎的取笑声。"新兵蛋子们！""鲜肉上桌啦！""谁把尿撒在大厅里没弄干净！""闻闻他们身上冒出来的傻气吧！"

走在豆子前面的几个新兵心理不大平衡，像自言自语一样咕咕哝哝地回了几句嘴，引来大孩子们更多的哄笑和讥讽。豆子见过大街上的大孩子怎样仇视和欺辱小孩子，为了一点食物，他们把小孩子撵得到处跑，丝毫没把被他们夺走食物的小孩子的死活放在心上。豆子从亲身体会中知道，真正的拳打脚踢才意味着伤害。他眼中早已看惯了残忍、剥夺、侮辱和谋杀。而其他孩子却看不出这帮大孩子嘲讽中的善意。

豆子一心想知道的是：这个团队是如何组织起来的，谁是老大，老大通过什么方式选出，还有这个团队的存在有什么目的。他们统一的制服表明了团队的官方性质。就是说实际上是大人在进行幕后的操控——这点倒是与鹿特丹街头的团伙组织方式不一样。在鹿特丹，大人们老是想破坏流浪儿们的团伙，报纸上说他们是带有犯罪性质的非法组织，而不承认他们是为了活下去才组成的可怜的小联盟。

这正是那些统一制服的意义所在。大人们选定它们，在上面附加某种特别的意义，然后让孩子们穿上。

所以当务之急是要了解那些教官。

这些很难用语言表述准确的念头从豆子的脑海里一闪而过。在那群嘘声不断的穿制服的大孩子还没跑到自己跟前时，豆子心里已经吃准了一件事：这个团队根本没什么权力，至少与教官比起来是这样的。接着这伙人看到了比所有孩子都矮一大截的豆子，这下他们像炸锅一样，哈哈大笑起来，发出各种怪声。"喔嗬嗬！还不如一颗粪蛋儿大。""哇噻！他会走路的耶！""小朋友，找不到妈咪了吗？""试问这东东算不算是人类中的一员？"

左耳朵进，右耳朵出，豆子立刻就把这些话抛到了脑后。但他能感觉到新兵队伍前面的孩子们正在幸灾乐祸。他们在飞船上受到了羞辱，现在轮到豆子被人调戏了。他们为此高兴。豆子也为此高兴——因为这样一来，大家就不会再把他当作一个死对头。这群老兵对他的贬低使他觉得更安全了，危险来自……

来自哪里？这个地方有些什么危险？

当然有危险。这他知道。危险无处不在。既然教官们大权在握，那么危险一定来自他们。迪马克已经动手了，他让别的孩子与他对立。所以从自我保护的角度出发，豆子必须想办法从根本上削弱教官对其他孩子的控制。在这里想保平安，就只有暗中破坏教官的影响力。但这本身又是一种最大的危险——如果被抓个正着的话。

他们把手掌按在一块嵌进墙壁的感应板上扫描过掌纹，然后顺着一根立柱往下溜——豆子还是头一回握到这么光滑的立柱。在鹿特丹，他经常滑下那些排水管、路标杆和路灯杆。他们溜到战斗学校的一个高重力区域。脚在健身房里一踩实，豆子就意识到在宿舍那层时，自己身子有多轻，而在这里，却感到重得厉害。

"这里的重力只比地球上大一点儿。"迪马克说，"你们每天都得上这儿来待上半个小时，否则，时间长了，你们就会骨质疏松。你们必须抽出时间锻炼，让自己的耐力保持在最佳状态。关键是耐力训练，而不是练出一身疙瘩肉。总之，坚强的毅力，才是我们最需要的素质。"

这番话对这帮孩子而言几乎毫无实际意义，但教练员很快让他们在活动中明白了健身房的用处。他们进行了大量的运动，只有负重方面的健身项目没让他们做。其实这里有不少负重训练用的器材，但那是供教官们使用的。"你们一进入这里，每个人的心跳就受到监测，"教练员说，"到这里五分钟后，你们的心跳速率没有明显提高，或者在接下来的二十五分钟内不能保持提高后的水平，那么这些情况将显示在你们的个人记录上，而我能在监控台上看到这些记录。"

"我也会得到一份报告。"迪马克说，"那样你们的大名就会登上小猪榜，让大家都知道你们在训练时偷懒。"

小猪榜。这就是他们使用的手法——当着大家的面羞辱一个人。蠢透了，好像豆子会在意这个东西一样。

那个监控台才是豆子现在的兴趣所在。从进到健身房的那一刻起，他们的心跳速率就被自动监测，干了些什么也被记录在案，这怎么可能呢？他差点脱口问出这个问题，但马上他就意识到了答案：是制服有问题。机关一定设在他们的衣服里。某种传感系统。它多半能将心跳速率等很多信息传送给监控者。借助这东西，监控者们当然还能监测各个位置的孩子的活动。也就是说，整个战斗学校数以百计的孩子都处于这种监视之下，电脑会随时报告他们的情况：位置和心跳速率。天知道还会有些别的什么数据。这里的某个地方有个专门的房间，被教官们用来监视他们的一举一动吗？

也许不是衣服。临下来之前他们在感应板上扫描过掌纹，想来从那时起每个人的身份就已被识别。这意味着还有一种可能：健身房里设有某种特别的感应装置。

应该弄清楚这件事。豆子举起手。"长官。"他开口道。

"什么事？"教练员开始没注意到豆子，现在才看见这个异常矮小的学生，不由得感到惊讶，嘴角浮起一丝微笑，转过头看了看迪马克。

迪马克面无表情，没对他的微笑和惊讶做出任何回应。

"心率监测器是装在我们的衣服里吗？如果我们训练时脱下一些衣服，那会不会——"

"健身房里不允许脱衣服。"教练员打断豆子的话道，"这里的室内温度经过专门调试，所以你们根本不用脱掉衣服。你们将始终处于监测之下。"

算不上是个真正的答复，但已经告诉了豆子他想了解的事情。监测一定是借助衣服来实现的。也许衣服里有个标志符，扫描掌纹时，识别器把信息输入健身房的传感系统，从而确认每个孩子身穿的衣服。这样解释就比较合理了。

所以衣服刚被穿上时标志符是不对应任何人的，直到大家扫描过掌纹以后，衣服才被识别为穿在特定的某个人身上。这很重要——意味着不用光着身子也能找到躲过监视的办法。光着身子，豆子寻思道，在这个地方未免太醒目了。

大家锻炼起来。教练员在一旁指点，谁的练法没达到要求的强度，谁又练过火了，会很快疲乏。

锻炼完毕，到了吃饭时间。只有他们在这个时间来到餐厅——因为第一天来的新兵时间表与别人不同步。饭菜很好，而且居然有那么多。豆子听到几个孩子抱怨食物太少时，差点儿惊讶得晕过去。这完全是一次筵席！豆子放开肚皮都吃不完眼前这么多好东西。抱怨的学员从厨师那里得知，食物是根据每个人的需要单独设定的——他们在餐厅前的识别器上扫描掌纹时，电脑就计算出了每人所需的食物分量。

所以，不在识别器上扫描掌纹就吃不到东西。弄清这点也许很有用。

过了一会儿，豆子知道自己的身高在这里很显眼，会引起各个部门的特别留意。他放回只吃了一半的食物时，一个机器人用尽职尽责的营养学家的口吻提醒他："这是你第一天来这里用餐，所以我们没有作严格要求。但你的食物分量是按你的身体需要科学制订的，以后你必须吃完分发给你的所有食物。"

豆子看着它，一句话都没说。他心里已经打定主意。如果训练使他更饥饿，那他会再多吃几口。但倘若他们老想把他的肚子填得满满当当的，那可没门儿。简单的办法是把吃不下的食物分给那些抱怨吃不够的同学。他们会高高兴兴接受的，这样豆子只要吃到身体感受恰到好处时就行了。有一段时间，卡萝塔修女强迫他吃了过多的食物，结果他感到不舒服，成天睡不着、醒不了的。后来他坚持按身体的感觉吃东西，让自己的胃口来做出决定，这样才能保持大脑和身体的灵活敏捷。

迪马克站在几个吃完饭的学员身后说："如果你们觉得认识回宿舍的路，就可以自己回去了。如果拿不准，就待在这里，等大家都吃完了，我再带你们回去。"

豆子和另外几个先吃完的孩子来到走廊里时，走廊里空荡荡的。那几个孩子把手按到墙上的识别器上，他们的"绿褐绿"标志灯亮了起来。豆子站在那里看着他们按标志灯指出的方向离开。一个孩子掉过头问："你不和我们一道走吗？"豆子没回答。没啥好说的。很显然，他站着不动，就是表明不和他们一道走。真是个愚蠢的问题。问他话的孩子见他不作声，转头沿走廊向他们的宿舍跑去。

豆子选择了另一条通道。这里的墙上没有指示灯。他知道再也没有比现在更好的探险机会了。万一他在哪个禁止进入的区域被人抓住，他可以声称自己迷路了，不会有人怀疑的。

他身前和身后的通道一样，都是向上倾斜的。从他眼中看出去，自己总是在走上坡路，而往回看，就会发现如果往回走的话，仍然是上坡路。这种感觉很怪。不过迪马克曾经解释过，空间站是个在太空中旋转着的巨型转盘，以自转产生的离心力代替地球上的重力。这就意味着每一层的主通道都是一个巨大的封闭圆环，所以只要不停地向前走，最终必然能够回到起点。

新兵宿舍和餐厅位于同一层,那些大孩子的住处肯定不在这层,豆子注意到从餐厅出来的一路上,只有教室和一些没有标记的门,这些门口的识别器安装位置比较高,很显然是要避免小孩随便乱摸。别的孩子踮起脚也许能摸到,但豆子就是跳起来也够不着。这倒是个小事。反正这些识别器不可能对任何孩子的掌纹起反应,倒是可能把大人招引来,发现有孩子正企图进入不该他们进入的房间。

凭着长期养成的习惯——或者说是本能——豆子把这些屏障只看成是暂时的障碍。在鹿特丹时,他可是个翻墙越户的老手。尽管个子矮,但他总能想出法子,到达任何他想去的地方。如果他想到门的那一头去,光凭那些门是阻止不了他的。虽然他现在不清楚该怎么做,但他毫不怀疑自己将来能找到进去的办法。因此他一点也不在意,他只顾把这些情报储存在脑子里,等以后或许能派上用场。

每隔几米,就会出现一根通向下层的立柱,或者一条通向上层的梯子。滑下健身房以前,他必须先扫描掌纹。但看上去大多数立柱和梯子前并没有安装识别器。这就比较合理了。这些立柱和梯子仅仅是为了让你能在上下层地板之间通行——嗯,这里的人不管这叫地板,他们管这叫甲板,这里是国际联合舰队,一切都按太空船那一套来做假定——既然只有一根立柱通向健身房,就说明他们需要控制那个入口,以免有人不在约定的时间来锻炼,造成拥挤。想通这一点,豆子就不在这事上多费脑筋了。他爬上一条梯子。

这层一定是大孩子们的宿舍。门和门之间的距离更宽,门上都印有徽章。徽章的底色用的是一些制服的颜色——无疑与每队的道路识别标志色彩一致,虽然他怀疑那些大孩子是不是还需要通过按识别器来寻找回宿舍的路——底色上的图案是各种动物的轮廓。

再上去一层,有更多宿舍、更多教室。一间宿舍能容纳多少孩子?

这地方比他想象中大得多。

一阵柔和的铃声响过。几扇门转眼间滑了开来,孩子们纷纷拥进走廊。下课了。

开始,豆子觉得混在大孩子们中间比较安全,因为他在鹿特丹就是这样做的:消失在人潮中。但这一套放到这儿来根本没用。这可不是各忙其事的乱哄哄的人群。这些人虽是孩子,却接受过军事训练,他们清楚每个人该待的位置。豆子,新兵制服,显然是不该在这里现身的人,他几乎立刻就被两个大孩子拦住了。

"你不是这一层的。"一个说。马上就凑过来几个看热闹的孩子,他们幸灾乐祸地看着豆子,像看一只孤零零站在街头、被暴雨浇得透湿的落汤鸡。

"瞧瞧这家伙的身子骨。"

"可怜的孩子,刚好够得着闻到别人的屁股,嗯哼?"

"哇啊!"

"你走错地方了,新兵伢子。"

豆子一言不发,但是谁对他说话他就盯着谁。

"你的标志色是什么?"一个女孩子问道。

豆子没有回答。最好的借口也许就是忘记了,所以他装出一副苦苦思索的样子。

"来了个小人儿,让他昂着头从我的裤裆下面走过去都碰不到我的——"

"喂,住口。丁克,安德刚来时你也这么说过他——"

"是啊,安德,我是说过他。"

"你不觉得他们之间有相似之——"

"安德才来时也像他这么矮吗?"

"——你是说,他是又一个安德?"

"对啊,我看这小家伙也能不放一枪就拿到最高分。"

"那可不是安德的错,是邦佐不许他开枪。"

"只不过凭运气罢了。我要说的是——"

"他们是在讨论这个小东西么?这个像安德?最高分?"

"让他回新兵那层去吧。"

"跟我来。"女孩子说,她握住豆子的手。

豆子可怜巴巴地跟着她。

"我叫佩查·阿卡莉。"她说。

豆子不说话。

"来吧,你也许太小了,也许有些害怕,但如果你是聋子或者傻子,可到不了这里。"

豆子耸耸肩。

"再不说话我可要折断你的手指啦。你叫什么名字?"

"豆子。"他说。

"那不是名字,那是一种难吃的粗粮。"

豆子又闭上了嘴。

"你糊弄不了我,"她说,"装哑巴不过是你的自我保护手段。你来这里是别有用心的。"

她那么轻易就识破了他的伪装,对他来说是个不小的打击,但豆子还是不开口。

"选送到这个学校来的孩子,都富有创造力和进取精神。所以你当然想探险了。这种事,不会出乎教官们的预料。他们或许早知道你会这样做。所以这儿不会藏着什么要紧东西。他们正在折腾你们做什么?给你们在猪宝宝榜上加分了吗?"

看来,这就是大孩子们对小猪榜的看法了。

"还有你这种态度,倔头强脑,一声不吭,只会招惹别人生气。换了我就不会这么干。这一招用在妈咪爹地身上没准儿还管用,可在这儿,只会让你大事小事中都显得特别罩,不合群。反正总有一天你非开口不可,干吗不就是现在?"

"好吧。"豆子说。

他顺从了,她看到演讲终于发挥了作用,也就停止了聒噪。"你的标志色是?"她问。

"绿褐绿。"

"新兵们分到的颜色听起来总像你在脏厕所里看到的东西,你觉得呢?"

她以为和新兵开开玩笑会显得自己和蔼可亲吗?那只不过说明她也是个蠢货罢了。

"好像他们在每件事情上都故意安排过,专让大孩子们取笑小孩子。"

也可能她不蠢,只是随便聊聊天。她是个婆婆妈妈、唠叨起来没个完的人。大街上可没有这样的碎嘴片子。絮絮叨叨的酒疯子倒是不少,但小孩子里找不出这种人。

"这里的系统是个打转的陀螺,可能教官想把我们转得总是像小孩子一样晕,不然就会找你麻烦。见鬼,你怎么还装聋作哑的,一点不像个小孩子。"

"我没有啊。"他说。

"记住,不管你做什么,教官们都知道,他们有一整套愚蠢的理论,专门用来分析你的性格心理什么的。如果他们存了心要收拾你,就总能找到对付你的法子,所以你最好不要轻举妄动。毫无疑问,你在上床休息时间里溜出来游荡,这事已经记入你的个人档案了。他们如果知道你在探索这里的各种限定,说不定会认为你对新环境有恐惧感。"她用一种猜测的语气结束了最后这段话。

也许她还有更多想在他面前炫耀的东西，但他不愿老被缠住脱不开身，何况他也并不想听她说这些。她显然是个支配欲很强的人，而且在他来之前逮不着支配别人的机会。豆子不想听从她那些建议。当初听从卡萝塔修女的建议，是因为可以摆脱大街上的生活，来到战斗学校。但佩查·阿卡莉能给自己带来什么好处呢？

他溜下一根立柱，推开面前的第一扇门进到走廊，跑到下一个有梯子的地方，飞速向上连爬两层，不让走廊里的人看见自己。她可能说得不错，但有件事必须避免——他绝不能让她牵着手去找什么"绿褐绿"。另外他也明白，想在这个地方立住脚，有些时候让大孩子牵住自己的手是很有用处的。

豆子的假设如果不出错，他现在的位置应该在餐厅上面四层的地方。这里也有些孩子在活动，但没有下面那层多。大多数门上没标记，有些门大敞着，有一个拱门通向一间游戏室。

豆子在鹿特丹的酒吧里见过电脑游戏机，不过都是站得远远的，透过门和来来往往的大人的腿缝看热闹，一点也不过瘾。除了在商店橱窗的电视里，他还没见过哪个小孩子玩电脑游戏机呢。这回可算见到真的了。现在是课间休息时间，玩的人不多，选择的大多是简单快捷的小游戏，游戏机的音响轰轰隆隆地响着。几个孩子在玩单人游戏，还有四个孩子在一个全息屏幕上玩四人空战游戏。豆子尽量避开他们的视线，探头探脑地张望。只见他们每人控制一支由四艘小型战舰组成的舰队，正在努力消灭其他人的舰队并俘获——不能摧毁——对手行动迟缓的母舰。他从四个男孩打游戏时喋喋不休的谈话中，弄明白了这个游戏的规则和术语。

游戏在对耗中结束。不是凭借智谋——最后的赢家只不过在指挥战舰时碰巧少犯了几个愚蠢的错误。豆子看他们又重开了一局。没人投币，这里的游戏是免费的。

豆子再看一场。这次和上次结束得一样快，男孩们操纵舰队时显得很笨拙，他们只把注意力集中到手上控制着的那艘战舰上，忘记了自己还有另外三艘可以利用的战舰。他们好像把自己的军力看成是一艘主力舰和三艘替补战舰。

也许电脑只允许这一种操控方式？豆子挪近些看。不对，电脑允许游戏者对一艘战舰的行动方式进行预先设置，然后切换到另一艘，再一艘，最后回到手上控制的这艘来。这说明可以随时调整战斗策略。

如果这些孩子只能用这种方式考虑问题，那就真不知道他们是怎么被选送到战斗学校里来的了。豆子从来没玩过电脑游戏，但他立刻看出，如果和这几个孩子对战，任何人只要稍微动点脑筋就可以轻松获胜。

"喂，小矮人，想玩一盘？"

一个孩子注意到他。其他孩子当然跟着就看见了他。

"是。"豆子说。

"好你个虫人。"问他话的孩子说，"你以为你是谁呀，安德·维京？"

一伙人全都哄笑起来，然后他们离开游戏机，去上下一堂课。转眼间游戏室变得空无一人。上课时间到了。

安德·维京是谁？刚才那些走廊里的孩子说的也是他。豆子身上一定有什么东西让这些孩子联想到安德·维京这个人。他们说起维京时，有时充满钦佩，有时又怨恨不已。这个安德一定曾经在电脑游戏或别的方面打败了一些大孩子。刚才还有人提到他名列榜首，是什么榜的榜首呢？

那些穿着统一制服的孩子，结成一个团队跑步前进，去投入一场战斗游戏——那才是这个地方生活的核心内容。这里肯定有一个人人都能参与其中的实质性游戏。教官们根据游戏中的编队来安排宿舍。每个孩子的排名都公布出来让大家看到。当然无论这是个什么样的游戏，都由大人在背后一手操纵。

看来,这就是战斗学校的生活方式。而那个安德·维京,不管他是谁吧,他在排名榜上位居第一,超过了所有人。

豆子让人们想起安德。

这让他感到一点自豪,是的,但同时也有点烦恼。不引人注意才安全。由于那个安德在这里是个明星,而每个见到豆子的孩子又会联想起他,这样就使豆子也变得令人过目不忘。这将大大限制他的自由。他再也不可能像在鹿特丹时那样,消失在人海中,让人摸不清他的行踪了。

哼,谁在乎呢?反正他现在不会受到伤害了,至少不会受到真正的伤害。不管发生什么,只要待在战斗学校里,就不会饿肚子。他已经找到了藏身之处,天上的庇护所。现在要做的仅仅是达到这里的最低要求,以免被早早打发回家。那么,管他有没有人注意到自己呢,这有什么关系。让他们担心各自的排名去吧。豆子已经为生存赢得了一场战斗。除了生存之外,其他的竞争都无关紧要。

脑子里尽管这样想,他还是知道这不是事实。因为他不能不在乎。仅仅活下去是不够的,永远不够。他内心深处还有一种比对食物需要更深切的渴求,一种对秩序的渴求。他想弄清事物运作的方式,把握身边的世界。在鹿特丹街头快要饿死的时候,他本能地发挥自己的特长,投入波可的团伙,并想出办法使这个团伙得到足够的食物,也使自己能作为团伙的底层成员获得最基本的生活所需。即使是阿喀琉斯当上家长,他们每天都能找到食物的那些日子里,豆子也没有放松警惕,他用心地研究团伙内部的各种发展变化规律。甚至和卡萝塔修女待在一起时,他仍然花了大量精力去分析她为什么有能力为他办那么多事,选中他的理由又是什么。他必须了解。他必须在脑海里把一切描绘清晰。

在这里也一样。他这会儿本来可以回宿舍睡一个小觉,但他却冒着惹火烧身的风险四处探索,仅仅为了发现一些通过正常学习也能轻松掌握的信息。

我为什么要到这上面来？我在寻找什么？

钥匙。这个世界上到处是锁着的门，他必须摸清每一把存在的钥匙。

他站着不动，倾听着四下的声响。游戏室里几乎毫无声息。但仔细听，还是能听见一些嗞嗞、轰轰的背景声。

他闭上眼，竖起耳朵先辨别轻微嗞嗞声的来源。然后才睁开眼睛，向通风孔走去。这是个出气口，从里面吹拂而出的热气形成微微的暖风，发出这种声音。但那种轰轰声却不是从这里传出来的。那种声音听上去位置更远，响声更大，是把空气泵到整个战斗学校的机器发出的声音。

卡萝塔修女曾经告诉他，太空中没有空气，无论在什么情况下，人们都必须住在密封的太空船或空间站里，不能让一丝空气泄漏。除此以外还得更新空气，因为氧气会被消耗，所以得时时补充。发出轰轰声的东西，应该就是卡萝塔修女说过的那种空气循环更新系统吧。它一定遍布太空战斗学校的每个角落。

豆子坐在通风孔的网罩前，沿着边缘摸了一圈，没有摸到任何螺丝或钉子。他把指甲抠进网罩的边缝，小心地伸进手指，往外撬出一点，然后再撬出一点。现在他的手指已经可以扳住网罩的边框。他往外一拽，网罩掉出了通风孔，豆子也随着仰面朝后摔倒在地。

豆子爬起来把网罩放在一边，试着往通风孔里看。通风管道的直径大约只有十五厘米，往上被封住了，往下是通畅的，这就是说往下能够进入管道系统。

豆子以自己的方法测量出通风口的大小，几年前，他就站在抽水马桶的坐盖上，估量过水箱内部能不能容得下他的身体。这回的结论和那次一样——管道很窄，钻进去会被挤得比较痛苦，但可以办得到。

他伸进一只胳膊向下探摸，摸不到底。他的胳膊实在太短，不可能再往下伸了，所以没法了解管道在下面究竟转往哪个方向。豆子先是设想管道一直向下延伸，但随即感觉那不大可能。卡萝塔修女说过，建造空间站的每一个零部件，都需要在地球或月球上加工制成后，再拖到轨道上组装。人们不可能在甲板和天花板之间留下太大的空隙，那样的话，大量宝贵的空气在人们还没有呼吸到之前，就被浪费掉了。不，管道系统可能沿外墙的走向布置，可能在包容得下十五厘米直径管道中的任何地方。

他闭上眼想象一个空气供给系统应该是什么样。通过狭窄的管道，机器把温暖新鲜、供人呼吸的空气送进每一个房间。

不，不会是那个样子。这里一定有一个吸入空气、回收空气的地方。如果空气是从外墙吹进来的，那吸入口就可能在……走廊。

豆子站起身跑到游戏室门口察看。现在可以确定了，走廊的天花板至少比房间里低二十厘米，但那里见不到通风孔，只有闪着金属光泽的固定装置。

他退回游戏室，抬头观察着。室内墙壁的顶端与走廊墙壁交接的地方，那个没什么实际用处的装饰性的东西应该就是换气孔，直径只有三厘米大小。就算是豆子也别想从那里钻进这个系统。

他跑回打开的通风孔，脱下鞋。鞋是个拖累，因为他的脚比鞋子短一大截。

面对通风孔，双脚下探，他扭动身子，直到小腿完全进去，屁股坐到通风孔的边框上。但他的脚还是没够着底。不是好兆头。如果这个通风孔沿管道往下直接连接到机器里怎么办？

他只好扭动身子退出来，换一种姿势，背对通风孔伸进腿去，再次尝试。这回更困难，把身体弄得更痛。但他的手臂派上了用场，当他身体已经齐胸滑入管道时，还可以用手牢牢攀住地板。

他的脚触到了底部。

他用脚指头试探着。不错，管道系统果然沿着外墙向左右伸展出去。里面有足够的空间，可以让他溜下去，侧身扭动爬行，向前经过一个又一个房间。

这些就是他现在需要知道的全部情报了。他踮脚一跳，屁股的高度已经超过地板，这样只需借助双臂的力量和摩擦力，就能够把自己拉出来。也就是说，他只能用这种背朝后的方式进入通风管道。

嗯，太好了。现在可能已经有人在寻找他了，另外他也许会被下一伙拥进游戏室的孩子发现。他可不想让人发现这个秘密。简而言之，只要能从另外的通风孔出去，管道系统就可以成为他在空间站的一条预备通道。他脑海里闪过一个画面：爬不出通风孔的豆子，饥渴交加，死在通风孔处，直到某一天谁偶然揭开网罩时，看见他的骷髅正瞪着他们，而他的尸体早已在暖风中烘干了……

趁现在还待在这里，最好弄清楚自己能不能从里面盖好网罩，并从里面打开它。

他伸出手，好不容易才用一根手指钩到网罩，把它拖近。用一只手就能固定好网罩，从里面推它也毫不费力。他甚至可以把网罩拉得足够紧，就算室内的人从另外的角度仔细观察可能也看不出什么破绽。上网罩时，他必须把头侧过一边。这里没有掉头的余地。所以想往哪边走就得把头先朝向哪边。这下搞定啦。

他小心翼翼地把网罩推开，注意不让它落到地上。现在该集中精神爬出来了。

多次失败的尝试之后，他终于意识到网罩是个有用的工具。将它抵在通风孔前的地板上，探出手抠住它的外缘，用力拽，就可以凭借杠杆作用把身体拉出来，让胸部够到通风口边框。身体拉出管道时被刮伤了，因为他的全身重量都压到了通风孔锐利的边框角上，但在这个位置总算可以借助肘部和手腕的力量了，撑起身体，穿过通风口，回到了游戏室。

他用心回想了一下在整个活动过程中用到的肌肉，又回想了一番在健身房里见过的那些器械。是的，他可以有意识地加强那几个部位的肌肉训练。

他把通风孔的网罩装回原来的位置，又掀起衬衫，看了看胸口被通风孔边框无情擦出的红印痕。出了一点血，有意思。如果有人问起，该怎么解释呢？回宿舍得试试在爬到上铺去的时候，有没有可能划出差不多的痕迹来。

豆子漫步走出游戏室，在离他最近的立柱处溜下去，直到餐厅那一层。在这个过程中他不免有些奇怪，为什么自己会觉得钻进管道是件重要的事呢？过去他也有过类似的经验，不知为什么要去做一件事，但最后却往往证明他做得没错：直觉比大脑更快地发现了危险。那么，这里的危险会是什么呢？

他没有进一步去探索管道系统，因为下意识里还没有感到迫在眉睫的危险。而他之所以要查明管道系统的基本情况，则是因为忘不了婴儿时窝在水箱里那种万念俱灰的感受。不管将来会不会出现预见不到的危险，做点准备总是没错的。这就叫童年记忆的反射吧。卡萝塔修女告诉过他，人类有很多行为其实都是对儿时遇到过的危险的一种惯性反射。当时，豆子并不觉得这话说得多在理，只是没与修女争论。现在，他发现她说得太对了。

有朝一日，说不定真的要靠这条狭窄危险的管道救自己一命呢。

豆子没有在识别器上扫描掌纹去弄亮"绿褐绿"的指示灯。他对自己宿舍的位置很清楚。怎么会忘呢？不久前还待在那儿。现在他已经记住了空间站里从宿舍到探索过的每个地方之间的路线。

回到宿舍，迪马克还没将那些吃到最后的人带回来。把与佩查交谈和观看两局课间小游戏的时间一块儿算上，他的整个探险也没用到二十分钟。

他笨手笨脚地从下铺往上铺爬，有意让胸部在上铺边缘摩擦了一会儿，想在爬通风孔时擦伤的部位旁边擦出个同样的伤痕来。"你搞啥呢？"睡在旁边铺上的一个新兵问。

既然他们不可能知道真相，他也就实话实说了："我想在胸口上擦一道伤痕出来。"

"我要睡觉了。"另一个男孩说，"你也该睡了。"

"小睡时间，哼。"又一个男孩说，"我觉得自个儿就像四岁娃娃那么傻。"

豆子听到这话不禁有点好奇，这些孩子来这里之前是怎样生活的？小睡一下怎么就会让他们想起四岁时的生活呢？

卡萝塔修女站在帕勃罗·德·诺切斯身旁，看着抽水马桶的水箱。"老式水箱，"帕勃罗说，"诺特梅卡罗牌的，在荷兰刚开始国际化那阵子很流行呢。"

她揭起水箱盖。很轻便，是塑料制的。

他们从厕所出来时，陪同他们参观的办公室经理好奇地看着卡萝塔修女。"使用这个厕所不会有什么危险吧？"她问。

"不会的。"卡萝塔修女说，"我只是来看看，没别的意思。这是与舰队有关的事。如果你不对其他人说起我们来这里看过的话，我将十分感激。"

当然，差不多可以肯定她不会对别人说这事。卡萝塔修女想，这事说起来就像街头巷尾的无聊闲谈。

到底是些什么样的人避过了众人的耳目，在这幢建筑物里开设器官工场，从事这种牟取暴利的邪恶生意呢？魔鬼就是这样来诱惑支持他的人——很多的钱，直到收买了他们的灵魂才抛弃他们，让他们独自去面对炼狱的烈火。

走出这幢房子，她再次询问帕勃罗："他当时真的藏在那里？"

"他实在太小了，我见着他时他正在地上爬，半个肩膀和胸口都湿淋淋地往下直淌水。我还以为是他自己尿的呢，但他说不是。后来又跟我比划，意思是从水箱里出来的。他身上这里，还有这里，这里，"帕勃罗一边在自己身上指点示意一边说，"都是被压伤的红印子。"

"他当时就能说话吗？"她问道。

"说得不多，就会几个词。那么小一丁点的东西，我都不敢相信他能说呢。"

"他在那里面待了多长时间？"

帕勃罗耸耸肩。"不清楚。那会儿他身上的皮皱得跟老太太一样，浑身冰凉。我那阵子想，他活不了啦。那水又不像游泳池的水那么暖和。他出来还是嫌冷，整个晚上都在打摆子。"

"很难想象为什么他居然没死。"卡萝塔修女说。

帕勃罗笑起来："只能说是上帝的奇迹。"

"是啊。"她说，"但这并不意味着我们不能去领会上帝的工作和旨意：他是怎样创造奇迹的。或者他为什么要创造这个奇迹。"

帕勃罗耸耸肩。"让上帝做他老人家自己的事去吧。我可得忙着打工和生活，照顾好自个儿。"

她抓着他的手臂。"你把一个迷失的孩子从谋杀中救出来，上帝看见你这样做会爱你的。"

帕勃罗沉默了。卡萝塔修女能猜得出他现在心里在想什么——造了那么多孽，能被善行洗刷掉多少？做这点儿好事够不够把自己从地狱的边缘拉出来？

"善行并不能洗刷罪孽。"卡萝塔修女说，"但知过能改，就能得到救赎。"

帕勃罗耸耸肩，神学可不是他的特长。

"你并不是在为你自己做好事。"卡萝塔修女说,"你做这些是因为上帝和你同在。你这样做的时候,你就是他的手、他的足、他的眼和他的唇。"

"我想那孩子才是上帝。耶稣不是说吗,如果你为小孩子做了什么,也就是为我做了什么。"

卡萝塔修女笑了。"你做了什么好事,到时候上帝自会结算清楚,咱们只需要尽心侍奉他就行了。"

"他是那么个小可怜儿。"帕勃罗说,"但上帝却附在他身上。"

出租车停在帕勃罗的公寓前,他下车时,卡萝塔修女向他祝福道别。

为什么我一定要亲眼去看看那个厕所呢?对豆子来说,我能做的工作已经全都完成了。昨天,他已经乘飞船离开地球。为什么我心里还抛不开他的事呢?

因为他能活下来是不可思议的,这就是答案。几年来他随时可能倒毙在街头,营养严重不良,按道理他的心智也该受到重创,更何况他的身体几乎没怎么发育。

这就是她不放弃追查豆子身世的原因。他可能已经受到损害了。也许他本来就发育迟缓,也许他聪明得让人难以想象,虽然丧失了一半智力,却仍旧是个天才。

她想起圣马太①反复地讲述耶稣孩童时期的所有经历,而圣母却把这些事珍藏在心中。豆子不是耶稣,我也不是圣母。但我把这个男孩当成自己的儿子一样来疼爱。他做出的那些事,同龄孩子中绝对找不出第二个能做得到。

再也找不出一个像豆子那样,不满一岁就意识到危险,而且能够立

---

① 马太,耶稣十二门徒之一。

即行动起来的孩子了。那么大年纪的一般孩子也许能爬出婴儿床,但却不会到厕所的水箱里去躲几个小时,最后还活着出来求救。如果我把这称为一个圣迹,那么我就必须查清楚一切。搞器官工场的人是地球上的渣滓。豆子具有非凡的天赋,他一定有非凡的父母。

在和豆子一起生活的那几个月里,她始终在调查豆子的身世,但却没查出任何一宗有可能涉及豆子的诱拐案件。相关时期根本没有诱拐孩子的案件记录,甚至没有一起可能让某人捡到一个幸存婴儿的意外事故发生。不过这不能作为证据——并非所有失踪孩子的消息都登过报纸,而且网络上也查不完当时的所有报纸,因为有些报纸从不存档。豆子的父母肯定才华过人,受到世界关注——不是吗?他那种智能怎么可能来自普通的父母呢?一个圣迹难道不是在另一个圣迹的基础上产生的吗?

无论卡萝塔修女如何努力想让自己放心,还是做不到。豆子不会再像原来那样了。他现在进了战斗学校。他一定能抓住机遇,最终当上一名伟大的舰队指挥官。但是有谁真正了解他呢?他不是一个凡人的可能性大吗?他超常的智力,如果不是上帝赋予他的,那又会是什么人和别的什么赋予他的呢?

总之,除了上帝,谁能创造出一个这样的孩子?

卡萝塔修女把脸埋在手里。这些想法到底是从哪里来的?寻觅了这么多年,为什么她不敢相信自己取得的这项了不起的工作成果呢?

妖异现身,那就是给我们的警示,她在心中默念道。虫族,那些蚂蚁一样的怪物正准备毁灭地球,正像先知预言过的。我们早就知道那些怪物的存在,多年前马泽·雷汉率领人类舰队,九死一生,才侥幸战胜了那些可怕的恶魔。但它们又卷土重来了,圣启者约翰[1]说过,当它再

---

[1] 约翰,耶稣十二门徒之一。

来的时候，将会有一个先知现身。

不，不。豆子是个心地善良的好孩子。他不会是恶魔，也不可能是恶魔的仆人。他只是一个天赋异禀的孩子，在世界陷入最大的危机中时，上帝让他来保护人类。我了解他就像一个母亲了解她的孩子。我绝不会看错的。

她一回到自己的房间，就立即打开电脑开始工作，搜索新的线索，查阅至少五年前的科学工作报告，尤其是那些涉及人类DNA改造的研究成果。

在等待搜索程序自动搜索网站和进行信息分类的一小段时间里，卡萝塔修女走到还没来得及洗涤的那堆衣物前。她不会去洗这些衣物。她把豆子用过的被单和枕套同衣服一起放进一个塑料袋，密封好。豆子穿过这些衣服，睡过这些被单枕套。他的肌肤接触过这些，就会在上面留下一些东西。至少几丝头发。不过这也许就足够进行一次完整的DNA分析了。

他是个奇迹，但她还需要弄清这个奇迹神奇到何种程度。因为她的使命不是把孩子们从世界各地的残酷街头拯救出来，她的使命是帮助拯救按上帝面貌创造出来的整个种族——人类。直到今天，她的使命仍然不变。如果这个孩子，这个她真心爱护、把他当成自己亲生儿子一样的孩子有什么问题，她一定要查明问题，并且把最终结果告知有关人士。

CHAPTER 07

探 察

"看来,这个新兵小队回宿舍的速度太慢了。"

"有二十一分钟的时间对不上号。"

"耽误这么多时间?我还不知道这种事也能监控呢。"

"这么做只是考虑到他们的安全。一旦出现紧急情况,我们就能迅速知道每个人的准确位置。从制服上收集到的信息表明,从餐厅到宿舍的路上,新兵们一共耽误了二十一分钟时间。但不清楚,是二十一个孩子每人闲荡了一分钟,还是一个孩子闲荡了二十一分钟呢?"

"这信息很有意思。需不需要我去问问他们?"

"不用!不能让他们知道我们在利用他们的制服监控他们。让他们知道我们掌握了多少他们的情况,对他们并没什么好处。"

"不是多少,而是少。"

"什么少?"

"有可能只是一个学生的问题,但我们的追踪方法甚至不能判定他到底是谁。如果让他知道这个漏洞,那可太糟了。"

"嗯,说到点子上了。其实……找你来就是因为,我认为被延误的时间是由一个学员造成的。"

"你的数据并不清楚,怎么能推断出这种结论?"

"依据他们的行动方式。他们是分头回到宿舍的,有些是三两个搭成一伙,还有很多是单独行动的。但这只是他们离开餐厅时的情形。从监视屏上看,一个光点的移动代表一个人——三个单独的到达后宿舍区的光点会多出三个,两个两人一组的到达会再加四点——但在走廊里孩子们的光标就混成了一团。要是屏幕乱成一团,肯定有大群人到达。"

"原来是这样。由此你注意到,有一个学员在二十一分钟内去向不明。"

"我觉得应该让你了解这个情况。"

"在这段时间里,他会做什么呢?"

"你知道他是谁吗?"

"会知道的,用不了多久。厕所监控过没有?有时候新生因为紧张会把刚吃过的东西都吐出来,能确定没出现类似的事吗?"

"厕所的出口和入口,里里外外,一切正常。"

"好。我会想办法弄清楚的。你们别忘了继续向我提供新兵小队的数据。"

"看来我把这些信息透露给你是做对啦?"

"那还用说?"

豆子一向睡得很警觉,稍有点响动就会惊醒。他记得自己醒了两次,两次都是因为有人在房间某处窃窃私语。是孩子发出的声音,没什么要紧事,但这点声响却足以唤醒豆子,引起他的注意,直到过一阵子他确信身边没什么危险,才再次放松入睡。

第三次,是被迪马克进来的响动惊醒的。

"小睡时间结束了,孩子们,现在起床。"

这个豆子不关心。他担心的是,迪马克是否知道了自己在午餐后小睡前的所作所为。从迪马克不动声色的模样来看，暂时还没什么危险。

迪马克开始教学员们如何使用他们的橱柜锁和小电脑。豆子坐在铺位上，听到迪马克说把手掌按在橱柜旁墙上的识别器上，打开柜子，接着就可以取出个人的小电脑，输入姓名和密码。

豆子立即用右手打开自己的柜子，但没有急着设置电脑。他瞄见迪马克正忙着指导一个铺位挨着门口的学员，于是匆匆爬到自己上面没人睡的第三层铺位，用左手掌"识别"了那个橱柜，里面也有一台小电脑。他动作迅捷地先在自己的电脑里输入姓名和密码。姓名，豆子。密码，阿喀琉斯。紧接着对另一台电脑进行设置。姓名，波可。密码，卡萝塔。

他把第二台电脑放回柜子，关好门。把第一台电脑放到二层自己的床上，人跟着也溜回到自己床上。他没有四下张望，看是否有人注意到他的行动，如果有人看到，他们自然会说出来。探头探脑地观望只会引起别人的疑心，使原本不注意你的人对你倍加留神。

当然，大人们早晚会知道他干了些什么。事实上，当一个孩子嚷嚷着他的柜子打不开时，迪马克就留意到了豆子的小动作。空间站的电脑知道有多少学员，当识别过的橱柜数字与学生人数吻合后，就不再开锁了。但迪马克没有转过身来查问是谁打开了两个柜子。他用自己的掌纹打开最后开柜那个学员的柜子，然后再关上，这是教官特有的权利。如此一来，柜子的识别器就可以接受那个学员的掌纹了。

也就是说，教官默许有人占有两个橱柜，占有两台电脑，使用双重身份，豆子意识到。无疑，他们对他想利用第二个身份做些什么事抱有特殊的兴趣。他会偶尔使用第二个身份做些什么，要故意做得笨一些，这样可以使他们觉得把握住了他用第二台电脑在干什么。不管自己在上面写什么，他们都会信以为真。

这样一来，他真实的私人活动就能躲过他们的监视。他可以在自己的电脑上做自己真正想做的事。或者,如果那样做不安全,他还可以利用对面铺位上那些孩子的电脑。刚才,他一直在留意他们是怎样设置密码的,顺便就暗暗在心里把那些密码全记住了。

接下来,迪马克又告诉他们怎样提交作业,公布了在册教官名单,说明每台电脑里都有的幻想游戏。"你们不能在学习时间玩游戏,"他说,"但空闲时不妨玩上一小会儿。"

豆子马上明白教官们其实是想让学员们玩游戏的。他们知道,最好的激励方法就是严格限制……之后却并不实行这种限制。游戏——卡萝塔修女就是一次又一次地利用游戏来分析豆子。对豆子而言,只有一个游戏有意思,那就是反过来分析卡萝塔修女想在他玩游戏的过程中找到些什么。

既然是这样,豆子就得出结论:不管你怎么玩游戏,都会透露给教官们一些本来不想让他们知道的信息。因此除非他们强迫,他压根儿不会去碰那个游戏。甚至就算被强迫,他也可以坚持不玩。

迪马克领着他们游览,带他们看那些豆子差不多都见识过的东西。其他孩子像猴子一样跑进游戏室。豆子对自己爬过的那个通风孔一眼也没多看,虽然他觉得再次观看大孩子们玩游戏浪费了些时间,但他还是站在旁边观察着,揣摩游戏的操控,验证自己的战略思路,可以说收获也不算小。

然后他们又来到健身房训练。豆子抓紧时间,锻炼他需要的肌肉——最重要的项目是单臂俯卧撑和引体向上。

锻炼之后,洗过淋浴,到了晚餐时间。豆子还觉得不大饿,工作人员堆在他盘子里的食物,如果拿到鹿特丹的大街上,简直可以喂饱一个团伙。豆子直接走到两个抱怨食物太少的孩子身旁,问都不问一声,就把自己盘子里多出来的那部分食物拨到了他们盘子里。一个孩子张嘴想说什么,豆子忙把手指竖在嘴唇上。他们点点头,咧嘴一笑,表示感谢。

自由活动时间，豆子来到游戏室，盼着当天晚上能见到声名赫赫的安德·维京。如果他在这里，无疑会被一群仰慕者围着。但在人群中心，他看到的都是些自以为是的人。他们带着一帮人来来往往，显示自己是个领导者。这些人当中不可能有安德·维京。

他找机会玩了几盘单人游戏。不过，每次他刚输掉第一局，就会有别的孩子把他赶下游戏机。这是一个有趣的约定俗成的规则。学员们忍受着那个最矮的、最没经验的新兵伢子占着游戏机——但一轮结束之后，规则的保护就随之结束了。他们故意粗鲁地将豆子推到一边，动作包含的意思很明确——你居然敢占着游戏机，让我们等在一边？

能得到多少好处，就得冒多大风险，这些问题倒不会影响豆子对欺负他的人的反应。他顺从地让到旁边，一声不吭，只是留心记住哪些人是欺软怕硬的无赖。

埋怨和生闷气都无济于事。重点在于认清现实，分析环境，找到一条行动路线，然后大胆实践。豆子也有各种各样的情绪，但在得失攸关的节骨眼上，他不愿意去考虑它们，研究它们，更不愿意让它们影响自己的判断和决策。

"他比安德还小。"

又来了，又来了，豆子一听这话就烦。

"别在我耳朵跟前谈那个小杂种，蠢货。"

豆子精神一振，安德有个对头。他心中啧啧奇怪，移步向传来话音的方位走去。

说话的大孩子制服上印着蜥蜴的图案，袖子上还有个三角形标志。围在他身旁的其他男孩，袖子上都没有三角形。他是个核心人物，是个队长吗？

豆子需要更多的信息。他拽了一下站在他旁边的一个男孩的袖子。

"什么事？"那个男孩没好气地说道。

"那个男孩是谁？"豆子问道，"穿蜥蜴制服那伙人的队长？"

"那叫火蜥蜴，傻瓜。火蜥蜴战队。他是指挥官。"

一队人叫一个战队，指挥官佩戴三角袖标，豆子明白了。"他叫什么？"

"邦佐·马利德。他的屁眼都比你大。"那个男孩耸耸肩，从豆子身边走开了。

看来，邦佐·马利德有胆量当众宣称他讨厌安德·维京。反过来看，不属于邦佐战队的孩子一定瞧不起他，背着他也免不了要说他的坏话。了解这些很好。到现在为止，安德唯一的对头是个卑劣的小人。

但……像邦佐这样卑劣的人，居然是个指挥官。这说明得不到大家尊重的孩子也可以当上指挥官。那么，在被战斗学校看重的战斗游戏中，教官用什么标准来判断游戏者的指挥能力呢？

直截了当地说，我该怎样做才能当上一名指挥官？

豆子在这个瞬间第一次意识到，自己内心深处还有一个这样的目标。在这个战斗学校，他是新兵小队里成绩最好的人——但最矮最小的也是他。教官有预谋地孤立他，要使他成为大家嫉恨的目标。不知为什么，经历过这一切的豆子在心中暗下决心：鹿特丹的那种生活状态一去不复返了，自己的生活将在这个地方焕然一新。他不会再像过去那样缩手缩脚，一切都只为满足简单的生存需求。在这里，他要尽快找到自己的位置，当上一个战队的指挥官。

阿喀琉斯拥有控制权，因为他残忍，因为他是个嗜血的杀手。在街头生活，一个身体弱小又没有靠山的小孩子，凭借智力最多只能保全自己的性命。但在这里，无赖们欺负弱者不外乎推推挤挤，骂骂粗话。大人牢牢控制着一切，在完成指挥任务时，想靠残忍的手段取得胜利一定不会得逞。看来，凭借智力，在这个地方完全有出头露脸的机会。到那时，豆子就不会屈居在愚人的控制之下了。

如果这个重大的目标是豆子想实现的——以前是没有机会，现在既然出现了机会，为什么不尝试着抓住它呢？——那么就必须了解教官们怎样认定学员的指挥能力。仅仅依据各科学习成绩吗？豆子不大相信。国际联合舰队里一定有比这所学校的管理者更聪明的人。事实上他们在每部小电脑里都装上幻想游戏，说明他们同样重视研究学员的性格特征，也就是人的品质。想到最后，豆子揣测，人品因素说不定比智力因素更重要。豆子保命的口诀——认识、思考、选择、行动——前三项与智力相关，而仔细想来，智力起决定作用的其实只有第二项。教官们一定清楚这点。

也许我应该玩玩那个游戏，豆子想。

但他随即又转念一想：但不是现在。我先得看看不玩那个游戏会发生些什么。

同时他做出一个决定，他都不知道自己的脑子在什么时候突然酝酿出了这个决定。他要去同邦佐·马利德谈谈。

豆子走到能看见邦佐占着的那台游戏机屏幕的位置时，邦佐控制的角色刚好又一次死掉了。"马利德先生，能打扰你一下吗？"豆子的西班牙语张口就来——在鹿特丹时，他曾经听帕勃罗·德·诺切斯对那些来敲他住所门的同胞讲过这种话，诺切斯与瓦伦西亚①的老家通电话时也用这种语言。用邦佐的家乡语言开头，取得了预期效果。他注意到了豆子的存在，回过头来盯着他。

"想干什么，小东西？"邦佐称豆子"小东西"时用的是一个巴西土语词，巴西土话在战斗学校中也很流行，显然邦佐觉得没必要夸耀他纯正的西班牙血统。

---

① 西班牙的一个港口城市。

尽管邦佐有两个豆子高,但豆子还是直视着他的眼睛。"人们老说看见我让他们想到安德·维京,而且大家都好像挺崇拜他似的,只有你对他无所谓。我想知道安德到底是个什么样的人。"

游戏室里一下子安静了好多,其他孩子的沉默告诉豆子他判断得不错——向邦佐打听安德的事是危险的。

"不错,我他妈一点儿不崇拜那个犯上作乱的小人。但为什么你偏偏找我来给你说他的事情呢?"

"因为你不会哄我。"豆子说。其实他心里明白,邦佐显然在安德手中栽过跟头,所以多半他会说些拙劣的谎话,使自己在那个令他感到羞耻的故事里好歹有点儿英雄样子。"如果人们总把我和那家伙放一块儿比较,我就要了解他究竟是个怎样的人。我可不想这样僵下去,做什么都碍手碍脚的。你不欠我什么,但如果你也像我这么小,就会和我一样,想找个老大哥点拨点拨,学学在这个地方该怎么混。"

旁边一个孩子发话了,就像在豆子刚要完成考试卷子时,突然插进一个人来打岔。"少废话,新兵伢子。邦佐·马利德可不像你那样还裹着尿布。"

豆子转身对着他,不客气地说:"我不能向教官问,他们不会对我讲真话。如果邦佐不告诉我,那我问谁去?难道问你吗?你连脓包和废物的区别都搞不清楚。"

纯粹是萨金特的风格,饶舌,但很管用。大家对着那个想赶他走的孩子一阵哄笑,邦佐也笑了一阵,然后伸过一只手来,搭在豆子肩上。"我会把我知道的都告诉你,小家伙,你这个年龄的孩子打听什么事都直来直去的。"

转过头,邦佐对刚才嘲弄豆子的孩子说:"也许你应该接着我刚玩的游戏玩一把,这可是你唯一一次玩这一关的机会。"

豆子很难相信一个指挥官可以这样随便地对自己的下属冷嘲热讽。

但那个男孩却把怨恨的苦水吞进肚子，笑着点了点头。"好的，邦佐。"像接受一个军事命令一样，马上投入到游戏中去了。这真是个货真价实的马屁精。

无巧不巧，马利德把豆子带到墙边，正好站在几小时前豆子钻过的通风孔前。豆子并没朝那里多瞧一眼。

"我给你说说这个安德。他四处挑衅，总是打败其他家伙。不光是打赢——不把那些伙计打得趴地不起，他就不高兴。他完全不懂得怎么遵守规则。你本来给了他一个明确的命令，他也装出一副接受命令的样子。但只要他有一个出风头的机会，他就会显摆自己，违反命令。呃，我知道的就这些，我同情那些和他分在同一个战队的伙计们啊。"

"他在火蜥蜴待过？"

邦佐的脸有些发烫。"他穿过我们这种制服，我的花名册里曾经有过他的名字，但他从来就算不上是火蜥蜴的人。从见到他的第一分钟开始，我就知道他是个祸害。你就看他脸上那股神气劲儿吧，好像整个战斗学校是为他一个人造的，是他炫耀自己的舞台似的。我才不会收留这样的家伙呢。他刚露出这种苗头，我就把他调走了。而且就是没调走他前，我也不准他跟我们一块儿练习，我清楚这家伙会偷学我们的全套战斗策略，以后带到别的战队去，再闪电般地反戈一击来对付我们。哼，我可没那么傻。"

在豆子的经验中，"我可没那么傻"这句话除了证明说这话的人真的有点傻以外，没有任何其他含义。

"看来他是个不服从命令的人。"

"岂止这一点。他像个吃奶的婴儿一样在教官面前呜呜哭诉，打我的小报告，说我怎么怎么不让他参加训练啦等等。虽然教官们早知道我要把他调出去，但禁不住他纠缠不休的抱怨，最后同意他在自由活动时间一个人上战斗室去练习。刚一开始，他就叫来一伙他原来所在的新兵小队的孩子，然后又纠集了一些别的战队的成员。他在战斗室里俨然一副指挥官的派头，其他人只能照他说的去做。他们把大家都惹火了。教官们总是满足那个小跟屁虫提出的要求，而我们这些指挥官要求教官们阻止我们的士兵去参加他的训练时，他们却只是说'自由活动的时间由每个人自由安排'。不过所有这一切都是游戏的一部分，懂吗？所有一切，因此他们对他的哄骗一直睁只眼闭只眼的。那些下流的士兵、卑鄙的小杂种纷纷投入到安德的自由训练中去，这样一来，每个战队都受到了威胁，懂吗？自己战队的情报随时可能泄底，你本来想出一个前所未有的游戏策略，但却不知道会不会一说出来就被对手听去了，懂啦？"

懂了懂了懂了。豆子真想大吼着回敬邦佐说：我懂，你懂吗？但不能在邦佐面前显露出急躁情绪。何况，他说的这些都很有趣。豆子在脑子里描绘出战斗游戏对战斗学校生活的影响。它给了教官一个了解孩子们的指挥艺术的机会，同时也让教官们了解到孩子们对邦佐这种不合格的指挥官的态度。显而易见，马利德想把安德当成战队中的替罪羊，但安德拒绝照他说的去做。这个安德·维京善于利用教官办妥一切事情，他甚至利用他们得到了一间训练室。他并没有请求教官制止邦佐对他的戏弄，而是另辟蹊径，达到训练自身的目的。太聪明了。教官们一定会喜欢他这种做法，邦佐就做不到这点。

或者他豆子也可以做到？

"那你怎么对付他呢？"

"会有办法对付他的。我可受够了。如果教官们不管，总会有其他人来管管这事吧，嗯哼？"邦佐不怀好意地笑着说，"所以，如果我是你的话，就会离安德·维京远远的，绝不去参加那小子的什么自由活动时间训练。"

"他真的在成绩榜上排第一吗？"

"成绩第一算个屁，"邦佐说，"他人品太臭。没有哪个指挥官想收留那小子。"

"多谢了。"豆子说,"现在唯一让我感到恼火的事,就是人们说我像他。"

"那是因为你也很小。在他还很小的时候,教官们就让他加入了战队。别让他们那样对待你,你就万事大吉了,懂啦?"

"我懂。"豆子说。他对邦佐露出满脸感激的笑容。

邦佐回应他一个微笑,拍拍他的肩头。"你会做得很好的。等你长大些,如果我还没毕业,说不定你会成为一名火蜥蜴的战士呢。"

说不定他们让你成为一个指挥官,只是为了让学员们学习如何与一个白痴指挥官相处,或者如何最有效地听从高军衔的傻瓜下达的命令。豆子心想,但嘴上却说:"用不了多久,我就会成为一名士兵。"

"加油干。"邦佐说,"你会成功的。"他再次拍拍豆子的肩膀,然后带着满足的笑容走开了。他在为自己能帮助一个小孩子而骄傲。他在为有人相信他对安德·维京的种种歪曲而高兴。很明显,安德·维京比邦佐说的要聪明得多。

现在有一个暗中策划的暴力威胁行动,是针对那些在自由活动时间常常与安德·维京待在一块儿的孩子。幸好知道了。豆子现在要决定的是怎样处理这个信息。向安德发出警报?提醒教官注意?什么都不说,静观其变?

自由活动时间结束,游戏室的人走光了。他们都回到了宿舍。这是一段留给学员们专心致志、独立学习的时间。换句话说,是一段安静的时间。不过,对新兵小队的大多数孩子来说,现在没什么可学的东西——还没开始上课呢。因此在今晚,学习就意味着在他们的小电脑上玩那个幻想游戏。每人的小电脑一打开就闪现出一个提示,告诉他们可以给家里写信。一些孩子照着提示做了。而且,无疑,他们全都想当然地认为豆子也应该这么做。

但他没做这事。他用波可的名字登录他的小电脑,和他猜测的一样,只要姓名和密码对上号,哪台电脑都能用。他用不着从橱柜里取出他的第二台小电脑。利用波可的身份,他写了两段流水账一样的日记。有点让人意外——小电脑中居然设有一个"日记"选项。

应该把自己塑造成个什么样的人呢?一个可怜巴巴的诉苦的人?那应该写类似这样的话:"在游戏室里,人人都把我推开,就因为我个子太小,这真不公平!"一个孩子气十足的人?那就得这么写:"我好想好想卡萝塔修女,我好想好想回到鹿特丹我自己的房间里。"一个充满理想的人呢?应该是:"我要在每项考试中都得到最高分,他们会看到的。"

最后,他决定写一点微妙含蓄的东西上去:

> 如果阿喀琉斯处在我的位置,他会怎么做呢?当然他并不矮小,但他是个瘸子,所以和我的情况差不多。阿喀琉斯总是懂得等待,他不会忙着表现自己的才能。我也应该这样做。等着看接下来还会发生什么事。刚来这里,我没有朋友。过段时间,他们会熟悉我,我们会在班上分出些小团队。最先接近我的一定是那些比较弱一点的人,但这没什么。你要以忠诚为基础才能建立起一个团队,阿喀琉斯就是这么做的,树立手下人忠诚的观念,训练他们服从。不管在哪里,只做你能做到的事情。

让他们为我的"日记"伤脑筋去吧。让他们认为我一心只想把我的大街生活模式搬到战斗学校里来吧。他们会相信的。在他们晕头转向的这段时间,我可以了解到更多战斗学校的实际运作情况,然后根据形势想出相应的策略。

熄灯前的最后一秒,迪马克进到宿舍。"你们怎么熄了灯还在用小电脑?"他说,"你们在睡觉时间使用小电脑是瞒不过我们的,我们知道你们在用它干什么。明白这一点比较重要，不然你们会上小猪榜的。"

大多数孩子把他们的小电脑收了起来，也有两个挑衅地把它们摆在外面。豆子对此毫不关心，还有些事需要他在心里琢磨琢磨。小电脑嘛，明天，后天，有的是时间玩。

他躺在几乎一片黑暗的宿舍中——房间里现在只有点十分微弱的光线，为了让他们上厕所时不至于磕磕绊绊——倾听周围的动静，揣想这些声音的意义。有一些低语，有一点嘘声。光听呼吸分辨不出是男孩还是女孩，一个接着一个，豆子的耳朵甚至能捕捉到空间站在阳光中旋转推进的声音，以及夜里工作的大人们发出的响动。

建造这么个地方不知要花多少钱。巨大的体积，容纳了数以千计的孩子、教官、职员和服务人员。维护这里的成本肯定和维护舰队的太空船一样高。它的目的只有一个：训练小孩。大人也许会让孩子们迷上一个游戏，但那不会是他们的主要任务。训练孩子们的目的是为了投入战争，而不是要实践什么古怪得令人发疯的教育理论，卡萝塔修女谈到过许多人对这事的想法，她可能说得不错。IF如果得不到预计的良好结果，就不会如此看重这地方，早就会削减经费了。这样看来，教官们当真把所有的心思，都用在了这些在黑暗中打鼾、呼吸和低语的孩子身上。

他们希望我终成正果，而不是只知道在这里随心所欲地吃喝玩乐。他们真正的目的是从我们这些人中培养出一批指挥官。战斗学校成立至今也有些年头了，他们也许有所收获——那些已经毕业的，在工作中有优良表现的孩子。不管这里的运作方式是怎样的，我都要牢记这一点。

有一些别样的声音响起，不是均匀的呼吸，是一颤一颤地吸气，偶尔夹杂一声长吁。有人是在……呜咽。

是抽泣的声音，有些孩子在睡梦中哭了。

豆子恍然大悟：他们想家了。以前他们从没离开过爸爸妈妈，现在他们自然免不了会想念家人。

豆子没有家。他从来没有产生过思念谁的感觉。

不过这样也好，他们的软弱会使我排名在前。在我通向指挥官的道路上，又少了几个竞争对手。

换了安德·维京，会怎么考虑这种事呢？豆子把迄今为止自己了解的安德的事都细细回想了一遍。这孩子真可谓足智多谋啊。他既不同邦佐正面交锋，也不忍气吞声地接受他的愚蠢决定。这一点特别吸引豆子，因为豆子所知道的唯一规则是：如果你不想被割断喉咙，就最好缩着脖子做人。如果团队里的老大是个糊涂蛋，你可千万不能挑明，也不要表现出自己比老大聪明，你只管保住自个儿的脑袋好了。这就是街头孩子的生存之道。

豆子也曾展露过自己的聪明才智，不过当时冒了很大风险，为了使自己能够加入到波可的团伙中，但那是为了得到活下去的食物，而且也没有死亡的危险。安德为什么要铤而走险呢？他并没有遇到什么活不下去的难题，他最多就是在战斗游戏中少出一些风头。

也许安德了解一些豆子不知道的事情。也许有什么别的原因，使战斗游戏比表面看上去更重要。

或者安德真是个输不起的孩子也说不定。那样的话，他就会我行我素，自作主张，只有在把他安排在他想待的位置上时，他才肯为战队效力。再不然，他就是想让大家都围着他一个人转。邦佐就是这样认为的，只可惜邦佐是个白痴。

豆子再次提醒自己，这个地方还有不少他不了解的事情。安德并没有让人人都为自己效劳。他不是一个人训练。相反，他的自由活动时间训练对所有孩子开放。甚至包括新兵，而不只是那些能为他做事的孩子。莫非他做这些事只是为了助人为乐？

波可投入阿喀琉斯的怀抱，难道仅仅是为了救豆子一命吗？

不，豆子搞不懂她在做什么，他不知道她到底为什么要去送死。

但有这种可能。其实他内心深处相信波可是为他而死的。尽管他一向看不起她，她色厉内荏。不过……也正因为她有一副好心肠才救了他的命。他很想抱着事不关己的态度，漫不经心地评论一句"真是太糟了"。在街上，大家对别人的事普遍都是这个态度，但他心里就是放不下波可。当他对她说话时，她总是认真倾听，她冒着生命危险做那些困难重重的事，为的是让团伙里的每个成员能过上好一点的生活。她不仅给他提供了一个容身之处，而且到最后，她还为了使他远离危险付出了生命。她为什么要那么做？

这背后会不会有什么巨大的秘密呢？安德能理解这个吗？如果能，他又是怎么弄明白的？为什么豆子认识不到呢？他使劲琢磨，但是，还是不能理解波可的动机。还有，他也不能理解卡萝塔修女，不理解她对他的拥抱和为他流下的泪水。难道她们都不懂得，不管她们怎么爱他，他都不会爱她们吗？而且无论如何，为他做些好事并不能改善她们自己的生活呀。

如果安德·维京也是她们那种人，也有那样的弱点，那我可就一点儿都不像他了。我是不会为任何人牺牲自己的。波可死的时候，我都没有哭。

豆子忽然意识到自己在哭。今天我这是怎么啦？无缘无故，眼泪却止不住地往外冒。他揉揉眼睛，翻了个身，使身体放松下来。不大一会儿，他在宿舍微弱的光线中睡着了，同以往一样睡得很浅，很警醒。

他做梦了，像所有人一样——回忆和想象在潜意识里被任意黏结在一起，拼凑出一个故事。

一堆蚂蚁，从小巷地面的裂缝里，翻翻滚滚地冒出来。有小黑蚁，有大红蚁，全都在相互撕咬，要消灭对手。它们忙作一团时，一只人类的鞋向所有蚂蚁当头踏下，没有一只蚂蚁对即将到来的灭顶之灾做出反应。

鞋再抬起时，被碾碎的身体露了出来。那些哪里是蚂蚁，分明全是些小孩子！是鹿特丹街头的流浪儿，是阿喀琉斯家庭的全体成员。豆子也在其中——脸歪在被踩得稀扁的身体上，正在对这个世界投下临死前的最后一瞥。

上方隐隐约约露出那只踩死他的鞋，穿在一个仍在大笑不止的虫人的脚上。

豆子醒来的时候，清楚地记得梦中那个大笑的虫人，那些被碾碎的孩子，还有他自己的像被踩扁的口香糖似的身体。梦的意思很清楚：当我们这些孩子相互争斗时，虫族正准备来踩碎我们。我们必须放眼观望，不能只看到眼前这些孩子的个人争斗。我们必须时刻注意人类最可怕的死敌。

过了一会儿，豆子又丢开了自己刚对梦境做出的解释。他提醒自己：梦毫无意义。就算有什么意义，也不过意味着显示出了一些我的感受，或者我的忧虑，不可能有什么深意。我现在该做的事是让豆子活下去，努力进步，力争得到一个在对抗虫族的战争中能发挥作用的位置。我现在什么本领都不会，阻止不了它们。

这就是豆子在梦境中得到的教训：不要成为那些忙忙碌碌、咬成一团的蚂蚁。要成为那只鞋。

卡萝塔修女的网上搜索陷入了一条死胡同。网上虽然有大量关于人类遗传学的研究资料，但看来其中并没有她感兴趣的内容。

她坐在那里，在小电脑上玩一个很麻烦的游戏消磨时间，同时考虑下一步该干些什么。这时电脑提示她收到一条来自IF的加密信息：

　　来自：IF战斗学校格拉夫上校
　　发往：IF特派征募人员卡萝塔修女

主题：阿喀琉斯

请报告与"阿喀琉斯"主题相关的所有已知信息。

和往常一样，本来可以说得简单明了的事情，却故意要用隐晦的字句来传达，相当于给这条信息再加一次密，其实这样做毫无必要。这是个根本没必要保密的信息，不是么？为什么不可以这样写呢："请报告豆子所知道的'阿喀琉斯'的情况。"

不知豆子为什么要把阿喀琉斯的名字透露给他们，他们显然不愿意直接去问豆子有关的细节。那么一定是他把这名字写在了什么上面。写给她的信？她心中一动，身子不由颤了一下，接着她嘲笑起自己这种感觉来。她很清楚，战斗学校里孩子们写的信几乎从来没被发送过，而且，事实上豆子给她写信的可能性非常小。不知战斗学校的人怎么会得知这个名字，而且他们显然想通过她弄清这名字的含义。

问题在于，她不知道那会给豆子带来什么影响，她可不愿意在这种不明不白的情况下，向他们提供信息。

所以她打算用同样隐晦的方式来答复：

这个问题只能经由加密协商会议的方式回答。

当然这会使格拉夫发怒，但那不过是装腔作势罢了。格拉夫就是靠这一手取得比他的军衔更高的权力的。应该有个人出来提醒一下他：服从命令，要建立在接受命令者自由选择的基础之上。

建立加密协商会议的链接花了一个小时，格拉夫的面孔出现在她的电脑屏幕上时，果然脸有愠色。"你今天在玩什么游戏呀，卡萝塔修女？"

"你长胖啦，格拉夫上校。那可不利于健康。"

"阿喀琉斯。"他说。

"一个脚踝有毛病的男人。"她说,"杀死赫克托尔,并且在特洛伊城门外把赫克托尔的尸体拖来拖去地炫耀。还有,他被一个叫布里塞伊斯①的女孩迷得神魂颠倒。"

"你知道我不是在问这个。"

"我知道的情况比这个还多些。我还知道你必定是从豆子写过的什么东西上,获悉这一姓名的。"

"卡萝塔修女,我不欣赏你这种谈话方式,你正在浪费进行加密协商会议的昂贵费用。"

"除非我知道你为什么要了解这个情况,不然,我什么都不会说。"

格拉夫接连做了好几个深呼吸。她不禁怀疑他的妈妈传授过他控制怒气的方法:从一数到十。或者也有可能他在教会学校学过:和嬷嬷打交道时应该常常咬咬舌头。

"我们想搞清楚豆子写的一些东西。"

"先让我看看他写了些什么,这样我才好尽力帮助你。"

"他不再归你照管啦,卡萝塔修女。"格拉夫说。

"那你怎么还来找我打听他的事?他现在该你照管,不是吗?那我现在就可以去做我该做的工作了,对吧?"

格拉夫长叹一声,对屏幕外的什么人比画了个手势。很快,豆子的日记文本出现在显示器屏幕的下方。她读完日记,不觉微笑了。

"有那么好笑吗?"格拉夫问。

"他在摸你们的底,上校。"

"什么意思?"

"他知道你们会看这东西,他正在把你们引入歧途。"

---

① 《伊利亚特》中的美女,曾引发阿喀琉斯和希腊远征军首领阿伽门农的争斗。

"你能确定?"

"如果他提到阿喀琉斯时说的是真话,那就不会是好话。阿喀琉斯曾经背叛过一个豆子很尊重的人。"

"别说得那么含糊,卡萝塔修女。"

"我可没打马虎眼。我说的这些恰好是我想让你们知道的事情。我敢保证他的日记是专门写给你们看的,他在牵着你们的鼻子走,你们应该意识到这点。"

"为什么呢?他从不记日记吗?"

"他的记忆力异常出众。"卡萝塔修女说,"他从不用可读的方式记录他的真实想法,从来不。他严守自己的秘密,一向如此。你永远无法找到他写出来的,而你能读懂意思的东西。"

"那如果他有一个不同的身份呢?他用另一个身份写的东西也会这样吗?用那个他以为瞒过了我们的身份?"

"你必须清楚一点:他知道你们迟早会发现他搞的小动作。所以另一个身份仅仅是为了把局面搅得更混乱,看来他已经得逞了。"

"我怎么忘记啦,在你眼中,这孩子比上帝还聪明。"

"你相不相信我的话无所谓。你以后越了解他,就越能认识到我说的没错。你总该相信那些测试分数吧。"

"怎样做才能让你给我们提供帮助呢?"格拉夫问。

"把豆子在学校的表现告诉我,我需要事实。"

"他的主教官有点担心他。他在午餐后回宿舍的路上消失了二十一分钟——有人证明他曾出现在他不该去的甲板上,但仍然不能说明剩下的十七分钟里他在做什么。另外,他不使用他的小电脑玩——"

"想想他另造身份和杜撰日记的事吧,那不也是在和你们较劲吗?"

"我们有一个给所有孩子提供的'诊断—治疗'游戏,呃,他从不去碰。"

"他清楚那是个心理测验游戏,他要觉得那个游戏对他有价值,才会去玩。"

"他对一切都抱有敌意,是你教的?"

"不,我是从他那里学的。"

"把实话告诉我吧。从这份日记看,他计划建立他的团队,就像这里是条大街一样。我们了解到这个阿喀琉斯的情况,就能明白他脑瓜里在琢磨些什么了。"

"他真正计划的不是你说的那种事。"卡萝塔修女说。

"你一口咬死,却没有给我一个简单的理由让我相信你的判断。"

"你既然问我,就应该信我,不是吗?"

"这个理由远远不够,卡萝塔修女。你是在让我们别去信任这个孩子。"

"他永远不会仿效阿喀琉斯,也不会把他的真实计划写在任何你们能发现的地方。他不会建立什么团队,他加入到一伙人中,只是暂时利用他们,脱离他们时他甚至都不会掉头多看一眼。"

"这么说来,想通过调查这个阿喀琉斯来了解豆子以后会做什么是白费劲啰?"

"豆子对自己从不记恨人感到满意。他认为仇恨对现实毫无助益。但从某种意义上说,我相信他明确地写出阿喀琉斯这个名字,是因为他知道你们会看到他写的东西。他料到你们看见这个名字后会着手了解阿喀琉斯的情况,如果你们追查下去,说不定能查出阿喀琉斯曾经犯下的严重罪行。"

"针对豆子的吗?"

"针对他的一个朋友。"

"这么说来,他也有与人建立友谊的能力?"

"那个女孩子曾在大街上救过他的命。"

"女孩叫什么名字?"

"波可。不用费心去找她,她已经死了。"

格拉夫沉吟了一会儿。"那就是阿喀琉斯犯下的严重罪行吗?"

"豆子对此确信不疑,不过我觉得确认阿喀琉斯有罪的法律证据不够充分。我觉得豆子不可能故意仿效阿喀琉斯,他不会去模仿其他任何人,他所以故意让你们知道阿喀琉斯,是希望你们替他追查阿喀琉斯。"

"你还有所隐瞒吧?但我除了相信你的判断外别无选择,对吗?"

"我向你保证,从阿喀琉斯这里入手你将一无所获。"

"你能否编个理由出来,证明这条路最后会把我们引入一条死胡同?"

"我希望豆子能功成名就,但是,格拉夫上校,我更盼望你们的计划能一举成功。尽管那孩子让我牵肠挂肚,但孰轻孰重我还分得清。我现在真的把我所了解的一切都告诉你了。不过我希望你也能帮帮我。"

"IF的情报可不是用来做交易的,卡萝塔修女。这些情报只在需要它们的人之间传阅。"

"我先说说我想要什么,你再来决定是不是帮我。"

"那你说说?"

"我想知道过去十年内,所有非法或绝密的改变人类基因组工程的情报。"

格拉夫的目光离开卡萝塔,望向远处。"想换个新的工作项目?你好像太着急了点,不是吗?还是回到老工作里来吧。这可与豆子休戚相关。"

"豆子一定有什么背景。"

"你的意思是,他的智力来源?"

"我的意思是所有这一切。我觉得你最终需要依赖这个孩子,把我们所有人的生命都押在他身上。你应该了解一下他的遗传基因。现在研究他脑子里在想什么简直是浪费时间。而且，我猜测，这些问题对你而言迟早有水落石出的一天。"

"你把他推荐到这里来，然后才告诉我这些事。难道你不明白，光凭你一个人的保证并不能让他成为我们的优选对象吗？"

"你与他才接触一天，也难怪你会这样说。"卡萝塔修女道，"他以后会成为你的上司。"

"他妈的这鬼小孩，他好得很啊，他最好别再缩成一团，免得让空气系统把他给吸没啦。"

"嘘——嘘，格拉夫上校。"

"对不起，修女。"他控制住情绪。

"给我个高级一点儿的权限，我自己去搜索。"

"不行。"他说，"不过我会给你寄摘要的。"

她知道，通常军队的人只会给她提供那些他们认为可以让她了解的信息。当然如果格拉夫真的用那些愚蠢无聊的东西来敷衍了事，她也自有应对的方法。她将赶在IF之前找到阿喀琉斯，把他送进一所学校，使他脱离街头生活，再给他换个姓名。因为如果IF找到他的话，就会尽其所能地测试他，或者找出她以前测试他的成绩。这样一来，他们便会治好他的足疾，再把他送到战斗学校去。但是，她已经答应豆子，不让他再遇到阿喀琉斯。

CHAPTER 08

优秀学员

"难道他就没玩过一次幻想游戏?"

"他甚至连游戏角色都没选过,更不要说进入游戏了。"

"这简直不可能,每次电脑启动,那个游戏界面都会出现。"

"他重新设置了他的小电脑,让那个游戏界面不再弹出。"

"从这些事中你推断……"

"他明白那不是游戏,他不想让我们分析他的思维方式。"

"可是他希望我们提拔他。"

"这个我就不知道了。他埋头学习,在三个月以来的每次测试中都取得了完美的分数,但他却只读过一遍教材。他在钻研他自己选择的别的题目。"

"例如?"

"沃邦①的书。"

"沃邦是那个17世纪的防御工事专家吧?他脑子里究竟在想些什

---

① 17世纪法国军事工程师,对防御和围攻战略进行过一系列改革。

么？"

"你也搞不懂？"

"他和其他孩子相处如何？"

"我想用'孤僻'这个词来形容他最恰当不过。他对谁都客客气气，从来不主动接近谁。他只对自己感兴趣的事物提问。新兵小队的孩子们都认为他是个古怪的人。他们明知他各科成绩都比所有人好，但却不嫉恨他。他们把他看成个天才。没有朋友，倒也没有敌人。"

"这点很重要，居然没人嫉恨他。按理说他老是那样不合群，该招人嫉恨才对。"

"我想这是他从大街上学来的本事——善于调控自己的情绪，他从不发脾气。也许这就是大家为什么不再拿他的个头打趣的原因。"

"你告诉我的这些事，并没有显示出他在指挥方面有什么潜力。"

"如果你认为他对展现指挥才能没兴趣的话，那你可说对了。"

"那么……你认为他在搞些什么？"

"他在分析我们。"

"不露痕迹地收集各种信息。你真的认为他有这么老练吗？"

"别看他小，他可是从大街上混出来的。"

"我想不妨稍稍试探他一下。"

"让他知道他的沉默寡言使我们困惑？"

"如果他真有你想的那么聪明，恐怕他早就知道我们的困惑啦。"

豆子对自己身上是否干净毫不在意。要知道，他有几年不洗澡的先例。几天不洗澡算什么。如果其他人介意，他们尽可以保留意见。让他们闲聊时议论去吧：个头比安德还矮！年纪比安德还小！每次测试都是最高分！像一头臭烘烘的猪！

淋浴时间异常宝贵。趁着大家都在洗澡，他可以在小电脑上使用一个邻铺孩子的身份登录。他们都脱光了，只带着一条浴巾去淋浴，所以制服跟踪系统自然就失效了。在这段时间里，豆子可以登录并探测网络系统，而不用担心教官们发现他在系统里动手动脚。他只略微修改了一下自己小电脑的设置，就避开了那个试图分析他们思维的幻想游戏的愚蠢邀请。他的电脑每次都会自动把主题切换到另外的页面。这样做并不难，他估计教官们发现他这种做法以后，不会觉得特别吃惊。

到现在为止，豆子只发现了很少一点真正有价值的东西，每当他突破一个限制，就会感到自己被另一道更强大的防火墙阻住。他了解到一个情况，以前也有学员试图破解过这个系统。他听到一个传说，说的是安德——当然只有他——怎样在入学第一天就闯入系统，又怎样用上帝的名字登录等等。他心里明白，虽说安德手脚异乎寻常地麻利，但教官们本来就期望有天赋的学生能干出这种事，所以也不能说安德做出了什么出乎教官们预料的举动。

豆子的第一个收获，是发现了教官们的电脑系统监视学员电脑活动的方式。为了防范电脑向教官们进行自动报告，他建立了一个私人文件区域，如果教官们不进行特意搜索是不可能发现的。这之后，当他用其他人的身份登录时，不管何时发现值得注意的东西，他都记住位置，再把这些信息下载到自己的私人文件区，闲下来再慢慢研究——在他研究这些信息的时候，小电脑向教官提交的报告是：他正在调阅图书馆的某部书籍。当然他看过那些书，只不过所花的时间比他的小电脑向教官所报告的时间少得多。

做好这些准备，豆子满心以为可以干一番大事了。但他立即就碰上几道防火墙——墙后面才是有价值的信息。网络系统里的确有许多有价值的东西，但不愿轻易交出来。他找不到任何完整的空间站地图，只发现一些学生活动区的地图，而且这些地图总是太小，太简略，而且故意不按照实际比例来画。但他在一个程序中发现一系列应急地图，这些地图会在气压突然下降之类的紧急情况发生时，自动显现在走廊的墙上，指示出最方便逃生的安全门。这些地图的比例是准确的，把这些地图与他在私人文件区收藏的单张地图拼接在一起，他建立了一个空间站模型。当然除了安全门以外尚无其他标示，不过他借此认识到，空间站里有些走廊通往与学员区域平行的系统。空间站显然不是由一层，而是由三层平行的轮盘构成，通过许多交叉点连接在一起。学员区以外那些地方一定是教官和职员的居住区，是补给中心，是与舰队指挥部保持联系的通信枢纽。可惜那些地方有独立的空气流通体系，和学生区的管道系统互不相关。这意味着，他虽然可以在学员区这层轮盘中大搞侦察活动，但对另外两层轮盘，就无计可施了。

无论如何，在学员区这个轮盘中，还是有不少秘密之处值得探究。学员们有权使用四层甲板，另外再加上A层甲板下的健身房和D层甲板上的战斗室。但事实上这个轮盘一共有九层甲板，两层在A甲板下面，三层在D甲板上面。那些地方一定有某些特别用途。豆子考虑，既然他们将这些地方划为学员的禁地，就说明这些地方很有探索价值。

而且，他必须尽快开始探索。健身训练很见效，他更有力气了，不过还得注意通过节食保持瘦削的身材——他们强加给他的食物多得让人难以置信，并且与日俱增，可能因为早先的食物配给没让他的体重增加到他们认为合适的程度吧。他必须控制自己体重的增长，否则要不了多久他就不能钻进管道了。但是，要探察秘密甲板层并能及时返回，淋浴的这点时间显然不够用。要想去探索的话，恐怕只好牺牲一个晚上的睡眠。对那个豆子是无所谓的——少睡一夜没什么大不了的。

这天早晨，迪马克走进宿舍宣讲的头一件事，就是让每个人马上修改各自的密码，要求改密码时必须背对房间里的其他人，并且不能将新密码透露给别人。"绝不要让任何人发现你的新密码。"他说。

"有人用了别人的密码吗？"一个小孩问，他惊慌的声调里透出一丝恐惧。真丢脸！豆子真想笑出声来。

"所有IF属下的人都这样做，所以你们最好从现在开始逐渐养成这种习惯。"迪马克说，"如果谁使用相同的密码超过一星期，大名就将出现在小猪榜上。"

豆子清楚，教官们已经察觉到自己正在进行的侦察活动。他们可能掌握了他在过去几个月里所做的种种试探，甚至可能清楚他发现了些什么。他登录系统，删掉那个私人文件区，希望这样一来可以瞒天过海。他已经牢牢记住了自己所需的一切信息。他再也不会依靠小电脑去记那些本可以用脑子记住的东西了。

豆子脱下制服，裹好毛巾，与其他人一块儿朝淋浴室走去。迪马克在门口挡住他。

"咱俩谈谈。"他说。

"那我得等到什么时候才洗得上澡？"豆子问。

"你怎么突然开始讲究个人卫生啦？"迪马克问。

豆子明白盗用别人密码的事露馅了，估计要挨一通训斥。但是，迪马克却在他身边靠门的一张下铺上坐下来，问了一个极其普通的问题："你在这里和大家相处得怎么样啊？"

"很正常。"

"我知道你的测试分数很高，不过我担心你在这帮孩子里没交到几个朋友。"

"我有很多朋友。"

"你是说你叫得出大多数人的名字，还有你从不跟任何人发生摩擦吧。"

豆子耸耸肩。他不喜欢这种询问，就像不喜欢小电脑的使用情况被任意监控调查一样。

"豆子，系统的每项设计都自有其用途。我们判断一个学员的指挥能力要参照多种因素。课堂表现固然十分重要,但领导能力也同样重要。"

"能到这儿来的人在领导能力方面,应该都是才华横溢的,对吧?"

迪马克笑了。"嗯,不错,但你们还不能马上成为领导者。"

"我像个三岁的小孩。"豆子说,"我想多数孩子都不愿意主动向我打招呼。"

"但你应该建立自己的朋友圈,其他孩子就是这样做的。你一直没有这么做。"

"我认为没必要通过这种途径成为一名指挥官。"

迪马克的一条眉毛挑起来。"这么说来,你希望自己无所作为?"

"你看我的测试分数,我是不求上进的人吗?"

"那你到底要做什么?"迪马克问,"你不玩其他孩子玩的游戏。你个人的健身训练十分古怪,你不是不清楚正常训练是为了使你们强壮起来,是为了使你们在战斗室发挥得更出色。你好像也不打算玩那个幻想游戏,对吧?如果你一意孤行,那么终将一事无成。战斗游戏是我们评估指挥能力的基本手段。要知道,学校里的一切生活都是围绕战斗游戏这个中心展开的。"

"在战斗室里我会表现出色的。"豆子说。

"要是你以为不做充分的准备就能投入战斗游戏,那可大错特错啦。头脑敏锐和身体敏锐完全是两码事。你还不懂在战斗室里对体能的要求有多高。"

"我会参加常规训练的,长官。"

迪马克往后斜了斜身子,闭上眼微微叹口气。"嗯,你以后会服从命令。对不对,豆子?"

"我会努力的,长官。"

"你少跟我胡扯。"迪马克说。

"什么意思,长官?"要切入正题了,豆子想。

"要是你把与教官藏猫猫的精力用在结交朋友上,你就是这个学校里最受欢迎的孩子啦。"

"那应该是安德·维京做的事,长官。"

"你别以为我们不知道你的脑子被那个维京占满啦。"

"占满啦?"第一天以后,豆子就再没向人打听过维京的事。他从不加入与维京有关的讨论,从不去战斗练习室观看安德的课外训练。

噢,做过头了。真是愚蠢的错误。

"新兵中只有你一个人完全避开安德·维京。你对他的时间表可是一清二楚啊,你居然从没和他碰过头。能做到这点,真有些难为你了。"

"我是个新兵,长官,而他是一个战队队员。"

"别回避问题,豆子。你说的这个理由一点也不能令人信服。你在浪费我的时间。"

说些毫无价值的众所周知的事实,是对付责问的法宝。"我刚来时又矮又小,大家随时都拿我和安德做比较。我想找到一条适合自身发展的道路。"

"我现在姑且接受你这个说法,因为我受够了你的那些胡说八道。"迪马克说。

迪马克提到的那些自己针对安德的情况,豆子惊讶地发现也许那是真的。但为什么我就不能有一些正常的类似嫉妒的情绪呢?我又不是机器。迪马克好像打算继续谈一些更敏感的话题,豆子有点不快。无论他要说什么,豆子都准备用一番假话敷衍了事。

"对我说说,"迪马克道,"你为什么拒绝玩那个幻想游戏?"

"那游戏看起来又无聊又乏味。"豆子说。这倒的确是事实。

"这理由可不够好。"迪马克说,"首先,战斗学校的其他孩子并不觉得它无聊乏味。事实上，游戏的模拟系统会自动改变，适应每个玩家的兴趣。"

对此我倒深信不疑，豆子想。"那全都是些幻念中的角色扮演，"豆子说，"没什么实际意义。"

"别再玩你那套捉迷藏的把戏了，听清楚啦？"迪马克厉声说道，"你知道我们用这个游戏来分析玩家的个性，所以你就拒绝玩这个游戏。"

"听起来你已经分析过我的个性了。"豆子说。

"你还是打定了主意要独来独往，是吗？"

豆子沉默了，实在没什么好说的。

"我看过你的借阅书目，"迪马克说，"对沃邦感兴趣？"

"有什么不对吗？"

"路易十四时代的防御工程学？"

豆子点点头。他回想起沃邦是如何变革自己的战略，以适应路易十四时代日益困窘的财政状况：放弃纵深防御，采用浅纵深防御；几乎抛弃了所有修筑新堡垒的方案，全靠修修补补或者搞点劣质工程勉强维持。这就是穷困状况下的战略构思。豆子说起这些，迪马克没听几句就打断了他的话头。

"豆子，说说看，你为什么要去学这些与太空战争不相干的知识呢？"

豆子从没想过这问题。他已经学完了从色诺芬[①]和亚历山大[②]到恺撒[③]和马基雅维利[④]以来的战略思想发展史。沃邦只不过是其中一环。

[①] 古希腊将军，历史学家，作家。
[②] 古马其顿国王，少年得志，曾建立地跨欧亚非的亚历山大帝国。
[③] 古罗马统帅，政治家。
[④] 意大利军事家、政治理论家，著有《君主论》一书。

读这些书并不在他计划之内——他大多数的阅读只是为了掩护自己在电脑上进行的秘密探索。但是现在迪马克已经问到头上来了，那么对于十七世纪的防御工事与太空战争的关系，说些什么好呢？

"把沃邦的书放到图书馆去的人又不是我。"

"舰队的每个图书馆都收藏有全套军事著作。比那个沃邦的著作更重要的书多的是。"

豆子耸耸肩。

"你居然在这个沃邦身上花了两个小时。"

"那又怎么样？我在腓特烈大帝①身上花的时间一样长，但我并没有因为读过他的著作就想跟他一样搞队列操练，也不想在火线上列队前进时用刺刀戳死那些胆敢逃出队列的士兵。"

"你不是真正在读沃邦的书，对吧？"迪马克说，"我想知道在那两个小时里你究竟做了些什么。"

"就是读沃邦的书啊。"

"你以为我们不清楚你的阅读速度吗？"

"当然，一边读还在一边想，脑子里总得做些思考吧。"

"很好啊，那你都想了些啥呢？"

"正像你刚才提到的，怎样把那些策略运用到太空战中去。"开动脑筋，赶快想，再多些时间就好了。怎样才能把沃邦与太空战拉扯到一块儿？

"我在等你的回答呢。"迪马克说，"让我们来听听你昨天用两个小时得出了些什么样的高见。"

"呃，当然，在太空中不可能建立防御工事。"豆子说，"传统意义

---

① 十八世纪普鲁士国王，提倡在军队中实行严酷的纪律和机械的训练方法。

上说，是这样的。不过有些事仍然值得尝试。比如沃邦的袖珍堡垒，建立在主防御工事外围的机动工事。你可以尝试扩大防御的外线，用小股机动力量拦截来袭飞船。还可以布置屏障、雷区、浮游物障碍区。疾速行进的飞船撞到浮游物时，会造成严重的损害，甚至被撞破外壳。这是我读沃邦的书时最先想到的一些问题。"

迪马克点点头，没有插话。

豆子反倒越说越来劲了，"真正的问题在于，我们和沃邦面临的情况不同。我们要防卫的对象只有一个——地球。在空间作战，敌人的主攻方向不受限制。他能够从任何方向发动突袭。因此我们遇到一个棘手的防御难题：立体防御。防御线推进得越远，防御面就越大，受人力和物力限制，很快就会出现人员和工事在配置上的矛盾。如果敌人不经由黄道面[①]发起进攻，那在木星、土星或海王星上建立基地有什么用处呢？他可以绕过我们所有的防御工事。二战中尼米兹[②]和麦克阿瑟[③]曾使用纵深的岛屿防御体系对付日本人，不过那是二维平面的防御战术。而我们与敌人是在三维空间中交火，所以纵深防御战术没有实用价值。我们能采用的最有效的防御手段只有一条：尽早发现对手的行踪，主动出击，集中优势兵力歼灭来犯之敌。"

迪马克缓缓点了点头，面无表情地吐出几个字："继续说。"

继续说？这还不够用来解释阅读沃邦所花的两个小时吗？"呃，但是，灾难几乎无法避免，因为敌人可以分散进攻。就算我们截住了百分之九十九的攻击编队，敌人仍然可以用剩下的百分之一给地球带来可

[①] 指地球公转轨道所在的平面。
[②] 二战期间美国太平洋舰队司令，阻止了日军的扩张并最终以大规模使用航空母舰的战术摧毁了日本海军。
[③] 美国著名五星上将，二战期间统率盟军在西南太平洋作战。

怕的毁坏。众所周知，第一次与虫族交战时，一艘坠落地球的飞船给我们造成了多大灾害。那还只是一艘。设想有朝一日十艘飞船撞上地球——如果它们觉得不够，还可以在一天内派出更多的飞船！——它们就可以消灭我们所有主要的人口聚居区域。我们可是把鸡蛋都放在一个篮子里啦。"

"这就是你读沃邦时的心得体会了。"迪马克说。

总算完啦。说这么多应该能让他感到满足了。豆子松了口气说："通过研究沃邦的军事思想，我发现需要我们着手解决的防御问题实在是太多了。"

"那么，"迪马克说，"你有什么解决的好办法呢？"

好办法？你迪马克把我豆子看成什么人啦？我现在关心的是如何应付战斗学校的环境，而不是怎样去拯救世界！"我不认为有什么好办法。"豆子迟疑了片刻说。不过，他实际上早就想过这个问题，忍不住随口接着说起来，"也许根本用不着防御地球。事实上，敌人和我们一样脆弱，易干攻击，除非它们拥有某种我们不知道的防御部署，比如能把整个行星都包起来的隐形盾牌之类。所以唯一的策略是不顾一切地发动一次全力进攻，把我们的舰队送到它们的本土母星去，摧毁母星。"

"可是，假如敌我双方两支舰队彼此错过了，就像过去的军队夜间行军时错过故人一样，那会出现什么结果？互相摧毁对方的星球，人类与虫族全都只剩下舰队里那一点活人？"

"不会的。"豆子说，脑子飞快地运转着，"如果我们能在第二次虫族战争结束后立即派出舰队就不会。在马泽·雷汉对它们实施沉重打击之后，失败的消息需要很长时间才能传回它们的母星。所以，我们以最快的速度建立一支舰队，立即出发，前往它们的母星。上一次失败的消息刚刚传到，我们毁灭性的反击便接踵而至。"

迪马克眯起眼睛："你倒是提醒了我们注意这个问题。"

"嗯，我明白了。"豆子渐渐意识到自己对每件事的判断都正确无误，"我们的攻击舰队一定早已出发。早在这个空间站里的人出生之前，舰队就被发射出去了。"

"真是有趣的学说。"迪马克说，"只可惜每个论点都错了。"

"不，没错。"豆子说。他清楚自己没错，因为迪马克有点坐立不安了，汗珠从他的前额渗出来。豆子的一番话显然击中了某些要害，这一点迪马克心知肚明。

"我是说，你对空间防御难度的看法有点道理。但不管难度多大，我们还是得硬着头皮去做，这也正是把你们招收到这里来的目的。但你想象中的舰队发射并不存在——第二次虫族战争耗光了人类的资源，豆子。我们得花费时间重新打造一支舰队，并且必须为下次战争准备更先进的武器。如果你真的在沃邦的故事中有所收获，就该懂得没有财力做后盾而投入战争是行不通的。此外，你假设我们知道敌人的母星位置也不切合实际。不过，你对摆在我们面前的重大问题还算分析得不错。"

迪马克从铺位上站起来。"很高兴知道，你并没有把学习时间完全浪费在攻击电脑系统上。"他说道。

然后，他转身离开了宿舍。

豆子回到自己的铺位上去穿衣服。没时间淋浴了，但没关系，他知道自己刚才说的那些话给迪马克造成了很大的震动。第二次虫族战争并未耗尽人类资源，这一点豆子拿得准。行星防御计划的漏洞那么多，IF不可能视而不见，尤其是在可能导致输掉整个战争的前提下。他们懂得必须主动出击。他们会尽快组建舰队，然后发射升空。是的，舰队肯定早就出发了。除此之外，很难想象他们还能想出另外的解决办法。

那么无缘无故地建造这个战斗学校干什么？莫非迪马克是正确的，建造战斗学校的目的只是为了在地球周边布设防御舰队，以抵抗可能发生的侵袭吗？

如果这是事实，就没必要躲躲闪闪。完全用不着说谎。事实上，地球上所有的宣传都指向这一点，都在提醒人们为下一次的虫族入侵做好准备。迪马克无须反复说明那些IF已经向三代地球人不断弹起的老调。但迪马克听到我的说法后却冒出一头冷汗。这是否暗示着所有地球防御的说法都是虚构的呢？

围绕地球的防御舰队不会缺乏兵源，这正是可疑之处。常规招兵步骤足以应付其需求。防御战争也不需要卓越的才智，稍稍机敏灵活一点的人就能胜任。早期侦察，谨慎出击，始终注意保留应急的预备队，这些事几乎人人会做。最后的成功不是依靠指挥素质，而是依靠战舰数量和武器质量。没有理由建造战斗学校——战斗学校在攻击战争中才有意义，只有在一场机动战争中，战略战术才能发挥更重要的作用。但是攻击舰队已经出发。豆子明白，战斗几年前就打响了，现在IF正在等待着胜负的消息。而这要取决于虫族母星和我们之间的距离到底有多少光年。

还有一种可能，豆子想，战争已经结束，IF知道我们打胜了，但他们却故意把人们全蒙在鼓里。

理由很明显。只有一件事能让地球上的人停止内战——共同对外，打垮虫族。一旦人们得知虫族的威胁已经被排除，相互间郁积已久的敌意就可能爆发。伊斯兰世界和西方国家的矛盾，长期处于压制中的俄罗斯帝国主义与北约的对抗，或者在印度的地区冒险主义，或者……总之地球立刻就会一片混乱。连国际舰队的资源也会在军队派系的内讧中消耗殆尽。最终结果无疑是地球的毁灭——甚至根本用不着外星蚁类生物来动手。

这可不是IF希望看到的结局。紧跟着必然发生骇人听闻的同类相残的战争。正如罗马在赶走迦太基人以后爆发内战而四分五裂——只怕还会有过之而无不及，因为现在的武器更可怕，人们之间积怨更深。国家之间和宗教教派之间的冲突，远比罗马人争夺个人领袖地位的斗争惨烈得多。

IF绝不会容忍出现这种情况。

在这样的背景下，就只有战斗学校才能维护世界和平。多年来，几乎地球上所有的孩子都被考察过一遍。那些具有军事指挥潜力的孩子离乡背井，被发送到空间站来。最优秀的或者最忠实的毕业生，被留在IF继续效力。IF在最终宣布战争结束，并且打算抢先一步排除某些国家军队的威胁时，可以用他们来指挥舰队。最后，世界将永远统一在一个政府之下。设立战斗学校的主要意图仅仅是让那些优异的孩子离开地球，这样一来，他们就不会变成任何国家或党派军队的指挥官。

归根结底，法国大革命之后，是因为欧洲主要国家对法国的入侵，才导致绝望的法国政府发现和提拔了拿破仑，但到头来，他夺取个人权力的欲望终于取代了保家卫国的激情。IF决意不想让地球上出现第二个领导抵抗战争的拿破仑。所有可能成为拿破仑的人全都被集中到这儿来了，穿着傻瓜制服，在愚蠢的游戏中战斗，争夺霸权。这也正是小猪榜的用途，通过驯服我们，借以控制世界。

"再不穿好衣服，你上课就要迟到啦。"豆子对面下铺的男孩尼古拉说道。

"多谢。"豆子说。他脱下裹在身上的干浴巾，迅速穿好制服。

"抱歉，我把你使用我账号的事向教官报告了。"尼古拉说。

豆子一时说不出话来。

"我是说，我本来不知道是你干的，但他们来问我在应急地图系统中寻找什么。当时我完全摸不着头脑，但不难猜出有人用我的名字登录过，那一定是你了，因为我用小电脑时只有你能看得见。嗯……我是想说，你太聪明了。不过我真的不是有意告密。"

"那就好。"豆子说，"我不会介意的。"

"但是,嗯,你发现了些什么,从地图上?"

直到这一刻,豆子才放下了心中的疑问,原来是有人向教官报告了这事。没什么,我不过有些好奇罢了。他本可以这样来回答。但是现在他对世界的看法已经发生了变化。往后他应该着手与其他孩子建立良好的关系,这倒不是为了向教官们展示领导才能,而是为自己的将来考虑。当地球爆发战争,IF的雕虫小技不管用的时候,就得依靠联合阵营,他得提前弄清楚,在未来那些不同的国家和集团的指挥官中,哪些是盟友,哪些是敌人。

就IF而言,他们的计划必将失败。如果得逞了才叫怪呢。那首先得要求数以百万计的官兵克服自身的故乡情感,一心效忠IF。这根本不可能。真要到了那种时候,IF必定自身难保,不可避免地将分裂成若干小集团。

幕后那帮策划者当然意识到了这种危险。参与策划的人数一定被控制在最低限度内——也许只有一些把持政权的统治者,大将军和行政长官。当然也可能有几个战斗学校的人知道内情。因为整个计划的核心就是这个空间站。有两代最有天赋的指挥官在这里学习过。他们每个人的学习记录档案都保存在这里——谁最有才华,最有价值。他们有哪些弱点,无论是性格方面的还是指挥能力方面的。谁是他们的朋友。他们是否忠诚。权衡一切后,应该派谁在这场种族之间的大战中担负起联合舰队司令的职责?谁又应该被剥夺指挥权,隔离起来直至人虫之战结束?

他们担心豆子不参与他们设置的那个小小的思维游戏,这不足为奇。因为这样一来他就成了一个难以预测的人。这会给他带来一定的危险。

但是,豆子如果现在才投入那个游戏,也许更危险。不玩游戏可能让他们感到担心和疑惑——不管他们针对他制订出了什么样的计划,至少他们还对他一无所知。如果他参与这个游戏,他们也许就不那么疑心了——但如果以后他们要对付他，一定会利用他在玩游戏时无意中透露出的信息。豆子不怀疑自己具有控制游戏的能力。但即便故意利用游戏去误导他们，这种误导本身也会告诉他们一些信息，比自己希望他们掌握的更多些。

还有最后一种可能，他的所有判断也许都错了。他也许还没有发现最关键的情报。也许并不存在什么已经发射的舰队。也许他们还没有在虫族的母星上消灭对手。也许真有一个不顾一切地建立防御舰队的计划正在实施过程中。也许。

豆子必须掌握更多信息，才能使自己在分析问题和做出抉择时不犯错误。

另外，要尽快结束自己孤立的现状。

"尼古拉，"豆子说，"给你说了我在地图上发现的秘密你也不会相信。这个地方事实上有九层甲板，而不是四层，你信吗？"

"九层？"

"这还只是在这个轮盘中。另外，还存在两个他们从没对我们透过一点风的轮盘。"

"但空间站的照片上，只显示出一个轮盘哪。"

"拍那些照片的时候，的确只有一个轮盘。但按照计划，最后要建起三个轮盘，相互平行，同步旋转。"

尼古拉一副费力思索的样子。"但那只是计划，也许他们根本没有建造另外那些轮盘。"

"那为什么在地图上的应急系统中要把它们标示出来呢？"

尼古拉笑了。"我爸爸老爱说，官僚们从来不会丢弃任何东西，包括过时的垃圾。"

的确。他为什么没想到这点呢？应急系统的图纸，无疑在第一个轮盘投入使用前就画好了。那些地图是按事先的设计规划制作的，就算后来不再建造其他轮盘，就算三分之二的地图上没标出走廊的墙壁，但那些墙还是确实存在的，地图也还是老样子。谁也不会自找麻烦地进入系统去清理和改正它们。

"我根本没想到这个。"豆子说。他知道，自己超人的才华是得到公认的，因此他不能给尼古拉比这句话更高的赞扬了。果然，这句话引起了附近铺位上几个孩子的反应。过去还没谁和豆子这样交谈过，还没有一个人能想到豆子想不到的事。尼古拉的脸有点红了，带着几分骄傲。

"不过九层甲板这件事，很有意思。"

"我真想知道那些地方有什么用途。"豆子说。

"保障生活供应。"一个叫科恩·穆恩的女孩子插话道，"空间站必须有个制造氧气的地方，那可需要不少植物。"

更多孩子加入到讨论中来。"也可能是职员们占用的地方。我们在这面只能看到教官们和营养师们。"

"说不定他们建造了另外的轮盘，只是我们发现不了而已。"

各种各样的推测在宿舍中此起彼伏，但议论始终以豆子为中心。

豆子有了一个新朋友——尼古拉。

"搞快点，"尼古拉说，"我们上数学课要迟到啦。"

CHAPTER 09
安东密码

"看来,他已经发现这里有几层甲板了。他得知这个信息后会采取怎样的行动呢?"

"是呀,这正是我们急需了解的问题。他觉得查明未知甲板处的情况很重要,那现在他脑子里盘算着些什么呢?建校以来还没有哪个学员想到去探寻这些地方。"

"你认为他在策划一次革命?"

"对这个孩子,我们仅仅知道他是鹿特丹街头流浪儿中的幸存者。据我所知,那是个地狱般的地方。那里的孩子透着股邪乎劲儿,全都是些像波利安娜①一样的苍蝇大王。"

"你什么时候读的《波利安娜》?"

"那是本书吗?"

"他怎么可能酝酿一次革命呢?他连个朋友都找不到。"

"我没说他要闹革命,那可是你的看法。"

---

① 美国作家埃莉诺·霍奇曼·波特同名小说中的主人公,开朗乐观,不修边幅。

"我没有什么看法。我搞不懂这个小孩。我甚至根本不希望他到这里来。我想我们早该把他打发回家了。"

"不行。"

"你应该说：'那不太好吧，长官。'我相信你本来是想这样说。"

"来这里才三个月，他就指出了防御战争没有任何意义，并且认识到在上次战争刚结束时，我们必然已经派出舰队去进攻虫族的母星。"

"怎么不早点说！他知道这个？而你却在我面前唠叨什么他了解这里有几层甲板。"

"还不能说知道吧，他是猜出来的。我对他说他全弄错了。"

"嘿嘿，我敢说，他对你这个大教官的话一定坚信不疑啰。"

"这我倒是有自知之明，他压根儿没相信过我说的话。"

"那更有理由把他送回地球了，或者送到另一个远点儿的基地去。你想过没有，他知道得那么多，一旦我们的安全保密工作有什么疏漏，那将是一场可怕的噩梦。"

"这总得取决于他如何利用那些信息吧。"

"我们对他几乎一无所知，所以很难预测他会干出些什么事来。"

"卡萝塔修女那边——"

"你铁了心要惹我不高兴，是吧？那个女人，比你那个小矮人更难缠。"

"像豆子这样智力超群的孩子，总不能仅仅因为我们对可能出现的安全隐患有所担心，就随便地放弃吧。"

"也不能为了一个脑瓜特别聪明的孩子就把安全措施完全抛在一边。"

"我们能不能为他设下一个更高明的骗局呢？让他发现一些他自认为是真实的事情。我们对他的一切工作都可以围绕这个骗局展开，最后——推出一个让他确信不疑的谎言。"

卡萝塔修女坐在露台花园里，小桌对面是一个又老又瘦的被流放的犯人。

"我原来是科学家，现在嘛，只是个在黑海边上了度残生的俄国孤老头子罢了。"安东深深地吸了一口烟，顺手向栏杆外弹出烟头。

"我来这里，不代表任何执法部门。"卡萝塔修女说。

"你是以IF的身份来的，这对我来说更危险。"

"你不会有什么危险的。"

"是啊，但那是因为我并不打算告诉你任何事。"

"谢谢你讲话这么坦率。"

"你觉得我坦率，但我如果当真坦率地说出你的身体在一个俄国老头子脑海里激起的联想，恐怕你就不会认为这是个优点了。"

"和修女开这种玩笑可得不到什么好处。"

"看来你真是个虔诚的嬷嬷。"

卡萝塔修女叹了口气说："你认为我是查到了你的一些事才追到这里来，所以你不想让我知道更多内情。其实，我找你是因为我在你身上什么也查不出。"

"哪些事查不出？"

"什么事都查不出。我在替IF调查一个细节问题，他们给了我一份关于改变人类基因组研究方面的文件摘要。"

"上面有我的大名？"

"恰恰相反，丝毫没提到你的名字。"

"他们忘得可真够快的。"

"但我在查阅一些旧报刊时，发现有些人提到你——都是些早期工作，在IF实施严格的安全措施之前的那些工作——我留意到一个有趣的现象：你的名字总会出现在他们引用资料的脚注里。你被引用得那么频繁，而我却查不到任何与你本人相关的资料。甚至报刊摘要里也没有。

很明显，你的研究从未被公开过。"

"但他们还是忘不了引用我的成果。几乎算得上是个奇迹了，你说是不是？像你这样的人总喜欢收集奇闻逸事，对吧？为了成为圣徒？"

"你死之前不会得到赐福的，很遗憾。"

"我现在只剩下一片肺喽。"安东说，"只要我不停地抽烟，死期很快就到。"

"你应该戒烟。"

"只有一个肺，就必须过滤双倍的烟才能吸取到足量的尼古丁。所以我需要多抽而不是少抽，这是明摆着的道理。不过你不会像科学家那样思考，你从一个有信仰的女人的角度出发想问题，当然不明白这个。"

"你的主要研究方向是放在人类智力的遗传局限性上面吧？"

"你怎么知道的？"

"因为你的大名在这个领域被屡屡提及。当然，报纸上从没说明具体项目，那些项目肯定是机密。但脚注里标明的论文标题，全都与这个领域相关。"

"这说明有心人总能够轻易地发现蛛丝马迹。"

"所以我想问你一个假设性的问题。"

"嗯，这是我最喜欢的两种提问方式中的一种，另一种是修辞性提问。两种方式都让我迷恋哪。"

"假设某人突破法律限制，试图改变人类的基因组，说具体点是为了增强智能。"

"那么这个人将处于可能被逮捕和受到处罚的严重危险中。"

"假设在最好的实验条件下，他发现了一种可靠的改变基因的方法。通过修改胚胎的基因，使婴儿出生时拥有超乎寻常的智力。"

"胚胎！你在考我呀？这种修改只能在卵细胞上进行，那叫单细胞。"

"再假设有一个经过这种基因修改的孩子在某处降生,已成长到能表现出他的超凡能力的年纪。"

"我假设你说的不是你自己的孩子。"

"我根本没说实际上有这么一个孩子。我说的只是假设有这么个孩子。在不进行基因检测的情况下,怎样能够确定那个孩子的基因确实曾经被修改过呢?"

安东耸耸肩,"检测基因有什么用?它们会很正常的。"

"即使你已经修改了它们?"

"假设性地说吧,只会有一丁点儿不起眼的改变。"

"基因变异属于正常情况吗?"

"那只是个二选一的选择而已,你打开一个,就得关上另一个。基因原本就在那里待着,你明白吗?"

"什么意思?"

"答案就在类似我这样的专家身上。像我这种人一般性格孤僻,常有某种神经机能障碍。他们有非凡的智力、闪电般的计算能力、超强的记忆力,但在其他方面,他们却反应迟钝。他们能在片刻之间算出十二位数的平方根,却不能在商店里进行简单的购物。他们为什么会如此聪明出众,同时又愚不可及呢?"

"都是因为基因吧?"

"不,和基因本身无关,不过基因是产生这种区别的基础。人类大脑中的聪明潜能远远超过我们的挖掘。但,这是一种,你们平时怎么说来着,有舍有得?"

"有得有失。"

"可怕的有得有失。要想拥有超凡的智力,你就得放弃别的一切。那些孤僻专家的大脑是怎样进行工作的?他们专注于一件事,其他事从不会让他们感到分心和烦扰,他们的精力高度集中,从不转移。"

"这么说来，所有智力水平过分发达的人，在另一些方面就必然会出现障碍。"

"我们是这么设想的，所看到的情况也符合这个假设。例外的只有少数看上去性格平和的专家，他们还能将一部分精力投入到日常生活中。因而我设想……呃，但是我不能把我的想法说出来，因为我归一个禁令装置管。"

他无可奈何地微笑着，卡萝塔修女的心不禁一沉。当IF确定某个人有泄密风险时，就会在此人的大脑中植入一个仪器，形成一个能诱发焦虑的反馈回路，这就是安东所说的禁令装置。这种人不断受到周期性刺激，最后一想到或一谈起被禁止的主题，就会不由自主地感到焦虑和恐怖。一种蛮横的干涉个人生活的监测装置，不过对于掌握着重大机密又不值得信赖的人来说，这种禁令比通常采用的监押和暗杀手段还是要显得更有人情味一些。

这就可以解释安东为什么老是用玩笑的态度对待每件事了。他只能如此。如果他激动或者生气——任何强烈的消极情绪——那么哪怕他并不谈论和思考被禁止的事，也会遭受焦虑情绪的侵袭。

现在她也遇上一个这样的人，看来想接近他真实的记忆是不可能的事。

"太可惜了。"卡萝塔修女说。

"是啊，不过我还是希望你能在这里多待一会儿。我很孤独。你是个好心肠的嬷嬷，对吧？你知道该怎么同情我这个孤老头子，陪我散散步好吗？"

她本来想说不，然后马上离开这里。可是，就在此刻，他忽然闭上眼，往后一仰靠在椅背上，有规律地做起了深呼吸，同时嘴里还哼哼着小曲。

这显然是一种调节情绪的习惯性动作。那么……这说明在邀请她散步的一瞬间，他大脑里的那个禁令装置被触动了一下，使他产生某种焦虑。这意味着他的邀请中包含有某些重要的东西。

"当然，我会陪你散步。"她说，"但原则上，我在执行公务时不能对任何一个特定的人表示出同情。我们的工作是拯救整个世界。"

安东嗤地一笑。"一次拯救一个人，这未免太慢了点吧？"

"我们将自己的生命投入到为大众服务的事业中。耶稣基督已经为人类赎罪而死。我们的工作是继续努力，洗清其他人身上的罪孽。"

"很有趣的宗教追求。"安东说，"我很怀疑我原来的科研方向，是否考虑过为大众服务这点。说不定仅仅是制造出另外一些需要你们这样的人来清洗的脏东西。"

"我也常常怀疑自己。"卡萝塔修女说。

"我们也许永远打不破这些疑团。"他们漫步出了花园，走过房屋后面的小路，再横过一条街道，来到一条通向一个冷冷清清的公园的偏僻小径上。

"这儿的树可有些年头了。"卡萝塔修女看着路旁的树说。

"你多大岁数了，卡萝塔？"

"实际年龄还是心理年龄？"

"咱们只能严格依照格里高利①历法，经过修订的最新版。"

"不管俄罗斯统治地区实行的朱利安②历法啦？"

"全怪这种历法，我们才一连七十多年庆祝十月革命——那本来是一场爆发在十一月的革命。"

"你没那么大岁数吧，还记得那么久以前的事？"

---

① 1582年由罗马教皇格里高利十三世颁行的一种历法，即现行公历。
② 古罗马执政官恺撒订立的历法，格里高利历法就是在此基础上修改而成的。

"你说错了。我的年龄已经够大了,但别人灌输进我脑袋的东西我都能记住。我记得我出生之前的许多事,还记得很多根本没发生过的事。我的特长就是靠记忆生活。"

"这里的居住环境还算舒适吧?"

"舒适?"他耸耸肩,"我时时刻刻都得装出一副笑脸。因为心中怀有如此甜蜜的悲伤——历经这么多的悲剧,我却一无所获。"

"因为人性不会改变。"她说。

"我曾经设想,"他说,"上帝造人时本来可以把人做得更完美。我相信他是照着自己的样子来造人的。"

"男人和女人全都是按照他的形象塑造的。从解剖学意义上说,上帝的形象还真有点模糊呢。"

他笑起来,用力拍拍她的肩。"真没想到你也会拿这样的事来开玩笑!这太让人愉快啦!"

"很高兴能给你黯淡的生活带来点儿愉悦。"

他们极目远眺,这里的视野比不上安东露台上那么广阔。"说不上是黯淡的生活,卡萝塔。我不得不赞美上帝在造人时所做的折中处理。"

"折中?"

"事实上我们的身体经久耐用,本可以长生不老,你知道的。我们的细胞全都生机勃勃,它们能够不断自我修复,或者由新生细胞替换。但是,上帝制造我们时,却在我们的生命中设置了死亡。"

"你总算开始认真谈论上帝了。"

"上帝在我们体内设置了死亡,同时限制了我们的智力。我们有大约七十年的生命——注意保养,也许能活九十年吧——即使在以长寿闻名的格鲁吉亚深山里,也没听说有活过一百三十岁的人,尽管我个人认为他们全在撒谎。如果能逃过惩罚,他们就可以声称自己不朽。只要愿意永远愚蠢,我们就可以得到长生。"

"你不会是在说,上帝让人在长生与智慧之间做出选择吧!"

"你的专业书籍《圣经》里面正是这样描述的,卡萝塔。有两棵树——智慧树和生命树。如果你吃了智慧树上的果子,则必死无疑。而吃了生命树上的果子,你就可以做个永远在花园里嬉戏的傻孩子,不会死亡。"

"你在谈论神学中的故事,但我想你并不信仰上帝。"

"神学对我来说只是个玩笑,不过挺有趣的!能把我逗乐呢。我可以讲一讲有趣的神学故事,以此来取笑那些信徒。你能理解吧?这能让我精神愉悦,心态平和。"

她终于明白了。他不是已经把事情讲得很清楚了吗?她想问的事情,他全告诉她了,只不过用了一种密码,这样不但可以骗过窃听者的监测——这里可能有监听者能听到他们的所有对话——而且能骗过他大脑里那个装置。这可真有趣,只要采用这种方式,他就能告诉她真相。

"现在我不介意你用粗鲁的幽默攻击神学了。"

"《创世记》里说,有人活到过九百岁。可惜忘了交代一下,所有这些老不死是多么愚蠢。"

卡萝塔修女忍不住大声笑起来。

"那正是上帝放出一股小小的洪水将人类毁掉的原因。"安东接着说,"清除迟钝的蠢人,用活泼的聪明人取而代之。大脑疾速运转,身体飞速代谢。加油加油加油!他们向着坟墓冲刺。"

"从几乎活到一千岁的玛土撒拉[①]到活了一百二十岁的摩西[②],再到我们,都是这样。不过我们现代人的寿命正在增加。"

---

① 《圣经·创世记》中的人物,据传享年九百六十九岁。
② 《圣经》故事中犹太人的古代领袖。

"我坚持我的论点。"

"那就是说,我们现在越来越蠢啰。"

"太蠢了,我们愚蠢得宁可看到我们的孩子长寿,也不想看到他们变得像上帝一样,明辨……善恶……认识……万事万物。"他的手突然使劲抓住胸口,全身一阵痉挛。"啊,上帝!天堂里的上帝!"他双膝一软,跪在地上,呼吸越来越短促急迫,眼睛不断凹陷。终于,他扑倒在地。

显然,他不能再继续欺骗下去了,他大脑里的装置终于知道了他在做什么:他正在用宗教术语把秘密泄露给那个女人。

她翻过他的身子。他休克了,不再承受焦虑的侵袭。这种休克对安东这样年纪的人来说很正常,并不需要助人为乐的英雄把他送回家。至少这次没什么大不了,他会慢慢清醒过来的。

监听者哪里去啦?那个正在监听他们谈话的人在哪里?

传来沉重的脚步声,有人踩着草地和树叶走了过来。

"劳驾,轻点儿行吗?"她头都不抬地说道。

"对不起,我们没想到会出这种事。"说话的男人很年轻,看上去不凶,也不够机灵。植入安东脑子里的芯片可以阻止他胡说八道,所以他身边并不需要特别聪明的守卫。

"我想他很快会好的。"

"你们在谈些什么?"

"宗教。"她说。她知道对方事后很可能会重新检查录音资料,"他在批评上帝把人造错了。他说自己在开玩笑。但我想他这把年纪的人,是不会把上帝当成笑话来说的,你认为呢?"

"他们惧怕死亡。"年轻人谨慎地说。

"你认为有没有可能,是关于死亡的话题偶然引发了他的恐慌,进而激起了他的焦虑和紧张呢?"她这样问可不算撒谎,不是吗?

"我不知道。他快要醒过来了。"

"嗯，我的确不希望因为宗教的话题让他紧张。他醒来后，请你转告我对他的谢意。谢谢他与我交谈，特别要谢谢他为我解释了一个关于上帝意志的重要神学问题。"

"好的，我会转告他。"年轻人认真地说。

当然了，他不可能懂得这些话里隐藏着的信息。

卡萝塔修女俯下身子吻了一下安东冰凉的、被冷汗浸湿的额头，起身离去。

秘密被揭开了。基因重组能让人类拥有超凡的智慧，同时也会使身体加快新陈代谢的节奏。豆子正是这种基因实验中的一个试验品。他得到了知识树上的果子，但代价如此昂贵，他不可能再品尝到生命树的滋味了。无论他要做什么，都得抓紧时间，必须在年轻的时候完成，因为他命不久长。

安东自己没去做这个实验。他没有同上帝较劲，企图展示这种新的人类存在方式：智力卓绝，生命如同焰火一样短暂耀眼，而不是像蜡烛那样慢慢烧尽。

但是安东发现了上帝藏在人类基因中的密码。那些别有居心的追随者，那些贪得无厌的好奇灵魂，那些渴望把人类进化到新阶段的狂想家，那些骄傲自大的疯子——他们鲁莽地把安东的发现付诸实践，打开了一扇生命之门，把这些短命的、灿烂的智慧果放到了夏娃手里。因为有了这种行为——这种阴险狡猾的犯罪——豆子成了一个被驱逐出乐园的牺牲品。豆子此刻正在走向死亡，是的——但是，他会像基督一样死去，他将明辨善恶。

CHAPTER

10

管道系统

"我帮不了你这个忙,你并没有把我需要的信息给我。"

"我们不是给了你那份该死的摘要吗?"

"你很清楚你什么都没给我。现在你找我来帮你们评估豆子,但你却没告诉我为什么要这样做,不让我知晓来龙去脉。你这么做是不可能得到答案的!"

"有点气急败坏啦?"

"谈不上生气。我只是不想给你们提供任何答案。"

"你想眼睁睁地看着豆子被我们从计划中剔出去?"

"如果你抱着这种想法,那我怎么回答也改变不了你的决定。更别说你早已认定我的回答靠不住了。"

"你了解的比你告诉我们的多得多,我必须弄清楚那些你原来没向我们反映过的情况。"

"真了不起。你终于跟我统一了观点。你刚才说的话,我反反复复不知对你说了多少遍了。"

"以眼还眼?好一个基督徒啊。"

"没信仰的人总是盼着别人表现得像个基督徒。"

"也许你还没认清形势,我们现在正处在战争状态中。"

"我还是原来那些话。不错,战争状态,可你却用你那些愚蠢的机密阻碍我。既然没有虫族插手,这机密就与战争扯不上关系。那只与少数想凌驾于人类之上的政客有关。而我对他们的想法没任何兴趣。"

"你想错啦。隐瞒相关信息,的确是为了防范出现某些可怕的事件。"

"只有傻瓜会这样做:狼进了羊圈才想起去关栅栏。"

"你能证明豆子是基因实验的产物吗?"

"你们把所有我需要的证据都藏着掖着,我怎么去证明?再说,问题并不在于他的基因是否被修改过。问题的关键是,如果修改过,那么被修改的到底是哪部分基因?修改之后又会给他带来什么实际后果?你们所有的测试都是针对普通人设计的,用在豆子身上当然没用。"

"如果他真的难以预测,那我们可不敢信任他。他会被我们开除的。"

"但万一那个唯一能赢得战争的人恰好是他呢?还是不问青红皂白就把他从计划中剔除掉吗?"

这天晚上,豆子想尽量不让食物占据肠胃,他几乎把分配给自己的所有食品都给了别人,然后抢在大家前面把空盘子还回去,让营养师们怀疑去吧——他必须争取一个单独待在宿舍的机会。

排放空气的通风孔在走廊门上面的墙上。那么把空气送进房间的通气孔就应该在另一端,也就是被铺位挡住的那些地方。他仔细察看过宿舍,四处都见不着通风孔,所以它一定在某些下铺下面。有其他人在场,他不敢贸然去搜寻,因为不能让别人知道他对通风孔感兴趣。现在,只有他在宿舍,豆子伏在地上,马上就在一个下铺底下发现了通风孔的位置。他毫不犹豫,手脚麻利地撬开通风口网罩。试着再往回装,仔细倾听安装时发出的声响，动静不小。他四下瞧了瞧，最后把网罩推到对面下铺的下面。

安排好了。他像没事一样人投入到这天剩余时间的正常活动中去。

一直等到夜里，等到宿舍里的呼吸声告诉他，只有几个孩子还没睡熟。

豆子和别的孩子一样，光着身子睡觉——制服的跟踪装置现在不起作用。他们被告知晚上去厕所时要裹上毛巾，所以豆子假设，毛巾，说不定也有跟踪功能。

豆子溜下床，顺手把毛巾从挂钩上拉下来，一边往身上围，一边向宿舍门口走去。

一切正常。熄灯之后上厕所是允许的，当然并不提倡这么做。

他上完厕所回来，往铺位走去。就算现在有醒着的人，他们看到的也只是一个围着毛巾，往自己铺位走去的孩子。

可是，他径直走过了自己的铺位，一闪身趴下身子，溜进最后面的那个铺位下，敞开的通风孔正在这里等他。豆子把毛巾扔在一旁的地板上，这样的话，如果有人醒来发现豆子的床空着，会注意到毛巾也不在挂钩上。他们就会认为他上厕所去了。

在一片暗黑的通气管道中，豆子不断检索着印在脑子里的空间站地图。各个宿舍透出的一点儿微弱光线，刚好够他辨认出每个通风孔的位置。但他想探索的不是这层甲板的其余宿舍。豆子得爬到上一层或者下一层去，但是，教官们的生活区和工作区是在上面还是在下面呢？迪马克来宿舍查看的次数很少，一般只有学员们发生争吵才能把他招惹来。豆子能够肯定他住在另一层甲板。迪马克每次进宿舍时呼吸都会比平时略重一点点，豆子借此假定，他是从他们下面的甲板上来，而不是从上面下来——就是说，迪马克赶来时应该是爬梯子，而不是溜立柱。

不过，豆子不想先往下走。在下去之前，他打算尝试一下，看自己能不能爬到上面那层去。

因此,当经过三个宿舍,来到一个竖直的管道口前面时,他没急着向下爬。豆子先探测了一下管道周边,试一试竖直管道比平铺管道大多少。嗯,要大很多——豆子尽量伸长手臂都够不到另一头管壁。但它并不太深,只比平铺管道稍稍深下去一点。这太好了。只要豆子能恰当地用力,不要出太多汗,他就可以借助身体与管道前后内壁之间的摩擦力,向上慢慢挪动。而且在竖直的管道里,他可以脸朝前面,这样能调整一下发酸的脖子。在平铺的管道里,他的脖子只能朝一边扭。

事实上往下溜比往上挪更困难。豆子刚往下移动就发现自己很难控制住身体。而且他知道越往下重力越大,身体还会越重。他不断检查身边的管壁,留心管道系统内部的每一个交叉口。

但后来几乎用不着他去探触了。因为管道两边透入的光线基本上使他能看清楚管道内部的情形。教官们不像学员,他们没有熄灯的规定,另外他们的住所隔间小,通风孔排列比较密,渗进管道内的光线自然更亮。

第一个房间里的教官没睡觉,还在他的小电脑前工作。这可给豆子带来了麻烦,他从靠近地板的通风孔往外看时,根本看不见教官是怎样敲键盘的。

估计每个房间的情况都一样。地板上的属于送风系统的通风孔没什么用。他应该想办法钻到另一半管道系统——排气系统中去。

返回竖直管道。风是从上面吹下来的,空气是循环更新利用的,如果想从送气系统转到排气系统,那就应该迎头向上了。他希望最好在到达鼓风机那里之前,能在管道系统里发现一道检修门。

始终朝着风吹来的方向,豆子爬上七层甲板,他感到自己明显变轻了。最后他来到一个宽敞些的地方,这里亮着一盏小指示灯,标示出一道检修门。鼓风机的响声更大了,好像就在前面不远的地方,但看不大清楚。倒也没什么好看的。豆子就要从这股暖风中出去了。

检修门上的标志十分醒目，说不定推开它会触发报警器。不过豆子有点怀疑。既然空间站的其他门都没有装设报警器，那么也不会专门给这道门装设的。很快，他就验证了自己的想法是正确的。

他打开门，摆脱了吹送暖风的管道，来到一个有微弱光线的空间里，再关好身后的门。

从现在这个地方，可以看到空间站的部分构架，一些横梁和电镀金属构件，但没有大片墙面。这里明显冷得多，这倒不仅仅是因为他刚从暖风中出来。弧形金属板另一面应该就是又冷又黑的太空。令豆子气恼的是，他的身体太不争气，过惯了舒适的生活，居然对一点点寒意都在意起来。他甚至控制不住自己身体的颤抖。不过话得说回来，就算在鹿特丹，他也从没像现在这样一丝不挂。

顺着管道系统，他踩着检修用的梯子继续向上，很快发现了排气系统，然后顺路而下，轻松地找到了通向竖直主管道的检修门。

排气系统不需要太大的气压，因此这里的管道比送气系统的管道粗得多。

这边的通道根本不是管道。准确说，是下层走廊上方的天花板和上层地板之间的一个夹层。空间站内隐蔽的线路都布设在这里了，还有许多水管——热水管、冷水管、污水管。除了微弱的工作指示灯，这个夹层还常被两侧通风孔渗入的光线映亮。那些通风孔就是豆子第一次探索时从下面看到的那些窄窄的槽孔。

现在他能轻易地俯视每个教官的住所。他向前爬着，尽可能不发出一点响动——这是他在鹿特丹寻找食物时练就的本领。他很快发现了自己想找的目标——一个醒着的教官。可惜他没有使用他的小电脑。豆子不太认得这个教官，他监管另一个年龄稍大点儿的新兵小队，也没有教过豆子他们任何一门功课。他现在正准备去浴室。看样子他很快就会回来，也许，还会打开电脑登录，送给豆子一个得到他的登录名和密码的机会。

无疑，教官们会常常改动密码，因此他就算得到登录密码也使用不了多长时间。此外，使用教官的密码在学员的小电脑上登录，说不定会触发某种报警机关。不过豆子推测，电脑安全系统有意对学员关闭，是为了监测学员的行为。教官们是不会受到监测的。他们常常通宵达旦在自己的电脑上工作，也常常登录上学生的电脑，用他们功能丰富得多的工具解决学生们遇上的难题，或者根据学生的具体情况，帮助他们掌握更多的计算机资源。

他耐心等待着，忽然听到前面一个房间里传来说话的声音。距离稍远了点，他听不清谈话的具体内容。现在离开的话，可能会错过偷看去淋浴的教官的登录名和密码的机会。要不要冒这个险，爬过去听听那边的人在说些什么？

片刻之后，豆子已经爬到了发出说话声的房间上面，他向下看……只有迪马克一个人。真有趣。他正通过他的小电脑和一个男人交谈，那人的全息影像浮映在小电脑显示器的上方。豆子认得那人是格拉夫上校，战斗学校的校长。

"我的做法很有诚意。"格拉夫正说着，"我让步了。我给了她那些她需要的资料。她是对的，如果我不向她提供她想要的情报，她就不可能给我一个有用的答案。"

"也就是说，到现在她还没给你任何回复？"

"还没有，时间不够。但她启发我想到一个很有意思的问题。"

"什么问题？"

"那个孩子究竟算不算人类的一员。"

"哟，快说说。她认为这孩子是个穿着人类衣服的虫族幼虫吗？"

"不关虫族的事，就是遗传基因发生过变异。这也许可以澄清不少事情。"

"但那样他也仍然是人类呀。"

"基因变异者到底是不是人,学术界不是始终在争议吗?人类与黑猩猩的遗传基因差别很小,与尼安德特猿人的差异就更细微了。那么到底要有多大的差异,才能把另一种生物看作人类的异类呢?"

"这倒是个有趣的哲学问题。但是实际情况——"

"实际情况是,我们不知道他会干出些什么事来。这里可找不到他所属的这个种类的资料。我们只知道他是个灵长类动物,因此他的行动肯定具有规律性。但我们没得到任何与他的行为动机相关的信息——"

"长官,他该得到应有的尊重,他还是个孩子。他是个人,而不是什么异类——"

"在我们确定能够信赖他多少之前,这一点恰恰是我们唯一已知的事实。这也正是要求你对他加强观察的原因。如果你没办法让他玩心理游戏,那就得寻找其他方式,总之我们必须了解他到底是个什么样的人。除非对他的可信任程度有十足的把握,否则我们是不能用他的。"

有意思极了,豆子心想,他们自己管那个游戏叫心理游戏。

接着他明白了他们的意思。"没办法让他玩心理游戏。"豆子心如明镜,他是唯一不玩那个幻想游戏的人。他们正在讨论他。异类。遗传基因变异。一瞬间,豆子感到心脏剧烈跳动起来。我是什么?不仅仅是聪明,还……与别人完全不同?

"机密情报泄露那件事怎么办?"迪马克问道。

"对了,关于那件事,你必须确定他都知道了些什么,或者至少掌握他有多大可能向别的孩子透露他所了解的情况。那是咱们眼下面临的最大的威胁。这孩子有没有成为伟大指挥官的潜能呢?我们要么得冒安全系统被破坏的危险,要么就得毁掉原计划。我本来想,使用安德,我们可以来一场一把定输赢的赌博,但这孩子的出现使安德看上去似乎显得过分稳重了一些。"

"我可不觉得你是个赌徒，长官。"

"我的确不是赌徒，但有的时候身不由己呀。"

"我会尽力配合的，长官。"

"以后向我发送所有与他有关的报告时，别忘了加密，不要提他的名字。另外不要同其他教官讨论他的情况。记住啦？"

"记住啦。"

"如果能打败虫族的唯一方案就是把我们人类彻底换成另外某种异类，迪马克，那么，我们还能不能算拯救了人类？"

"一个孩子而已，哪里称得上整个人类都换成了异类。"迪马克说。

"还记得那个骆驼的故事吗？让它站在帐篷门口，它就会把鼻子伸进来。有些人就是那样的。"

"有些人？长官，豆子只是一个人。"

"是啊，我这人多疑，处处小心，遇事先往坏处想。不过这倒是我能达到现在这个职位的原因。你如果能养成这个好习惯，没准儿以后你也能爬上我这样的高高在上的位置。"

迪马克不禁笑起来，格拉夫却不动声色。他的头像从显示器上消失了。

豆子心中还记挂着密码的事呢。他向后爬回到刚才那间屋的上面。

去洗澡的教官还没回来。

他们谈论的那个机密情报泄露是怎么回事？一定是刚发生过的什么事，这点从他们急切的讨论中就能看出。那意味着豆子那天和迪马克的交谈中，涉及了战斗学校的什么隐秘。可是他猜测人类与虫族的战争早已开始这件事显然错了，不然迪马克和格拉夫就不会说到什么唯一打败虫族的方案。与虫族的战争既然还没有打响，那么机密情报泄露指的就是其他事情。

这表明他原来的种种猜测中有一些是正确的。战斗学校持续不断地定期选择地球上最有指挥官潜质的孩子，把他们送到空间站，利用他们去对抗虫族。格拉夫和迪马克也许担心豆子会把他知道的秘密泄露给其他孩子。对他们当中的一些人来说，至少，这有可能重新激发起孩子们对自己父母所属国家、民族和人种的忠心。

豆子已经计划好在接下来的几个月内，要对其他所有学员对祖国的忠诚度进行一番调查。从现在开始得加倍小心才行，要提防教官们注意到他和学员们的交谈。他必须了解有哪些最优秀、最有才华的孩子对故国家园具有强烈的忠诚之心。当然，豆子还得搞清楚这种忠诚是如何产生的，然后他就知道该怎样去增强和减弱这种感情，或者怎样去开发和转化这种精神力量。

豆子最开始对虫族战争的猜测虽然能解释格拉夫他们刚才的谈话，但不能确定实际情况就是这样。而且仅仅因为现在还没与虫族展开决战就说豆子的猜测完全错误，理由也不够充分。举例说，他们也可能在几年前曾向虫族母星发射过一支攻击舰队，为了预防遭受到对方同样的攻击，他们在空间站培训指挥官，用于防御虫族舰队接近地球。如果真是这样，那么，让格拉夫和迪马克担心的机密情报泄露应该就是：豆子把人类紧迫可怕的真实处境告诉其他学员，也许会在空间站内引发恐慌情绪。

具有讽刺意味的是，豆子认识的孩子里还没一个能像他那样守口如瓶。甚至阿喀琉斯也没这能耐，从他故意不吃波可的面包这个行为上，他就泄露了心机。

豆子能够不动声色地保守秘密，但他也懂得，有时为了挖掘到更多的情报，你得有意向别人暗示你知道些什么。同迪马克的交谈提醒了他这一点。现在的处境好像比较危险，但为了防止教官们采用把他从战斗学校里带走的方法阻止他泄密——更不用说用杀掉他的方法——他应该掌握比已了解的重要信息更多的情况。到头来，教官们只是看透了豆子一个人，而他却可以从他们那里学到更多的知识。

他本人，恰好是他们现在面对的一个大难题——他到底是怎么回事。他们居然愚蠢到怀疑他是不是人类。他不是人又会是什么呢？别的孩子表现出来的愿望和情绪他也都有。唯一不同的是豆子更坚强，他从不允许暂时的欲望和情绪左右自己的行动和思考。这就使他成了异类吗？不，他是一个人——只不过更优秀而已。

洗完澡的教官回到住房，挂好湿毛巾。不等穿上衣服，就坐在电脑前登录系统。豆子看着他的手指在键盘上敲击。动作太快了，几乎一闪而过。他得把整个动作在脑海里慢放一遍，才能一一确定他按过哪些键。好在没什么挡住视线的东西，他看得一清二楚。

豆子慢慢退着爬回到竖直的排气管道中。今晚的探险时间已经够长了——他还得回去睡一会儿，而且多离开宿舍一分钟，就多一分被人发现的危险。

事实上，他初次穿越管道的尝试运气非常好。碰巧听到迪马克和格拉夫对他的议论，又碰巧清楚地看到一个教官登录系统。有那么一阵子，豆子甚至想到他们也许知道他在排气系统中，专门为他演了一台戏，然后看他会怎么做。说不定又是一场实验或游戏。

但不可能。那个教官显然不是故意让豆子看到他登录的。豆子选他做目标，是因为他那时正准备去洗澡，还因为他的小电脑正好毫无遮拦地放在桌上，这才给了豆子一个比较好的机会，看到他的登录。对豆子来说，他只是做了一个聪明的选择。他带着他的收获得胜而归，总的来说，今晚没有虚度。

至于迪马克和格拉夫的交谈，多半也是偶然碰上的，那也是他为了听清楚才自己主动凑过去的。而且，事后想想，他之所以要去探索这些管道，也正是因为受那些让迪马克和格拉夫惶惶不可终日的事的促动。

他们在孩子们熄灯之后才开始交流，这一点不奇怪——这时空间站里已安静下来，一天的工作结束了。他们有充足的时间交谈，格拉夫用不着召集迪马克来一次特别的会晤，那样做会在其他教官的头脑中引起疑问。不能说运气好，准确说是豆子给自己创造了好运气。因为他谋定而动并且当机立断，才听到了秘密会谈，看到了教官登录。

他总是为自己赢得好运气。

说不定这正是格拉夫所谓的遗传变异造成的特点呢。

"她"是谁？他们当时说到某个人。正是这个所谓的"她"提出豆子身上存在遗传基因变异的问题。这显然是一个在搜寻某些情报的女人，格拉夫对她做出让步，使她得到了一些原来对她隐瞒的资料。这意味着那个女人可以利用新的数据展开工作，而格拉夫则可以从她那里得到更多答案、更多关于豆子血缘身世的答案。

会是卡萝塔修女在怀疑豆子的人类属性吗？

卡萝塔修女，那个在跟他分手送他前往空间站时泪湿衣襟的人？卡萝塔修女，那个像母亲疼爱自己孩子一般疼爱他的人？她怎么可能会怀疑他呢？

此外，他的问题并不是查明他究竟是不是人类中的一员。无论他是什么，他都得依靠自己去创造未来。他的所作所为不仅仅是为了生存，还为了尽可能地把握将来的命运。现在对他来说，唯一的危机是他们正在关注他的遗传基因是否经过修改。豆子以后必须注意表现正常，这样才能打消他们在这方面的顾虑。

但他怎样才能装出一副正常的样子来呢？如果过分正常，他就不会被选送到这里来了。他之所以被选中，正因为他与众不同。

怎么假装才对自己有利呢？他又不知道教官在学员们的一举一动中找些什么。他以后应该多行动，少猜测。

是的，他不能按照那种大家都能想到的方式行事，而要努力转变成一个符合他们要求的完美的指挥官。

　　回到宿舍爬上床,他打开小电脑核对了一下时间,发现自己这次探险只用了不到一小时。他摆好小电脑,在脑子里重温了一遍那个教官登录时的手指动作。当他确定登录名和密码不会有错之后,才放松下来,准备睡觉。

　　快要睡着的时候,他意识到他完美的掩饰一定能消除他们的担心,最终给自己带来安全和进步。

　　他必须让自己成为安德·维京那样的人。

CHAPTER
11
爸 爸

"长官,我希望能够与您单独谈话。"

"之所以让迪马克也待在这里,是因为你的机密情报泄露影响到了他的工作。"

"啊?情报泄露!是为了这个找我来的吗?"

"有个孩子用你的登录名进入了主教官系统。他找到注册档案文件加以修改,给自己弄了个教官身份。"

"长官,我始终切实遵守各项规则,从没当着学员的面登录过系统。"

"人人都这样说,但背转身就有人违反规则。"

"对不起,长官。我插句嘴,厄普汉德上尉不会这样做的。每次发现别人这么做时他总是向上汇报。说实话,他这么做简直肯定会成为别人眼里的混账东西。发生这种事真能把人气疯。"

"长官,你可以检查我的登录记录。我从不在教学时间登录。事实上,我从没在宿舍以外的其他地方登录过。"

"那么,那孩子怎么可能得到你的登录名和密码呢?"

"我的小电脑放在桌子上,就像这样。请允许我用你的电脑来做个示范。"

"当然。"

"我总是像这样坐着。我背对着门口，保证不会有人看见我的操作。我从不用其他姿势登录。"

"呃，这样的话，根本不可能有供他偷看的窗口。"

"有一个窗口，长官。"

"什么意思，迪马克？"

"的确有一个窗口，长官。你抬头看，那里有个通风孔。"

"你不是在开玩笑吧？你认为他可以——"

"他是这里最瘦小的孩子——"

"啊？就是说，那个叫小豆子的孩子盗用了我的登录账号？"

"你的嘴可不够严实，迪马克。你保证过不泄露他的姓名，忘啦？"

"抱歉，长官。"

"啊哈，又一个泄露了机密情报。你打算把迪马克和我送回老家去吗？"

"暂时还不会。"

"长官，我想豆子闯入主教官系统对我们来说是个好机会。"

"让这孩子在数据库里跳来跳去地捣乱？"

"这是个很难得的研究豆子的机会。我们没办法让他玩心理游戏，不过现在他自己选择了一个游戏。我们可以看他在系统的哪些地方活动，他会怎样运用给自己创造的那个身份的权限。"

"但是他如果要搞破坏，那——"

"他不会搞什么破坏，长官。我有把握，他不会做出任何可能导致他被遣返回家的事。这孩子满脑瓜大街上的谋略。他就是要收集信息。他想侦察，而不想动手动脚。"

"看来你已经学会分析他了，是不是？你敢保证你知道他在这些时间里做的所有事?"

"不敢。我只知道如果我们要让他相信一个骗局的话,就必须让他自己去发现信息,让他感到是自己从我们手中窃取的。所以我个人觉得,眼前这次机密泄露是消除更重大的安全隐患的一个契机。"

"我现在想弄清楚,如果他真在管道里钻来钻去,会不会还听到些别的不该他知道的事情。"

"一旦我们关闭管道系统,他立刻会知道自己露馅了。这样的话,他就不会相信那些我们让他找到的信息。"

"你的意思是我必须给这孩子颁发一份管道通行证啦?那——"

"管道那么窄,很快他就钻不进去了,他正在发育长大。"

"这可不能让人马上就感到轻松。另外,很不幸,厄普汉德知道得太多了,我们首先得除掉他。"

"啊?你必须向我保证这是个玩笑。"

"是的,呵呵,我在开玩笑。很快你也要给这个学员上课了,厄普汉德上尉。要小心留意他的一举一动。他的事只能向我一人汇报。他是个常常出人意料的危险人物。"

"明白,那个小豆子是个危险人物。"

"害得你把所有时间都花在他身上了,对不对?"

"请原谅我这么说,你比我也好不到哪儿去,长官。"

豆子按自己的方式从头到尾查看战斗学校每个学员的资料,每天大约调阅六七份档案。他研究了他们的原始成绩。这是件很无聊的工作。这里的孩子在所有测试中的分数都很高,包括那些被遣返回地球的孩子,几乎没什么差距。豆子自己的分数高居榜首,他和排在他名下的安德·维京之间的差距,就像安德和排在他下面的孩子之间的差距一样大。当然这都是相对而言。豆子和安德之间的差距是半个百分点,而其他多数孩子在九十七和九十八分之间堆成了一团。

当然，豆子还知道一些谁也不知道的事：他有能力做得更多更好，测试的题量和难度达到了极限，但他的能力还远没发挥出来呢。也就是说，他和安德之间的实际差距比分数所反映出来的差距更大。

可是……在阅读档案的过程中，豆子留意到，测试分数仅仅是对孩子们潜在能力的一份说明书。教官们谈得更多的是创造性、洞察力和直觉，亲和力和针对敌人的透彻的分析能力，果敢行动的大无畏精神，意识到有可能犯错误之前的谨慎冷静的态度，以及理性明智的决策力。仔细考虑后，豆子认识到，自己在这些方面并不见得比其他学员做得更好。

安德·维京就常常能认识到一些豆子认识不到的事情。当然，豆子也可以像维京那样搞点额外训练，来弥补自身的不足，甚至可以联络几个学员一道训练，这样就能做那些不允许单独一人进行训练的项目了。但维京的训练有点奇怪，谁来参加他都不拒绝。不管怎么说，这已经成了一个战斗室课外训练的惯例，而且从教官们的记录上看，他训练别人所花的时间，比用在训练自己身上的时间要多得多。

莫非他和我想到一块儿去啦？研究其他学员，为将来可能爆发的地球战争做好准备？他在建立一个四通八达的关系网吗？要不就是他教给他们的都是一些错误的东西，以便将来可以利用别人的错误确立自己的优势？

从自己所在的新兵小队中参加课外训练的孩子那里，豆子听说了一些维京的事，他发现自己的所有分析都没有切中要点。维京好像真是在全心全意地帮助那些孩子进步。他那么渴望得到其他孩子的喜爱吗？如果那就是他正在竭力争取的，那么他干得不错。他们全都崇拜他。

但肯定不仅仅是对喜爱的渴求，还有什么其他的目的呢？豆子实在捉摸不定。

他找到了教官们的观察报告，觉得很有价值，只可惜不能帮助他真正了解维京脑子里的想法。首先，他们把心理游戏中得到的心理观察资料存放在另外的地方，豆子没有调阅的权限。其次，教官们对维京的分析完全不得要领，因为他们只能从自己的思维水平出发看问题。只好自己来分析了。

不过，豆子分析维京的心理并不是出于好奇，也不是想和他竞争，甚至不是真的想要理解他。豆子只是想使自己成为让教官们放心和信任的那种孩子，被充分认定为人类的一员。而在这方面，维京是他的导师，因为维京已经做到了豆子想做的那些事。

维京做得不算完美。就豆子眼中看来，还不够精明。倒不是维京本人有什么问题，而是他每天自觉自愿地花几个钟头，去训练那些对他毫无帮助的孩子——豆子对此百思不得其解。维京并没有建立起一个拥戴自己的关系网。和他一道训练的那些孩子都算不上优秀，往往是些胆小无助的新兵，要不就是正规战队里的弱者。他们追随他是因为想交上好运，跟最出色的战士一道训练，至少能学到不少本事。但维京为什么要把自己的时间浪费在这些人身上呢？

为什么波可要为我去死呢？

豆子明白，这两个问题有着相同的答案。他在图书馆里找到几本伦理学的书籍，下载到自己的小电脑上来读，很快发现那些解释利他主义行为的理论都是扯淡。社会学理论倒是很好地说明了大众为什么会在传说故事和宗教仪式中，表达对牺牲英雄的敬仰之情，但这还是没能解释清楚英雄本身的行为动机。

现在豆子这样来理解维京：从本质上看，维京是个英雄。

维京的确没考虑到自身的利益，他考虑得更多的，恰恰是那些本来不值得他考虑五分钟的孩子。但也许正是这种显著的特性，使大家都把他当成了中心。在卡萝塔修女给豆子讲过的所有关于耶稣的故事里，耶稣身边总少不了一大群追随者，应该是出于相同的原因。

大概这也是我特别敬畏维京的原因吧。他才是个莫名其妙、不可预测的人。他才是真正不按常理行事的人。我的目的只是生存下去，只要你知道了这一点，你就了解我了，我也没有什么更多的东西。

对维京的认识越深入，维京在豆子心中的神秘感就越少，像维京那样去行动的信心就越坚定。在某些情况，他甚至要使自己像维京一样看世界。

不过就算踏着维京的足迹前进——还是得和他保持一定距离——豆子不会像其他那些追随者一样围着维京转。他不会叫他安德。为了拉开距离，他要用姓氏去称呼他。无论如何，哪怕只能拉开一点在显微镜下才看得见的距离，也得这么做。

维京自己学习时钻研的是什么呢？他不读书。那些军事历史和战略书籍，连豆子都早就狼吞虎咽地读过一遍。他现在正在系统地学第二遍，打算把书本上的所有知识都结合到太空战斗和地球上的战斗中去。维京原来也爱读书，但现在，他进图书馆却只看战斗录像，看得最多的是有虫族舰队的那些画面。还有就是，马泽·雷汉在第二次虫族入侵时，击退对手的重要战役的剪辑片断。

他是否正在尝试理解虫族的思维方式？为什么他没有意识到图书馆里那些零碎的录像剪辑并无多大实际意义呢？全是宣传片。他们剪掉了所有现场杀戮的可怕场景，剪掉了那些飞船被攻破时的肉搏画面。找不到虫族在太空中击毁人类飞船的录像。他们给我们准备的全是些飞船在太空中游弋的剪辑，最多不过让我们看几分钟战前的准备活动。

豆子认识到，被掩盖起来的东西远比能看到的多。例如，偌大一个图书馆资料库里，竟找不到一张马泽·雷汉的照片。这未免有点奇怪。最高执政官的照片比比皆是，其他军事指挥官和政治领袖的照片也数不胜数。为什么偏偏就缺了雷汉的呢？莫非他在赢得胜利的那个瞬间就死啦？要不，他也许只是一个虚构的模范人物？一个假造的伟人？一个与胜利连在一起的虚名?但要真这样,他们完全可以再造出一副面孔来——那样做太简单了。要不就是,他长得很丑?

莫非,他是,一个小矮子?

如果我成为指挥官,率领人类舰队打败了虫族,他们会不会也把我的照片藏起来,只因为像我这么矮小的一个人怎么看都不像英雄?管他呢,反正我又不想当英雄。

英雄这个角色是属于维京的。

对面铺位的尼古拉,豆子对他的评价是:聪明——他能够考虑到豆子忽略了的细节;自信——知道豆子用他的名字登录也没有生气。所以翻到尼古拉的档案时,豆子本来满怀希望能发现点对尼古拉的好评,但他却发现教官对这孩子的评估非常低调。"一个呆板的人",这评语太残酷了——但真的恰当吗?

豆子意识到:我太相信教官们的评语了。我能找出什么证据证明他们是正确的吗?是不是因为我自己得到了那么高的评价,才使我相信他们?我在一片溢美之词中昏了头吗?如果他们所有的评估都是错误的呢?

教官们在此时此地的确拥有权力,但总有一天我会离开战斗学校,到那时教官们对我的评价还有什么意义呢?我有能力自学完所有的军事历史和军事理论,但如果他们永远不让我当指挥官,我所学的一切就会全烂在肚皮里。除非他们有理由相信其他人会追随我,否则我将永远不可能得到一支军队或舰队的指挥权。

现在我身边的这些人都不是成人,只有孩子,一大群男孩和几个女孩,但他们终将长大成人。到那时,他们会如何选择他们的领导者呢?我这么矮小,这么讨人嫌。怎样做才能让他们心甘情愿地追随我,服从我呢?维京是怎么做到的?

想到这,豆子就问尼古拉,新兵小队里哪些孩子在参加维京的训练。

"只有几个。他们不过是些摆设,嗯哼?马屁精和牛皮大王。"

"是哪几个呢?"

"怎么,你也想加入维京的训练吗?"

"我只想对他多了解一点。"

"你想了解他哪方面的情况?"

这问题让豆子略感窘迫。他不想过多谈论自己正在做的事。

"建校以来,他是最棒的一个,嗯哼?他是怎么干的呢?"豆子不大确定自己的这声"嗯哼"是否自然,因为他以前从不用这种在士兵中流行的口头禅说话。屋里回荡着音乐声,但他还是觉得太安静了些。

"你如果发现了什么,也给我说说。"尼古拉转了转眼珠,一副自嘲的模样。

"我会给你说的。"豆子道。

"我有可能成为像安德那样的顶尖高手吗?"尼古拉笑起来,"你倒是有这可能,你不妨去向他学两招。"

"我可不会把维京的鼻涕当蜂蜜。"豆子说。

尼古拉把那些追随安德的孩子的名字告诉了豆子,看上去差不多都是马屁精和牛皮大王——豆子知道了与维京最亲密的朋友是哪些人。

他们是沈、阿莱、佩查——又是她!其中沈是维京最早结交的朋友。

学习时间,豆子在图书馆找到沈。来这里的唯一理由是为了看录像——所有的图书都能在小电脑里读到。尽管如此,沈却并没看录像,他随身带着他的小电脑,正在兴致勃勃地玩那个幻想游戏。

豆子在他身边坐下看他玩。屏幕上一个穿着锁子甲的狮头人站在一个巨人面前,看上去狮头人正打算选择一杯摆在桌子上的饮料。他的狮头人喝下一杯后,立刻倒毙在地。

沈气恼地咕哝了几声,把小电脑推过一边。

"巨人的饮料?"豆子说,"我听说过这玩意儿。"

"没玩过吗?"沈说,"走到这里你就死定了,我敢肯定,这一关根本不可能打过。"

"大家都这么说。听起来那很没趣呀。"

"听起来?你没做过吗?找到这地方相当容易呀。"

豆子模棱两可地耸耸肩,这是其他孩子常用的一种成人化的动作。沈看上去很开心。是因为豆子做出这个酷哥式的动作不正常,还是因为看见这么小的孩子耸肩很好玩?

"得了吧,你真没玩过幻想游戏?"

"你刚才的意思是,"豆子提醒他说,"你认为永远不可能有人打过这关吗?"

"我看到过有个伙计进入一个我没见过的场景。我问他那地方在哪里,他回答说:'打过巨人的饮料就到了。'"

"那个人是维京吧,嗯哼?"

沈脸上的笑容僵住了。"我可没说是他。"

"我知道你是他的好朋友,因此才来找你。"

"什么意思?你是个探子?是邦佐派你来的吗?"

情况不妙。豆子没料到维京的朋友卫护他的意识这么强。"与其他人无关,我是自己要来的。你看我,像个想干坏事的人吗?我只是——呃——只是想多了解一些维京的事迹。他在课堂上一贯表现出色,每件事都能做得最好,对吧?但是人家却不恨他。"

"有许多恨他的家伙。"

"我想我俩可以交个朋友,伙计。"豆子知道不能在话音中流露出令人怜悯的腔调。所以他说出这个脆弱的小请求后笑出声来,故意让人觉得他的话好像是个玩笑。

"你太矮啦。"沈说。

"在我原来居住的那个行星上,我可不算矮小。"豆子说。

沈的脸上第一次露出了真诚的微笑。"呵，还有一个小矮人的行星。"

"别的那些孩子在我面前太高大了，和你在一起感觉稍好些。"

"嘿，我明白你想问些什么了。"沈说，"我走路的样子有点滑稽，一些孩子为这嘲笑过我。安德阻止了他们。"

"他怎样做到的？"

"他变本加厉地嘲笑他们。"

"我从没听人说过安德会开口骂人。"

"不，他没开口，在小电脑上干的。他用上帝的名字发了一则消息。"

噢，是的。豆子听说过这事。"他做这事是为了帮助你吗？"

"有些人拿我的屁股打趣。我的屁股长得有点大，训练之前，知道吧？以前的事了。安德就取笑挑头那家伙看我的屁股，而他是用上帝这个名字登录的。"

"那样他就不知道是安德干的。"

"哦，他知道，立刻就知道了。但他什么也没说，没有声张。"

"这就是你把安德当朋友的原因吗？他是个小孩子的保护者？"像阿喀琉斯……

"小孩子？"沈说，"他就是我们新兵小队里年龄最小的一个。"

"他是最小的，却成了你的保护者？"

"不，不像你说的这样。他只是阻止那些事。他向那个团队挑战，就是伯纳德那个团队，由他和几个块头最大、看上去最凶的家伙组成。"

"基本都是些欺软怕硬的无赖。"

"对了，就是这个话。但是安德，主动接近伯纳德团队中的二号人物，伯纳德最好的朋友阿莱。最后赢得了阿莱的友谊。"

"他这样做是为了削弱伯纳德的势力吧？"

"不,伙计,不像你说的这样。他和阿莱成了好朋友,再通过阿莱的帮助与伯纳德建立友谊。"

"伯纳德……嗯,是那个在太空飞船上被安德打折胳膊的人。"

"对呀,就是他。我觉得,伯纳德不可能原谅安德。当然,安德很清楚事情是怎样的。"

"那他干吗那么做?"

"安德什么都知道,伙计。他从不憎恨任何人。只要你是个好人,就会喜欢他。同时你会希望他喜欢你。但如果你是个社会渣滓,他就能让你发疯。安德,他总能唤醒你人性中善良的那一面。"

"你身上善良的一面是被他怎么唤醒的呢?"

"我说不上来,伙计。你以为我清楚?怎么给你说呢,总之他让你觉得有希望,你还盼着他能为你而感到自豪。"

豆子摇摇头。沈说起安德时是那么虔诚,语气中充满了爱戴之情。豆子觉得有点不可理喻。朋友就是朋友,他想。就像阿喀琉斯来之前,萨金特对待波可那样,但从没爱戴过她。阿喀琉斯当了头儿之后,倒是得到了大家的敬爱,不过那种感情更像崇拜,像……对神的崇拜。这两人做的事是一样的吗?安德是又一个阿喀琉斯?

"你很聪明啊,小家伙。"沈说,"我从没想过,安德是怎么让人喜欢他的,或者我怎么做才能像他一样。安德的确是了不起,但我可做不了他做的那些事儿。也许以后我会试试。现在么,我只想……追随他。"

"那是因为你也是个出色的人。"豆子说。

沈的眼珠骨碌一转。"我刚才的话里透露出这个意思吗?嗯,是的,我在暗示自己也蛮不错的。认为我在吹牛皮,嗯哼?"

"大号牛皮匠。"豆子咧嘴一笑。

"他……他让你想……嗯,我可以为他去死。这话像从英雄嘴里说出来的吧,嗯哼?但我说的是实话。我会为他去拼命。我会为他去杀人。"

"你会为他去战斗。"

沈立刻表示赞同:"说得好。他天生是个指挥官。"

"阿莱也会为他去战斗?"

"我们中的大多数人都会毫不犹豫地追随他。"

"我相信你说的话。"豆子说,"别生我的气。"他很早以前就知道,小孩子在说"别生我的气"这句话时,难免会显得有点儿傻乎乎的。

"我没生气。"沈说,"我只是觉得你像是在逗着我玩。"

"我的确想了解维京交朋友的窍门儿。"

"要是我懂得这点,要是我真能领会的话,我身边就会有更多朋友啦,小家伙。但是我有安德这个朋友,他所有的朋友也就都是我的朋友,我也是他们的朋友,嗯……就像一个家庭。"

由家庭这个词出发,豆子联想到爸爸,又想起了阿喀琉斯。

熟悉的恐惧感回来了。那天晚上,波可死后,看着她的尸体漂在水里,豆子就曾产生过这种恐惧感。阿喀琉斯在那天早上是怎么表演的?莫非维京也像那样?一个逮着机会就害人的爸爸?

阿喀琉斯邪恶可怕,但安德是善良友好的。两者都建立了一个家庭。家庭里的成员爱他们,甚至可以为他们去死。爸爸是保护者,妈妈是供养者。孤儿们缺的是父母的保护。在战斗学校,大家其实和街头的孤儿差不多。尽管在这里没有饥饿的困扰,但是我们都渴望得到一种家庭的关怀。

自己当爸爸比找一个爸爸强。我怎么才能做到呢?让人爱戴我,就像沈爱戴维京那样。

不可能。我太小,太聪明。我满足不了他们的愿望。我所能做的只有保护自己,摸索这里的规律。维京丰富的学识使他能做到他想做的事。而我,首先要不断学习,找到一条适合自己的道路。

豆子在心里做出这个决定时,知道自己不会成为维京那样的人。但是，无论维京学过什么，无论维京知道什么，豆子都应该学会，掌握。

一个星期又一个星期，一个月又一个月，豆子如饥似渴地学习。他完成常规作业，参加战斗室的正常训练，在迪马克的指点下学习移动和射击，还有一些初级技巧。他阅读了大量书籍。同时他查阅了学校里每个学员的档案，从刚来的学员到快毕业的学员。在餐厅遇到他们时，他觉得自己对他们的了解甚至超过了他们本人。

他读维京读过的书，看维京看过的录像。从其他孩子那里打听维京的情况。在各种布告栏上留意维京的位置。与更多维京的朋友接触，听他们谈他的事。

他发现一些有意思的事情。不考虑维京的自我牺牲和利他主义行为，他的朋友从没说过维京主动找他们商量如何解决一个问题，都是他们去找维京。而维京能去找谁呢？这说明他真正的朋友并不比豆子更多。维京把自己的想法埋在心里，和豆子一样。

不久豆子发现自己在各方面都远远超出了他所在的学员级别。他一而再、再而三地跳级，所在级别的孩子年龄越来越大，刚开始他们全用恼怒的眼光看他，但很快这种眼光就变成了敬畏。不等他们学到一半，豆子又完成了这个级别的所有学习任务，跳升到更高的级别去了。维京是否也以这样的加速度不断进取呢？是的，不过没豆子快。是因为豆子更优秀，还是因为时间紧迫，越来越接近那个最终期限了？

从教官们对学员的评估中，也能感受到日益加强的紧迫感。普通学员——这里的绝大多数学员好像都很普通——得到的教官评语越来越简短。当然，他们并没有被完全忽略。但是教官们正在鉴定和挑选出那些最优秀的学员。

应该说是教官们以为的最优秀的学员。豆子注意到教官们在这些学员的评语中常常加上彩色标记。教官们表面上正直公平，但实际上他们的水平和那些学员差不多，眼里只看得见有领袖气质的孩子。他们只把维京当作焦点——重中之重的维京——而在对其他孩子的评判上则不断出现失误。他们看重那些精力旺盛、情绪亢奋、充满自信和野心勃勃的孩子，哪怕这些孩子实际上不够优秀。

难道建造这个学校不是为了发现和训练那些最富有指挥官潜力的孩子吗？地球方面的测试问题不大——没有选送一个傻子到这里来。不过整个体系忽略了一个至关重要的因素：教官们是如何被认定的？

在军队中，仅仅凭借真才实学，你是不可能得到上级信任的。你必须让你的上级注意到你并且喜欢你，你必须学会适应军官体系。所以你的表现必须迎合上司的胃口，你的思维方式也必须与上司合拍。

结果，你被淹没在一个平庸的指挥体系中。所有重要的决策权都被无能的人把持着，那些人从不会把话讲错，做事从不会给自己添麻烦，身穿制服的样子看上去总是英姿飒爽。而真正优秀的人却在默默无闻地埋头苦干，弥补他们的混蛋上司犯下的愚蠢错误。

这就是军队的现状。教官们都是从这样的环境中混出头的。他们选拔学员的标准，不可避免要受到这种军队风气的影响。

无疑，类似丁·米克那样的看透了这个体系的孩子会拒绝投入这种竞争。他是很少见的既可爱同时又富有才气的孩子。他的可爱使他们想把他培养成一个统率军队的指挥官，但他的才能却使他看穿了教官们玩的把戏。他不接受他们的青睐，因为他瞧不起这个愚蠢的军队体系。还有些有才华的孩子想讨教官们的欢心都不成，像佩查·阿卡莉。这种孩子睡觉的时候脑子里都在想着战略战术，他们有信心率领下属投入战斗，他们有独到的想法，而且行动果敢——但他们不够引人注目，所以得不到教官们的重视，他们的缺点被夸大，实力被低估。

因此豆子用一种与教官们相反的方式在脑子里构建了一支战队。他在那些没被教官们选中的孩子里，挑出一些有能力、有主见的。当然，不能只看脸蛋和口才。他想象着，他们中谁可以当组长，率领他们的队员跟着最高指挥官……

安德·维京，当然是他。豆子想不出还有谁能处在这个位置。维京懂得如何让每个人发挥出自身的特长。

豆子也知道自己的位置。他应该待在维京身边，做一个受到大家信任的副官、维京的左右手。在维京犯错的时候，豆子可以及时给他指出。假如能和维京如此接近，也许豆子就能理解为什么教官们认定维京是人类中的一员，而自己不是了。

卡萝塔修女把自己争取到的新权限当成解剖刀一样灵活运用，到处刺探情报。

历经曲折，她最后终于和豆子的父亲面对面坐到了一起，或者至少可以说是与豆子的父亲最接近的一个生物坐在了一起。

"我想和你谈谈你原来在鹿特丹做过的实验。"

他乖戾地看着她。"我什么都招啦，所以我才没被判死刑，尽管我不确定自己的选择是不是正确。"

"他们对我说，你是个满腹牢骚的懦夫。"卡萝塔修女毫不留情地说，"我并不指望一下子就能了解真相。"

"见你的鬼去。"他转过身，背对着她。

这意味着刚才那两句用来刺激他的话没起作用。"沃列斯卡博士，你在招供时说，鹿特丹的器官工场曾经养育过二十三个婴儿。"

他一言不发。

"但很明显，这是个谎话。"

还是没有反应。

"嗯，让人奇怪的是，撒这个谎并不是你自己拿的主意。因为我知道你那些仪器设备与开办器官工场无关，你没被判死刑的真正原因，是因为你同意承认经营器官工场的罪行。以此作为交换，不再讨论你真正做过的那些事情。"

他慢慢转过身子,侧对着她说:"我要先看看你的权限证件。"

她递上证件。沃列斯卡细细检查着。

"你都知道些什么?"他问。

"我是在一个被中止的系列计划中得知你的真实罪行的。你对手中掌握着的受精卵做了精细的修改,你实际运作了安东的研究设想。你让那些受精卵发育成人,你还想看看他们长大后会变成什么样子。"

"既然你啥都知道,还来这里找我做什么呢?我所知道的每件事都记录在你读过的那份档案里了。"

"并没有全都记下来。"卡萝塔修女说,"我不在意你的供词,也不关心技术细节。我只想对那些婴儿多了解一些。"

"死光啦。"他说,"一收到被人发现的情报,我们就杀害了他们。"他看她的眼光中混杂着痛苦和挑衅的神情。"是的,杀害婴儿,二十三条被谋害的性命。只因为政府不能承认这样的孩子曾经存活,我才免于被指控犯下谋杀罪。"

"我来是想知道,你从这些婴儿身上学到了些什么。"

"什么都没学到,时间太短了,他们死时还都是婴儿。"

"你喂养了他们将近一年。他们在不断发育长大。自从安东发现基因重组关键以后,理论上能做的研究几乎都完成了。但只有你,在实验中观察过婴儿的成长。"

"我们打算要对他们的智力发育状况进行跟踪研究。可惜没人为这个项目提供赞助,当然,提供一间能满足基本生理需要的、温暖卫生的房间要简单得多。你知道,这样的研究没有资金是干不成的。"

"他们的身体情况呢?还有,他们的运动技能呢?"

"太小了。"他说,"他们出生时都很小,发育缓慢。跟正常婴儿相比,他们的身高和体重明显不足,无一例外。"

"但非常聪明?"

"出生不久就会爬了。说话比普通孩子早得多,也复杂得多。"

"那你对他们有什么预测?"

"预测?"

"你认为他们未来会怎样?"

"死亡,每个人的未来都是个死。我不大明白你为什么这样问。"

"要是他们没被屠杀,沃列斯卡博士,那会发生什么事呢?"

"那他们当然会继续成长啦。"

"再往后呢?"

"没什么往后,再往后他们仍然不断成长。"

她默然思索了片刻,咀嚼着刚得到的信息。

"没错,修女,你好像懂了。他们虽然长得慢,但却始终不会停顿。这就是按照安东设想进行基因重组的结果。智慧的锁一旦开启,大脑的发育就停不下来了。身体其余部分也一样。头盖骨会不断扩展——不会像正常人那样长到一定时候就闭合。胳膊和腿么,当然也会日复一日,越来越长。"

"那么,当他们长到成人的高度……"

"对他们而言,不存在成人身高这个概念,只存在一个死亡时刻的身高。你不可能永远生长。进化在生物体内埋设了一个停顿的钟,专门控制身体的生长,这样,身体才可以存活得长久一些。不断生长付出的代价相当可怕,人体器官最终将无法支撑这种生长。通常从心脏功能衰竭开始。"

一阵强烈的恐惧感从卡萝塔修女心头升起。"呃,他们发育成长的速度呢?我是说,在孩童时期,他们要用多长时间,就能长到那种与年龄相吻合的正常高度?"

"我的猜想是,他们会分两次追上正常人。"沃列斯卡说,"第一次在青春期之前。然后正常孩子会一阵猛长，在身高上再次领先他们。但他们持续不断地长高，很快会第二次超过常人。到二十岁，他们就长成巨人了。之后不久他们会死去，几乎可以断定他们的生命不会超出二十五年。你能想象得出他们最后的身高吗？所以我早点杀死他们，你瞧——其实是一种仁慈的做法。"

"只恐怕他们中有谁选择了躲过你的毒手，想讨回你从他们那里剥夺的二十年生命。"

"他们中没人知道发生了什么。我又不是嗜血的妖魔。我们是先将他们麻醉，然后才在他们睡着以后烧毁他们的身体。"

"进入青春期后他们会怎样？会不会出现性成熟的现象？"

"对我来说，这可是个永远的谜了，不是吗？"

卡萝塔修女站起来，准备走了。

"他还活着，对吧？"沃列斯卡问道。

"谁？"

"我们搞丢了一个。有个孩子的尸体没找到。我当时认真数过，火化的只有二十二具尸体。"

"这就看你自己是哪边的了，沃列斯卡博士。如果你是摩洛神①的信徒，你当然只能得到你侍奉的上帝给你的答案。"

"告诉我他什么模样。"他的眼光里满是饥渴。

"你怎么知道是个男孩？"

"他们全是男孩。"沃列斯卡说。

"什么，你把女孩遗弃啦？"

"你想过我做实验用的基因是怎么得到的吗？我植入到受精卵中

---

① 《旧约》中提到的亚扪人和腓尼基人信奉的神灵，崇信者用自己的子女向他献祭。

的，正是经过修改后的我本人的DNA。"

"上帝保佑，他们都是你的翻版？"

"我不是你想象中的那种怪物。"沃列斯卡说，"我将生命赋予冷冻的胚胎，是因为我得弄清楚他们出生后会怎么变化。事实上杀掉他们是我最大的悲哀。"

"但你还是下手了——仅仅为了救自己一命。"

"我很恐惧。我被一种想法纠缠着：他们不过是些拷贝。抹掉拷贝不能叫谋杀吧。"

"你这种人实在不配得到一个儿子。"卡萝塔修女说。

"但我得到了一个，不是吗？"他笑起来，"而你，卡萝塔小姐，冥冥中上帝的永远新娘，你能得到几个呢？"

"他们也许只是拷贝，沃列斯卡，但哪怕他们死去，都比你这个原版更有价值。"

卡萝塔修女离开他，走到走廊时，还能听到他嘶哑的笑声。她明白不断发出这种勉强的笑声是为了掩盖悲伤。

豆子，感谢上帝，她心里想，你不知道你父亲是个什么样的人，永远不会知道的。你一点儿也不像他，你远比普通人优秀。

但在这种想法的背后，还有一种隐隐作痛的怀疑。她能确信豆子更有同情心，更有人性吗？要是豆子和这个男人一样冷酷无情呢？要是他仅仅是智力发达呢？

接着她又想到他会日复一日地生长，从一个特别小的小不点儿长成一个巨人，直到生命结束。这就是你父亲留给你的遗产。

不过他现在还没死，不是吗？沃列斯卡说的也有可能是谎话，也许他也会犯简单的错误，也许最后能找到一种化解的方法。而且就算无可挽回，豆子也还有十多年的生命。怎么让他短暂的生命充实而快乐，才是更值得关注的问题。

CHAPTER 12
花名册

"格拉夫,如果维京是我们想找的那个人,就尽快把他带到艾洛斯上来。"

"长官,他还没有做好上指挥学院的准备。你们未免太急了吧。"

"另外,我们还得准备一个候补人选,以防不测。"

"那得由你们决定。"

"那得由我们决定!我们用什么人,最终还不是取决于你们的推荐。"

"我已经向你们汇报过那些年龄合适的孩子的情况,你们手里掌握的情报和我的一样。"

"所有情报都给了我们吗?"

"你真想得到所有的情报?"

"那么说,评估和成绩第一流孩子的情报,都汇总到我们这里来啦?"

"没有。"

"为什么没有?"

"由于种种原因,他们中的几个被取消了资格。"

"谁取消了他们的资格？"

"我。"

"凭什么？"

"比如其中一个处于精神崩溃的边缘。我们也做过努力，想找出能够发挥他才干的方式。但他显然承受不了指挥官的重任。"

"好，算一个。"

"另一个正在接受外科矫正手术，以弥补他的生理缺陷。"

"生理缺陷会影响他的指挥才能吗？"

"会影响他的训练。"

"但这个并没被淘汰。"

"他即将进行第三次手术。如果成功，也许还能有所作为。但是，就像你说的，恐怕时间不够了。"

"你手里究竟压着多少对我们隐瞒不报的孩子？"

"我可一个也没隐瞒。如果你是想问，还有多少具有指挥素质的孩子没向你们汇报的话，答案是：除了你知道的那些以外，没有了。"

"别把我当傻瓜。我们听说过一些流言，提到了一个特别小的孩子。"

"这里的孩子都很小。"

"我们听说那个叫维京的男孩与这个小孩子相比，都显得有些迟钝。"

"他们各有所长。"

"我们这里有人提出应该减轻一点你的指挥压力。"

"如果有人觉得我不适合做选择和训练这些孩子的工作，我倒宁愿一点指挥权都不要，长官。说实在的，请您考虑一下我这个请求。"

"你这是威胁我吗？愚蠢。待在战斗学校好好干吧。抓紧时间让他们尽快成长和毕业，升到指挥学院来，这里同样要在培训上花时间。如果你对他们的训练耽误了整个培训计划，那我们大家都没好果子吃。"

迪马克与格拉夫正在战斗室控制中心碰头。格拉夫的所有秘密会议现在都在这里召开，这种情况将一直持续到他们能确定豆子成长到不能钻进空气管道为止。战斗室的空气系统是独立的。格拉夫的小电脑上显示出一篇论文。"你读到过这篇吗？《论相距数光年的星系之间的战役问题》。"

"论述这种问题需要相当广的知识面。"

"没标明作者。"格拉夫说，"你不会刚巧知道这是谁的大作吧，知道吗？"

"不清楚，长官。是你写的？"

"我可不是一个学究，迪马克，这你很清楚。事实上，这篇论文是学员写的。"

"指挥学院的学员？"

"不，我们这里的学员。"

迪马克猛地回过神，知道为什么被格拉夫叫来了。"豆子写的。"

"只有六岁，写出的文章却像出自学界名流之手。"

"我早该猜到。他吃透了读过的战略家们的著作。也可能看的是译本。我不清楚他是怎么学会读弗雷德里克①和比洛②原著的——那可是法语和德语的版本。他掌握语言仿佛像呼吸一样，天生就会。"

"对于这篇论文，你有什么想法？"

"你也知道，我为这个男孩绞尽脑汁。假如他能独立思考写出这东西，那如果我们把一切情况都告诉他的话，他岂不是可以写出更有分量

---

① 二十世纪著名军事理论家，写有一系列对二战影响深远的论著。
② 十八世纪普鲁士著名军事理论家。

的论文吗？格拉夫上校，我们为什么不让他现在就从战斗学校毕业，去做一个优秀的战略理论家呢？"

"我们的工作可不是为了发现理论家。何况现在还搞理论也太晚了点儿吧。"

"我是想……你瞧，他这么个小不点儿，谁会服从他呢？他的才华在这里会被白白浪费。而他写论文时，没人知道他个子有多矮，也没人知道他岁数有多小。"

"我懂你的意思，但我们不能再有任何安全疏漏，绝对不能。"

"他早就是一个安全破坏者了，不是吗？"

"在管道里穿梭忙碌的耗子？"

"不是指这个。我想从他现在的个头看，他要想再钻进去可能有点困难。在健身房时，他已经不再像原来那样做大量锻炼臂力的俯卧撑。我想对安全的真正威胁是他对事实的一种猜想：一个攻击性舰队早在一代人之前已经出发去远征，为什么我们还在不断把孩子们培养成指挥官呢？"

"根据对他的论文所作分析，以及他以教官身份登录时的所作所为，我们发现他对你说的这个问题已有自己的看法，而且错得很有意思。仅仅因为他不知道有安塞波①这个东西，才导致他确信自己的理论没错。你现在懂了吗？如果要让他去搞军事研究，我们就得把安塞波的存在同他说明，对吧？"

"那当然。"

"但是你看，这恰好是我们不能向他透露的一个秘密。"

"他的论点是什么？"

---

① 作者杜撰的一种不受光速限制的即时通信设备，借助这一设备可以在任意距离上实现即时通信。

"他认为我们把优秀的孩子们集中起来,是为将来国家与国家之间,或者国家与IF之间的战争做准备。一场我们与地球之间争权夺利的战争。"

"既然准备和地球作战,那我们为什么要把孩子们带到空间站来?他是怎么解释这一点的?"

"想一想,你马上就明白了。"

"因为……因为我们打垮虫族以后,国际局势极可能陷入混乱。而到那时,所有才华超群的指挥官——都隶属于IF。"

"懂啦?我们不能让这孩子的观点流传开来,甚至在IF内部都不能公开。并不是每个人都放弃了对地球上那些集团的忠诚。"

"这就是你叫我来这里的原因?"

"我叫你来,是我想到该发挥发挥这小子的才能了。我们经营的不是一场战争,而是一所学校。你读过他的另一篇论文吗?那篇论述军官出身的人不能胜任教官工作的文章。"

"读过,我觉得就像被人打了一耳光。"

"那篇文章他几乎全说错了。因为他不了解我们选拔孩子时总是打破常规,看到孩子们身上那些与众不同的才能。不过有一点他也许没说错。我们用来测试指挥潜力的系统,是依据第二次虫族入侵时表现出色的指挥官的资料设计的,我们把与这些指挥官相似的孩子挑出来。"

"嘿——嗬。"

"懂啦?在那次战争中有一些得到高度评价的指挥官,表现突出,不过战争进行得实在太快了,根本来不及淘汰所有的沙子。他在论文中批评的那种现象,也的确存在。所以……"

"所以豆子用错误的原因,推出了正确的结果。"

"一点儿不错。正是因为这个,我们才会过高评估像邦佐·马利德这样的耗子屎。你也熟知几个和他德性差不多的军官吧?像卡斯特、胡克之类,全是些嘴尖皮厚腹中空的蠢货。因此根据现有测试结果得出邦佐可以指挥一支军队的结论,这很正常,尽管他连一点基本的指挥素质都没有——见鬼,你费尽心机选出的将官,居然大多是些庸才。"

"你说这些,我可以在报告时引用吗?"

"我不会承认自己说过这些话。现在的问题是,豆子已经看完了所有学员的档案。我们认为他正在评估他们对国家和民族的忠诚程度,以及他们每个人的指挥素质。"

"用他自己的评优标准?"

"我们需要安德成为一个战队指挥官。指挥学院已经在向我们要人了,压力很大啊。但如果我们让现在在任的哪位指挥官让位于安德,又会引出很多麻烦事。"

"所以你要为他组建一个新战队。"

"飞龙战队。"

"年龄稍大些的孩子对飞龙战队灰溜溜的退场还有点儿印象。"

"不错。我喜欢飞龙战队这一点,就是要搞一个与厄运相伴的战队。"

"我明白了。你想让安德不容易上手。"

"让他接受困难的考验。"

"我也这样想。"

"我们也不给他任何一个别的指挥官不愿转让的士兵。"

"只给他那些最差劲的孩子吗?你到底想在安德身上尝试什么?"

"如果让我们来选,沿用一贯的标准,那么肯定选不出一支像样的队伍。但这次为安德挑选战队成员的人不是我们。"

"你的意思是,让豆子来选?"

"按豆子的观点,我们的测试评估没什么价值,对吧?有些在我们看来没前途的学员,在豆子眼中却可能极为优秀,不是吗?他已经完成了新兵小队的学习，可以交给他一项任务，让他去解决一个假设性的问题，建立一支全部由新兵组成的战队，也可以调用那些被各战队指挥官们列入交换名单的孩子。"

"那我得告诉他，我们知道他利用假教官身份登录系统的事，不然这事恐怕做不成。"

"好，可以告诉他。"

"但他可能就不会再相信那些他在系统里发现的信息了。"

"反正他也没发现什么。"格拉夫说，"我们不用再设计什么骗局啦，因为他现在已经总结出一整套错误理论。懂吧？所以无论他认为我们是否向他有所隐瞒，他都不会轻信，这点我们尽可以放心。"

"你对他的心理活动好像很有把握。"

"卡萝塔修女明确给我说，他的DNA只有一点点异于常人。"

"这么说，他现在又成了人类的一员啦？"

"我做出一个决定总得有点依据吧，迪马克！"

"看来，陪审团仍旧在豆子是不是人类这个问题上拿不定主意？"

"尽快把豆子选好的假设性战队名单给我，我们就能把这支队伍交给安德了。"

"你想过吗，他一定会把自己选进这个战队。"

"他当然会，不然就只能说明他没有我们想象的那么聪明。"

"安德那边怎么样？他有心理准备吗？"

"安德森少校认为他已经做好了准备。"格拉夫叹口气说，"对豆子来说，这还是一场游戏，他肩上没有重担。但是安德……我想他了解，而且了解得很清楚，人类未来的战争需要领袖。我想，他已经感觉到了自己肩负的使命。"

"长官，你顾虑重重，是否觉得安德不一定胜任？"

格拉夫笑起来。"你想说什么别转弯抹角的，行不行？"

"豆子也渴望挑起这副重担。如果安德想撂挑子，那为什么不能让豆子接过来呢？"

"如果豆子渴望挑重担，就证明他太嫩了。另一方面，指挥欲望太强的人，总想做些别出心裁的事来证明自己。你看看拿破仑，开始时敢想敢为，不错，很有成就，但接着一味地刚愎自用，莽撞冒失。等到他发现应该谨慎一些的时候，已经来不及了。这件事安德内心深处带着几分不情愿，所以他不会想到要用自己的行动去证明什么。"

"你是不是在按你个人的标准进行筛选？选出自己乐意追随的领导？你敢说你不是这样做的吗？"

"我就是这样做的。"格拉夫说，"试问你想得出更好的标准吗？"

"实际情况是，你不能把赌注全押在这孩子身上，你能吗？不管怎样测试，总之你只能依据测试结果下判断。无论如何，对测试分数总不能视而不见吧？"

"这回不能再像机器一样地运作了。"

"那就是为什么你不选择豆子的原因，是吗？他是被制造出来的，像机器一样。"

"我不分析自己，只分析他们。"

"如果我们赢得战争，算谁的功劳呢？你选定的司令官，还是你本人？要知道，那司令官可是你选出来的呀。"

"当然归功于最高行政机构，因为他们信赖我。我这样说你可能觉得有点勉强吧。但如果我们失败……"

"嘿，那当然就是你的责任了。"

"那我们就都完蛋了。他们还能对我做什么呢？把我杀啦？或者先让我把失败的原因反思清楚再杀我？"

"但是安德，嗯，我想说，如果由他来挑这副担子，他是不会怪罪于你的。他会把一切后果都揽到自己头上。他不稀罕胜利的荣誉，但他却会主动承担失败的责任。"

"不管是胜利还是失败，对那个被我选定的孩子来说，都将度过一段残酷的时期。"

豆子吃午饭时接到传唤的指令。他立即到迪马克的宿舍去报到。

他发现他的教官坐在小电脑前，正在阅读。特殊设定的光线正好晃到豆子的脸上，使他的眼睛看不清电脑屏幕。

"坐。"迪马克说。

豆子跳了一下，才坐到迪马克床上，他的腿悬在床沿，荡来荡去。

"先让我念一段你写的东西，"迪马克说，"没有防御工事，没有军火库，没有强大的突击队……在敌人的星系中，除非登陆，否则不会有别的生存空间，但是要想登陆一个可居住的行星，只有在取得绝对胜利的前提下才有可能……补给线没有问题，因为没什么需要保护的东西，补给和军火只有分配到侵略舰队的各舰只上……实际上，所有星际侵略舰队实施的都是自杀性攻击，因为时间膨胀效应，就算舰队能全身而退，也不可能有人能活着回来。他们永远都回不来，所以我们必须确定能够一击成功，必须确定付出这种牺牲是值得的……一支男女混合的部队有希望成为能够将人类文明延续下去的殖民者，另外也可以凭借武力统治被占领的敌人行星。"

豆子满意地听着。他把这些留在他的小电脑里，等着他们去发现，他们果然这样做了。

"你写了这东西，豆子，但你没把它上交给任何教官。"

"这篇东西不太适合当成作业上交。"

"我们发现了它，你却好像一点不觉得奇怪。"

"我猜得出，审查我们的小电脑是你的一项日常工作。"

"就像你把审查我们的电脑当成你的日常工作一样么？"

一阵恐惧感袭来，豆子只觉得胃里一抽。他们全知道了。

"干得漂亮啊。在格拉夫的名字前加上个不起眼的脱字符号，就顺利登录了。"

豆子闷声不响。

"你查看了所有学员的档案材料。为什么？"

"我想了解他们中谁可以做我的朋友。我交的朋友太少，只有几个。"

"别哄我，你连一个来往密切的朋友都没有。"

"那是因为，嗯，我太小了，我比他们聪明，还有，我和他们没有共同语言。"

"所以，你查阅他们的档案只有一个目的，那就是：尽量多了解他们。为什么你觉得有必要花那么多时间去了解他们呢？"

"说不定哪天我会指挥他们中的一些人。"

"真到了那一天，自然会有足够的时间，让你去了解你的士兵。"

"那就来不及了，长官。"豆子说，"到时候一点多余的时间都没有。"

"为什么这样说？"

"因为我的晋升方式。还有维京也是这样的。我们是这个学校里最优秀的两个学生，相互之间一直在竞争。等我得到一支战队的时候，就剩不下多少时间了。"

"豆子，要认清现实。想让别人心甘情愿地跟着你去战斗，这需要有个过程。"

豆子没说什么。就算迪马克没指出来，他也知道自己的想法不太现实。

"让我们看看你的分析能力到底有多强吧。我这里有个作业要布置给你。"迪马克说。

"哪门课的作业?"

"哪门都不是,豆子。我要你在假想中组建一支战队。你要建一个完整的花名册,只能收录新兵,全队一共是四十一个士兵。"

"不可以选择战队成员吗?"

豆子这样问其实并无深意,只不过想确认作业的规则。但迪马克却觉得像是在指责这个作业不公平。"可以,但你必须记住,只能在各战队指挥官提出的交换名单中选择人手,那样可以得到一些富有经验的士兵。"

交换名单上都是战队指挥官们不想要的人。有些当真无能,但有些却正好相反。"很好。"豆子说。

"完成这个花名册需要多长时间?"

豆子脑子一转,已经有了一打以上的备选人。"我现在就能开出名单来。"

"我希望你能够精挑细选。"

"我已经仔细筛选过了。不过你先得向我说明两个问题。你说四十一个士兵,那样就包括指挥官人选了。"

"不错。事实上只需要你选四十个,把指挥官的位置空出来。"

"另一个问题是,我能不能出任这支战队的指挥官?"

"你要真想这样安排的话,也不妨在花名册上注明。"

迪马克漫不经心的语气才是对豆子提问的真正答复:别想那么多,这支战队不是为你组建的。"这支战队是为维京准备的,没错吧?"

迪马克眼里露出几分恼怒。"这只是个假定性的战队。"

"干脆点说,就是维京的战队。"豆子说,"你们不能调走哪个指挥官,好给他腾出个空位来,所以只有另外组建一支新战队。我敢打赌一定是飞龙战队。"

迪马克看上去有点慌乱了,尽管他试图掩饰这一点。

"别担心。"豆子说,"就按你提的条件,我也能给他组建一支最好的战队。"

"我强调过,这只是个假定性的战队!"

"你认为现在就让我知道事实太早了点么?等我拟定的花名册上的人和我一道列入维京战队的时候,我终究也会明白。"

"没人说我们要在实际运作中采纳你的花名册。"

"你们当然要采纳,因为你们最终会明白我是正确的。"豆子说,"我可以向你保证,这将是一支地狱般可怕的战队。在维京的训练下,我们会把别的战队打得屁滚尿流。"

"做好这个假定性的作业,别对其他人说。记住,任何时候都不能说。"

迪马克的意思是让他解散退下,但豆子还不想走。是教官来找他,让他去做一项本该由他们自己做的工作。他想趁这个机会说出自己想说的话。"这支战队将会异常出色,其原因在于,你们的系统错误地提拔了许多孩子。这个学校里,最优秀的孩子中有一半在新兵小队和交换名单里。因为他们的棱角,还没有被那些只知道拍上司马屁的战队长和战斗小组长们压扁磨平。那些在你们眼里不称职的学员,还有一些小不点儿,恰恰是最有能力获取胜利的孩子。维京将会证明这一点。他懂得如何让我们发挥特长。"

"豆子,你真以为自己那么聪明?别太自以为是啦。"

"没办法,我确实天生聪明,长官。"豆子说,"不然你们就不会把这个作业交给我来做了。我可以走了吗?要不我现在就开列出你想要的名单?"

"你走吧。"迪马克说。

豆子一边列名单,一边暗自得意,刚才迪马克没有在拟定花名册这件事上对他指手画脚,提出愚蠢的建议。这件事大有奥妙,不仅仅是从新兵花名册和交换名单里选出四十名优秀士兵那么简单。

维京超前进入指挥官行列，大一点的孩子对此肯定很难接受——屈居在一个小鬼头指挥的战队里。因此他先从名单里剔除了比维京年纪大的孩子。

去掉这些人后，剩下的人中水平足够加入战队的就只有六十个了。豆子正在按水平高低给这些孩子排序时，忽然发现自己犯了另一个错误。这些孩子中有相当部分在自由活动时间参加过安德的训练，和安德混得很熟。

问题在于，虽然他们之中确实有几个能够胜任战斗小组长，但有了这帮人，就意味着维京会忽视其他战队成员，当然也包括豆子。

而他如果不让我担任战斗小组长，就意味着，以后他也不会再提拔我，不是吗？他眼里可能只看到我的矮小，而看不到我的领导才能。

他会不会只忽视我一个呢？我现在这么想，算徇私舞弊吗？是不是仅仅为了给自己创造一个展示才能的机遇？

如果我真把那些跟维京混得很熟的人排除在外，会有什么问题呢？我清楚自己能做什么，但别人却都不清楚。教官们把我当成一个学者，他们知道我聪明，相信我的判断，但他们组建这支战队，并不是为了我，而是为了维京。我得向他们证明我能做好哪些事。如果我真是最杰出的一个，那么我就应该利用负责编订这个花名册的机会，尽快把自己突出出来，让我能够崭露头角。

接着他又想到：白痴为自己所做的蠢事打圆场是不是都用这种方式啊？

"嘿，豆子。"尼古拉忽然招呼了豆子一声。

"嘿。"豆子应了一声。他伸过一只手横过他的小电脑，顺便将显示屏转入休眠状态。"有什么事，尽管说。"

"没什么好说的，只不过看到你现在的样子有点严肃。"

"我正在做一份作业。"

尼古拉笑起来。"从没见过你这么严肃地做作业。你一会儿看屏幕，一会儿敲几个字。像在做一件无关紧要的事，又像在做一件十分重要的事。"

"这是个特殊的作业。"

"抱歉打断了你的思路。那我刚才猜错了，我刚才还以为你可能是在读家里的来信呢。"

两人都笑了。收到信件在这个地方是件不同寻常的事。大多数学员好几个月才收得到一封，而且信件内容会被改得平平淡淡。有些学员根本收不到任何信件，豆子就是其中之一。尼古拉很清楚为什么豆子没有信。他是唯一一个注意到这事并问过豆子的人。"你压根儿就没家么？"他曾经这样问道。"有一个由一帮孩子组成的家庭，也许我是其中的幸运儿。"豆子当时这样回答。尼古拉立刻表示了自己的羡慕之情。"我可算不上是幸运儿，但我还是希望你拥有一个像我那样的家。"接着他告诉豆子，他是父母唯一的孩子，他的父母为了得到他曾下过很大功夫。"他们做了一整套复杂的手术，先让五颗卵受精，然后留下最健康的两个，最后才选出我。我像国王一样娇生惯养。直到有一天IF说，他们需要我。要我父母做出送走我的决定实在太困难了。但当时我说：'说不定我就是下一个马泽·雷汉呢？'这才说服了他们。"

这已经是几个月之前的交谈了，但两人都印象深刻。孩子们很少谈论家庭。尼古拉从没向其他任何人谈起自己的家庭，只对豆子讲过。作为回报，豆子也对尼古拉讲一些他的街头生活的往事。之后豆子等待着，想看看这些故事将会如何流传开来。

并没有流传开来。尼古拉没向其他任何人说过一句豆子的故事。豆子这才确定尼古拉是个可靠的朋友。他能够守住秘密，虽然当时自己没要求他这样做。

现在，豆子正为一支伟大的战队制订花名册，旁边的尼古拉却不知道他在干什么。迪马克叫他别告诉任何人,但对守口如瓶的尼古拉说说有什么大不了的呢?

不过豆子马上打消了这个想法,回到理性思考中。无论是否将尼古拉列入飞龙战队,知道这件事都不会给他本人带来任何好处。如果他没被列入,他会知道这是豆子的主意。如果将他写进花名册,也许更糟,因为他会疑心豆子这样做是在讲哥们儿义气,而不是真正看重他的能力。

而且,尼古拉不太适合飞龙战队。豆子喜欢他,信任他,但尼古拉在新兵小队中不算出色。他聪明,活泼,善良——可惜没什么特长。不能告诉他这事,豆子心想。

"是你父母寄给我的信。"豆子说,"他们决定不再给你写信了,他们更喜欢我。"

"喊!梵蒂冈正在迁往麦加。"

"可不是嘛,而且要给我封一个大官当当。"

"做梦吧你。"尼古拉说,"光你的个子就不行,你长得太高了,哥们儿。"然后他拿过他的小电脑又说了一句:"今晚我可不想和你一块儿做作业,豆子,待会儿可别来烦我。"说罢身子往后一仰,躺在床上,开始玩那个幻想游戏。

豆子也躺下来,激活显示器,重新开始斟酌名单。剔除掉那些与维京一起训练的孩子以后,还剩下多少好样的呢?十五个交换名单里的老兵,另外,加上豆子,还有二十二个新兵。

为什么这些新兵不去参加维京组织的自由活动时间训练呢?老兵这样做容易理解,他们尽管和自己的指挥官有矛盾,但还不至于公然和指挥官过不去,再说,如果他们跟维京混在一起,会让人感觉到他们被自己所在的战队抛弃了。但新兵不一样,他们不都是野心勃勃的么?莫非他们只注重书本知识,而对战斗室里发生的事不管不问?豆子挑不出他们身上的毛病——这让他一时有点拿不定主意。要不就是他们特别自信,所以觉得不需要增加额外练习?或者是他们骄傲的心理在作祟,不想让别人把他们的成功归到安德·维京名下?或者他们太腼腆……

不,他这样去猜测每个人的行为目的,只能是枉费心机。总之他们都很复杂。他们聪明能干,应当得到高度评价——当然是按豆子的标准,而不是按教官们的标准。这才是豆子拿得准的。他给了维京一支战队,里面找不出一个曾经跟随维京训练的孩子。这样可以有个好的开头,所有战队成员在维京眼中都是平等的。那意味着豆子引起维京注意的机会与其他队员一样多,说不定还能得到一个小组的指挥权呢。如果其他人争不过豆子,那,他们不走运呗。

花名册上现在有三十七个名字,还有三个空缺。

前前后后再审视两遍,最后他决定再加上"疯子"汤姆,一个记录不良、交换战队次数最多的老兵,迄今为止在游戏中还没有他被冰冻过的记录。仅凭这点就说明"疯子"汤姆相当能干,而且头脑敏锐。但他受不了指挥官的愚蠢和处事不公,发起火来如同炸药爆炸一般,横冲直撞地咆哮,砸东西,在宿舍里撕扯被褥,抓着谁的就撕烂谁的。有一次还写了一篇分析他的指挥官为什么是个白痴的文章,发送给全校学员看。"疯子"汤姆,可能有点精神分裂,但更可能是在等待一个高明的指挥官。三十八个了。

还有个女孩子,吴。她的名字很容易被念成"woo"甚至"woo-hoo"①。她在学习方面灵气十足,在战斗室游戏中绝对是个冷血杀手,但她却在指挥官提拔她当组长时一口回绝。而且她申请调离,不再参加战斗,直到他们同意她调出原来的战队。这太稀奇了,豆子不理解她为什么要这样做——教官们也大跌眼镜。分析她所有测试,根本找不到

---

① "woo"是"求爱"的意思,"woo-hoo"是"太棒了"的意思。

她这样做的原因。真他妈古怪，豆子想。算她一个吧。

还剩下最后一个空缺。他键入了尼古拉的名字。

我是因为和他有交情才这么做吗？他不算差，只比那些最优秀的孩子稍稍迟钝一点，柔顺一点。加入这个战队会让他更辛苦一些。其实不写他的名字，他一点儿也不会介意。以后，他不管加入哪个战队，都会表现出色的。

但是……飞龙战队将成为一个传奇，不光是在战斗学校。将来，战队成员会成为IF内部或别的机要部门的领导者。总之，他们有机会向别人讲述自己和伟大的安德·维京在飞龙战队并肩战斗的往事。我加上尼古拉，虽然他成不了最出色的队员，但哪怕就算是最普通的，终归是飞龙战队的一员。他的加入不会影响整个战队的水平。他有能力做好。那么为什么不选他呢？

再说我希望能与他在一起。这是唯一一个可以讲点知心话的朋友，唯一一个知道波可这个名字的朋友。我需要他，花名册上又正好有个空缺。

豆子冷静地最后审视了一遍确定下来的名单，然后按字母顺序整理好，发送给迪马克。

第二天一早，豆子、尼古拉，还有他们所在新兵小队的另外三个孩子，接到调入飞龙战队的指令。本来他们至少应该再过几个月才能晋升为士兵。没被选上的孩子为这种变化感到嫉妒、痛心和懊恼。当他们得知豆子也在晋升人选之中，就更不舒服了。"他们有他这种尺寸的急冻服吗？"

真是个一针见血的好问题。答案是否定的，教官们没有。飞龙战队的颜色代码是"灰橙灰"。这个战队原来的士兵全都比豆子高大得多，找不到适合豆子穿的现成的急冻服。他们只好用一套小号急冻服临时比着豆子的身材现改制，手艺糟糕极了。空间站没有制作急冻服的设备，这里甚至找不到一种能把这种服装改造得像点样子的工具。

最后，他们总算让豆子勉强穿上了一套急冻服。豆子匆忙赶往飞龙战队的宿舍，改装急冻服耽误了不少时间，他是全队最后一个到达的。刚到宿舍门口，他就碰上迎面走来的维京。

"你先走。"维京说。

这是维京对他说的第一句话。就豆子所知，这是维京第一次注意到还有他这么个人。很自然，豆子也把自己对维京的兴趣隐藏了起来——正是因为这种兴趣，才使他成了安德·维京看不见的人。

维京紧跟在他后面进入宿舍。豆子沿着两边铺位中间的过道向里走，一直朝最里头走去。按照不成文的惯例，那里是最小的士兵的铺位。他用眼角瞥见其他孩子正用一种混杂着厌恶和讥笑的眼光，打量着他穿过宿舍。他们的眼睛里分明在说：像这样一个和残废差不多的孩子居然也能混进一个战队？

在他身后，维京第一次发话了。声音洪亮自信，听不出丝毫的紧张。"我是安德·维京，你们的指挥官。铺位要按资历分配。"

传来几个新兵的叹息声。

"床位按年龄和入伍先后安排，老兵睡在房间里头，新兵睡在前面！"

叹息声停了下来。这与惯常的排位方式相反。维京在试着打破一些条条框框。不管他什么时候进宿舍，离他最近的都是新队员。这样，新队员就能得到他的关注，不至于被忽略。

豆子掉过身，往宿舍门口走。他是战斗学校里最小的孩子，与另外五名最新一批从新兵小队里调来的孩子一道，得到了离门最近的床位。豆子的床位在尼古拉对面的上铺，他俩来自同一个新兵小队，资历相当。

豆子费劲地爬上他的床，身上的急冻服碍手碍脚的。他把手掌按在橱柜上，没什么反应。

"初次升入战队的队员注意，"维京说，"直接拉开柜门就行了，没有锁。这里不存在私人隐秘。"

豆子费力地脱下急冻服，把它放进橱柜。

维京在铺位之间巡视一遍，以确定没人违反他的排位规定。然后不慌不忙地走到宿舍前头发话道："很好，全体士兵。现在穿上你们的急冻服，立即投入训练。"

豆子恼羞成怒地盯着他。维京刚才明明看见豆子在脱急冻服，为什么他不提醒一句，让豆子别急着脱掉它呢？

"我们早晨的训练安排是，"维京接着说，"吃完早餐后立即开始训练。学校规定在早餐和训练之间给大家一小时的自由活动时间。这个，要等我看过你们的表现后再决定。"

真是的。豆子感到自己像个傻瓜。维京当然会下令马上训练。他并不需要谁来提醒他别急着脱下急冻服。他本来早该料到这一手。

他把急冻服扔到地板上，溜下床。其他孩子大多在说话，相互拍打对方身上的急冻服，把玩他们的武器。豆子赶紧往身上套急冻服，但由于改衣服耽误了时间，他一直还没搞清楚衣服的搭扣方法。他脱下几片部件，想弄清楚教官们刚才是怎么把急冻服套到自己身上的，一时又看不出个所以然。最后他干脆把所有部件都卸下来，放在地板上，然后动手组装。

维京好像根本没看到豆子在做什么，瞄了他的表一眼。显然三分钟是他预定的时间。"好，全体士兵，立刻出发！离开宿舍。"

"可我还光着身子！"一个男孩嚷道。豆子的脑海里立刻闪过发出喊声的那个孩子的档案：安瓦，来自厄瓜多尔，埃及后裔。

"下次快点。"维京说。

豆子也还光着身子。而且，维京一直站在他面前，看着他和自己的急冻服纠缠不休。他本可以顺便搭把手帮我一下，他也可以再等两分钟。我干吗要把自己选到这个该死的战队里来呢？

"在我发出命令后三分钟，你们必须离开宿舍——这是这个星期的规定。"维京说，"下个星期改为两分钟。动作快点！"

一进走廊，飞龙战队的行军表演立即成为焦点。往教室走的孩子和在走廊里自由活动的孩子，都停下来看热闹。衣冠不整的队员自然成了被嘲弄的对象。

我是自己把自己调进这个战队的。豆子一边提醒自己，一边夹紧胳膊跑，他必须注意不能让急冻服的零配件掉到地上。

CHAPTER

13

飞龙战队

"我需要了解豆子的基因信息。"卡萝塔修女说。

"你没这个权限。"格拉夫说。

"我还以为我现在的安全调查等级可以让我接触所有机密呢。"

"我们新设了一个特别的安全等级,名叫'不给卡萝塔修女开门'。我们不希望你让任何别的人得到豆子的基因信息。而你已经准备好要将他的基因信息交给其他人去分析了,不是吗?"

"只是打算进行一个小试验。既然这样……那只好由你们来替我做了。我想把豆子的DNA和沃列斯卡的DNA做一下比对。"

"你是说,豆子的DNA克隆母本来自沃列斯卡?"

"上次向你汇报过情况之后,有个问题一直纠缠着我,格拉夫上校,你知道是什么问题吗?豆子身上没有任何一点像沃列斯卡。而且,我也想象不出豆子长大以后会和他一样。"

"可能是不同的成长方式造成了这种差异。"

"也许吧。但不能排除沃列斯卡撒谎的可能性。他虚荣心很强,十分自负。"

"那他说的全是谎言?"

"有这个可能。在父子问题上可能性最大。如果他的话是编造的——"

"那豆子的前景岂不更为黯淡？你认为我们没有对我们的基因变异者进行检查？不，沃列斯卡在这个问题上没说假话。安东发现的规律正像他所说的那样在豆子身上起作用。"

"对不起，请做过试验以后再告诉我结论。"

"仅仅因为你一个人不希望豆子是沃列斯卡的儿子。"

"我不希望豆子是沃列斯卡的克隆。同样，也不希望是你的克隆。"

"好看法。但我还是得告诉你，那个孩子有着明显的自负倾向。"

"如果你具有豆子那样的天赋，那么，对自己的正确评估在别人眼里看来可能就是自负倾向了。"

"不错，但用不着经常故意地显示出来，对吗？"

"呵呵。豆子对某些人的自尊心造成伤害了吧？"

"不是我。唔……是豆子的一个教官，有点儿吃不消他这一套。"

"我发现你不再对我说豆子的分数是华而不实的了。"

"是的，卡萝塔修女。自始至终，你都做得很对。他应该被送来这里。而且……呃，我们得说，你这么多年的辛勤工作，毕竟得到了回报。"

"那是给人类的回报。"

"我刚才说过了，豆子在这里的确能发挥巨大作用。但他并不是带领人类走向胜利的那个人。另外那个人才是轮盘赌的中心，我把全部家当都押到那个号码上去啦。"

多数队员都没有穿上急冻服爬梯子的经验。所以当豆子和另外几个光着和半光着身子的孩子去穿衣服时，维京就让穿戴整齐的队员在走廊里来回跑动热身。尼古拉帮豆子扣紧锁扣。要旁人帮忙，这使豆子感到有点羞愧,但如果自己最后一个穿好急冻服,那就更糟了。人人都会在事后说:就是那个乳臭未干的讨厌鬼,就是他拖了大家的后腿。在尼古拉的帮助下,他总算没有成为最后一个穿好急冻服的人。

一会儿之后,他们爬上了通向战斗室那层甲板的梯子。维京领他们来到上方大门口,这扇门开在战斗室墙壁的正中。与真正比赛中使用的大门一样。四面都有扶手,天花板和地板上也有。学员们可以借助这些扶手发力,控制自己在零重力环境下的运动。有一种说法是,战斗室的重力之所以接近于零,是因为它位于太空站中心,但豆子早已知道这是假话。若果真如此,门口一带应该有空间站自转离心力带来的明显重力感。但情形并非如此,从门口开始,整个战斗室就已经完全处于失重状态之中了。豆子由此推测,IF拥有一种能改变某一特定区域重力作用的装置,或者更有可能的是IF制造出了一个能克服自转离心力的平衡力场。

维京在走廊里把队员分列成四队,然后让他们跳起来,借助天花板上的扶手像打秋千一样荡进战斗室去。"在远处那堵墙集合,就像你正在冲向敌人的大门。"对老兵来说,这话的含义很清楚。但新兵们从来没参加过战斗游戏,所以根本不能理解这个命令的具体含义。"我一开门,第一排的四个马上跳进去,然后每过一秒钟,下一排的四个就立即跟上。"维京走到队员们后面,伸出手上的钩子。维京手里的钩子是一个控制器,用皮带牢牢系在左手腕上。他用钩子指了一下看上去很牢固的大门,大门立刻消失了。

"上!"第一组四个孩子向大门跑去。"上!"下一组在上一组还没到门口之前就得起跑。丝毫不能犹豫,不然后面的人就会一头撞到你背上来。"上!"第一组队员手忙脚乱地抓住扶手刚荡进战斗室,就控制不住身体,四下散开了。"上!"后面的小组设法从前面队员笨拙的姿势中汲取一点教训或学到一点技巧。"上!"

豆子在队列末端,是最后一组。维京拍了一下他的肩说:"如果你愿意，可以使用侧壁的扶手。"

好，豆子心想。现在你见我个头矮，把我当成吃奶的婴儿了。刚才我拼凑不起那该死的急冻服时，你却在一旁看笑话。

"去你的。"豆子说。

"上！"

豆子要腿脚非常飞快地摆动，才能与同组的三名队员保持相同速度。快到大门时，他纵身一跃，可惜只有手指尖触碰了一下天花板上的扶手，因此，豆子的身体刚刚穿门而入，就陷入了完全失控的状态，前后左右转个不停。

他没有去理会旋转，头脑冷静下来，一边利用他控制呕吐的老办法遏止胃部的不适，一边放松身体，直到渐渐靠近一面墙壁。他做好了碰墙的准备。运气不好，他碰墙的地方恰好没有把手，而且就算有，他现在也不可能找准正确的方位。所以他再次被墙壁反弹出来，但这回他在空中飞得比刚才平稳了一点。最后，他在离目标墙很近的天花板上停下来，比许多人更快到达预定地点。

维京镇静地从空中滑过。他可以在训练时借助钩子，在半空中做出别人无法做出的灵活动作。当然，在战斗竞赛中是不允许使用钩子的。所以指挥官们得警惕，不能让自己养成依赖这玩意儿的坏习惯。豆子满意地观察到，维京看上去根本没想过要借助钩子。他滑向一边，抓住一个距后面那堵墙约十步远的扶手，悬在那里。头下脚上，正好与大家相反。

维京盯住他们中的一个人，喝问道："你为什么头下脚上拿大顶，士兵？"

马上有几个士兵开始颠转自己的身体，想换成维京那样的姿势。

"立正！"维京厉声喝道。大家都不动了。"我在问你们为什么头下脚上拿大顶！"

豆子很奇怪那个士兵为什么答不上话。莫非他忘记了在送他来这里的太空飞船上，教官曾经做过的动作啦?

"我是说为什么你们每个人的脚都伸向空中，而头却冲着地板!"

一个叫谢默斯的孩子最后开口答道："长官，我们进来时就是这个样子。"说得不错啊，豆子想。比说什么零重力状态下没有方向感要具体得多。

"嗬!进来时的样子很重要吗?走廊里的重力方向很重要吗?这里有一丝一毫的重力吗?"

没有，长官。队员们都咕哝道。

"从现在开始，进入那扇门之前，必须忘掉重力。重力已经不存在了，消失了。明白我的意思吗?不管进门之前的重力方向怎样，一进战斗室就全都给我记住了——把敌方大门看作下方。你们的脚要朝向敌人的大门。向上是你们自己的大门。北面是那边。"——他指着刚才天花板的方向——"南面是那边，东面是那边，西面是——哪边?"

他们全都伸出手，齐齐整整地指向西面。

"我早知道你们就这点本事。"维京说，"只懂得排除法。之所以懂得排除法，那是因为你们只会在厕所里拉大便。"

豆子观望着局势，觉得眼下的情形很好玩。维京是在说，你们、如此、蠢、还得、我来、给、你们、揩、屁股，给你们补上基础功课。呃，也许真的有必要来这一手。先来个开始训练的仪式，来个下马威，当然啦……指挥官有权这样做。

维京瞄了豆子一眼，豆子正在转着眼睛四下瞧。

"简直是个马戏班子!你们这叫列队吗?叫飞行吗?全体听我命令，蹬墙发力，在天花板集合!快!动起来!"

豆子清楚其中的陷阱，他不等维京把话说完就一蹬墙壁，向开始进门时的那个方向冲去。大多数人跟着回过神来，蹬墙弹出，但相当多的队员还是弹向了错误的方向——他们冲向了维京称为"北面"的那个方向,而不是维京所说的上方。这次豆子瞅准扶手,很轻松地握住了。从前在新兵小队的战斗室训练中,他曾这样做过,但跟其他人不同,他个子太小,很可能落到一处四面够不着把手的地方。在战斗室里,胳膊太短是个明显的缺陷。他必须瞄准扶手周围一个很小的范围,而且到达时得有准头。在穿越整个房间的跳跃中,能做到这点相当不易。所以这回豆子感觉好极了,至少他看上去不像一只呆头鹅。事实上,他是第一个发力弹起,也是第一个到达指定地点的人。

豆子转过头,看着那些用了过多时间,经过两次跳跃才到达的队员。当他看清那些脸色发窘的家伙都是哪些人时,不禁略略有点吃惊。他们不该这么迟钝的呀,豆子想,可见注意力稍加疏忽就可能把大家都变成小丑。

维京再次注意到豆子,这次可不是只扫一眼。

"你!"维京指着他说,"哪里是下方?"

我们不是才从下方弹上来吗?"敌人大门的方向。"

"你的姓名,小家伙?"

得了吧,维京难道真不知道这个该死的学校中,最矮和成绩最好的孩子是谁?哼,如果大家非要来扮演一回拙劣的军士长和倒霉新兵的角色,那我最好还是按剧本要求说台词:"报告长官,我叫豆子。"

"起这个名字是因为长得像颗豆子还是脑袋只有豆子大?"

一些士兵哄笑起来,但笑的人不多。他们都知道豆子的名气。对他们来说,他的个头并不好笑——这么小个孩子在他们连题目都不理解的考试中,却总能取得最好的成绩,这让他们尴尬来不及呢。

"很好,豆子,你领会得很快。"

接着,维京转向大家,讲解应该如何通过大门:脚朝下方,也就是敌人大门的方向,那样可以使你在敌人眼里目标更小,因而被敌人击中和冰冻的可能性也就小得多。"好,那么,当你们的身子被冻住时,会发生什么事?"

"动弹不得。"有个队员说。

"这是冰冻的本意。"维京说,"我问的是你将会怎么样?"

在豆子看来,是维京提问的措辞不够准确。没必要让大家去苦苦理解这个提问。因此豆子大声道:"你会沿着当初的方向,以当初的速度继续推进。"

"正确。"维京说,"你们,后面那五个,动起来!"他指点着五个士兵。他们大眼瞪小眼地看了好半天才弄明白维京说的是哪五个,而这时维京已经把他们全冻住了,就冻在原地。练习中被冻住,过几分钟就会自动解除,当然指挥官也可以用钩子提前解冻他们。

"下面五个,动起来!"

话音刚落,七个孩子就忙不迭地发力弹出——有两个孩子根本没时间去数清楚到底自己属不属于"下面五个"。维京像刚才一样迅速把他们冰冻了,但他们已经弹开去,所以虽然被冻住,他们的身体还是迅疾地沿他们各自最初选定的方向飞出去。

而开始被冻住的那五个,却还待在原来的地方,身体在气流中无助地盘旋。

"看看这几个所谓的士兵,他们的指挥官命令他们行动,他们却反应迟钝。好好看看他们现在这个样子。不只是被冻住,他们被冻在这个地方,恰好挡住了自己人的去路。而其他队员,听到命令立即行动,他们被冻住的地点就在下方,塞住了敌人的路径,挡住了敌人的视线。我想你们当中懂得这个道理的不会超过五个。"

我们都懂这道理,维京。这儿的人可不是被错误选进战斗学校的白痴。我给你挑出的这些人是你能够得到的最好的士兵。

"毫无疑问,豆子是其中的一个,对吗,豆子?"

豆子简直难以相信,维京再一次冲着他来了。

只因为我小，他就利用我来让别人不自在。这么个小不点儿都知道的答案，怎么你们这些大个子却弄不明白呢？

不过，维京还没有意识到这点。他以为他得到的是一些无能的新兵和不合格的老兵。他还来不及看到他事实上拥有一支精选出来的队伍。他把我看成这次无聊抽签中的一个笑料。他现在发现我不是白痴，但他还认为其他人是白痴。

维京一直盯着豆子。哦，对了，他在问我问题呢。"是，长官。"

"那你说说，其中的重点是什么？"

把他刚说过的话重复说一遍不就行了吗？"接到行动命令时应当立即行动，这样如果你被冻住，就会弹开，而不是妨碍自己队友的行动。"

"非常好。我的战队里至少还有一个明白事理的士兵。"

这种说法只能让豆子成为战队中大家厌恶的对象。这是一个会将飞龙战队转变成一支传奇战队的指挥官该干的事儿吗？维京自始至终都在玩战斗学校那套老把戏，他正在把我孤立起来，想让我成为一只替罪羊。维京甚至没有查看一下我们的成绩，没有和教官们讨论一下手下士兵的具体情况。如果他来之前这么做过，就会知道我是整个学校里最聪明的学员。

豆子发现维京在士兵中激起了不满情绪。虽然只是一些眉来眼去的小动作。维京也许已经注意到这个"玩开小虾米"的游戏是在引火烧身，他很快把注意力转到了训练工作上。他教队员们怎样在半空采用跪立的姿势向敌人冲去——他甚至在队员们姿势做到位后，冰冻住他们的腿，让他们仔细体会这种动作——然后从双膝之间的缝隙开火，如此一来，队员们的腿就成了一面盾牌，抵挡住敌人的火力，在身体暴露之前争取到相当可观的时间。很棒的战术，豆子意识到，维京这些绝招将使他永远不会成为一个伤兵满营的指挥官。同时，他还感受到，队员们终于开始对他们的新任指挥官产生敬意了。

当大家都体会到这种战术的妙处后,维京解冻了自己和所有在示范过程中被冻住的士兵。"现在,"他说,"敌人的大门在什么方向?"

"下方!"他们齐声回答。

"我们的攻击姿势是什么?"

嘿,挺会问啊,豆子想,好像这个问题也能让我们齐声答出一样。唯一的答问方式是行动示范——所以豆子从墙上跃起身,向对面冲过去,同时从双膝间不停地向前射击。他做得不算完美——发力跃起时略有一点旋转——不过总体而言,第一次尝试这种动作,他已经做得相当漂亮了。

在他上方,传来维京的呵斥声:"只有豆子一个人知道该怎样做吗?"

这时豆子已经在远处的墙上停稳了,所有剩下的队员都跟在他后面,做出进攻的架势,猛烈射击。只有维京还留在天花板上。豆子幸灾乐祸地发现,维京现在的身体姿态以走廊的重力方向为标准——他的头冲着北方,就是走廊里的天花板方向。他尽管在理论上认识到了方向的灵动性,但在实践中,还是很难扭转习惯性的重力方向感。豆子自己转向东边,头朝西面。挨着他的士兵也学着他的样子调整身体姿态。维京也许注意到了这个细节,但他没有作声。

"现在,全体照着我来,攻击我。"

话音刚落,他的急冻服就成了四十支枪的靶子,他的战队一边向他聚拢,一边向他开火。"哎哟。"维京在大家靠近时说,"你们打中我了。"

队员们开心地笑起来。

"现在说说,你们的腿在战斗中有什么用处?"

没什么用,几个男孩说。

"豆子可不会这么想。"维京说。

看来他今天是打定主意揪住我不放了。嗯,他想听到怎样的回答呢?有人在咕哝"防护作用"。但维京没有首肯,因此他一定另有看法。"蹬墙发力,用腿最方便。"豆子猜测道。

"正确。"维京说。

"得了吧,蹬墙发力是一种移动方式,哪能叫战斗。""疯子"汤姆说。另外几个队员唧唧咕咕地表示同意。

嘿,又来了,豆子想。"疯子"汤姆就喜欢像这样与指挥官进行无谓的争吵,然后被指挥官扫地出门……

但维京并没有因为"疯子"汤姆的顶撞而生气。他只是转身朝着他,温和地说:"没有身体的移动就没有战斗。可是现在,你们的脚像这样被冻住了,还能蹬墙反弹出去吗?"

豆子一时想不出办法。其他人也想不出。

"豆子?"维京自然又点了他的名。

"我没试过。"豆子说,"但如果面对墙壁,弓起腰,也许——"

"说对了一半。都看着我,看仔细了,我背向墙壁,腿被冻住。因为我现在是跪姿,我的双脚正对着墙壁。通常蹬墙弹出时,你必须朝下用力,这样你就会像一颗'豆子'一样被弹出去,对吗?"

大家乱哄哄地笑成一团。豆子第一次意识到,也许维京不是那种发动全队来嘲笑一个小不点儿的傻瓜。也许维京早就知道豆子是这个战队里最聪明的孩子,因此把他孤立出来,让大家把所有的不满情绪都倾泻到他身上。今天的整个训练,就是要确立一个这样的模式:大家都拿豆子来打趣吧,虽然他聪明绝顶,我们还是可以轻视他。

不过,眼下而言,学习维京正在示范传授的技术比生闷气重要得多。所以豆子集中精力,观察维京怎样借助冰冻的腿离开墙壁。他注意到维京故意让身体保持旋转。这样要想在他飞行时击中他会异常困难,对隔得远的敌人来说，想彻底冰冻他几乎不可能。

我也许被激怒了，但这并不意味着我会放弃学习。

训练过程漫长而令人疲惫，一遍又一遍地演练新学到的所有技能。豆子发现，维京没有让他们把各种技巧分开来单独练习。他们必须马上学会全部技巧，并将这些技巧糅合到流畅连续的运动中去。

结束的时候，大家全都汗流浃背，精疲力竭，但是他们学到了原来从没听说过的新技术，这种充实的感觉使他们兴奋不已，满脸红彤彤的。维京把他们集合起来，宣布在自由活动时间还有另一次训练。"别提醒我说自由活动的时间是自由的。这点我清楚。自由时间里你想干什么都随便。我在这里，只不过是盛情地邀请大家，加入一个额外的、自愿的训练。"

队员们笑了。这个战队的孩子，以前从没有谁去参加维京组织的额外训练。现在维京发出一个明确的信息，要求他们改变初衷，但他们都不介意。一个上午训练下来，他们明白在维京的训练中，每一秒钟都不会白费，每一个训练机会都不容错过。不参加训练只会被大家远远地抛在后面。现在维京已经得到了支配他们自由时间的权利。就连"疯子"汤姆也没有二话。

豆子觉得，必须马上改变自己和维京之间的关系，不然他就不会有任何成为组长的机会。维京在今天的训练中想激起大家对他这个小不点儿的怨恨之心，这使豆子成为组长的希望更渺茫了——如果别的孩子都不把他放在眼里，谁还会心甘情愿地追随他呢？

因此，其他人都走了以后，豆子却独自留在走廊里等着维京。

"嗨，豆子。"维京说。

"嗨，安德。"豆子说。维京听出了豆子直呼他的名字是一种讥讽吗？所以他才在回答时略略停顿了一下？

"你应该称呼我'长官'。"维京轻声说。

"哦，得了吧，别对我来这一套，我们大家都把这一套当笑话看。"我知道你在干什么，安德……呃……长官，我警告你。"

"警告我？"

"我可以成为你手下最出色的士兵，但别对我耍花样。"

"否则？"

"否则我会成为最让你头痛的士兵。非此即彼。"豆子并没指望安德明白他话里的真正含义——只有安德完全信任他、尊重他，豆子才会充分发挥自己的能力，否则的话，他只会是个小孩子，什么都干不了。安德很可能会误解豆子的意思，误以为他说的是：如果不重用他，豆子就会给他这个当官的找茬儿生事。不过，也许他就是这个意思，至少包含着一点儿这个意思。

"那你想得到什么？"维京问道，"爱和亲吻吗？"

说直接点，那样他就不能假装不懂了。"我要一个战斗小组。"

维京走近豆子，俯视着他。不过，对豆子而言，维京没有马上大笑起来是个好兆头。

"你凭什么就该指挥一个战斗小组？"

"因为我懂得怎么指挥。"

"懂得怎么指挥很容易。困难的是让队员能听你的指挥。其他队员凭什么要听你这个小笨蛋的命令？"

维京一针见血，指出了问题的关键。但豆子讨厌他不怀好意地把自己称为"小笨蛋"。"他们以前也叫你小笨蛋，我听到过。邦佐·马利德现在还在这样叫你。"

维京有点冒火了。"我在问你问题，士兵。"

"长官，只要你不从中作梗，我就能赢得他们的尊重。"

没想到，维京居然咧开嘴笑了。"我这是在帮你呀。"

"你压根儿没帮我。"

"没人会注意你这么个小不点儿,大家只会觉得你可怜。但今天,我让他们全都注意到你了。"

去查一查,去访一访,维京,全校恐怕只有你一个人不知道我是什么样的人。

"他们会关注你的一举一动。"维京说,"现在,你想获得他们的尊重,唯一途径就是表现得完美无缺。"

"也就是说,我还没有机会好好学习,别人就可以随便对我评头论足了?"

"可怜的孩子,没人会公平地对待你的。"

维京的故作迟钝激起了豆子的怒气。

维京注意到豆子的气愤,伸出手把豆子向后推,直到把他抵在墙上。"我告诉你怎么才能得到一个战斗小组。向我证明你是个好士兵,向我证明你知道怎么调遣其他士兵,向我证明战斗中有人愿意追随你。然后你也许就能得到一个战斗小组。在此之前,你少给我怨天尤人。"

豆子没理会身上受到的压迫,心理上受到的压抑比生理上的更大。"这很公平。"他说,"只要你说的话算数,我就能在一个月之内成为组长。"

现在轮到维京发火了。他抓住豆子急冻服的前胸部位,手上用劲,把豆子贴着墙提起来,直到四目相对。"我从来说话算话,豆子。"

豆子对他咧嘴一笑。在低重力环境下,提起一个小孩子并不需要多大力气。况且维京也不是欺软怕硬的无赖,因此现在没有真正的威胁。

维京松开手。豆子从墙上滑下来,脚触到地时轻轻一弹,站稳了身子。维京走到立柱那里,溜到下层去了。豆子赢得了这次冲突的胜利,他激怒了维京。当然,维京心里也一定清楚,在这件事上他有点失控。

我可不像你,维京。我在要求别人做得完美无缺之前,会先给他们一个学习提高的机会。你今天不给我好脸色,但我却要给你机会,只要你明天和后天对我的态度好些,我就不与你计较。

但是当豆子伸出手去握立柱时,才发现自己的手抖得厉害,甚至没力气握紧立柱。他靠着立柱,歇了好一阵子,才平静下来。

这次与维京面对面的冲突,他并没有胜利,甚至可能是他做的一件愚不可及的**蠢事**。维京的那些讥讽和嘲笑已经对他构成了伤害。豆子一直把维京作为一个私下研究的主题,但今天他却发现维京居然对他一无所知。

人人都把豆子和维京放在一起比较——而维京显然从没听说过他,或者从没把他放在眼里。他压根儿没把豆子当回事。

我把自己写进花名册,把我的未来交到了这个男孩手中。我本指望他能看重我的才智,但他显然没有在意我。也许我需要给他时间。

如果还有时间的话。教官们现在的工作节奏越来越快。豆子要想在这支战队里向维京证明自己的实力,恐怕连一年的时间都没有了。

CHAPTER

14

兄 弟

"查出什么结果啦?"

"一个蛮有意思的结果。沃列斯卡确实说了一点儿谎。"

"我希望你们这次能把情况搞得精确些。"

"豆子不是沃列斯卡的克隆体。不过他们之间有些渊源。沃列斯卡虽然不能算豆子的父亲,却至少算他半个叔父,比表亲亲得多吧。真希望沃列斯卡自己有一个同父异母的兄弟什么的,有个表兄弟也好啊。因为只有这种人,才有可能成为沃列斯卡修改过的受精卵的父亲。"

"我想你能找到沃列斯卡的家族名单吧?"

"我们不必拿他的家庭成员来做试验了。沃列斯卡的母亲只有他这一个孩子。他跟着母亲姓。"

"那沃列斯卡的父亲一定还有别的孩子,只不过你们不知道他的名字。我原以为你们通天彻地,无所不知呢。"

"值得了解的事,我们才花费工夫去了解。恐怕这就是我们与你的区别吧。我们从没想过去找沃列斯卡的父亲。他没有犯过什么严重罪行。我们无权调查所有的人。"

"还有一件重要的事情。既然你们知道所有值得你们了解的事,也许你能告诉我,为什么那个经我亲手安排妥当的残疾孩子,被你们从他所在的地球学校带走了?"

"哦,那个孩子啊。你开始把他捧得那么高,突然之间却一句好话都不说了。我们觉得有点蹊跷,因此查了查他的情况。测试结果表明,虽然他不如豆子,但也是一棵值得培养的好苗子。"

"难道你们就没想过,我为什么不送他上战斗学校吗?"

"我们估计,你是怕我们选中阿喀琉斯而忽略了豆子,不管怎么说,豆子毕竟太小了,所以你只把你自己中意的一个选送来。"

"你们真有本事啊。我一直认为你们处事明智,就像你们一直认为我处事愚笨一样。现在我算看出来了,你们才是一帮自以为是的笨蛋。"

"我不知道基督徒也会生这么大的气。"

"阿喀琉斯已经到达了战斗学校?"

"他还处于第四次外科手术的恢复期。我们只能在地球上矫正他的腿。"

"那我给你们提个忠告。在豆子没离开战斗学校之前,千万别把他送去。"

"豆子才六岁,连进入战斗学校都嫌太早,要毕业,不知还得等多久呢。"

"如果你们非把阿喀琉斯送进学校不可,就把豆子送出来。只能这样。"

"为什么?"

"我凭什么要说出理由,让你们又来猜疑我呢?反正你们都蠢得不相信我的判断。我只想提醒你们,让他俩共同处在一个学校里,两个里多半有一个会被害死。"

"哪一个?"

"那得看谁先对另一个下手了。"

"阿喀琉斯说他在每件事上都感激豆子。他爱豆子。"

"我对你没什么好说的,你尽管相信他的话好了。不过到时候别把尸体交给我处理,自己想法子掩盖你们所犯的错误吧。"

"你这么说,未免显得有点无情。"

"我不想在任何一个孩子的坟墓前哭泣。我想要他们两人都活着。你们显然已经决定了,要让他们去进行一场达尔文式的'优胜劣汰'的生存竞争。"

"别激动,卡萝塔修女。我们会考虑你的意见。我们不是傻瓜。"

"你们就是傻瓜。我再也不会对你们抱有幻想了。"

不到一个星期,维京的战队已经像模像样了。希望和失望两种感觉,同时混杂在豆子的心头。希望,是因为维京正在建立一支差不多能应付一切情况的战队。失望,是因为维京做这些事时从不依赖豆子。

只经过几次训练,维京就选定了他的组长——全是交换名单上的老兵。事实上,老兵们都成了组长或副组长。不仅如此,维京还改变了通常的编队形式——由十个士兵一队组成的四个小组——他创造了八人一队的五个小组,而且训练时常常分为半个小组,队长和副队长分别统管一个四人小组。

从来没有谁把战队分得如此零散。这简直有点让人难以置信。维京尽量让每个组长和副组长拥有决策权。他分派下任务,然后让组长们自主决定该怎样去完成。有时他还将三个小组交给某个组长统一指挥,而他自己则指挥剩下的队员。分权分到这种程度,已经是最高限度了。

开始时一些士兵对此议论纷纷。训练之后,他们晕头转向地走向宿舍,几个老兵讨论着当天的训练——四人一队的十个小组。"谁都知道将战队拆散是输家使用的策略。"A组组长"苍蝇"莫洛说道。

"他不是把战队拆散。"豆子说,"他是把战队有效地组织起来。没有什么战略规则不可以变通。他的意图是将战队快速集中到战略要地,而不是让大家在多数时间里挤作一团。"

"苍蝇"瞪着豆子。"让你们这些小家伙听听我们的讨论,并不是邀请你发表意见。你懂不懂我们在说些什么?"

"你不信我说的话就拉倒。你本来就是个傻瓜,随便我再说什么你也不可能变得更傻了。"

"苍蝇"走向豆子,抓住他的手臂,把他拖到他的床边。

几乎在同时,尼古拉从对面的床上一跃而起,扑向"苍蝇"的后背,把他撞了一个趔趄。另外几个组长连忙过来拉开两人——怎么看这也是场滑稽的打斗,因为尼古拉的块头比豆子大不了多少。

"算了,苍蝇。"D组组长"热汤"韩楚劝阻道,"尼古拉觉得他是豆子的哥哥呢。"

"小孩子家家应该随便在组长面前说三道四吗?""苍蝇"莫洛狠狠地说道。

"你不服从我们的指挥官。"豆子说,"何况你本来就说错了。按你的观点,李①和杰克逊②在钱瑟勒斯维尔战役中都成了白痴。"

"他居然还不歇嘴!"

"因为和你说话的人长得矮小,你就可以否认事实吗?你怎么会愚蠢到这种程度?"豆子没当上组长的挫折感一卜子爆发了。而且,应该让大家知道事实。而且当有人在背后胡说八道时,维京也需要有个能站出来支持他的人。

---

① 美国内战时期南军将领,曾在钱瑟勒斯维尔战役(1863年)中指挥南军以少胜多,大获全胜。
② 李将军的重要部将,在钱瑟勒斯维尔战役中被友军误伤而死。

尼古拉站在下铺上，离豆子近得不能再近，表明两人是一伙的。"得了吧，苍蝇。"尼古拉说，"你还认得吗？这是豆子。"

然后，出乎豆子意料，"苍蝇"竟然不吭声了。在这一刻之前，豆子从没想过自己的名声会有如此巨大的力量。在飞龙战队里他可能只是普通一兵，但在全校，他却是战略学和军事历史学得最好的学员，而且显然每个人——或者至少可以说，除了维京以外的每个人——都清楚这点。

"我以后说话时会注意尊重你。"豆子说。

"这他妈的还像句话。""苍蝇"说。

"但你也同样应该注意尊重别人。"

"苍蝇"拼命想挣开紧紧抓住他的其他孩子。

"谈到维京时，"豆子说，"你说话就不够尊重。'谁都知道将战队拆散是输家使用的策略。'"他惟妙惟肖地模仿着"苍蝇"的语调。几个孩子大笑起来。最后，"苍蝇"也很勉强地笑了一下。

"OK，不错。""苍蝇"说，"我是有点出格。"他转向尼古拉说："但我还是一名军官。"

"在你把一个小孩子往床下拉扯的时候，你不是军官。"尼古拉说，"这是欺软怕硬的无赖才会做的事。"

"苍蝇"眨巴着眼睛，愣在那里。大家都明智地沉默着，看"苍蝇"会做出什么反应。"你说得不错，尼古拉。你刚才是在保护朋友，对抗无赖。"他的眼光在尼古拉和豆子之间转来转去。"嘿，你们两个小家伙看上去真像一对兄弟呢。"他回过身向他自己的铺位走去，其他组长也都跟着散去。一场危机化解了。

尼古拉盯着豆子看了一会儿说道："我从不觉得我长得像你那么难看。"

"如果我长大以后成了你这副模样，那我还不如现在就去自杀。"豆子说。

"你非得跟那些牛高马大的家伙干仗吗?"

"我没想到你会朝他扑过去,气势汹汹的,比一窝马蜂还厉害。"

"可能是我手痒痒了吧。"

"你?好好先生?"

"我近来感觉不怎么好。"他爬到豆子的上铺,坐在他身旁,这样他们就可以说些悄悄话了。"我不配留在这里,豆子。我不应该属于这支战队。"

"什么意思?"

"我对升入战队毫无心理准备。我太普通了,也许干不好这差使。就算这支战队里不全是天才,但这些家伙至少很杰出。人人都比我学得快。好多时候大家都学会了,我却还呆在那里想半天。"

"这只说明你十分用功啊。"

"我确实十分用功。你——你学什么都是一点就通,你总能一下子把握住精髓。我并不笨,给我时间我也能学会。只是……总比别人慢一步。"

"对不起。"豆子说。

"谁要你说对不起啦?这又不是你的错。"

是我的错,尼古拉。"嗯,你是想说,你不想成为安德·维京战队中的一员?"

尼古拉微微一笑。"他可真是好样的,对吧?"

"你也不赖呀。你能干好的。如果我们投入战斗,你会表现得和其他人一样优秀。"

"呃,也许吧。他们老是冻住我,把我扔来扔去。我简直成了一颗大炮弹。"

"你块头没那么大吧?"

"与你相比，所有人都是大块头。我发现你——每次吃饭都把你的食物分一半给别人。"

"他们配发给我的那份太多啦，实在吃不完。"

"我得学习去了。"尼古拉站起来，跳到对面他的床上去了。

豆子有时会为自己把尼古拉选进飞龙战队而感到忐忑不安。但又觉得等他们开始取胜时，那些不属于飞龙战队的孩子就会争着与他交换位置了。事实上，尼古拉现在显然对他的条件不如别人优越缺乏心理准备。但说到底，孩子们之间的差别其实并不明显。也许大多数队员都会产生和尼古拉相同的感受。但是，豆子刚才那番话没有能够鼓起他的信心，说不定反而加重了尼古拉的自卑感。

我本来不该那么说的，我是一个多么神经质的朋友啊。

再去见沃列斯卡没什么意义，头一回见面他就没一句实在话。沃列斯卡一定与他的同父异母兄弟（或者说远房表亲）有过接触——除此之外，他还能有什么办法得到含有此人DNA的受精卵呢？所以，卡萝塔修女想，自己不妨沿着这条线索追踪下去。

她很快了解到，沃列斯卡是住在布达佩斯的一个罗马尼亚女人的私生子。利用她所享有的安全权限稍加调查，卡萝塔修女就从这个女人那里打听出了沃列斯卡的父亲的名字，一个出身于希腊的联盟官员，不久前才被提拔到联盟霸主的参谋部里任职。调查这样的政界要员可能会遇到阻力。好在卡萝塔修女用不着去找爷爷辈的人谈这事。她只需搞清楚他合法婚姻所生的三个孩子的身份，就可以继续追查了。女儿可以排除在外，因为已经确定DNA片段来自男性。两个儿子里，卡萝塔修女决定先去拜访结婚的那一个。

朱利安的家在克里特岛，他在那里经营一家为国际防御联盟提供服务的软件公司。很明显这并非偶然，但与联盟中那些渎职和权钱交易等黑幕相比，裙带关系这种小小的腐败现象，简直可以说是诚实正直的了。至少可以说没什么大危害，因为国际联合舰队早已收回了联盟的预算控制权，而且看样子不打算再把权力下放给联盟了。但这样一来，联合舰队的文武官僚行政长官和将军手里却积攒了大笔可动用经费，远比霸主手里的多。霸主于是成了名义上的第一人，手中的权力却最小，无力采取什么行动。

卡萝塔修女给朱利安和他的妻子埃琳娜打电话，说想和他们见面，谈一点与IF有关的事情，他们立刻与她约定了时间。卡萝塔修女一到克诺索斯，就被接到他们的私人住宅。这对夫妻的家建在一座可以俯瞰爱琴海的断壁上。他们看上去焦虑不安——特别是埃琳娜，一副忧心如焚的样子，擦汗用的手帕都湿透了。

"对不起。"卡萝塔修女在对他们拿来的水果和乳酪表示过谢意之后说道，"请告诉我为什么你们会感到如此不安。按理说我的来访似乎不应该让你们产生这种感受啊。"

夫妻俩交换了一个眼色。埃琳娜声音发颤地问："你是说，我们的儿子并没做错什么事吗？"

有那么一会儿，卡萝塔修女疑心他们已经知道豆子的事情了——但这怎么可能呢？

"你们的儿子？"

"啊，他真的一切安好！"埃琳娜猛地哭出声来，她的丈夫跪在她身旁，她伏在他身上抽泣不止。

"你都看见了，让他去服役对我们来说有多么为难。"朱利安说，"所以当我们接到电话，您，一个修女，说要找我们谈一些与IF相关的事情时，我们还以为——是那种……呃，我们不由得心惊肉跳——"

"噢，太对不起了。我不知道你们有一个儿子在军队，否则我一开始就会把话给你们说清楚一些……现在我可有点担心你们会认为我不够诚实了。嗯，老实说吧，我找你们了解的问题是私人性质的，个人隐私。也许你们不愿意回答，但这问题对IF而言却比较重要。我向你们保证，你们据实说出的个人隐私没有暴露的危险。"

埃琳娜的情绪稳定了下来，朱利安也重新坐好，他们现在几乎是高高兴兴地看着卡萝塔修女。"哦，你有什么问题请尽管问。"朱利安说，"我们很乐意回答你提出的——任何问题。"

"只要我们知道，都会告诉你。"埃琳娜说。

"你们说你们有一个儿子，这就产生了一个问题，唔，让人可能有些疑虑，也许，从某种程度上说……你们的儿子是通过受精卵克隆孕育的吗？"

"嗯，是的。"埃琳娜说，"这不是秘密。我的一侧输卵管有缺陷，另一侧发生过一次宫外孕，我不能正常怀孕。而我们太想要一个孩子了，所以找人提取了几个我的卵子，用我丈夫的精子受精，然后将我们选出的几个受精卵进行克隆。一共克隆了四个受精卵，两个男孩，两个女孩，每个复制了六份副本。迄今为止，我们只将其中的一份进行了移植生育。他是一个那么——那么特别的男孩，我们当时分不出精力来再养育一个孩子。我们把他交给IF去培养。呃，我们一直还想要一个女儿。现在是时候了。"她握住朱利安的手，甜甜地笑着。他也向她报以微笑。

朱利安与沃列斯卡之间的反差太大了，很难相信他俩有任何共同的遗传基因。

"四个受精卵各有六份副本？"

"加上原版是六份。"朱利安说，"这样做，我们就可以挑选出最好的一份来进行移植受孕。"

"那么，总共有二十四个受精卵。其中只有一个进行了移植受孕？"

"是这样，我们十分幸运，第一次就成功了。"

"还剩下二十三个受精卵。"

"正是。"

"德尔菲克先生,剩下的二十三个受精卵都被妥善贮存起来,等着移植受孕吗?"

"当然。"

卡萝塔修女想了一下,问道:"你最近查问过吗?"

"上周刚问过。"朱利安说,"我们说想再要一个孩子。医生向我们保证那些受精卵完全没问题,只需提前几小时通知一声,就可以进行移植受孕。"

"但医生真的检查过吗?"

"这就不清楚了。"朱利安说。

埃琳娜又显得有点紧张起来。"你得到了什么消息吗?"她问道。

"没有。"卡萝塔修女说,"我在查找一个特殊孩子的遗传基因的来历。我只不过想搞清楚会不会与你们的受精卵有关系。"

"当然不会有什么关系。除非他是我们的儿子。"

"请保持镇静。我需要知道经管这事的医生的姓名,还需要知道你们的受精卵保存在哪个实验室。你最好能马上给那个医生打个电话,让他本人到实验室去一趟,一定要他亲自去看看那些受精卵。"

"没有显微镜他们也看不到。"朱利安说。

"让他看看有没有被弄浑。"卡萝塔修女说。

夫妻俩又开始惴惴不安了,他们完全不清楚发生了什么事。朱利安把医院和医生的名字告诉卡萝塔修女。卡萝塔修女立刻来到走廊,她在用手机与IF设在雅典的总部通话时,眼睛却一直凝望着爱琴海上的点点白帆。

不管是她等到回复的电话,还是朱利安得到答案,可能都要过几个小时才会有结果。三人努力控制住自己的情绪,尽量做出一副若无其事的样子，到附近去散步。这里的景色既有古典风味，又有现代气息，四围郁郁葱葱，一抬眼就望见无边无际的海洋，海面上吹来的微风清爽宜人。卡萝塔修女饶有兴趣地听朱利安谈起他的公司，听埃琳娜讲到她的教学工作。她不再觉得他们是通过政府关系而发家致富的了，不管朱利安是怎么得到合同的，总之他是一个热诚严谨的软件发明家，而埃琳娜也是一个热爱本职工作的好老师。"刚一开始教育我们的儿子，我就知道他极有天赋。"埃琳娜对卡萝塔修女说，"但直到看见他的学前测试成绩，我们才第一次认识到他的才华完全符合IF的要求。"

卡萝塔修女精神一振。她原以为他们的儿子早已长大成人，毕竟这对夫妇并不年轻。"你们的儿子几岁？"

"今年满八岁了。"朱利安说，"IF寄来过一张他的照片，看上去完全是个穿制服的小大人啦。但IF不让我们与他多通信。"

原来他们的儿子也在战斗学校。这对夫妇看上去已经四十出头了，不过他们可能很晚才决定要孩子，而埃琳娜的宫外孕使正常的妊娠生育化为泡影。这么说，他们的儿子只比豆子大两岁。

这意味着，格拉夫可以将豆子的基因密码同德尔菲克的孩子相比较，以确定豆子是否是同一个受精卵的克隆副本。接下来就可以检验，与没有修改基因的另一个孩子相比，按照安东的理论，修改基因后的豆子有哪些不同。

但愿豆子真是他们的孩子。二十三个受精卵，与沃列斯卡在"整洁的地方"培育的二十三个婴儿刚好对上号——她还能推断出什么别的结论呢？

不久就有消息传来，卡萝塔修女先接到电话，跟着德尔菲克也接到电话。IF的调查员和医生一起赶到医疗中心，发现那批受精卵已经失踪。

德尔菲克几乎不能承受这个打击。卡萝塔修女体贴地起身出门，好让他们夫妻俩能单独待上一会儿。不过他们很快又把她请回屋里。"具体情况，你能对我们讲多少？"朱利安问，"你来找我们，因为你觉察到我们的宝宝可能被带走了。请告诉我，孩子们出生了吗？"

卡萝塔修女很想以军事秘密做借口，把这个问题搪塞过去。

"朱利安，埃琳娜，实验室里出了点意外事故。他们可能全都过世了，呃，还不能确定什么。把它想成一个意外事故，嗯，可能会更好些，是吧？逝者已矣，你们还是别多想，别再给自己增加烦恼了，好吗？"

埃琳娜的目光咄咄逼人地看着她。"请你告诉我，卡萝塔修女，你真的热爱上帝！"

"呃……受精卵被一个……罪犯偷走了，通过非法妊娠生了下来。在他的犯罪行为被发现时，他给他们服下了镇静剂……孩子们离开世界时……没受什么罪。"

"这个罪犯将被审判吗？"

"已经判了罪，终身监禁。"卡萝塔修女说。

"已经判啦？"朱利安问，"我们的宝宝是什么时候被偷走的？"

"大概七年前。"

"哦！"埃琳娜的泪水夺眶而出，"那么我们的宝宝……他们死的时候有……"

"不到一岁，他们还都是婴儿。"

"为什么偏偏要偷我们的宝宝？他偷走他们想干什么？卖掉他们？还是……"

"不管怎么说吧，罪犯没能实现他的计划。"卡萝塔修女说。沃列斯卡的实验可不能说，那属于真正的机密了。

"凶手叫什么名字？"朱利安问。看见她有点犹豫，他口气更坚决地继续问："他的名字在公开记录的文件上，不难查出吧？"

"鹿特丹的刑事法庭做的记录。"卡萝塔修女说，"罪犯叫沃列斯卡。"

朱利安如遭雷击——但他立刻控制住了自己。埃琳娜没有注意到丈夫在这一瞬间的失态。

看来他知道他父亲那个情妇的不少事，卡萝塔修女想。那么他就应该了解沃列斯卡这样做的部分动机。私生子绑架了婚生子的孩子，拿他们做实验，最后害死他们——而婚生子居然被蒙在鼓里长达七年。不管怎么说，没有一个名正言顺的父亲，使沃列斯卡心怀嫉恨，终于下手报复。对朱利安而言，可以说是因为父亲当年不检点的行为，导致了现在的损失，并且给他和他的妻子带来了痛苦。

"对不起。"卡萝塔修女说，"我不知道该说些什么来减轻你们的痛苦，但不幸中的大幸是，你们养育了一个孩子。"

"他离我们有一百万英里远。"埃琳娜哭道。

"我不太清楚……你是否知道，战斗学校能不能因为发生了这样的事，而让孩子回家探访一下。"朱利安说，"他名叫尼古拉·德尔菲克。"

"太对不起了。"卡萝塔修女说。提醒他们想起那些宝宝实在是糟透了。"我很抱歉，我的造访给你们带来了这样不幸的消息。"

"但你找到了你想找的东西。"

"是的。"卡萝塔修女说。

朱利安觉察到点什么，不过当着妻子的面他没说出来。"你现在就要去机场吗？"

"是的，军队的车一直在等我呢。开车的军人倒的确比出租司机有耐心。"

"我送你上车。"朱利安说。

"别，朱利安。"埃琳娜说，"别离开我。"

"亲爱的，我马上就回来。不管发生什么，我们对待客人总得周到有礼吧。"他握住妻子的手，柔声说道。接着朱利安为卡萝塔修女打开门，陪着她一同出去。

一路往汽车走去,朱利安说起他刚才觉察到的问题:"我父亲的私生子既然已经进了监狱,那么,你不会仅仅因为他所犯下的罪行来找我们。"

"你说得不错。"她说。

"我们的孩子,有一个还活着吧。"

"这不在我的职权范围内,本来我不能对你说的。"卡萝塔修女说,"但我首先忠实的是上帝,而不是IF。告诉你吧,如果死在沃列斯卡手中的二十二个孩子是你的后代,那么第二十三个可能活下来了。遗传实验中有一个幸存者。"

"但没人对我们讲过。"朱利安说。

"是的。"卡萝塔修女说,"短时间内不可能。说不定永远都不行。但将来有一天如果我对此事有了决定权,那我一定想办法让你们见到你们的第二个儿子。"

"他是……嗯,你见过他吗?"

"如果他真是你的儿子。"她说,"是的,我见过他。他的生活状况一度很艰难,不过他心肠好,是个值得让父母引以为骄傲的好孩子。请不要再问我什么问题。我已经说得太多了。"

"能把这事对我妻子说说吗?"朱利安问,"让她知道这事对她好不好呢?"

"女性和男性区别很大。相比之下,让你知道这事更好一些。"

朱利安点点头。"我清楚你并不是给我们造成打击的人,你只是如实传达消息。可惜你的来访不能给我们带来愉快的回忆。但我希望你明白,我理解你的难处,你在传达让人不快的消息时,非常仁慈。"

她微微点了点头。"你也一样,很艰难的一个小时,而你对我的友善态度始终没有改变。"

朱利安为她拉开车门。她坐上车,收回腿。朱利安正准备为她关好车门，修女忽然想到一个问题，一个很重要的问题。

"朱利安，我知道你们想再要一个女儿。但如果得到的是一个儿子，你们会给他起什么名字呢？"

"我们的第一个孩子用的是我父亲的名字，叫尼古拉。"他说，"埃琳娜希望第二个儿子用我的名字。"

"朱利安·德尔菲克。"卡萝塔修女说，"如果真是你的儿子，我想他一定会为继承父亲的名字而感到骄傲。"

安德森少校看着桌子对面坐着的男孩说："真的，尼古拉，没什么特别重要的事。"

"我在担心我是不是做错了什么。"

"不，不。我们只是注意到，你像是豆子的一个特殊朋友。他交的朋友可不多。"

"那不是他的问题。迪马克在太空飞船上故意使他成为别人嫉恨的目标。现在安德一来，也学迪马克那一套。我想豆子能够应付这种局面，但他那么聪明，免不了会让许多孩子恼火。"

"但你却不会。"

"唔，他把我也惹火过。"

"但你仍然是他的朋友。"

"嗯，交不交他这个朋友我其实无所谓。只不过我在新兵小队的铺位碰巧在他对面。"

"不对，你是自己调换到那个铺位去的。"

"真的吗？唔，呃。"

"而且当时你并不清楚豆子有多聪明。"

"迪马克在太空飞船上告诉大家，豆子是我们所有人中分数最高的一个。"

"你为什么想接近他?"

尼古拉耸耸肩。

"你的行为没有错,你很友善。"安德森少校说,"也许我是个愤世嫉俗的老顽固吧,但我看到这种难以解释的事情,还是想知道个究竟。"

"他长得太像我小时候照片里的样子了。这个解释很笨是吗?看见他我就会想,他和可爱的小尼古拉宝贝一模一样。我妈妈总是拿着我小时候的照片,叫我可爱的小尼古拉宝贝。我从没觉得那些照片像我。我是大尼古拉。照片里那个才是可爱的小尼古拉宝贝。我过去一直想,照片里是我的小弟,我们只不过正好同名:'大尼古拉'与'可爱的小尼古拉宝贝'。"

"我觉得你好像在为这种感觉害羞?大可不必。你的表现很正常啊。"

"我希望自己有个弟弟。"

"不少有弟弟的人巴不得没弟弟才好呢。"

"但这个弟弟是我自己找的。他和我相处得很好呀。"尼古拉听着少校的奇谈怪论不觉笑起来。

"你看见豆子,然后觉得他与你曾经想象出的那个弟弟一样?"

"起先是这样。现在我更了解他了,他比我想象的更好。就像……怎么说呢,有时他是个需要我照顾的小弟弟,有时他却又像个大哥哥那样照顾我。"

"举个例子?"

"哪方面的?"

"那么小的男孩——他怎样照顾你呢?"

"他给我忠告,帮助我学习功课。我们一起做一些训练。他几乎在每件事上都比我出色,而我只是年龄大点罢了。我觉得我喜欢他要超过他喜欢我。"

"也许吧，尼古拉。但我们可以肯定的是，与其他孩子相比，他更喜欢你。只是……呃，迄今为止，他在交友方面表现出的能力不如你强。我希望我问你的这些问题，不会影响你们之间的友谊。我们不勉强谁和谁做朋友，不过我期待你和豆子的友谊能一直保持下去。"

"我不是他的朋友。"

"噢？"

"我刚才跟你说过了，我是他的兄弟。"尼古拉露齿一笑，"一旦你拥有一个兄弟，那你是不会轻易放弃他的。"

CHAPTER 15
勇 气

"从遗传基因分析,他们是同卵双胞胎。唯一的差别是根据安东的研究进行基因重组造成的。"

"那么说德尔菲克有两个儿子。"

"德尔菲克只有一个儿子,尼古拉。他一直和我们在一起。豆子是在鹿特丹大街上发现的孤儿。"

"仅仅因为他被绑架过,就连身份都没有啦?"

"法律在这一点上规定得很清楚。受精卵是一种财产,不被看作生命。我知道这对信奉宗教的你来说是个敏感问题,但IF必须受法律的约束,不能——"

"IF不过是利用法律达到自身的目的而已。我知道你们正在进行一场战争。我知道有些事超出你们的权力范围,但战争不可能永远打下去。我只有一个请求:把相关信息独立出来——和其他记录分开存档。这样战争结束时,才可以保住这些证据,事实才不会一直被隐藏在黑幕中。"

"当然会像这样了。"

"不,并不一定像这样。你知道一旦虫族被打败,IF就没有继续存在下去的理由了。IF要想继续存在,只能试着打出维护国际和平的旗号。到那时,在国家主义的风暴中,联盟政权将岌岌可危。而IF将分裂成许多小集团,每一个集团都会有自己的领袖。但愿上帝保佑我们,让所有这些小集团,这些武装舰队,不要用他们的武器来攻击地表。"

"你花在读《启示录》上的时间是不是太多了。"

"我可能不如你们学校中的孩子那么有天赋,但我知道现在地球上的舆论倾向。在网络上,一个名为德摩斯梯尼①的政客极力煽动西方世界的不满情绪,说什么官僚们在暗中大搞非法勾当,使新华沙条约组织大占上风。更可怕的宣传来自莫斯科、巴格达、布宜诺斯艾利斯等地区。很少有像洛克②那样理智的声音。但是他们不过是在鼓唇弄舌,终会被人遗忘。对于将来肯定要发生的世界大战,你和我一样无能为力。但我一定要尽全力确保这些孩子不会在这场游戏中被当成棋子。"

"要他们不成为别人手里的棋子,那只有一种可能:他们自己做棋手。"

"这些孩子是你一手训练提拔的,你应该不至于害怕他们。给他们机会,让他们在棋盘上搏杀去吧。"

"卡萝塔修女,我的工作是为人类与虫族的决战做准备。我一心只想着,怎么才能把这些孩子培养成完美可靠的指挥官。我的眼睛就盯住这一点,看不到其他东西。"

"根本不用你去看。你只需留出一扇门给他们的家庭、他们的国家就行。他们自然会响应自己家庭和国家的召唤。"

"我现在没时间思考这些事。"

"现在是你行使这一权力的唯一机会。"

---

① 古希腊雄辩家,主张雅典应该反对和限制马其顿的扩张。
② 近代英国经验主义哲学家,著有《政府论》。

"你高估了我。"

"你低估了自己。"

飞龙战队成立一个月后的一天早晨,亮灯才几分钟,维京就挥着一张小纸片进入宿舍。那张小纸片是战斗命令,他们要在七时对战狡兔战队。早饭嘛,只好免了。

"我不希望有谁在战斗室里吐得满地都是。"维京说。

"至少得让我们撒泡尿吧?"尼古拉问。

"最多撒十公升。"

大家都笑了,不过他们还是很紧张。作为一支新组建的只有少数老兵的战队,他们不敢奢望取胜,但他们也不想丢丑。他们努力使自己放松——有的沉默,有的喋喋不休,有的互相打趣,有的则板起脸来,还有一些闭着眼躺在铺位上。

豆子观察着他们。他试着回想波可团伙中的孩子是否也会这样做。马上他就意识到,不会的,他们太饿了,饿得丧失了羞耻感。只有吃饱的人才会害怕眼前这种事情。街头那些欺软怕硬的无赖倒和这帮孩子差不多,害怕出丑露乖。毫无疑问,那些无赖在排队时做出的种种姿态就是这样的。他们总想出风头,他们明白周围的眼睛在看着他们。他们既害怕打架,又盼望打架。

豆子拉出急冻服,但他忽然想上厕所。他赶紧滑到地板上,扯下挂钩上的毛巾,在身上围好。一瞬间,他脑门里闪过自己爬进通风管道那个夜晚的情景,当时他的毛巾就扔在铺位下面。他现在长高长大了一点,再也进不去那里了。他仍然是战斗学校中最矮的孩子,他有点怀疑别人是否注意到他的成长,他自己清楚胳膊和腿都长了一截,伸手够什么东西时容易多了,不需要像原来那样总是一蹦一跳的。在健身房的识别器上扫描掌纹,他现在只要稍一踮脚就能做到。

我已经变了，豆子想。身体当然是不用说的。另外，我的思维方式也变了。

尼古拉还躺在床上，用枕头盖着脸。看来每个人都有自己的一套放松方法。

其他孩子忙着上厕所，喝水，唯有豆子一人觉得需要淋浴。有些队员以前常常嘲笑他，问他水从那么高淋下来，是否还是热的，但现在这个玩笑过时了。豆子现在特别想站在蒸汽中，让雾气笼罩着自己，眼前的一切都变得朦胧不清，连镜子都变得模模糊糊。在这种环境里，豆子爱把自己想象成什么人，他就是什么人。

有朝一日，他们都会像我了解自己一样了解我。我比他们所有人都重要，智力超人、目光远大、影响力深远，肩上能挑最重的担子，他们只能挑梦想的担子。在鹿特丹的时候，我一心只想生存下去。但在这里，吃得饱饱的，我要找回我自己，我要展现力量。

比维京更伟大。

这个念头刚从他的脑海中冒出，或者刚试图冒出来，他就否定了：不，我和维京之间不存在比较。世界是可以同时容纳两个伟人的。像相互为敌的李和格兰特①、俾斯麦②和迪斯雷利③、拿破仑和威灵顿④，就是同一个时代的伟人。

不，不能那么比较。维京和我，应该像林肯和格兰特，两个共同战斗，共同工作的伟人。

---

① 美国第十八任总统，美国内战时期曾任北军总司令，打败南军后接受了南军统帅李将军的投降。
② 德国政治家，德意志帝国第一任首相。
③ 英国政治家，曾任首相，为扩大英帝国的权力和范围起了很大的推动作用。
④ 英国将军和政治家，在滑铁卢战役中指挥英国军队打败了拿破仑。

可是,他又心烦意乱地想到,这种情形太罕见了。拿破仑从来无法容忍他手下的军官拥有真正的权威,一切胜利都得记在他的头上。奥古斯都①身边有谁是伟人呢?还有亚历山大?他们有朋友,有对手,却从来没有搭档。

那就是维京压制我的原因吗?他明明知道我比其他飞龙战队的队员更有头脑,但还是排挤我。因为我对他是一个明显的威胁。我第一天就明确告诉他我要求晋升,他对我做的一切,是想让我放明白点,只要他还在这个战队,我就别指望着晋升。

有人进了浴室。因为水雾弥漫,豆子看不清是谁。其他人这时候应该都在做准备活动了吧。

来人穿过雾气,走到豆子淋浴的这一格。是维京。

豆子站在那里,一身肥皂泡。他感到自己像个白痴。脑子里迷迷瞪瞪,竟然忘记了冲洗,傻愣愣地站在雾气里。他回过神来,赶紧站回到水流下面。

"豆子?"

"长官?"豆子转身对着他,维京站在他淋浴的格子前面。

"我想,我已经下命令,让所有人都去健身房。"

刚才的情景出现在豆子的脑海里。不错,维京已经命令,让每个人穿上急冻服到健身房热身。

"对不起。我……想起一些别的事……"

"每个人在第一次战斗前都会紧张。"

豆子悔恨不已,不该让维京看到自己的愚蠢,连一个命令都记不住——豆子是个能记住一切事的人。而维京现在想让自己领他的情,说

---

① 罗马帝国第一任皇帝。

什么每个人都会紧张!

"你不会。"豆子说。

维京本来已经走开几步,听到这话又掉头走了回来。"我不会?"

"邦佐·马利德下令不准你使用武器,你只需像个模型一样不动弹就行了,那样做你自然不会紧张。"

"不,"维京说,"我当时很气愤。"

"总比紧张好些。"

维京离开几步,再次转过身来。"你气愤吗?"

"在淋浴之前,我的确撒了泡尿。"①豆子说。

维京露出笑容,但马上又板紧面孔。"你迟到了,豆子,而且到现在还没有冲干净。我已经让人把你的急冻服带到健身房去了。我们大家都等着看你的屁股呢。"维京把豆子的毛巾从挂钩上拉下来,"我们等你下来。动作快点。"

维京走了。豆子怒气冲冲地关掉水龙头。这样做并不必要,维京应该清楚。在别的士兵吃完早饭回来的时候,让他光着身子湿淋淋地穿过走廊,这种做法下流而且愚蠢。

凡是能羞辱我的事,他就抓住不放。

豆子,你个白痴,居然一直站在这里。你可以冲到健身房去让他难堪,但是你却自做蠢事,简直是愚蠢透顶。为什么会这样呢?完全没有道理。

而且还站在这里,呆若木鸡。我是个胆小鬼。

这个想法一闪过豆子的脑海,强烈的恐惧感就猛地攫住了他,使他

---

① 英文中"piss"一词可作"撒尿"解,也可作"气愤"解。这里豆子利用双关语和安德开了个玩笑。

一时摆脱不开。我是那种一害怕起来就没了主意,理不清头绪的家伙。一个控制不住自己的迟钝的傻瓜。但我在鹿特丹并不是这个样子,要不然我早就死了。

但我也许真的是个胆小鬼。也许那就是当我看到波可和阿喀琉斯单独待在码头的时候,没有发出警报的原因。如果我当时挺身而出,那么有证人在场,他就不敢杀死她。但是我逃跑了,我太懦弱,不敢行动。我太害怕做错事情。

同样,当阿喀琉斯躺在地上的时候,我之所以让波可杀死他,可能也因为我胆小。其实我错了,波可才是对的。因为任何被她捉住的无赖都会怀恨在心——并且很容易立即反抗,说不定一翻起身来就杀掉她。阿喀琉斯才是最适合豆子那个计划的人选,可能在那条街上再也找不出第二个来。但是我害怕了。杀死他,我说。因为我想临阵脱逃。

尼古拉忽然出现在浴室门口。"你肚子拉得真不是时候。"他说。

"什么?"

"我对安德说你在拉肚子,整夜没有睡觉,所以你才去淋浴。你病了,但不想告诉他,因为你不愿意错过第一场战斗。"

"我太害怕了,怎么也放松不下来。"豆子说。

"他把你的毛巾给了我。他说拿走它是很愚蠢的。"尼古拉进来把毛巾递给他,"他还说在战斗中他需要你,所以很高兴你能如此顽强。"

"他不需要我,他甚至从没想到过我。"

"快点,豆子。"尼古拉说,"你能行的。"

豆子用毛巾擦着身子。手里有事做,感觉一下轻松多了。

"我想你已经擦得够干啦。"尼古拉说。

再一次,豆子意识到他还在发愣。他把自己擦了又擦,一遍又一遍。

"尼古拉,我这到底是怎么啦?"

"你在担心你一出场只是个小不点儿。嗯,明说吧:你本来就是个小不点儿。"

"你也一样。"

"一句话,要咬紧牙关挺住。你不总这么对我说吗?"尼古拉笑了,"来吧,如果我能做到,你当然也能。"

"尼古拉。"豆子说。

"又怎么啦?"

"我真的必须去拉泡屎了。"

"我真心希望你不会想要我给你揩屁屁吧?"

"如果三分钟后我还没出来,你可得进来看看我。"

一身冰冷,却满头大汗——他从没想过这两种情况会一同出现。豆子进了一格便池关上门。腹中绞痛不止。放松肠胃以后,都没有感到好受一些。

我在怕什么?最后,他的消化系统终于战胜了他的神经系统。感觉好像在一瞬间把吃下去的所有东西,全都从身体中挤出去了。

"时间到。"尼古拉说,"我要进来啰。"

"别,有生命危险。"豆子说,"我完事了,马上出来。"

现在腹中空空,干净了。他只在他唯一真正的朋友面前丢了点小面子。豆子从厕所里出来,围上他的毛巾。

"多谢你没让我成为一个撒谎的人。"尼古拉说。

"什么?"

"你真的拉肚子了。"

"为了你,就算拉痢疾我也在所不辞。"

"你可真是够哥们儿啊。"

他们到达健身房的时候,大家都穿好了急冻服,正准备出发。尼古拉帮助豆子穿急冻服的时候,维京让其他人躺在垫子上放松一下。在维京命令他们起身之前,豆子甚至还有时间休息两分钟。六点五十六分。

通往战斗室的路上用了四分钟,维京把时间掐得很准。

当他们跑过走廊的时候,带头的维京不时跳起来,用手触碰天花板。后面的士兵们也纷纷跳起,触碰同一处地方。只有几名小个子没跟着跳。豆子心里耻辱、怨恨和恐惧的混杂情绪还在燃烧,他不想跳起来。属于这个团队,你才会自然而然地做出这种举动。但他并不觉得自己属于这个团队。他只能在课堂上发出光辉,现在露馅了:一个胆小鬼。他根本没有资格属于这支战队。如果他连玩游戏都害怕,那在真正的战争中还会有什么价值呢?

到达战斗室门口后,维京用了点时间让他们按小组排好队,然后提醒他们:"哪个方向是敌人的大门?"

"下方!"大家异口同声。

豆子张张嘴,只做出一个口形。下方。下方下方下方。有什么好法子让自己不再像一只呆头鹅呢?首先不能再走神啦,你这个笨蛋!

他们面前那扇灰色的门消失了,战斗室展露出来。里面光线暗淡——不是黑暗,但是模模糊糊看不清究竟,只有在狡兔战队的队员们活动时,他们才能借着敌人急冻服上的反光确定敌军大门的方位。

维京并不急着通过大门。他站在那里审视战斗室里的形势,只见开放的栅格内,零散地分布着八个"星星"——做掩体和障碍物用的大块立方体,给双方提供攻击和防守据点。

维京把第一个任务交给C组,正好是豆子所在的"疯子"汤姆统率的小组。命令用悄悄话的方式传递下来:"安德让我们贴住墙移动。"接着有了更具体的指令:"汤姆让我们屈膝,冻住双腿,靠着南面的墙进入。"

他们的身躯如风摆荷叶一般,悄没声地潜入战斗室,借助天花板上的把手向东墙推进。汤姆传令:"他们正在组织战斗队形。我们要突出奇兵,打击他们的嚣张气焰,让他们惊慌失措,顾此失彼。我们射击完毕,立刻躲到那颗星星后面去。瞄准射击,不要犹豫,尽量杀伤敌人的有生力量。"

豆子下意识地完成了每个动作，全都准确无误，这是上百次重复训练的成效：屈膝冻腿，进入指定位置，正确移动身体。豆子做得和队友一样棒。

他们贴墙前进，这样每进一步都能够得着墙边的扶手。冻住的腿一团暗黑，正好遮住他们急冻服上的反光，除非敌人离他们非常近，否则很不容易发现他们。维京在大门附近做了些什么事，转移开狡兔战队的注意力。他做得漂亮极了。

接近对手了，"疯子"汤姆对副组长说："分头行动，向那颗星星弹射——我负责北面，你负责南面。"

这是"疯子"汤姆和他的小组操练纯熟的阵形。现在正是发挥威力的时候。从不同的方向突然冒出两队射手，一定会让敌人大吃一惊。

他们停下来，身体借着墙壁用力一弹，当然，这样做，急冻服上闪烁的反光就很显眼了。果然，狡兔战队的几个士兵发现了他们，吆喝着发出警报。

但是，C组已经散开了，一半队员向南，另外一半向北，正对着地面的死角。豆子开枪射击，敌人也朝他开火。他听到耳边有人小声说他的急冻服被击中了，他定一定神，慢慢扭动身体，离开敌人，让他们的光束不能集中在他身体的某一点上，避免被冻住。这时，他发现自己的手臂一点也没有颤抖，与身体配合完美。他的长期练习有了回报。一个漂亮的歼灭战，敌人被冻住一大片。

在撞到墙壁，转身向集合点的那颗星星反弹之前，他还有一秒钟的时间。他利用这一秒钟又击中了一个敌人，然后才抓住星星上的一个扶手说："豆子报到。"

"损失三人。""疯子"汤姆说，"但是他们的队伍会全都进地狱的。"

"现在怎么做？"一个队员大声问道。

战斗进行期间,他们彼此之间得喊叫着说话才能听得清楚。

"他们派了十二个家伙向我们这颗星星攻过来。"豆子说,"想从东西两个方向包抄我们。"

他们都看着他,仿佛他在说梦话。他怎么会知道得这么清楚呢?

"我们已经多浪费了一秒钟。"豆子说。

"往南走。""疯子"汤姆喝令道。

他们向星星的南部转移,这一面没有任何狡兔战队的队员。"疯子"汤姆抓住战机,立刻率领他们向西面反攻。可以肯定,狡兔战队的主力已经到了。他们攻向这颗星星的"背面"——这和下面一样,飞龙战队早已适应了这种转换方向的思维方式。但对于狡兔战队来说,敌人却是从脚底发起攻击,他们平时很少注意这个方向。不一会儿,六个狡兔战队的队员被完全冻住,飘到星星下面去了。

另一半进攻队伍会瞧出其中奥妙,也会明白发生了什么。

"朝上走。""疯子"汤姆高喊一声。

对敌人而言,那是星星的前面——那个位置在敌人的主力前面毫无掩蔽。他们认为汤姆的小组最不可能去那里。

但他们却在那里现身了,没有与余下的敌人做更多的纠缠。"疯子"汤姆让队员向狡兔战队的主力猛烈开火——敌人阵脚大乱,毫无组织地躲到星星背面,恰好撞进飞龙战队后续小组的火力网中。C组剩下的五个人在被敌人发现之前,每人又至少冰冻了两个狡兔战队的队员。

不等汤姆做进一步的指示,豆子已经从星星表面跃起,这样一来,他可以居高临下向敌人开火。在这么近的距离上,他飞快地一连干掉了四个敌人,才陡然停止。他中弹了,急冻服变得硬邦邦的,全身上下动弹不得。打中他的狡兔队员并不是进攻队列中的人,而是位于他上方的敌人主力部队中的一员。豆子满意地看到,由于他的一阵猛打,C组只有一名队员被进攻的敌人击中。随后,他失去控制,飘向一边。

现在一切都已不成问题。他摆脱了战前的困扰。自己在战斗中表现良好，至少冰冻了七个敌人，这甚至有点超出他的意料。"疯子"汤姆为了最大限度打击敌人，做出了一个高明的战术决定：大胆向敌人主力进攻。结果，C组一直在敌人后面追着打。狡兔战队无处藏身，片刻工夫就灰飞烟灭了。而豆子也打出了自己的特色。

一旦行动起来，我就不再害怕。训练时学到的技术，都能灵活运用。我本来还可以做得更好，动作更快些，看得更远些。不过这是第一次战斗，我已经做得不错了。

C组在战斗中起到了决定性的作用，维京让其他四位组长用头盔碰触敌方大门的四角，把最后穿越大门的荣誉给了"疯子"汤姆，这是游戏结束的仪式。仪式完成，战斗室里立即灯火通明。

安德森少校走进来向胜利的指挥官表示祝贺，并且监督解冻过程。维京很快给自己的队员解了冻。急冻服可以重新动起来的时候，豆子觉得轻松极了。

豆子和尼古拉正忙着吃早餐，"疯子"汤姆走到他们餐桌前发话了。"安德说不必赶在十五分钟之内吃完早餐，我们可以吃到七点四十五。另外他还让我们提前结束训练，去舒舒服服洗个澡。"好消息，这下子队员们可以慢慢享用食物了。

不关豆子的事。他的盘子里只有很少的食物，他三两口就吃完了。刚到飞龙战队的时候，"疯子"汤姆也分过他盘子里的食物。豆子告诉他自己总是得到过多的食物，汤姆把这件事告诉了安德，安德就让营养专家不要再给豆子分配过量的食品。今天豆子第一次感到想再多吃一点，那是因为他在战斗中消耗太大。

"精明。"尼古拉说。

"什么？"

"安德告诉我们有十五分钟的吃饭时间,搞得那么紧张,我们自然不高兴。然后他再让小组长通知我们可以吃到七点四十五。虽然只多出十分钟,但现在感觉这十分钟简直就和永远一样长。还有淋浴——我们原以为战斗游戏过后就能洗澡的,但是现在我们仍然感激他让我们淋浴。"

"而且他把传达这个好消息的机会交给了组长。"豆子说。

"那有什么要紧?"尼古拉问,"我们都清楚是安德的决定。"

"大多数指挥官都喜欢亲自发布好消息。"豆子说,"坏消息才由组长下达。维京这样做是为了树立组长们的威信。当时'疯子'汤姆带我们冲进去时,其实心中没数,全靠平时的训练经验和他的脑筋反应,外加一个并不具体的战略思路:从墙上抢先进攻,打到敌人背后去。后来取得的战果得归功于组长的临场指挥。"

"是这样。但如果他的组长搞砸了,坏成绩还不是要记在安德头上?"尼古拉说。

豆子摇摇头,"我们都看见了,这是他的第一场实战,维京正是为了达到战术效果才分散兵力。C组之所以能够临场发挥,持续攻击,是因为'疯子'汤姆实实在在地对我们负起了责任。我们没有待在那里猜测维京想要我们做什么。"

尼古拉明白了,点点头,"让组长们自己做出决策。不错。"

"完全正确。"豆子说,现在这张餐桌旁的人都在听他讲,"那是因为维京不是只想着战斗学校和个人身份之类的屁事。他一直在观看第二次虫族入侵的剪辑,你们知道为什么吗?他在思考如何去打败虫族。他清楚必须尽可能让更多的指挥官做好战斗准备。维京不想等到与虫族开战的那一天到来时,只有他一个人做好了准备。他希望有更多的人和他一道指挥舰队,抗击虫族。到时候,那些组长、副组长和所有才干出众的士兵,都将成为他的战友。"

豆子知道自己也许过高地评价了维京,但他还陶醉在胜利的喜悦中。而且,他说得也不算过分——维京不是拿破仑,他不会牢牢控制住自己的下属,使他们没有独立决策的权力。"疯子"汤姆顶住压力,圆满完成了任务。他做出一系列明智的决定——包括听从他手下最小的,看上去最没用的士兵的建议。"疯子"汤姆这样做,正因为维京先做出了榜样。你认识,你思考,你选择,你行动。

吃过早餐,他们去参加训练,路上尼古拉问豆子:"为什么你老是叫他维京?"

"因为我们不是朋友。"豆子说。

"哦,那样就是维京先生和豆子先生了,对吧?"

"不。豆子是我的名字,不是姓。"

"噢。那就是维京先生和'管你妈的是谁'先生。"

"对了。"

人人都以为至少可以有一周的时间,用来炫耀和吹嘘他们这场完美的胜利。但是,第二天早晨六点半,维京出现在宿舍门口,再次举起了手上的战斗通知:"先生们,我希望你们昨天长了点本事,因为我们今天要再来一次了。"

大家全吃了一惊,有些人愤愤不已——这太不公平,他们连一点准备都没有。维京把命令递给正准备带着大家去吃早餐的"苍蝇"莫洛。"急冻服!""苍蝇"立刻大声嚷嚷起来,他显然感觉不错。一个战队能连续两天投入战斗,这可是一件前所未有的风光事。

但是"热汤",D组组长,却是另一种态度:"你为什么不早一点通知我们?"

"我想你们需要先洗个澡。"维京说,"昨天狡兔战队声称,我们全靠身上的臭味才击败了他们。"

听见这话的人都大笑起来。只有豆子没笑,他知道维京醒来时没有看到那纸命令——教官们故意送晚了。"你是洗完澡回来才发现那个命令的，对吗？"

维京白了他一眼。"当然了。我可不像你那样离地板那么近。"

他轻蔑的语气是对豆子的巨大打击。豆子意识到，维京误认为自己的提问带有敌意——指责维京因为粗心才没有注意到那纸命令。这样，豆子脑子里维京的智力档案上，可算多出一个不良记录来了。但豆子不能光凭这一点就否定他的才干。那与维京把自己看成胆小鬼是两码事。也许"疯子"汤姆对维京说起过豆子在昨天那场战斗中的出色表现，但也可能没有说。总之这不能改变维京亲眼看见的情景——豆子逃避战斗，装病洗澡。而他现在显然认为我在嘲讽他，因为他必须让自己的手下急匆匆地去投入第二场战斗。也许我得过了三十岁的生日，才能当上小组长。可能就算到了那时候，也得等其他人全都坐船淹死了，才轮得到我头上。

维京还在讲话，正在说明本队必须随时准备投入战斗，旧的规则已经靠不住了。"我不能装着喜欢教官们这样对待我们，但我对一件事非常满意——那就是，我有一支能打硬仗的队伍。"

穿急冻服的时候，豆子在想教官们这样做意味着什么。他们给维京设置更大的困难，是为了推动他更快地进步。

为什么这么着急？不是因为维京的能力只有通过这种测试才能激发出来。正好相反——给维京充裕的时间，让他努力训练好他的战队，战斗学校才可能受益。因此肯定是战斗学校之外发生了某些变故。

只有一种可能，是的，只有一种——虫族正在向我们逼近。

但只是针对维京。不是我们所有的人，只是维京。因为如果这种要求是针对大家的，那么每个人的进度表都会像这样加速。我们只是一群陪练。

那么我没有机会了。维京是他们寄以希望并最终选定的那个人。我能不能当上组长已经无关紧要。现在唯一的焦点在于：维京做好了准备吗？

如果维京取得成功，打败虫族，那么我还有完成伟大事业的机会。那时联盟将分裂，内战爆发。我可以继续留在IF效力，维护世界和平。我以后的岁月还长着呢，完全可以加入地球上的哪支军队。除非维京在对抗虫族侵略时失败。不过真那样的话，就谁也活不成啦。

现在，我所能做的事只有一件：尽量帮助维京学会在这里能够学会的一切。但麻烦的是，我和他还不够亲近，难以对他施加任何影响。

这次是与佩查·阿卡莉领军的凤凰战队交手。佩查比狡兔战队的卡恩·卡比精明得多。而且她已经听说了，维京的战队是怎样突破传统的编队方式，又是怎样利用小股偷袭部队，在相持战开始之前就打乱对手阵脚的。尽管如此，战斗结束时，飞龙战队还是只有三人被冰冻，另有九人局部受伤。又是一次完胜。豆子注意到佩查很气恼。她也许觉得维京把她打得落花流水，是故意给她难堪。但她很快就会知道真正的原因了——维京给予他的组长充分的自主权，他们中的每一个都斗志昂扬，有着强烈的求胜欲望，达到了他训练时提出的要求。他们的系统运转得更好，就是这样。

用不了多久，其他指挥官将适应并仿效维京的做法。能进入战斗学校的孩子可没有一个是傻瓜。现在他们应该已经明白，必须尽快改变战术。豆子相信，他们以后再也不会看到排下阵势和他们交锋的对手了。

下一步呢？当维京把自己储存的妙计耗尽后，他又怎么从袖子里耍出新的花招呢？问题在于，改革并不会带来持久的胜利。对敌人来说，模仿你的创意并且加以改良简直易如反掌。维京要面临的真正考验，将是两支战术相近的战队展开的激烈对战。

只有发现维京犯下某个愚蠢的错误时，才是对我真正的考验。在那时，我将面临选择：是挺身而出指出他的错误，还是安于当个普通小兵，冷眼旁观，看着他做出错误的决定。

第三天，又是一场战斗。第四天，再一场。胜利。胜利。但每次的分数越来越接近。豆子对自己的信心与日俱增，但同时失落感也在不断加重——有力无处使，他在战斗中的最大贡献，除了一手好枪法以外，最多不过是偶尔向"疯子"汤姆提点建议，或者把自己注意到和记得清楚的敌方情况及时向他报告。

豆子在给迪马克写信时谈到这一点，说明自己没有被充分利用，要求换一个水平低一点的指挥官。

回复简明扼要："别人谁会要你？跟着安德好好学吧。"

话语粗鲁，但点明的却是事实。毫无疑问，连维京也不是真心想要他。

第四场战斗结束后的那个晚上，这会儿是自由活动时间，其他士兵大多都在赶功课——连续的战斗真的快把他们拖垮了，因为每个人都了解他们需要克服困难，拼尽全力，保住战队在排名榜上的领先位置。但是，豆子还是一如既往，神速地完成了功课。尼古拉对他说，不再需要他提供更多该死的帮助了，豆子于是决定去散散步。

经过维京的宿舍——比教官宿舍狭小四分之一，空间刚够放下一张床，一把椅子，外加一张小桌——豆子忽然涌起一种冲动，他想敲门进去，坐下来，和维京彻彻底底吵一架。接着理智胜过了挫败失落的感觉，豆子沉吟半晌，最后往游戏厅走去。

豆子发现一个没人玩的游戏机，上面运行的是平面显示器上的游戏，角色是一只老鼠。于是豆子拿过操纵器，调动老鼠穿过一个迷宫。很快，他进入迷宫里的一条通道，这是一幢老房子墙下的暗缝，虽然到处都有陷阱，但豆子还是毫不费力就钻了过去。一群猫在后面尖叫着追赶他。他跳上一张桌子，发现自己正面对一个巨人。

一个给他提供饮料的巨人。

这就是那个幻想游戏。那个所有人成天在小电脑上玩个不停的心理游戏。这里没人玩这个游戏，一点也不奇怪。大家来游戏室可不是为了玩这个游戏。

豆子十分明白,这个学校里只有他一个人从不玩这个幻想游戏。教官们原来曾哄着他想让他玩。但他不相信这么随便玩玩,能学到什么有用的东西。所以,去他们的。想骗他玩游戏,玩就玩,但他用不着拼老命打通关。

只可惜巨人突然换了一副面孔,变成了阿喀琉斯的脸!

豆子如遭电击,透骨的恐惧流遍全身,使他一时动弹不得。教官们怎么会知道阿喀琉斯的?他们为什么要把他的脸弄到这里?为什么要在他毫无心理准备的情况下,让阿喀琉斯陡然出现在他眼前?那帮混蛋。

他起身离开游戏机。略一定神,他又转身回来。巨人的画面渐渐淡出,老鼠又在迷宫里转来转去,想找到一条出路。

不,我不能再玩了。阿喀琉斯远在天边,没能力伤害我。波可,或其他任何人,都不能再伤害我了。我不用再去想阿喀琉斯,我绝对确信自己不会喝他提供的任何饮料。

豆子再次走开,这次他没有再回去。

他心乱如麻,不知该做什么好。最后索性坐在餐厅门外的走廊上,把头枕在膝盖上继续想。他想起当年自己坐在鹿特丹垃圾桶的盖子上,观察着波可一伙人的活动。她是自己见过的团伙首领中最大方的一个,她照顾小孩子,公平地分配给他们食物,让他们都能活下来,尽管那意味着她自己便吃不饱肚子了。他想起,那正是自己当时向她走过去的原因,因为她很仁慈——仁慈到可能会听取一个小孩子的建议。

她的仁慈最终害死了她自己。我选择了她,结果我害死了她。真要有上帝就好了。他一定会将阿喀琉斯咒下地狱,让他永世不得翻身。

有人踢了一下他的脚。"走你的吧。"豆子头都没抬,"我又没惹你。"

那人又踢了他一脚,把他绊倒在地。他双手一撑,这才没有被绊得四仰八叉。他抬起头,望见邦佐·马利德的脸。

"我听说你就是沾在飞龙战队尾巴上那颗最小的小粪蛋。"邦佐说。

他和另外三个家伙站在一道。几个家伙全是大块头,都是一副欺软怕硬的无赖相。

"嗨,邦佐。"

"我们聊聊?小东西。"

"这算什么?刺探军情?"豆子问,"那也用不着找其他战队里的士兵聊天呀。"

"我才犯不上去刺探什么鬼军情呢,我不动脑筋也能收拾飞龙战队。"邦佐说。

"那么你是在到处找那些飞龙战队里最小的士兵,想把他们推来揉去的,好看他们哀哭求饶的样子吗?"

看上去邦佐被激怒了,不过他平时也经常是怒气冲冲的。

"我看你是想吃点自己屙出来的大便吧?小东西。"

豆子现在更加憎恨无赖了。此时此刻,他心里正为波可的死亡生出一种负罪感,就算邦佐·马利德立刻要他的命,他也毫不畏惧。该他来谈谈想法了。

"你的体重至少是我的三倍。"豆子说,"除了你头盖骨下面的脑子比我轻点。你只是个二流货,不知撞上什么大运把一支战队骗到手,可怜你却从来不懂得该怎么去指挥。维京不费吹灰之力就可以把你在地上碾成渣。所以,就算把我痛打一顿,你又能得到什么好处?我是全校最小最弱的士兵。自然啰,要找个人踢来踢去,你只好选我了。"

"是啊,他最小最弱。"另一个孩子说。

邦佐默不作声了。豆子的话很有分量。邦佐有他的自尊心,他清楚现在下手伤害豆子,只会让他难堪,不会让他快乐。

"安德·维京能打败我?看看他手下是些什么货色吧,一帮新兵蛋子和一堆下脚料结成的乌合之众,居然也好意思叫做战队。他也许能打败几个脑子进了水的呆瓜，像卡恩和……佩查。"他说佩查的名字时啐了一口，"但随便什么时候和我们交手，大家都能看到，我的军队将把他打得稀巴烂。"

豆子尽力瞪大眼睛，对他怒目而视。"邦佐，你以为还有你的戏唱么？教官们都看好维京。他最出色，永远出色。他们并没有给他一支最差的战队。正相反，他们交给他的是一支最好的战队。被你称为下脚料的那些老兵——恰恰是最优秀的士兵，只不过他们的指挥官无能，不会使用他们，甚至把这些优秀的人才换走。维京懂得怎样发挥出优秀士兵的才能，而你对此一窍不通。所以维京必胜无疑，他比你聪明，他的士兵也全都比你的士兵聪明。邦佐，你手里什么牌都没有。还不如现在就认输，不然等你那小小的、可怜的火蜥蜴战队碰上我们时，你们非被打得屁滚尿流不可。"

豆子还能往下说——他本来没这个打算，不过真要说时，可说的话实在太多了——但是他被打断了。邦佐的两个朋友把他拎起来按到墙上，高出他们一头。邦佐凑过去用一只手卡住豆子的喉咙，抵紧他的下巴，向后慢慢加压。开始抓着豆子的人松开了手，这样豆子被就吊在墙上。邦佐的手卡紧了他的脖子，使他不能呼吸。他本能地朝着邦佐乱踢乱蹬，想找到一个立足点。但邦佐的胳膊长过他能够到的最远距离，一串连环腿，全都蹬了个空。

"战斗游戏是一回事，"邦佐冷酷地说，"教官们可以随便做手脚，让他们的宝贝小维京打赢。可游戏之外还有些其他的事，这些事总会来的。要真来了的话，不用冰冻急冻服也能让维京动弹不了。明白吗？"

他想得到一个什么样的答案呢？有一点可以肯定，豆子既不能点头也说不出话来。

邦佐就站在那里，不怀好意地微笑着，看豆子挣扎。

豆子眼角能扫见的东西全都旋转起来，并且渐渐变黑。邦佐终于松开了手，豆子跌倒在地板上，躺在那里又咳又喘。

我做了什么？我激怒了邦佐·马利德，一个没有阿喀琉斯精明的无赖。等维京打败他时，邦佐是咽不下这口气的。他不会随便侮辱维京几句了事，他太恨维京了，绝不会这么轻易罢手。

豆子喘过气来，立刻跑回宿舍。尼古拉一眼就看见了他脖子上的勒痕。"谁掐的？"

"我不知道。"豆子说。

"别糊弄我。"尼古拉说，"他面对你掐的，看这个手指印。"

"我忘啦。"

"忘啦？你不是连你自己胎盘上的血管图样都记得清清楚楚吗？"

"我不会告诉你。"豆子说。尼古拉没话了，一脸的不高兴。

豆子用"^格拉夫"的名字登录，给迪马克发送了一个消息，尽管他知道这不起作用。

"邦佐失去了理智。他干得出杀人的事来，而维京是他最恨的人。"

回复眨眼间就回来了，好像迪马克正在那边等着豆子发这个消息似的："遇上麻烦自己解决，别哭哭啼啼地找妈妈。"

这话刺伤了豆子。这不是豆子的麻烦，而是维京的。到了最后，将是教官们的麻烦。正是由于他们一开始安排维京到邦佐的战队，事态才发展到今天这个地步。现在他们又来奚落他没有妈妈——什么时候教官成了敌人？他们应该保护我们，使我们免遭像邦佐·马利德那种丧心病狂的孩子的伤害。他们怎么能认为该我去解决这个麻烦呢？

只有一种做法可以制止邦佐·马利德逞凶：干掉他。

豆子想起自己站在鹿特丹的小巷里，俯视着躺在地上的阿喀琉斯，对波可说："杀了他。"

我为什么管不住自己的嘴？我为什么要去激怒邦佐·马利德？假如维京像波可那样死去，那可又是我的过错了。

CHAPTER 16
别动队

"现在你都知道了,安东。你的重大发现已经被人付诸实践,也许这是一次对人类的拯救。"

"但那孩子可真可怜。他活不了多久,死的时候会长成一个巨人。"

"真是幽默啊,不过他会欣赏这种幽默吗?"

"一想到我的这个小发现也许能拯救人类,我就感觉怪怪的。无论如何,这是用于对抗异类的侵略。但是当人类之间互相敌对的时候,又靠谁来拯救我们呢?"

"你我不是敌人。"

"并非所有人都对别人充满敌意。但总有一些充满贪欲或憎恨,自傲或恐惧的人——他们的激情足以把整个世界推入战争。"

"上帝在我们上一次的危机中推出了一个救星。现在我们又需要他了,向他祈祷吧,为什么他不能再给我们带来一个救星呢?"

"但是,卡萝塔修女,你知道你所说的这个孩子并不是上帝带来的。他是被一个人贩子、一个婴儿杀手、一个心如蛇蝎的科学家创造的。"

"你知道狡猾的撒旦为什么老是愤愤不平吗?因为不管他什么时候想玩别出心裁的恶作剧,上帝都能将计就计,把他做的坏事变成好事。"

"你这样说,坏人也成了上帝手中的工具了。"

"上帝给我们自由,做不做坏事是每个人自己的选择。上帝只是化害为利,在邪恶之上创造仁慈。"

"所以,不管怎样,最后的胜利终将归于上帝。"

"那当然。"

"不过,就目前的情况来说,还是难免让人忧虑。"

"那你是愿意过去就死了进天堂,还是愿意今天仍然活在尘世上?"

"呵呵,好死不如赖活着,反正我们已经习惯了一切。何况我们还可以四处寻找希望呢。"

"我从不能理解人类的自杀,就是这个原因。即使是那些被罪恶感和沮丧压得喘不过气来的人——难道他们内心丝毫感觉不到基督带给他们的安慰和希望吗?"

"你在问我?"

"上帝才不会管这些无聊的问题呢,我只好问问身边的人。"

"在我看来,自杀并不是真的想死。"

"怎么讲?"

"那是一个走投无路的人避免耻辱的唯一方式。他并不是真的想死,他只是想把自己藏起来。"

"就像亚当和夏娃在上帝面前藏起来一样?"

"可不是嘛,他们一丝不挂的样子太丑啦。"

"真希望那些沉浸在悲哀中的人能够这样想:'人人都是赤条条的。人人都想把自己藏起来。生命有着美好的一面。我要继续投入生活。'"

"冒昧问一句,修女,你不相信那些虫族就是《启示录》里提到的野兽,是吗?"

"是的,安东。我认为它们也是上帝的孩子。"

"可是很明显,你找这个男孩,却是为了让他在长大成人以后,去消灭它们。"

"不是消灭它们，是战胜它们。换个角度看，如果上帝不想让它们死的话，它们就不会死。"

"嘿嘿，假如上帝想让我们死的话，我们就得死。那么，你为何还要拼命工作呢？"

"我找到这个孩子，只是尽力把最好的东西奉献给上帝。如果上帝不想让我找到豆子，那我就找不到他。"

"要是上帝希望虫族最终胜出呢？"

"那他就会去找别的人做这份工作。那个工作，我可不会做。"

近来，组长们训练士兵的时候，维京总不在场。豆子用他的"^格拉夫"账号登录，搞清楚了维京在这些时间里做了什么。维京在回顾研究马泽·雷汉那些获胜的录像，与以前相比，他更加认真专注地看这些录像。现在，维京的战队在每天的战斗游戏中都获得胜利，所以其他指挥官，还有许多组长和普通士兵也开始到图书馆去看同样的录像。他们想弄明白其中的奥妙，掌握维京到底在这些录像中看到了什么。

真是蠢到家了，豆子想。维京并不是在寻求任何适用于战斗学校的东西——他已经创建了一支变幻无方、坚强有力的战队，他知道应该如何指导他们。他研究那些录像只是为了找到打败虫族的方法。

为什么教官们看不到维京的承受力快到极限了呢？他压根儿不再关心战斗学校的游戏了。教官们应该现在就把他从这里送走，送到指挥学院或者其他更高级的学校去。但他们却还在不断给他增加负荷，使他疲乏不堪。

我们也一样。我们太累了。豆子注意到这一点在尼古拉身上表现得最明显，他要比别人付出更多的努力才能勉力支撑下去。如果我们是一支普通战队，豆子想，那么绝大多数队员的状态都会与尼古拉差不多。

事实上，尼古拉并不是第一个显出疲态的队员，我们中的大多数都快劳累到极限了。

豆子给格拉夫上校写了个便条，反映这种现状，直言批评道："训练士兵与伤害士兵是完全不同的两码事。"但是没有得到回复。

现在的时间是下午晚些时候，离晚餐时间还有半小时。早上他们打赢了一场战斗，组长们在维京的暗示下，提前解散了士兵。现在，飞龙战队的绝大多数队员刚洗完澡，正在换衣服，但还是有一些队员上游戏室、录像室或者图书馆消磨时间去了。除了极少数的几个在做作业以外，大家都把正课抛到了九霄云外。

维京出现在门口，手中挥舞着新命令。同一天内的第二场战斗！

"我们的对手很强大，而且我们没有准备时间。"维京说，"他们在二十分钟前就通知了邦佐，等我们到达大门时，他们至少已经进入战斗室五分钟了。"

他让最靠近门的四个士兵——尽管年龄很小，但现在都是富有经验的老兵了——去把那些不在宿舍的队员全找回来。豆子飞快地穿好急冻服——他现在穿戴自己那套改装过的特殊急冻服时，动作娴熟多了，但队员中间仍然流传着不少有关豆子和他的急冻服的笑话，说他是唯一需要练习穿衣服的士兵，还说他练来练去也没什么长进。

大家一边穿衣服，一边咒骂这个愚蠢的命令，飞龙战队里不时爆发出阵阵愤怒的吼叫声。"苍蝇"吴洛的声音最大，连一向乐观的"疯子"汤姆都把脸气歪了。当汤姆说"从来没有人一天之内参加两场战斗"的时候，维京回答道："也从来没有人打败过飞龙战队。难道你们这次想认输吗？"

当然不想！没人愿意打败仗。他们只是忍不住发泄一下心中的不满。

虽然耽误了一些时间，但最后他们总算集中到了战斗室的走廊上。大门已经敞开，几个最后赶到的队员还在整理他们的急冻服。豆子站在"疯子"身后，刚好可以看到战斗室里面的情形：灯光明亮，没有星星,没有栅格,没有任何可以隐蔽的地方。敌人的大门也敞开着,但奇怪的是看不见一个火蜥蜴队员的影子。

"太好了。""疯子"汤姆说,"他们也还没到,跟咱们一样。"

豆子眼睛骨碌碌一转。他们显然早就到了。但是在一个没有遮蔽物的房间里,他们只能在天花板上布阵,集结于飞龙战队的大门口,埋伏起来,等待他们进门时发出致命一击。

维京注意到豆子脸上的表情,微微一笑,在嘴唇上竖起一根手指,让大家保持安静。他指着大门四周比画了一下,让他们知道火蜥蜴战队藏在什么地方,然后打手势命令全体后退。

应对的策略简单明确。邦佐·马利德的士兵们现在正倚在墙上,准备大开杀戒。要想击败对手,他们能做的事只有一件:找到一个正确的方法,杀进战斗室。

维京的方案正中豆子下怀。他让大个子士兵后屈双腿,然后把他们冻住,使他们成为一面盾牌。个子小的孩子则跪在大个子们冻得硬邦邦的小腿上,端稳枪的胳膊从"盾牌"的腋下伸出,准备开火。两个力气最大的队员作为投手,把一对对这样的组合扔进战斗室里去。

这回小个子发挥了优势。豆子和"疯子"汤姆被维京用来做示范,第一对出场。结果,这对组合刚被扔进战斗室,豆子就开始进行大屠杀。他立刻冰冻了三个敌人——超近距离射击,密集光束的杀伤力极强。等他们往里飞过有效射程的范围时,豆子围着"疯子"汤姆绕了一圈,借力弹出。汤姆被豆子一蹬,速度更快地向战斗室另一边滑去,而豆子则迎头向敌人杀回来。其他飞龙战队队员看到豆子漂亮的回马枪战术,纷纷效仿。这样一来,他们就能继续给敌人造成有效的杀伤。当豆子终于被冻住时,大局已定——火蜥蜴的最后一个队员已经被消灭了。他们甚至没有一个人来得及离开墙壁,好像一个个钉在墙上等着人来打的固定靶子,很容易被击中。邦佐直到被冻住时,也没来得及弄明白自己为什么会一败涂地。他的队员如果能违反他原来的命令移动避敌的话，本来不会那么容易就被击中。

整场战斗，从豆子骑着"疯子"汤姆进入大门，到火蜥蜴战队被全部冰冻，只花了不到一分钟。

维京的态度出乎豆子的意料。通常维京很冷静，深藏不露，但这次他毫不掩饰自己的怒火。不等安德森少校对胜利的一方表达正式祝贺，维京就冲他大吼起来："我以为你会让我们和一支有本事在公平竞赛中同我们对抗的战队作战。"

安德森没有接维京的话头，他一如既往地说道："祝贺你获得胜利，战队长。"

维京一点不领情，以前他可从不会这样给安德森难堪。他转过身对着飞龙战队，喊了一声豆子的名字："如果让你指挥火蜥蜴战队，你会怎么做？"

刚才有个飞龙队员在半空中推了豆子一把，所以现在他正向敌方大门飘去，但他还是听清了问题，只是不免怀疑维京的做法有些鲁莽。竟然让年纪最小的飞龙战队队员指出邦佐的愚蠢，这可是对火蜥蜴战队的大不敬。

"让队员们在大门前保持不规则移动。"豆子大声回答，好让每个上兵都听得清清楚楚，包括那些被冻在天花板上的火蜥蜴队员，"总之，你绝不能躲在敌人知道的地方一动不动。"

维京再向安德森转过身去。"听见了吧，你要作弊的话，为什么不让那支战队好好练练，作弊也好高明一点！"

安德森耐着性子，对维京的大喊大叫不予理睬。"我想你现在应该解冻你的队员。"

维京今天对结束的仪式完全不感兴趣。他立刻按下解冻双方队员的按钮。不等大家集合起来接受投降仪式，他就喊道："飞龙战队解散！"

豆子本来在门口,但他故意拖到最后,好等着和维京一道离开。"长官,"豆子说,"你刚才羞辱了邦佐,他会——"

"我明白。"维京丢下这句话就跑开了,不想再听豆子说什么。

"小心!他很危险!"豆子在他身后喊。算啦,喊也白搭。维京应该清楚他已经惹火了这个一肚子坏水的无赖,当然也许他压根儿不把这当回事。

他是故意这样做的吗?维京平时的自我控制能力相当强,平时做什么事都有条有理。豆子实在想不出有什么原因会使他冲着安德森少校大呼小叫,并且当着所有士兵的面羞辱了邦佐·马利德。为什么维京会做出这么愚蠢的事情来呢?

虽然明天就要考试了,但豆子还是静不下心来思考几何学的问题。功课现在已经变得无足轻重了,只不过他们还得考试,还得完成教官们布置下来的定期和不定期的作业。最近这几天,豆子开始得不到满分了。倒不是他不清楚该怎么答题或者如何着手。关键是他脑子里总被各种杂七杂八的问题搅得乱纷纷的——敌人有可能会采用哪些新战术;教官们有可能会玩出哪些新花招;打败虫族后,地球和IF之间会发生什么变故。如果人类最后失败了,那么算清楚这些立体的体积和面积、形状和大小又管个什么屁用呢?

同时,他知道他当然必须把几何学彻底弄通,虽然他的数学头脑很发达,但他以后不会去当一名技师、炮手,或者火箭技术员之类的角色。十有八九,他会成为一名军官。他得把手下将士们懂得的东西都搞懂,而且要比他们更精通,不然他们就会小看他,就不会心甘情愿服从他的指挥。

但今天晚上算了,豆子想。今晚我要好好睡一觉。等明天,等我不这么累的时候再来学习吧。

他闭上眼睛。但随即他又睁开眼,起身打开柜子,拿出他的小电脑。

以前在鹿特丹大街上生活时，他曾受尽疲劳的折磨，饥饿、营养不良和绝望常常使他精疲力竭。但即便如此，他也始终头脑敏捷，保持着机警。正因为这样，他才得以生存。现在，这支战队里人人都快累垮了，那意味着有可能发生越来越多的低级错误。豆子和所有人一样，距离成为傻子的那一天指日可待了。他可不能让疲劳搞得自己身上只剩下愚蠢。

他登录上去。一条消息在他的显示屏上闪烁：

立刻来见我。——安德

现在离熄灯只有十分钟。也许维京在三小时前就发出了消息吧。但迟到总比不到好。他溜下床铺，鞋都懒得穿了。他穿着长袜走过走廊，敲了敲安德的门。门上的标记映入眼帘：

飞龙战队指挥官

"进来。"维京说。

豆子推门进屋。看上去维京像平时的格拉夫上校一样疲倦。黑眼圈，脸皮松弛，耷拉着肩膀，只有他的眼光依然明亮锐利，透出一股子机警和干练。

"我刚看到你的留言。"豆子说。

"没关系。"

"快熄灯了。"

"我会帮你在黑暗中找到回去的路。"

这个挖苦让豆子有点惊讶。和往常一样，维京完全误会了豆子的意思。"我只是不清楚你是否知道现在是几点——"

"任何时候我都知道时间。"

豆子不禁暗中叹了口气,不明白为什么维京老是故意曲解他的意思。他尊敬维京,佩服维京的天才。但为什么维京从来看不到他的优点呢?

但豆子什么也没说,说了也起不到任何作用。既然是维京让他来的,那就让维京来主持这次会谈吧。

"还记得四个星期前的事吗,豆子?你告诉我说你想当组长。"

"嗯。"

"那以后我任命了五名组长、五名副组长,但没有你。"维京抬起眉毛,"我说得对吗?"

"是的,长官。"但那是因为任命组长之前,你并没有给我一个证明我实力的机会。

"告诉我,在这八场战斗中你表现怎样?"

豆子忍不住想说,是他给"疯子"汤姆出的主意才使C组成为整个战队的有生力量。他还想说,他创新的战术如何有效,如何被其他士兵模仿。但那样一来,就有点像是吹牛或者顶撞上司了。何况那也不是士兵与长官之间的正常说话方式。不管"疯子"汤姆是否向维京报告过豆子起到的作用,豆子总不能自己吹嘘那些没被公开记录下来的成绩吧。"今天他们击中我之前,计算机统计出我总共击中十一名敌人。我在每场战斗中击中的敌人都不少于五个,总是圆满完成交给我的每项任务。"

"为什么他们这么早就让你成为一名战队队员,豆子?"

"没有你早。"

"但为什么呢?"

他到底了解多少情况呢?要我确定战队成员,那是教官们的决定。莫非他发现了我豆子就是那个拟订战队花名册的人?他知道我自己选中了自己吗?"我不知道。"

"不,你知道,我也一样。"

不对,维京并不是问豆子是怎么成为本战队队员的。他是在问这么年幼的新兵为什么突然间得到了晋升。"我曾经想过,只是个猜测。"豆子所谓的猜测可并不全都是猜测,但现在,有些事还不能让维京知道。"你——异常出色。他们看到了这点,因此给你施加压力,好让你不断进步——"

"告诉我为什么,豆子。"

现在豆子才弄明白了维京真正想问的问题。"因为他们需要我们,就这么简单。"他在地上坐下来,盯着维京的脚,而不去看他的脸。在维京面前,豆子很难装出一副什么都不知道的样子。有些事,连教官们都不清楚他到底知道多少。现在教官们说不定正在监听他们的交谈。豆子可不想因为自己表情不慎而露了底。"因为他们需要有人打败虫族。这是他们唯一关心的事。"

"你能明白这一点很重要,豆子。"

豆子真想开口发问,为什么你觉得我能明白这一点很重要?或者你的意思只是说每个人都应该知道这一点?你终于看见了我的长处,认识到我是个什么样的人啦?你知道我是另一个你,是你的影子,虽然身体弱小,不像你那么讨人喜欢,但却是一个比你聪明,比你更好的战略家吗?你知道如果你失败了,如果你崩溃了,如果你生病或者死亡了,那么我就是顶替你位置的那个人吗?这就是为什么我必须要明白这一点的原因吗?

"因为,"维京接着说,"这所学校里绝大部分学员都错误地认为战斗游戏本身很重要,其实不然。战斗游戏之所以重要,是因为能帮助他们挑选出可以在真正的战争中充当指挥官的孩子。至于游戏本身,去他妈的,他们正在把这个游戏搞得乌七八糟。"

"真有意思。"豆子说,"我还以为这是他们专门为我们设计的呢。"不,如果维京认为豆子需要进一步解释的话,那只说明他一点儿也不了解豆子是个什么人。豆子在维京的宿舍里,仅仅是在和他交谈。就是这样。

"最先把战斗提前了九个星期。接着是每天一场。现在居然是一天两场。豆子，我不知道教官们到底想做什么，但是我的队员都累了，我也很累，何况他们根本不遵守规则。我从计算机里面调出以前的记录查看过。在战斗游戏的历史上，从来没有哪支战队消灭过这么多敌军，而自己的损失却如此之少。"

这算什么，吹牛？豆子把这话当成吹牛皮接了一句："你是有史以来最优秀的指挥官，安德。"

维京摇摇头。就算他在豆子的话中听出了点儿讥讽的意思，也没有做出什么反应。"也许吧。我得到这些士兵并不是偶然的。除了新兵，就是被其他战队排挤的老兵，但在他们结成一个战队之后，现在我最差的士兵到别的战队都至少可以当组长。他们在我前进的道路上不断设置障碍，现在他们用尽全力打压我们。豆子，他们想整垮我们。"

看来，维京已经知道飞龙战队的队员是被特别挑选出来的了，尽管他不清楚谁在幕后负责挑选。或者他什么都知道，而且有可能这正是他先向豆子说明一些情况的原因。豆子猜不出维京这个时候找他来是预谋已久还是一时冲动。"他们不可能整垮你。"

"真正了解我的话你会大吃一惊的。"维京突然猛喘一口气，像是被针刺了一下，又像是被扑面而至的风突然堵住了呼吸。豆子望着他，意识到本以为不可能发生的事在自己眼前发生了。安德·维京并不是在钓他的话，而是在向他吐露心声。不多，只有一点儿。安德让豆子看到他只是个普通的人，引着豆子进入他的内心世界。维京想让他做……什么呢？让他提点建议？还是让他做一个推心置腹的朋友？

"也许会大吃一惊的人是你。"豆子说。

"我每天能够想出的新点子是有限的。总有一天，我会碰上预料之外的情况，而我却来不及做好准备。"

"有什么大不了呢？"豆子说，"最多不过输掉一次游戏，除此之外，不会再有什么更坏的事情啦。"

"没错。但这就是最坏的事情，我不能输掉任何一场战斗游戏，如果我输掉一场……"

他没有把话说完。豆子很好奇，不知维京推测出了一个什么结论。传奇人物安德·维京，完美无缺的战士，也会失败？或许他对战队失去了信心，失去了战无不胜的信念？要不就是和即将到来的那场真正的战争有关了，教官们看好安德，要把他培养成未来的舰队领袖，但如果在战斗游戏中失一次手，就可能会动摇教官们的信心，那么维京是担心教官们会因此怀疑他能否在虫族入侵舰队抵达之前做好准备？

豆子再一次举棋不定。最好还是保持沉默吧。

"我需要你发挥聪明才智，豆子。"安德说，"我要你想出新点子，为一些我们尚未遇到过的情况做好准备。我想让你尝试着做点事，哪怕是些别人根本不会去做的蠢事，你尽管放手实验好了。"

这又是什么意思，安德？你今晚让我到你的宿舍里来到底想怎样安排我？"为什么选中我？"

"飞龙战队里虽然还有表现比你出色的士兵——不多，只有几个——但没有人的头脑比你更敏捷，更灵活。"

他早就注意到了我。一时之间，豆子感到自己一个多月以来的挫折感消失了。在整个学校，豆子只希望能在安德那里得到这样的评价。

安德拿出他的小电脑给豆子看，上面列着十二个名字。每组有两到三人在名单上。豆子马上明白了安德选人的标准。他们都是优秀的战士，自信而踏实，从不炫耀卖弄。事实上，不算上那些组长的话，这些人就是豆子评价最高的人了。"从里面挑出五名队员。"安德说，"每个组里选一个。他们将组成一支别动队，交给你训练，训练只能利用额外时间进行。你要怎么训练他们，把想法告诉我。记住，别在每项训练中投入太多时间。平时你和你的别动队都属于你们原来的小组，但当我需要你们去完成一些只有你们才能完成的任务时，你就是这个别动队的队长。"

这十二个人身上还有些共同点。"他们都是新兵，没一个老兵。"

"经过上个星期的战斗以后，豆子，我们所有的队员都成了老兵。难道你没发现，在个人战绩榜上，飞龙战队的四十名队员全都排在前五十位？而且最前面的十七位都是我们的队员。"

"如果我想不出什么新点子呢？"豆子问。

"那说明我看走眼了。"

豆子咧嘴一笑。"你不会看走眼的。"

灯灭了。

"找得到回去的路吗？豆子。"

"也许找不到。"

"那就留在这里吧。如果你竖起耳朵，半夜三更兴许能听见善良的仙女来给我们布置明天的任务呢。"

"他们明天不会再给我们安排另一场战斗吧，不是吗？"豆子本想开个玩笑，但安德没有答话。

豆子听到他爬上床。作为一个指挥官，安德个头还是显得小了些。他伸直身体，脚离床头还剩老大一截，但足够空出一个让豆子睡下的地方。豆子跟着爬上床，为了不影响安德睡觉，他一动不动躺在床上。安德睡着了吗？如果没有睡着的话，他静静地躺在那里，在想……什么呢？

对于豆子来说，他眼下的任务是去想象种种难以想象的东西——对手会采取哪些愚蠢的招数来对付他们？如何反制他们的招数，诱使他们上当？别的指挥官都不明白为什么飞龙战队能够连连获胜，他们只会一味模仿战斗中那些被安德用过的战术，却不能领会安德下一步训练和组织战队的新方法。

能力较低的指挥官不懂这个道理。他们错误地认为安德取胜是借助他手下这支反应灵敏、变化迅捷的战队。他们只会模仿那些亲眼见过的战术。就算豆子发明出来的花哨的新战术不管用，其他指挥官也会浪费时间去模仿。偶尔他也会想出点实用的办法，但大体上看，他只需负责搞点即兴表演就行了。

如果安德整晚都睡不着，那倒并不是在关心飞龙战队明天、后天，或者再往后的战斗。他思考的是虫族，他在思考怎样把训练时使用的战术运用到对抗虫族的战争中去，战士们的生命取决于他的判断，整个人类能否继续生存取决于他做出的选择。

在那个计划里，我的位置在哪儿？豆子想。我很高兴安德能挑起这副重担，不是因为我没能力去挑——也许我也挑得起——而是因为我相信安德会比我做得更好。无论如何，安德是那种士兵们即使为他赴汤蹈火也仍然对他挚爱不改的指挥官，相比之下，我在这一点上就差多了。

但是他不必独自肩负这样的重担，我能帮助他。我可以忘记几何学、天文学和别的那些无用的东西，把精力放到他面对的问题上。

我还可以守护他的背后。豆子再一次想到邦佐·马利德，那些鹿特丹大街上的无赖表现出他那种狂怒时，常常会致人死命的。

为什么教官们要把安德推到这样的处境中去呢？他显然是许多学员憎恨的目标。战斗学校的孩子们在感情上同样经受着战斗的考验。他们渴望胜利，厌恶失败。如果没有这种特性，他们也不会被选送到这里来。一开始，安德就被其他人孤立了，因为他年纪虽小却聪明出众，现在他刚当上指挥官不久，又使别的指挥官在战斗中显得像吃奶的孩子一样笨拙幼稚。有几个指挥官对失败的结果心悦诚服，比如卡恩·卡比。但是其他大多数指挥官对安德的态度却是又恨又怕，又羞又恼，还掺杂着几分嫉妒，如果他们有机会、有把握的话，就很可能把这种情绪转化成一种暴力行为。

这同鹿特丹大街上的情形一样：欺软怕硬的无赖，为了地位，为了等级，为了面子而争斗不休。安德使邦佐颜面扫地，他不可能咽下这口气，他一定会报复，就像阿喀琉斯因为耻辱而复仇一样。

教官们不会连这点起码的常识都不懂吧，他们是故意不插手，故意不去制止邦佐。很明显，安德通过了他们设置的所有测试——战斗学校的正规课程他全部完成了。为什么他们还不把他送到更高级的学校去呢？因为他们还想让他再上一堂特殊的课，或者算一种测试吧，只是不在正常的测试范围之内。然而这个特殊的测试却有可能会以安德的死亡告终。豆子已经尝到了被邦佐的手指扼住喉咙的滋味。这个家伙，一旦冲动起来管束不住自己，就会使出浑身的劲头，在片刻之间完成一次谋杀。

教官们是把安德推到大街上那种恶劣的生存环境中，测试他能否在这种境况下保住小命。他们根本不知道自己在做什么，那些白痴。这根本就不是测试，这分明是在拿安德的性命赌博。

我倒是抽中了彩票——所以现在还活着。但安德能否躲过这一劫呢？这并不完全取决于他的能力，运气可能更重要，另外到时候还要看双方的技能、决心和力量。

邦佐极有可能控制不住情绪，这会削弱他的实力。但能被选送到战斗学校来，意味着他非同一般。他能成为一个指挥官，是因为有些士兵愿意死心塌地跟随他。安德的处境太危险了。而那些教官，还在把我们当小孩子看——你们根本没有意识到死亡降临时会有多突然；只要你们背过脸去几分钟，或者离得稍微远一点，你们就有可能遭遇无法挽回的可怕后果；你们那个宝贝般的安德·维京，那个寄托着你们所有希望的人，就早已经死得透透的了。

豆子决定这个晚上不再考虑功课方面的问题，他躺在安德的脚边。现在有两个新课题摆在他面前。豆子要帮助安德为未来的战争做好准备，那场与虫族对垒的战争。另外，豆子还要帮助安德去赢得一场即将以街头斗殴方式展开的战斗。

CHAPTER 17
死 线

"我简直都不知道该如何解释这件事。心理游戏把那个叫阿喀琉斯的孩子的面孔显示给豆子看,然后他就再也没碰那个游戏——这是什么意思呢?害怕?愤怒?有谁知道这套游戏的工作原理吗?它以前也曾经像这样捉弄过安德,把他哥哥彼得的照片引入了游戏,让安德陷入痛苦。这种意外情况只有他们两人遇到过。对于豆子——呃,这种手法难道真的能帮我们更进一步理解豆子的心理?难道说在战斗学校的档案中,豆子认识的人的照片只有这一张?"

"你在发牢骚,还是你对这些问题有特别的个人意见?"

"我只想请你回答一下这个问题:如果你不愿意说明其重要性,那你能不能告诉我这种节外生枝有何意义?"

"如果有人追着你的汽车跑,一边尖叫一边挥动双臂,你即使一个字都听不到,也知道一定发生了什么重要的事。"

"那你通过豆子看到阿喀琉斯照片时的尖叫知道了什么重要信息吗?"

"以此推知,阿喀琉斯对豆子来讲格外重要。"

"重要?消极的重要还是积极的重要?"

"事情本身早就过去了。假定影响是消极的、负面的,那么有两种可能的原因：其一，阿喀琉斯曾对豆子造成过严重伤害，所以他才会产生如此强烈的反应；其二，豆子与阿喀琉斯的分离给他带来了心灵创伤，所以他内心深处渴望着与阿喀琉斯重新相聚。目前我们无法判断到底是哪一种情况。"

"不过，有一个外在的、独立的情报来源告诉我们，必须把这两人分开……"

"那么，或者这个独立情报来源完全正确，无比英明——"

"或者大错特错了。"

"我倒是希望能了解更多的细节。可惜他只玩了一分钟。"

"一分钟？诚实些吧，你不是把他用教官身份在电脑上从事的一切活动都等同于玩心理游戏研究过了吗？"

"那些事我们全都向你报告过。他之所以这么做是因为急于了解这个学校——最初是这个原因。后来继续这么做则是为了制造一种幻觉，让自己获得属于这个团体的归属感。"

"他本来就属于这个团体。"

"得了吧。他只有一个亲密伙伴，而且他们之间的关系更像一种大哥哥小弟弟的关系。"

"我必须确定豆子在校期间，是否可以把阿喀琉斯送进战斗学校，要不就得为了保住其中的一个而放弃另一个。现在，根据豆子对阿喀琉斯照片的反应，你们有什么建议？"

"你听不进去的。"

"说说看嘛。"

"从这事来分析，我们可以告诉你的结论是，如果让两人处在一起，那么对他们中的任何一个来说都有害无益，糟透了，甚至——"

"嘿，看来我真的应该对你们的预算进行严格的长期审查。"

"长官，这个游戏程序的运行完全由计算机自动处理，我们没想到会出这种事,不明白计算机的意图何在。它脱离了我们的控制。"

"仅仅因为一个程序失控,并不能说明存在什么超级智慧——它既不在这个程序之内,也不在设计程序的程序员脑瓜子里。"

"我们描述这个软件时没有用'超级智慧'这个词。那样未免有点天真。我们只是说,这个程序是'复杂的'。就是说我们并不总能了解它在做什么。我们不能总是得到结论性的情报。"

"在这个鬼地方,你什么时候得到过'结论性的情报'?"

"是我用错了词。我们开始研究人类思想的时候,目标从来就不是为了得出'结论'。"

"我向你推荐一个词,'有用'。你有什么'有用'的情报吗?"

"长官,我已经把我们了解的情报向你做了汇报。不管你是否用得上我向你汇报的信息,先把汇报信息的信使枪毙了恐怕不能算是一个明智的决定吧。"

"只要那个信使不告诉我他手里到底有什么信息,我扣扳机的手指头就发痒。好了,解散吧。"

尼古拉的名字也列在安德开给豆子的名单上,但是豆子立刻就陷入了困境。

"找不干。"尼古拉说。

豆子没想到会被拒绝。

"我得抓紧时间训练,不然我会掉队的。"尼古拉补充道。

"你在战斗中表现很出色呀。"

"那全靠咬紧牙关,还有我的运气也不错。"

"所有表现出色的士兵都和你一样。"

"豆子,只要少参加一次战队的训练,我就会落后。你叫我怎么去赶上大家呢?而且每天和你进行一次练习根本不够。我虽然聪明,豆子,但我不是安德,也不是你。我想你也许不能真正体会到我的难处。"

"我也不容易啊。"

"嗯,这我知道,豆子。我很想帮你的忙,但这事我真的做不了。"

豆子第一次以别动队队长的身份做工作就遭到了拒绝。他觉得自己有点生气,想脱口骂一句"去你的",然后去找其他人。但他不能冲自己最好的朋友发脾气。"尼古拉,我们要做的事并不难,只不过是搞点小杂技,耍点小花招。"

尼古拉闭上眼睛说:"豆子,你让我难受死了。"

"我不想让你觉得难受,圣尼古拉斯①,但这是安德分配给我的任务,他认为飞龙战队需要来点儿新花样。你的大名在他列出的名单上,是他选的你,不是我。"

"但是你可以不选我。"

"那我去找下一个孩子时,他就会说,尼古拉本来也该在这个小队里,对吗?我只能说,不,他不想加入。这样一来,人人都觉得可以拒绝我。他们肯定会拒绝我,尼古拉,因为没人愿意服从我的命令。"

"在一个月之前,是的,战队里没人想跟着你干。但现在不同了,大家都知道你是一个了不起的战士。我听到过其他人对你的议论。他们很尊敬你。"

"我只是把自己的想法说出来。尼古拉,我只能在你面前说这些话,你看现在,我很担心。我想领导好一支小分队,但我不知从何入手,我想把这个本事学到家。我观察了整整一个星期,在战斗室看'疯子'汤姆怎样把我们大家调动起来,还有他怎样下达命令。我也注意了安德是如何训练和给予大家充分信任的。我担心自己会失败,问题是我

---

① 欧洲圣诞老人的原型。

只能成功，不能失败。你跟我在一起，我心里才踏实。那样，我至少知道自己身边还有一个全心全意希望我成功的朋友。"

"别自欺欺人了。"尼古拉说，"有什么话还是直截了当地说吧。"

这话真伤人。但是当指挥官的免不了遇上这种事，不是吗？"无论你感觉如何，尼古拉，你得给我一个机会。"豆子说，"你给了我机会，别人才会和你一样给我机会。我需要的是……忠诚。"

"我一样需要忠诚，豆子。"

"不一样。你需要的是朋友对朋友的忠诚，只是为了使你个人开心。"豆子说，"我需要的是士兵对指挥官的忠诚，我是为了完成上司委派给我们的任务。"

"听起来怎么觉得那么别扭。"尼古拉说。

"呃，"豆子说，"但这是事实。"

"你可真够让人恶心的，豆子。"

"帮帮我，尼古拉。"

"怎么咱俩做朋友总是我帮你？"

豆子以前从来没有产生过现在这种感觉——像有把刀子在刺着他的心，因为尼古拉对他说的这几句毫不客气的话，因为尼古拉对他生气了。豆子觉得心痛：自己现在的确正在利用友谊伤害他。

最后，豆子决定让步。与一个和他对着干的士兵在一起，不可能很好地合作，即使是朋友也一样。"这么说来，你真的不情愿，嗯，你不愿意，没关系。对不起，我惹你生气了。嗯，我们还是最好的朋友吧，尼古拉？"

尼古拉把他伸出的手拉住，握紧。"谢谢你。"他柔声说道。

豆子随即去找"铲子"，安德提供的名单上的一个C组队员。"铲子"不是豆子的首选，他有点拖拖拉拉的，做起事来一副心不在焉的样子。但作为C组的一员，豆子每次给"疯子"汤姆提建议时，"铲子"都在旁边。他比较熟悉豆子的套路。

豆子问"铲子"能不能谈两分钟的时候,"铲子"正在他的小电脑上忙活着。豆子和尼古拉一起爬到他铺位上,坐在这个比较大的孩子身边。"铲子"来自法国里维埃拉附近一个叫卡涅的小镇,身上有一种普罗旺斯人特有的开朗和友善。大家都喜欢他。

豆子简要地解释了一下安德给他布置的任务,当然他没有说明这只是个花絮性质的作业。不会有人愿意放弃日常练习,把时间花在那些不能对胜利起决定作用的事情上。"安德给我的名单上面有你,我希望你能——"

"豆子,干什么啊?"

不知什么时候,"疯子"汤姆站到了"铲子"床前。

豆子马上意识到自己的错误。"长官,"豆子说,"我本来应该先向你说明情况。我是个新手,考虑不够周到。"

"什么新手?"

豆子把安德对他的要求又说明了一遍。

"'铲子'也在名单上?"

"是的。"

"那我的训练岂不是少了你和'铲子'两个人?"

"我们每天只会缺席一次训练。"

"为什么只有我的小组被抽调了两个人?"

"安德说每组抽出一个。一共五个,再加我。我也没办法。"

"放屁。""疯子"汤姆说,"你和安德也不想想,你们这样做对我的影响比对其他组长大得多。真是奇了怪了,为什么一定要六个人?五个人不行吗?每组抽一个包括你不正好吗?"

豆子想与"疯子"汤姆论理,但立刻意识到如果说翻脸顶起牛来,麻烦更多。"你说得不错,我没想到这点。你认为安德没有为C组考虑也有道理,如果安德意识到这样做对你的训练会造成很大影响的话,他一定会改主意的。这样吧,等他今天早上来的时候,你找个时间去和他谈谈,把你的想法告诉他。还有,'铲子'还没答应我呢,他有权拒绝我。所以,这问题不值得你动那么大肝火,也不值得我俩争执,你说对吗?"

"疯子"汤姆沉吟不语,豆子看到他脸上的怒色渐渐消退了。看来"疯子"汤姆的领导能力大有长进,他不再像以前那样爱发脾气了。

"好吧,我会找安德提提这事。但是'铲子',你想不想跟着豆子去捣鼓他那些花拳绣腿呢?"

他们都看着"铲子"。

"我觉得很有意思。""铲子"说,"搞点让人意想不到的杂技一定很好玩,我想试试。"

"你俩可别指望我会放松对你们的训练。""疯子"汤姆说,"另外,在我的训练时间里,绝不允许谈论你们的特别小队,要商量你们那一套就到外面说去。"

两人都表示同意。豆子理解,"疯子"汤姆的这个要求十分明智。这项特殊任务会把他们两个从C组中突显出来,如果他们聊起特别小队的事,其他队员就会产生自己被排除在外的感觉。其他组不存在这个问题,其他各组只会有一个队员被抽调进豆子的特别小队。没人聊特别小队的事,当然就不会因此产生矛盾。

"瞧瞧,我都不必再去向安德提这事了。""疯子"汤姆说,"除非以后出现什么大问题。就这样了,好吗?"

"谢谢。"豆子说。

"疯子"汤姆回到自己的床上。

我做得很棒,豆子想,我没有把事情搞砸。

"豆子?""铲子"说。

"嗯?"

"还有件事。"

"嗯,你讲。"

"别再叫我'铲子'。"

豆子愣了一下,才想起"铲子"名叫迪谢维尔。"这么说,你更喜欢'两匹马'①?听上去倒有点儿像苏人②勇士的名字。"

"铲子"笑了。"总比那个清理马棚的工具名称好听些吧。"

"好的,迪谢维尔。"豆子说,"从今以后,我就叫你迪谢维尔。"

"谢谢。我们什么时候训练?"

"今天自由活动时间就开始吧。"

"那可太好了。"

豆子几乎是跳着舞离开迪谢维尔的。无论如何,他成功了一次。

早餐结束时,他找齐了所有别动队的队员,总共五个。找另外四个前,他都先找过他们的组长商量。没人再拒绝他。在他的提议下,所有别动队成员都做了保证,以后称呼迪谢维尔时不再叫他的绰号。

豆子来的时候,格拉夫与迪马克和戴普在他战斗室舰桥上的临时办公室里,已经说了好一阵子话了。迪马克和戴普每次见面都会不停地斗嘴——先从无关紧要的小事开始,然后说到什么违反未成年人保护协议之类婆婆妈妈的话题,再然后逐步升级,嗓门越来越大,很快就面红耳赤地吵闹起来。这是他们的另一种竞争方式,戴普和迪马克都想给各自的被保护人,安德与豆子,争取到更多的权益,同时要求格拉夫重视两个孩子目前所面临的威胁,要求实行更为具体有效的保安措施。三人听到外面有人敲门时,都不能确定那人在门外等候了多久。敲门声很轻,

---

① "迪谢维尔"的发音类似英文"两匹马"。
② 苏人,美洲印第安人的一支,又被称为达科他人。

格拉夫甚至怀疑自己是不是听错了。

格拉夫这会儿，当然情绪低落。两个教官振振有词，不管是他们相互间的争执，还是对他下一步工作计划的联手攻击，全都很有道理。豆子在所有测试中显示出他是最佳人选；但安德在指挥官位置上的实际表现确实不同凡响，理应是更合适的人选。另外，格拉夫使两个孩子目前都面临潜在的安全威胁，的确不够称职。

但这两个孩子都不够自信。他们对自己的勇气抱有严重怀疑。

安德长期屈从于他的哥哥彼得。心理游戏的测试情况显示，安德没有意识到彼得实际上是虫族的象征。格拉夫知道，危急关头，安德会放手攻击，致敌死命。他完全有能力独自抗击强敌，不需任何人帮助，他也能消灭试图加害他的人。可惜的是，安德对自己的这种能力认识并不清楚。必须让他明确意识到自己有这种能力才行。

豆子呢，头一次战斗游戏之前明显惊慌失措，尽管后来干得漂亮起来。格拉夫不需要什么心理测试来确定豆子当时担心什么，他完全能够理解豆子的担心。没有任何证据表明，这个孩子有能力主动发起攻击。

缺乏自信，是这两个孩子的通病。攻击敌人时可不能犹豫——千万不能——临场反应有丝毫迟缓都可能导致失败。孩子们必须克服内心恐惧，必须知道到了关键时刻没人能帮他们的忙，必须明白一旦失败就无法挽回，他们没有退路。这方面的测试必不可少，一定要让两个孩子心里清楚他们能够经受住考验。危险是不能作假的。危险必须真实。

使他们陷入险境，表面上看完全是格拉夫不负责任。这点他心知肚明。如果格拉夫保守一点，从安全角度出发安排测试，那么在未来的战争中，即使安德或豆子失败了，也没人能责怪他。不过倘若人类失败了，这点小事可也算不上什么安慰。无论他推选哪一个孩子，一旦选择错误，就意味着每个地球上的人都将付出终极代价。在这种严酷的测试中，如果他们其中一人被杀死，或者身体和心理受到损害，那么另一个就是剩下的唯一人选了。

总得有个人来掷骰子吧。我是一只抓着这把骰子的手。我可不是什么官僚主义者，不会把个人前途看得比人类的利益更重要。我不能把骰子交到别人手里，或者假装自己做不出选择。

眼下，格拉夫所能做的是，耐心等待戴普和迪马克把话说完，不去理会他们抨击官僚政治以及对他提出的种种抗议。另外，在他俩彼此争吵起来时，稍稍注意控制一下双方的音量和措辞。

轻轻的叩门声再次响起。不用等门打开，格拉夫就知道外面是谁。

就算听到了他们的争论，豆子也绝不会流露出来。什么都不流露，让人不知深浅，正是豆子的特长。

"报告。"豆子说。

"进来，豆子。"进来，朱利安·德尔菲克，充满爱心的父母丢失已久的孩子。进来，被绑架的孩子，命运的人质。进来同正在拿着你的生命去玩聪明小游戏的命运之神谈谈。

"我可以等一会儿。"豆子说。

"戴普上尉和迪马克上尉都想听听你要说的话，你不想当他们面说？"格拉夫问道。

"你这样说倒显得我见外了，长官。不是什么机密大事，我只是想得到使用太空站补给品的授权。"

"不行。"

"我不能接受你的拒绝，长官。"

格拉夫看到戴普和迪马克幸灾乐祸地瞄了他一眼。这个孩子的胆大妄为使他俩很开心吗？"为什么你要提出这种要求？"

"很简单，每天都有战斗游戏，队员们累得要死，还被强迫完成各科作业——很好，安德没提什么意见，我们也一样。但你们这样做，不外乎是为了测试我们是否足智多谋。所以我只好四处找门路，想办法呀。"

"我好像记得飞龙战队的指挥官不是你吧。"格拉夫说,"我可以接受你们的指挥官提出的需要特殊设备的请求。"

"不可能。"豆子说,"他没时间浪费在这些愚蠢的官僚手续上。"

愚蠢的官僚手续。几分钟前格拉夫在辩论中才原封原样地用过这个短语。但格拉夫当时并没有提高嗓门。豆子在门外站多久啦?格拉夫在心里骂自己粗心大意。

"于是你就自告奋勇地来啦?"格拉夫问。

"他给我的任务是,思考你们以后在设置游戏时,可能会针对我们耍出些什么愚蠢的花招,另外还要我想出应急的方法。"

"你觉得你能找到些什么?"

"我不知道。"豆子说,"我只知道我们常见的那些东西、制服、急冻服、武器和小电脑。这里当然还应该有些别的补给品,例如纸。除了在不准我们使用小电脑的书面测试中,其他时候我们从来得不到纸。"

"你想用纸在战斗室里做些什么?"

"还没想好呢。"豆子说,"比如不妨把纸揉成团到处扔啦,或者撕成碎屑撒开,迷乱对手的视线啦等等吧。"

"战斗结束以后由谁来打扫呢?"

"那就不关我的事了。"豆子说。

"我还是要说:不行!"

"我还是不能接受你的拒绝,长官。"豆子说。

"我并不想有意打击你,豆子,但你是否接受我的决定对我来说只不过是小事一桩,还不如一只蟑螂放的屁呢。"

"我也并不想有意打击你,长官,但很明显,你对自己正在做的事一点儿把握都没有。你临阵磨枪,一意孤行,盲目地加快整个体系的运转节奏。这样做造成的危害不知要过多少年才能弥补得回来。训练之所以加快速度,是因为虫族离我们越来越近,你们不能再耽误剩下的时间了。所以你们才不断给学员增加压力,特别是对安德·维京施加重压。"

格拉夫心里很不是滋味。他清楚豆子具有超凡的分析能力,所以,他的欺瞒能力也应该同样出众。豆子的推论并不完全正确——那是因为他不了解真相,还是因为他不希望让教官们知道他到底了解多少,猜出了多少呢?我从来不让你来我这里,豆子,你太危险啦。

豆子还在一口气往下说:"当虫族入侵的那一天到来时,当安德·维京想寻找一种制止虫族侵害地球的方法,想防范像虫族第一次入侵时血洗整个行星的惨状重演时,你能用刚才那样愚蠢的废话去搪塞他,拒绝他吗?"

"就算你说得有点儿道理吧,补给品的问题也用不着你来考虑。"

"我考虑的问题是,"豆子说,"维京只差一点就会告诉你们,收拾起你们那套破烂游戏,自己玩儿去吧。他厌倦透了。如果你注意不到这点,那你就不配做一个教官。他不关心排名,不关心打败其他孩子。他放在心上的只有一件事:怎样做好抗击虫族的准备。因此,我现在马上就可以去劝说他,说你的计划乱套啦,再像以前那样认真地投入战斗游戏已经没啥意思啦。你以为我不能说服维京吗?"

"精彩。"格拉夫说,"迪马克!把禁闭室准备好。在太空飞船把他带回地球之前,豆子的活动要受到限制。这个孩子被战斗学校开除了。"

豆子微微一笑。"没问题,格拉夫上校。不管怎样,我在这里过得实在不错。我已经得到了我想得到的东西——接受一流的教育。我再也不用生活在大街上。我自由啦,可以回地球啦。让我从你们的游戏中解脱出来吧,请快一点儿,我早就准备好了。"

"你可别指望着在地球上得到自由。不可能冒险让你把战斗学校的事拿出去到处乱讲。"格拉夫说。

"好。你把最优秀的学员投进监狱,原因是你不允许他获得使用补给物资的权限。得了吧,格拉夫上校,这种理由到哪里都讲不通。收回自己说过的话的确比较困难，但我还是奉劝你收回。咱们之间可是唇齿相依的关系，相比之下，你需要我配合你工作的时候还要更多些。"

迪马克差点儿忍不住笑出声来。

如果像这样顶撞格拉夫能充分证明豆子有胆有识就好了。但格拉夫还是有点儿怀疑豆子的勇气。他不否认豆子应变力很强，与上司的顶撞也很有分寸。如果此时此刻迪马克和戴普不在场，格拉夫简直可以马上向豆子认输。

"是你让我当着两个教官的面同你谈事情的。"豆子说。

怎么？这个男孩能看透旁人的心思？不，格拉夫刚才瞪了两位教官一眼。豆子读出了这个细微的身体语言的含义。这孩子从不放过任何蛛丝马迹。正因为这一点，豆子在整个计划中才显得不同一般。

那不正是我们将希望寄托在这些孩子身上的原因吗？因为他们具有快捷机敏的处理突发事件的能力。如果我具有这种快捷机敏的指挥能力，那岂不早就让这些孩子退出战斗游戏，去享有他们应该享有的自由了吗？

"那好吧，豆子，我给你一份补给物资的详细清单。"

"还得找个人来给我解释一下它们的用途。"

"哼哼，我还以为你无所不知呢。"

豆子占到上风，见好就收，不再反击格拉夫这句挖苦人的话。得饶人处且饶人嘛。他知道格拉夫只好这样给自己一个不算太难堪的台阶，但这并不会使他愉快。

"迪马克上尉和戴普上尉陪你一块儿去。"格拉夫说，"仔细一点，他们中随便哪个都有权拒绝你提出的任何要求。如果被你拿走的东西在使用过程中产生了伤害性后果，他们可脱不了干系。"

"谢谢，长官。"豆子说，"虽然我很可能找不到什么有用的东西，但我还是得感激你为了达到战斗学校的教育目的，公正地允许我们参观太空站的资源。"

这个孩子用公事公办的口吻冷静老练地讲话。几个月以来，他调看每个学员的资料，细读学员档案中的评语，显然学会了比实际文件中更丰富的办公术语。

这孩子想让我领他的情。嘿，这个小混蛋，他还真以为自己得逞了呢。

好吧，总有一天我会让他明白，什么叫做大吃一惊。

"解散。"格拉夫说，"你们都走吧。"

他们立正，敬礼，退下。现在，格拉夫想，我必须重新考虑一下对未来的规划，自从这孩子来了以后，到底有多少事情受到了影响呢？

豆子刚开始浏览物资清单时，满心以为能找到某种可以被安德当作自卫武器用的东西，或者可以为他的战队所用，以便保护他，使他免遭马利德的攻击。但清单上没有那种既能通过教官审查，又能给小孩子提供优势，使他们在武力方面胜过大孩子的东西。

真让人失望，他只好另想办法应付那种威胁。

都是些平常物件，不过……

"死线是什么东西？"豆子看着清单问。

迪马克回答道："一种很纤细，但却十分结实的绳子。到空间站外面工作时必不可少的安全保险索。"

"有多长？"

"可以连接起来加长，在安全界限之内，我们可以接出好几公里去。"迪马克说，"但是每个卷轴上只缠了一百米长的线。"

"我想见识见识。"

他们带他来到一个从来没有让任何学员去过的角落。这儿的装修更注重实用。接头处的铆钉丝毫不加掩饰，光秃秃地裸露在墙面上。抬头就能看见管道，没有埋进天花板。见不到给孩子们引路的指示灯。

这卷东西小得令人惊讶。豆子试了试重量，很轻。他拉出大约十米长的死线，细得几乎看不见："这玩意儿吃得住多大重量？"

"承受两个成人的体重没问题。"迪马克说。

"那太好啦。但这么细的丝线，拴在身上不会割伤人吗？"

"放心，这东西又滑又圆，什么东西都割不断。这和太空服一样，没有安全保障就不能用了。"

"能把它切短些吗？"

"只有用喷灯才行。"迪马克说。

"我就要这个了。"

"就要这么一卷小东西？"戴普问，讽刺的语气很明显。

"还要喷灯。"豆子说。

"不行。"迪马克说。

"开玩笑的，呵呵，我知道你们不会给我喷灯。"他走出补给品库房，跑过走廊，折向他们来时的那条通道。

两个教官不由跟在他身后跑起来。"慢点。"迪马克冲他喊道。

"你们不用急！"豆子回答，"我有一队人等着用这东西进行训练呢。"

"训练他们做些什么？"

"我还没想好！"他到达立柱滑了下去，抵达学员所在的那层甲板，总算松了口气，在这里，可没人对他搞什么安全检查了。

他的小队正在战斗室里等他。过去的几天里，他们在他的指挥下卖力地尝试各种稀奇古怪的、不一定能见成效的花样。比如在空中散开编队；各种隐蔽方式；手被冻住不能开枪时，突然出脚攻击那些掉以轻心的敌人；收发自如地控制身体旋转，这种技术使他们在突袭敌人时，很难被对方击中。

最让他们感到鼓舞的事情是，豆子的小队每次训练时，安德几乎都自始至终在现场观看，而且无论出现什么情况，他都不理会其他小组的组长和队员的质疑。不管他们提出什么问题，安德都一言不发，他只是做到心中有数。豆子的队员知道安德的视线落在他们身上，干得更卖力了。安德对他们表现出的高度重视，使豆子的形象在队员眼中也日益高大起来。

这就是安德的高明之处，豆子不下一百次地认识到这一点。他懂得该怎样把一个队伍训练成他想看见的样子。他懂得该怎样与他人共事。而且他做起这些事来驾轻就熟，毫不费力。

如果格拉夫在这方面与安德一样棒，我今天也就不用表现得像无赖一样了。

豆子这会儿做的第一件事，是把死线横拉过战斗室。死线的长度刚够系在两头扶手上。但经过几分钟的练习，他们发现这根绊索几乎起不到什么作用。大多数敌人根本碰不到它；就算碰巧绊住几个，暂时打乱了他们的运动方向或者将他们四下弹开，可是一旦敌人探明了死线的位置，他们就可以在战斗中利用它，对于有创造力的敌人来说，说不定反而会因此送给他们一种优势。

作为太空保险索的死线，它的实际用途是拴住人，使人不会在太空中飘荡。那么如果只抓住线的一头会是什么样子呢？

豆子把死线一头系牢在扶手上，把另一头在自己腰上绕了几圈。现在绳子比战斗室的边长短了。豆子把线系牢以后，脚下发力，猛地一蹬，向对面墙壁径直弹出。

当他滑过半空，死线在后面拽住他身体的一瞬，他不由自主地想道：我希望教官们说这条细丝什么都割不断没有骗人。不然会怎样呢——我将马上被这条死线生生切成两半。那样倒也有趣，战斗室里乱成一团，漫天血雨，清理起来不知有多费劲呢。

离墙壁还有一米的时候，线绷紧了。豆子向前运动的趋势立即从腰部开始被止住了。他的身体被拦腰一折，折成一个"V"字，感觉就像肚子上被猛踢了一脚。但最让人惊奇的是，借着惯性，他的身体突然间由直线运动变成侧向的弧线运动,像鞭子一样朝D组训练的方向闪电般抽过去。豆子一声闷哼,狠狠撞到墙上,一时之间,只觉得肺里的空气全都被挤了出去。

"你们看!"豆子刚缓过气来,就大呼小叫起来。他胃部疼得很难受——虽然身体没被切成两半,但免不了会勒出一道讨厌的淤伤。他相信,如果不是穿着急冻服,一定会受内伤。但他对半空中的突然转向感觉好极了。"看我!大家都看见啦!"

"你没事吧?"安德大声喊道。

豆子意识到安德以为他受伤了。他放慢了一点说话速度,但还是忍不住继续嚷嚷着说:"你们看见我飞得有多快了吧!看见我怎么改变方向了吧!"

整个战队都停止了训练,看豆子怎么玩他的死线。豆子让两个队员一人拴一头,其中一人突然停下时,另一个的身体运动显得特别有意思,但这种技巧很难掌握。给人印象更深的是,豆子让安德用钩子从墙上拉动一个星星到战斗室中央。豆子把死线的一头固定在星星扶手上,借着这个支点跃起身,绕着星星飞快地转起来,一圈又一圈,死线在星星上越绕越短,而豆子转动得越来越快。最后终于控制不住身体,撞到星星上,脑袋嗡的一声,眼前一黑,好一阵才回过神来。整个飞龙战队的队员都被豆子的表演惊得合不拢嘴。死线是透明的,因此看上去豆子好像是弹射出去之后,突然在半空中转向再加速的。猛然看到这种不可思议的事情发生,的确让人惊疑不定。

"再来一次,我来试试在这种情况下能不能扣动扳机开火。"豆子说。

晚间练习直到睡前不久的二十一点四十分才结束。由于刚看过豆子小队表演的绝招,所有队员都兴奋得忘记了疲倦,开心地蹦跳着穿过走廊。他们中多数人大概都知道,其实豆子玩的只不过是一些杂技,对战斗的胜负并不一定能起决定性作用。但无论如何这太有趣了，令人耳目一新。而且这是飞龙战队的首创。

豆子第一次体会到当队长的成就感，这是安德给他的荣誉。现在有一点小收获，他知道自己是靠取巧得到的成绩——还不能得到公众的敬意——不过他此刻仍然感觉良好。

但不算最好，他居然放松了警觉。直到在走廊里走了很长一段路，才意识到今天有点异样，走廊里穿火蜥蜴队服的学员明显比平常多。还有不少其他孩子在这一带游来荡去，不像有什么正事要做。二十一点四十分了，大多数战队成员这个时候应该待在宿舍里，平常此时的走廊里只有很少几个从图书馆、录像室或者游戏室回来的人。今天火蜥蜴队员实在太多了，其他那些大块头学员也都是平时最不喜欢安德的那些指挥官的下属。走廊上显然有个陷阱，而且布置得一点儿也不高明。

豆子转身往后慢跑，回到走在一块儿的"疯子"汤姆、威列德和"热汤"韩楚身边。"火蜥蜴的人太多了。"豆子说，"注意别让安德落单。"三人立刻心领神会——邦佐放出的话人人都知道，他威胁说什么自"有人"来收拾安德·维京，打发他到他该去的地方。豆子保持着他一贯的慢跑节奏，不露声色地继续往后，不理会那些小孩子，他只提醒了另外两个组长和所有副组长——这几个孩子岁数略大一点，还有希望能与马利德手下那伙人拼一拼。当然绝无胜算。他们能做的只是在教官们赶到之前，尽力保护好安德。

豆子跑到安德身边，跟在他后面，很快看到一个人影快速跑来，是穿着凤凰战队制服的佩查·阿卡莉。她喊道："嗨！安德。"

让豆子感到不快的是，安德居然停下脚步向她走去。未免太大意了吧。

佩查身后，一些火蜥蜴队员加快了脚步。豆子看了看其他方向，发现几个火蜥蜴队员与另一帮别的战队队员跟在飞龙战队后面，堵住了他们的后路。"热汤"韩楚和"疯子"汤姆快要赶到了，其他组长和大一点儿的飞龙战队队员也正在往这边赶来，但他们还不够快。豆子招了一下手，"疯子"汤姆加快了速度。其他人也紧跟而来。

"安德，能和你谈谈吗？"佩查说。

豆子大失所望。佩查就像出卖耶稣的那个犹大。她想把安德拖住，让安德落入邦佐的手心——谁能想到这一出呢？佩查原来在邦佐的战队时，曾经把邦佐恨得牙痒痒的。

"边走边谈吧。"安德说。

"只说几句话。"佩查说。

如果她不是一个出色的演员，那她就是在发神经。她眼里仿佛只看得见身穿飞龙战队制服的人，而看不见其他人。真是个大白痴。

好在，安德似乎意识到了自己的处境不妙。除豆子以外，其他飞龙队员都走到他前面去了，这让他有点不安。他没有回应佩查，转过身去往前紧走几步，赶上了那些个头大点儿的飞龙队员。

佩查气恼地愣了一下，然后跑着追上去。豆子站在原地没动，看着那些火蜥蜴队员从后面赶来。他们甚至不向他瞄一眼，只是迅速地加快了步伐，追赶安德的速度几乎和佩查一样快。

豆子紧赶三步，来到狡兔战队宿舍门前，伸手拍门。有人来开门了。豆子只说了一句："火蜥蜴的人想欺负安德。"狡兔战队的队员立刻从宿舍里一拥而出，来到走廊。这时火蜥蜴的人正好经过他们的宿舍。狡兔队员们于是也紧随其后跟了上来。

他们是证人，豆子想，如果打起来明显不公平的话，他们还有可能成为帮手。

在他前面，安德正和佩查交谈，身材高一点的飞龙队员跟在他身边。火蜥蜴的人继续逼近，一路上还有另一些别有用心的人不断加入到他们的行列中。但是紧张的气氛最终渐渐缓和下来了。狡兔战队的队员和飞龙战队的大孩子们显示出了作用。豆子松了口气。至少，这一刻的危机算是结束了。

豆子赶上安德时,正好听到佩查在说:"你怎么能这样想我?你分不清楚谁是你的朋友吗?"她恼怒地跑开了,闪进前面一个楼梯口,爬上梯子。

狡兔战队的卡恩·卡比追上豆子问:"一切还好吧?"

"我希望你不介意,我把你的队员叫出来了。"

"他们把情况对我说过了。我们还是等安德平安回到宿舍以后再散伙吧?"

"嗯。"

卡恩退回去和他的大队人马走在一起。现在他们与火蜥蜴那边的恶棍数量比起来是三比一。那帮心怀叵测的恶棍陆续散开,三三两两消失在梯子口或溜下立柱去了。

豆子再次追上安德时,他正被他的组长们围在中间。现在不会再出什么事了——很明显组长们是他的保镖,一些年纪小一点儿的飞龙队员也意识到发生了什么,纷纷加入到安德的卫队中来。他们簇拥着安德一直到他的宿舍门口,"疯子"汤姆抢先进入宿舍,仔细检查一遍,确定没人埋伏后才让安德进去。

豆子睁大眼睛在床上躺了好一会儿,他在想自己能够做些什么。队员们不可能时时刻刻与安德待在一起。比如他们去上课的时候——那个时段每支战队都会被故意拆散。飞龙战队里只有安德一人去指挥官餐厅吃饭,如果邦佐在那里迅速下手……但是他应该不会在他身边还有许多别的指挥官时这样干。另外,淋浴间、厕所的栅格也是容易被袭击的地点。

因此豆子现在必须考虑,怎样做才能瓦解那些支持邦佐的人。入睡之前,他脑子里有了一个不太成熟的、自己都觉得有点笨的小计划,但兴许能管点用,好歹总算可以做点儿什么事,而不是束手无策吧。先得向大伙儿说明情况,要让教官们事后不能推卸责任。

他设想可以在明天的早餐时这样做。但是,第二天早餐之前他们又接到战斗指令，对手是波尔·史莱特利指挥的灵獾战队。教官们这次新发明的破坏规则的手法更恶劣：灵獾战队的队员被冰冻后，过五分钟就自动解冻了，这本来是练习时的做法，以往每次战斗中一经冰冻就得等到战斗结束后才能解冻。但飞龙战队却享受不到这个自动解冻程序，他们还和原来一样，一旦被对方击中一次，就始终被冻结。而且这一回战斗室里布满了星星——给对方提供了大量可以藏身的地方——他们打了好一阵才反应过来，明白在通过那些星星时他们反复攻击的其实是同一个士兵，一个"死而复活"的士兵。这次飞龙战队比以往任何一次都接近失败。在惨烈的短兵相接之中，飞龙战队还得抽调十二个队员守住一大批被冰冻的灵獾队员的"尸体"，按时补枪，不断重新"打死"他们，同时还要神经兮兮地留意四周和背后有没有逃脱的灵獾队员。

这场战斗拖得太久，等他们离开战斗室，早餐时间已经过去了。飞龙队员们愤怒不已——有的队员在察觉到这个不讲规则的诡计之前就被冻住了，不少队员在硬邦邦的急冻服中度过了一个多小时，随着时间的流逝，他们越来越泄气。其他队员，则被迫面对数量占绝对优势的敌人，而且还得分心注意那些快要复活的敌人。他们耗尽了每一分体力和脑力。安德也不例外。

安德在走廊中集合战队，他说："现在你们全都看到了教官的用心。今天不训练了。通通休息，想怎么玩就怎么玩去吧。"

他们非常感激这个解散的命令，但直到现在，他们还没吃上早饭，全都灰溜溜的，没有一个人欢呼喝彩。回宿舍的路上，有几个嘟嘟囔囔地说着风凉话："我敢打赌，他们现在正在给灵獾战队供应早餐。"

"不，他们半夜时就已经给灵獾战队供应过早餐了。"

"是啊，他们已经吃过早餐啦，过五分钟他们还要再吃一顿呢。"

然而，豆子的计划落空了，他已经没有机会在早餐时施行他的计划。只好等到午餐时再说。

好处是，飞龙战队今天不训练，邦佐手下那帮家伙就拿不准该上哪里去埋伏。坏处是，安德如果今天出来单独行动的话，身边没有能够保护他的人。

因此，豆子一直看到安德进入了他的宿舍，才略微放下心来。与另外几个组长商议了一下以后，豆子在安德宿舍门前设了个岗哨，让一名飞龙队员守护在外面走廊里，每半小时换一次岗。这样，安德就无法在飞龙战队队员们不知道的情况下出去游荡。

安德始终没有动静，一直到午餐时间。组长们让全体队员先去吃饭，他们则来到安德门口。"苍蝇"莫洛把门敲得"咚咚"直响——事实上，他前后拍了五次门。"吃饭了，安德。"

"我不饿。"他的声音从里面隔着门传出来，"你们去吃吧。"

"我们得等着你。""苍蝇"说，"不能让你一个人走着去指挥官食堂。"

"我今天没胃口，不去吃午饭。"安德说，"你们去吧，晚些时候再见。"

"你们都听见了。""苍蝇"对其他人说，"我们去吃饭的这段时间里，他会安全地待在宿舍里。"

豆子留意到，安德并没有答应在这段时间不出房门。但至少邦佐的人此时搞不清楚安德在哪里，他们得费时间瞎猜。而豆子想在午餐时找到机会，发表他昨晚想好的演讲。

他跑进餐厅，不是去排队，而是径直跳上桌子，使劲拍着巴掌吸引大家注意。

"嘿，嘿，伙计们！"

餐厅里的学员们都安静下来，慢慢围拢这张桌子，等着看他怎么继续表演。

"你们中的有些人，需要重温一下IF法律中的这一条：如果指挥官命令他的士兵去做违法或者不道德的事情，那么这个士兵有义务拒绝这个命令并向上级报告。士兵服从命令做出违法或者不道德的事情，必须对自己的行为引起的后果负全部责任。我之所以在这里强调这点，是怕有些人傻得理解不了这条法律的意思。这条法律的含义其实相当清楚，那就是，指挥官不能以任何借口命令你们去犯罪。法律禁止你们服从这种命令。"

火蜥蜴的队员避开了豆子咄咄逼人的眼光，但一个穿野鼠制服的凶巴巴的家伙粗暴地嚷起来："关你什么事，你脑子没进水吧，小东西？"

"是不关我事，但关你的事，莱特。你的分数在学校排名最靠后的百分之十里，所以我想你也许需要一点特别辅导。"

"马上把你鼻子下面的窟窿闭上，那就是我需要的特别辅导！"

"不管邦佐昨天晚上安排你和另外那二十多个人做什么，莱特，我要提醒你们，一旦你们真的做出什么事来，那你们中的每个人都会因为他的愚蠢而被战斗学校开除。还有拘禁。你们听笨蛋马利德的命令，最后只有全部完蛋。还需要我说得比这更清楚吗？"

莱特笑起来——笑声沙哑，像是勉强挤出来的。而且还不止他一个人在笑。

"你甚至不知道马上会发生什么事，小东西。"其中一个说。

"我知道笨蛋马利德正打算把你们变成大街上那种团伙，你们这些可怜的失败者。邦佐在战斗室里打不过安德，所以他才纠集一伙粗暴的家伙，妄图用卑鄙的手段去欺负一个小孩子。大家都听说了吧？你们应该知道安德是个什么人——他是这个该死的学校有史以来最棒的指挥官。他也许是能继承打败过虫族入侵的马泽·雷汉事业的唯一人选。你们知道这个吗？有一帮家伙实在是聪明过头了，他们想打出安德的脑浆来。那么，当虫族进犯的时候，我们就只剩下满脑子糨糊的邦佐·马利德这样的蠢材来担任指挥官，领着我们的舰队迎敌。结果不难预见，虫族将血洗地球，杀掉每一个苟延残喘的男人、女人和孩子。侥幸活下来的人迟早会知道，安德，那个有能力率领我们取得胜利的人，正是毁在了这帮蠢材手中。"

整个餐厅死一般寂静，豆子知道，这番话开始起作用了。

"哦，你们早把虫族抛到脑子后面去了，是吧？你们忘记了，建造这个战斗学校，可不是为了让我们写信回家告诉妈咪，说你在积分榜上排名有多高。你们现在帮着邦佐干坏事，忙得不亦乐乎，如果你们想伤害安德·维京，为什么不先把你们自己的喉咙割开呢。不过我们中其余的人——来吧，让我们看看，这里有多少人认为我们愿意跟随安德·维京奔赴沙场？有多少人希望与我们同生死、共患难的指挥官是安德·维京？来吧，有多少人！"

豆子有节奏地拍响巴掌。几乎在同一时刻，飞龙战队的队员都和着豆子的节奏一块儿鼓起掌来。紧接着，几乎所有的士兵都开始鼓掌。没有鼓掌的人显得很突出，大家扫视他们的眼光里充满了轻蔑和厌恶。

很快，整齐的鼓掌声一浪高过一浪。连服务人员也加入鼓掌的行列。

豆子高举双臂，掌声稍息。他大声说道："面目狰狞的虫族是我们的死敌！全人类必须团结一致！任何反对安德·维京的人，就是虫族的同党！"

餐厅里一片沸腾，大家拍着手，跳着，对豆子的演说报以热烈的欢呼。

这是豆子第一次鼓动起那么大一群人的激情。他很满意看到现在这样的结果，只要站到有道理的一方，他就有能力把一件事做好。

过了一会儿，他拿着他的饭菜与C组队员们坐到一起，正准备美美地吃一顿午餐。莱特一个人冲豆子走过来，他从豆子身后过来，豆子没有注意到他，但一旁的C组队员早已站起身来，准备把他踢一边去了。莱特打着手势表示自己没有恶意，示意他们坐下，接着凑到豆子耳边说："小心点儿，你这个想当王后的蠢卒子。那些计划除掉维京的人全都不在这里。你愚蠢的演讲浪费的时间可能太多啦。"

说完他就走了。豆子连忙起身离开，C组队员和飞龙战队的其他队员随即跟了出来。

安德宿舍里没人，至少大家敲门时没听见回答。A组组长"苍蝇"莫洛，指挥大家分头行动，到宿舍、游戏室、录像室和健身房等四下搜寻。

豆子叫上他的特别小队跟着他去浴室。邦佐和他的手下很可能在那里等着安德，因为那是安德今天肯定会去的地方。

豆子赶到时，一切都结束了。教官们和医务人员乱哄哄地穿过大厅。丁·米克扶着安德的肩膀，和他一起离开浴室。安德身上只围着一条毛巾，浑身湿淋淋的，血滴顺着后脑勺往下淌，落在他的脊背上。豆子愣了一阵才反应过来那不是安德的血。跟豆子一道来的队员与丁·米克一起，护送安德回宿舍去了。豆子留下来，呆站在浴室门口没动。

教官们呵斥他别挡道，让他离开走廊，但豆子已经看清楚了。邦佐躺在地上，医务人员正忙着给他做心脏起搏急救。豆子知道，对心脏还能跳动的人是用不着使用这种急救术的。他的鼻子整个儿被撞碎了，浓稠的血浆把脸孔糊得一团糟。原来安德后脑勺上的血是在这里沾上的。

我们所做的一切努力都没能制止这件事发生，但是无论如何安德赢了。他早就料到会发生什么，他学习个人格斗术，他清楚该怎么行动，总之他不会像我一样只会做那些不着边际的蠢事。

如果波可有一个安德这样的朋友，她就不会死于非命了。

如果安德指望着靠豆子来救他的命，那他的下场就会和波可一样。

一只手伸过来，粗暴地拉开豆子。豆子一个趔趄，被抵在墙上。

"你都看见了些什么！"安德森少校喝问道。

"没看到什么啊。"豆子说，"邦佐在里面吗？他受伤啦？"

"你少管闲事！没听见我命令你离开吗？"

随后格拉夫上校匆匆赶来了。豆子发现围着格拉夫的教官们都对他怒目而视。

"我想豆子天生喜欢伸着长鼻子到处嗅,哪里都见得到他。"安德森说。

"你们要把马利德送回家吧?"豆子问,"不然他还会做这种事的。"

格拉夫恶狠狠地瞪了豆子一眼。"我听说你站在餐厅的桌子上演讲。"格拉夫说,"居然连我都不知道,把你带到这里来是为了培养出一个政治家。"

"你得关邦佐的禁闭,然后开除他,否则安德永远不得安生,我们绝不答应!"

"管好你自己就行了,别添乱,小家伙。"格拉夫说,"这是大人的事。"

豆子任由迪马克把他拖走。但他们是否会怀疑豆子已经知道邦佐死了呢?为防万一,他继续装出一副不知情的样子。"他也会追着我不放的。"

"他不会跟在你后面的。"迪马克说,"他马上就要回家了。别把这事对其他人说。等正式通知下达时,大家自然就知道了。懂啦?"

"是,长官。"豆子说。

"你从哪里了解到那个无聊的法律条文?我是指你在餐厅演讲时说的那个:士兵可以不服从指挥官下达的违法命令。"

"在与军事管理相关的法律文件里看到的呀。"豆子说。

"嗯,不过,事实上,从来没人因为服从指挥官的命令而被控违法。"

"那个嘛,"豆子说,"大概是因为从来没有哪个指挥官命令手下的人去做这种残暴的事情吧。"

"军事管理法规并不适用于学员,至少有一部分不适用。"

"但它适用于教官。"豆子说,"适用于你。万一你今天正好服从了什么违法的或者不道德的命令……呃,这个不好讲……比如你对浴室内发生的斗殴袖手旁观吧,说不定就因为是你的长官警告过你:别插手,看那个大孩子打小孩子时会发生什么事。"

迪马克心里很不是滋味，但没有表露出来。他站在走廊里，目送豆子走进飞龙战队的宿舍。

里面的人全都像疯了一样。队员们自怨自艾，羞怒交加，觉得自己无能而愚蠢。邦佐·马利德比他们聪明！邦佐在安德落单时截住了他！在安德最需要帮助的时候，他手下的那些兵都去哪儿啦？

好半天，大家才恢复平静。在这期间，豆子闷坐在自己的床上，任由思绪飞扬。安德不只是赢得了这次战斗，不只是保住自己就善罢甘休。安德杀死了对头。他的打击干脆彻底，使他的敌人永远，是的，永远没有机会再次对他下手了。

安德·维京，你是天生的舰队指挥官，你是抵御虫族再次入侵地球的第一人选。在你身上，表现出了我们所需要的东西——竭尽全力、毫不留情地打击敌人，盯准正确的目标，不计后果。只有你，才能指挥一场毁灭性的战争。

我呢，我不是安德·维京。我只是个大街上的流浪儿，只懂一点儿简单的生存技巧。唯一一次面对真正的危险时，莫名其妙地，我像松鼠一样溜得飞快，逃到卡萝塔修女那里去寻求庇护。安德面对强敌独力奋战，我却只会蜷缩在自己的树洞里。我只有站在餐厅桌子上演讲的胆量，没错，我就是这种家伙。而安德呢，他光着身子也能打败比他强大的对手。

无论我的基因是被怎么修改的，这种实质性的东西却没有改变。

安德差点因我而死。是我激怒了邦佐，是我在关键时刻没有保持警惕，是我没有静下心来，想到邦佐可能会等着在安德一个人去洗澡的时候动手。全怪我。

如果安德今天死了，我将再次犯下不可原谅的错误。豆子心潮起伏，浑身哆嗦，直想杀人。

CHAPTER 18
朋 友

"那个男孩的死亡本来是可以避免的!"

"长官,事先没预测到会出现这种结果。"

"应该预测到。"

"事情发生过后,你当然总觉得能够先预测到。但这些学员毕竟都是些孩子,我们没有预测到发生在这些孩子身上的暴力会达到这种程度。"

"格拉夫上校,你说这话我不信。我更倾向于认为,实际发生的暴力程度正好符合你的预测。整个事件是你一手策划的。你肯定觉得这次实验很成功吧?"

"你要这样想我也没办法。我只能保留个人意见了。长官,安德·维京已经做好了去指挥学院的准备。这是我的报告。"

"但是,我刚从戴普那里得到另一份特别报告,他是安德的主教官吧,他应该最了解安德的生活细节。他的报告——呃,戴普上尉在报告里没有明确表示反对意见——他只向我报告安德·维京现在'心理负担很重'。"

"就算有点心理压力,也只是暂时现象。"

"你以为我们还有多少时间?不,格拉夫上校,就目前情况来看,我们不得不认为你对维京的教育是失败的。这个孩子不适合我们的需要,他以后完全可能用这种方式对待其他人。所以,为了将来不发生同类事情,我希望还是把另外那个孩子提拔起来。我想让他早日来指挥学院报到。"

"很好,长官。不过我必须告诉你,我个人觉得豆子不太可靠。"

"为什么?因为你还没有把他训练成一个杀手吗?"

"因为他不是人类的一员,长官。"

"那一小点儿遗传基因的差异并没有超出正常范围。"

"他是人造产品,制造他的人是个罪犯,一个不可理喻的疯子。"

"如果你说他的父亲或者母亲是罪犯,我还觉得有一点危险。但说到制造他的医生,笑话,他们之间会有什么关系?别多说了,这孩子正是我们所需要的人才,尽快把他给我送到指挥学院来。"

"他才真正是不可预测的。"

"难道那个叫维京的男孩可以预测吗?"

"不可预测的程度相对比较低,长官。"

"非常谨慎的回答,格拉夫上校,这样说才与你刚才所强调的今天的谋杀'不可预测'没有冲突嘛。"

"没有发生谋杀,长官!"

"好,就算杀害吧。"

"维京的胆量已经得到了证实,长官,豆子还没有。"

"我看过迪马克的报告——在这件事中,他没有受到——"

"他没有受到伤害,我清楚这点,长官。"

"豆子在整个事件中的行为表现得很有分寸,恰到好处啊。"

"那说明迪马克上尉的报告还不够全面。他没有向你汇报,把邦佐推到暴力边缘的人正是豆子吗?是豆子破坏了安全平衡,他激起了邦佐的虚荣心和嫉妒心,还火上浇油,说什么安德战队里的队员镇静沉着,个个都是优秀士兵。"

"的确存在一些难以预测到结果的行为。"

"豆子的表演是为了保住自己的小命,他把本来该他承受的危险转嫁到了安德肩上。后来他付出的努力并没有起到什么实际作用。事实上,豆子在经受不住压力的时候,会成为一个叛徒。"

"这话说得太难听啦!"

"把一次明显的自我防卫行为称为'谋杀',难道就好听?"

"你还有完没完!在你所谓的安德·维京的休息和恢复期间内,你也休假,你的战斗学校校长职务被解除了。如果维京能够恢复过来进入指挥学院的话,你和他一道来,好给我们为这个孩子准备的教育方案提点建议。但假如维京不能恢复,你可能就只好在地球上等着接受军事审判了。"

"免除我苦役的这道命令什么时候生效?"

"在你和维京搭上太空飞船的时候。安德森少校将代理校长职务。"

"很好,长官。维京一定会重返太空接受训练的,长官。"

"那还得看我们想不想再收他。"

"现在,我们大家都对那个叫马利德的男孩的死亡感到难过。等你摆脱这种沮丧情绪以后,就会认识到我是对的,安德是唯一可用的人选,事实上,现在比原来更加明确了。"

"我接受你的退场台词。另外,如果你是对的,我希望你能交上好运,希望你的工作和那个叫维京的孩子一切顺利。没别的事了,解散。"

　　安德进入飞龙战队宿舍时,身上只围着他的毛巾。豆子见他站在那里,脸色难看极了,不禁想到,他一定知道邦佐死了,这件事对他打击太大。

"嗬,安德。"和其他组长一同站在门口的"热汤"招呼道。

"今晚还训练吗?"一个小队员问。

安德把手中的命令递给"热汤"。

"我想咱们又有事了。"尼古拉小声说。

"热汤"看了看。"那些狗娘养的！一次打两队？"

"疯子"汤姆从他肩膀上探过头去看看命令说："两支战队！"

"他们只会绊住对方的脚。"豆子说。教官们使出这种两支战队联合出战的愚蠢策略并不让他感到意外，他们已经习惯了像这样反复不断地证明自己无能，这回只不过再证明一次而已。令豆子惊骇的是教官们的报复心理，他们一个劲地给安德加码，使他没有喘息的机会。他们难道不明白这样做会给他造成多大伤害吗？他们到底是在培养他还是在毁灭他？从他的入学时间和学习情况看，上周他就应该从战斗学校毕业了。而现在，当安德已经处在绝望边缘的时候，他们居然又给他分派下一场更艰巨的战斗任务。他们居心何在？

"我先去洗个澡。"安德说，"让大家准备好，召集全体队员，我在大门那里和你们会合。"从安德说话的口气里，豆子听出他对这场战斗完全不感兴趣。不，还有一种更深层次的东西：安德根本就没打算赢得这场战斗。

安德转身向外走去。每个人都能看到他头上、肩上和背上的血迹。他离开了。

时间紧迫，没人顾得上去理会安德身上的血迹。"两支狗屁战队！""疯子"汤姆高声嚷嚷着，"我们要踢烂他们的屁股。"

这句话说出了正忙着穿戴急冻服的全体队员的心声。

豆子把死线在急冻服的腰间缠好。安德如果需要使出攻敌不备的绝招，这场战斗最合适不过了。在他对胜利不感兴趣的时候，什么实验都可以放手去做。

安德如约而至，在大门还没有打开之前与大家会合——以前他总是带领大伙儿一同奔赴战斗室，从没像这样独自最后到达过。他顺着走廊过来，和他的士兵排在一起，大家看着他，眼神里透出爱戴、敬畏和信任。只有豆子一人例外,他的眼光里充满了同情。安德·维京是个孩子,他还不足以承受如此沉重的压力,豆子清楚。他肩负的压力已经达到极限,甚至已经超出极限,他只是咬紧牙关硬撑着,坚持到现在。

大门消失了。四个星星摆在门前,恰好挡住了他们的视线。维京只能凭猜测配置他的战队。他只知道敌人在十五分钟前全都进入了战斗室。他现在能判断出的全部情况是,他们已经和邦佐一样,布好了阵形,只不过比邦佐的布阵高明得多,也有效得多。敌人的数量多得足以把大门完全堵死。

安德一言不发,站在那里看着眼前的障碍物。

豆子料到会出现这种情况。他已经做好了准备。他走到门边,与安德并肩而立。豆子知道,这就够了。安德只需要这样稍稍提醒一下就行了。

"豆子,"安德说,"带上你的队伍去看看,搞清楚星星背面的情况。"

"是!长官。"豆子说。他从腰间解下死线,和他的五个队员一起跳上了星星。这样一来,他们刚刚进来的大门成为天花板,星星则是他们目前的地面。豆子把死线系在腰上,其他人把线理顺,松松地放在星星上。死线放出三分之一,豆子说够了。他判断对面的星星不是四个,而是八个,前排四个的后面应该还摆着四个,形成一个立方体。如果他的判断错误,那他的绳子就放得太长,他会撞上天花板,而不是被死线抡到敌人的星星背后去。一旦打起来,几乎总会出现不顺利的情况。

他滑到星星边缘。他的判断没错,敌人的星星确实码成了一个立方体。房间里太暗,看不清敌人在干什么,但是看上去他们好像正在调兵遣将。这回显然不能再一头朝着星星直冲上去进攻了。他赶快把这些情况告诉迪谢维尔,他会在豆子使出绝活时把这个信息报告给安德。安德一定会一次性派出全部队伍,不会与对方死耗。

豆子径直从天花板向下弹出身子。在他上面,他的小队牢牢握住了死线的另一头,保证绳子按计划滑出去,到时候才能突然收紧。

豆子不喜欢死线收紧时肚子被勒痛的那种感觉，但死线一抖，那种疼痛又来了，绷紧的死线使他突然转向，加速冲向南面。晃眼间，他看到远处敌人向他开火时枪口的闪光。不过只有一边敌人阵地在开火，另一边没有动作。

接着死线缠到立方体的下一边缘，他的速度再次加快，现在他向上划出一道弧线，有那么一刻，看上去他似乎会刮到天花板。然后是最后一个转折，他绕回星星后面。他的队员熟练地接住他。豆子伸伸胳膊踢踢腿，表明此次的凌空滚翻没受一点伤。他此刻关心的是，敌方看过他的空中飞人杂技表演后会产生什么想法呢？为什么安德这时还不率队进场？规定时间就快到了。

安德一个人跃进了大门。豆子尽可能简要快捷地向他报告："里面光线太暗了，想借着急冻服的闪光追踪敌人很不容易。能见度糟透了。从这颗星到敌人阵地那头全是开阔地带。他们的大门口围着八颗星星。星星边上有几个家伙盯着我们这边的动静，此外就见不着人了。他们一定埋伏在星星背后等着我们。"

隔着一段距离，他们听到敌人叫阵的呐喊。"嘿！我们饿啦，快上菜吧！飞龙战队的胆小鬼！飞龙战队的窝囊废！"

豆子继续报告敌情，却不知道安德是否在听他说，"只有一半的敌人阵地向我开火。这说明两个指挥官意见并不一致。"

"在真正的战争中，"安德说，"任何一个有头脑的指挥官遇到这种情况都会撤退，以保存有生力量。"

"管他那么多呢！"豆子说，"这不过是一场游戏。"

"当他们破坏规则的时候，这就不再是一场游戏了。"

这可不是好兆头，豆子寻思，安德像现在这样魂不守舍，那整个战队还要等多长时间，才能得到进入战斗室的命令啊？"那么，你也可以不择手段。"他盯住安德的眼睛，用自己的眼神提醒他：打起精神、集中精力，投入行动。

无精打采的表情从安德的脸上移走了。他咧嘴一笑。此时看到这个笑容真他妈让人觉得开心啊。"没错，为什么不呢？我们采用编队进攻，看看他们会有什么反应。"

安德下令，让飞龙战队全体通过大门。这次没有其他选择，他们全体云集在星星的顶端。

等大家聚到一起，安德开始说明他的计划，采用豆子特别小队曾经练习过的另一个笨法子：用冰冻的士兵构成一堵人墙，没有冻住的队员趴在他们后面，由豆子的小队操纵。安德简单对豆子交代了几句，把余下的事情交给豆子去办，然后自己也作为一个普通队员加入了编队。"这次全看你的了。"他说。

豆子从没想到安德会做出这样的决定，但这样做也有几分道理。安德不想投入这场战斗，他让自己成为冰冻人墙中的一名士兵，整场战斗自始至终由另一个人指挥，如此一来，他就可以在这场战斗中睡大觉了。

豆子立刻忙活起来，他设计了一个巨大的人墙，分成四部分，由A、B、C、D四组分别结成一面"七人盾牌"。等七个人的手脚相互之间扣结好时，豆子和他的别动队就冰冻住他们。然后豆子的队员扶住盾牌，轻手轻脚地把盾牌从星星上面推移到星星下面去。最后再把四面"七人盾牌"编队组合成一堵人墙。现在，除了豆子的别动队和E组队员，其他飞龙队员还没开战就被冻得硬邦邦的了。

"你们什么时候练习过这个？"E组组长达普尔问。

"我们以前从没这样做过。"豆子老老实实地说，"我们练习过的分裂和联结都只用一个人做盾牌。七个人组成的大盾牌么，对我们来说也是全新的。"

达普尔笑起来。"这回安德也掺和进来了，和其他人一样充当盾牌。这可是对你的信赖呀，豆子老伙计。"

那是绝望，豆子想。但他觉得现在没必要把这想法说出来。

一切准备就绪，全体机动队员聚到人墙后面，豆子一声令下，他们使尽全力将这块超级人体盾牌猛推出去。

巨大的人墙直挺挺地向敌人的大门缓缓推进，场面十分壮观。敌人开火了，火力异常猛烈，但只能击中组成人墙的那些被冻住的队员，E组和豆子的别动队在人墙后很小的范围内保持移动，漫天弹雨伤不着他们一根毫毛。他们从人墙缝中伸出枪，不断开火，消灭了几个敌人，而且迫使对方全部龟缩在他们的星星后面。

豆子估算出他们已经进入狮鹫战队和猛虎战队可以发起攻击的区域，他下达命令，他的小队立刻拆散人墙，四个队员每人推动一块"七人盾牌"，四下里散开，向狮鹫和猛虎聚集的星星死角飘去。E组在盾牌后疯狂射击，以补偿人数不足的劣势。

数到三，豆子别动队中的四个队员看准方向，同时把盾牌朝上面使劲一推，与豆子和迪谢维尔会合，借着这股反弹的力量，六人的身体径直朝正下方敌方大门滑去。

他们绷直身体，一动不动，由于个子都非常小，看上去完全像被彻底冻住的士兵，在空中失去控制，不由自主地飘移。敌人果然上当了，对他们根本不加注意。有几个碰上流弹，受了点伤，一部分身体丧失了活动能力，但即使这样，他们也不做出任何反应，敌人很快就忘记了他们的存在。

到达敌人大门时，豆子慢慢地、悄无声息地让他们中的四个把头盔顶在大门四角。他们按了下去，这是游戏的结束仪式，豆子顺势推了迪谢维尔一把，让他通过敌方大门，豆子自己则被弹向上方。战斗室的灯亮了，武器全部失去效用。战斗结束了。

狮鹫战队和猛虎战队愣了好半天才明白过来刚刚发生了什么事。飞龙战队只剩下仅有的几个还能活动的士兵，而狮鹫战队和猛虎战队几乎没有什么损失,还在坚守着阵地。豆子心里很清楚,如果他们一开始就主动发起攻击,那么安德这种编队进攻的计策就派不上用场了。不过敌人先看到豆子绕着星星狂转,做出匪夷所思的动作,接着又眼睁睁地盯着一堵古怪的人墙慢慢压过来,这让他们一时之间不知所措。安德这个名字的威力使他们不敢贸然出手,他们害怕犯错误,担心落入陷阱。正合适……害怕落入陷阱本身就是一个陷阱。

安德森少校通过教官入口进入战斗室。"安德!"他叫道。

安德被冻住了,张不开嘴,只能咕噜咕噜地发出大叫声。获胜的指挥官居然发出这种声音,真是太稀奇了。

安德森伸出他的钩子,解冻了安德。豆子还在战斗室另一头,但此刻战斗室内一片寂静,他清清楚楚地听见安德一字一顿地说话:"我又打败你啦,长官。"

豆子的队员不约而同地看了豆子一眼,明显表露出有点儿不服气,因为这次胜利完全是豆子一手设计和运作的,荣誉应该属于豆子。但豆子清楚安德在说什么,他并不是说打败了狮鹫战队和猛虎战队,他说的是打败了教官。具体说就是他把战队交给了豆子,让豆子全权指挥。如果教官们认为在安德刚刚经历了一场个人的生存搏斗之后,立刻让他再到战斗室里去对付两支战队,是一场终极测试的话,那么安德的确挫败了教官——他成功地拒绝了测试。

安德森当然应该明白安德话里的意思。"别胡闹,安德。"安德森小声说。但战斗室里很安静,大家都能听见,"你的对手是狮鹫战队和猛虎战队。"

"你以为我是笨蛋吗?"安德说。

安德森朝所有人大声说道:"从现在开始,规则改变了,只有当所有敌军被冰冻或者失去活动能力后,才能去触碰敌方的大门。"

"什么规则?"迪谢维尔嘟囔道,他刚从敌方大门那边飘进来,豆子看他一副摸不着头脑的样子，禁不住笑了起来。

"反正这种战术只能用一次。"安德说。

安德森把钩子递给安德。他没有像以前那样先解冻自己的士兵，然后再解冻敌人。他一下子把所有冻住的人全都解了冻，然后把钩子还给安德森。安德森接过钩子准备离开。

"嘿！"安德喊，"下次怎么打？把我的战队锁在笼子里，让他们赤手空拳去对付战斗学校的全体学员吗？能不能稍微公平一点？"

士兵们七嘴八舌地响应安德，抱怨声越来越高，汇聚成一片。这些不满的声音并不全是飞龙战队发出来的。但安德森似乎完全不为所动。

狮鹫战队指挥官威廉·毕说出了大多数人的看法："安德，只要你是战斗的一方，那么无论如何都不会出现公平的情况。"

大家齐声赞同，很多人都笑了。猛虎战队的指挥官泰洛·莫木带头有节奏地鼓起掌来。"安德·维京！"他高呼。其他人也跟着鼓掌，高呼安德的名字。

但是豆子了解真正的危机，事实上，安德也清楚。一个指挥官无论多么卓越，无论怎样足智多谋，无论他的军队准备得多么充分，无论他的下级军官多么优秀，无论他在战斗中多么勇敢无畏，都不一定能赢得胜利。胜利几乎总是属于更有实力的一方。人们永远不会忘记是大卫杀死了歌利亚①。但在此之前，有那么多小人物在与歌利亚的格斗中被捣碎踩扁。没有人歌颂那些战斗，因为大家都知道那是正常的结果。不，准确说是必然结果，除非有奇迹发生。

虫族才不会去管指挥官安德在他手下人的心目中有多神奇呢。人类的战舰不可能做出任何类似豆子的死线那种干扰虫族视线的小把戏，用来

---

① 《旧约》里记载的非利士巨人勇士，被大卫用石头打死。

打乱对方的行动计划。安德清楚，豆子也清楚。如果大卫没有投石索和石头，或者来不及掷出石头，那会怎么样呢？那他瞄得再准又有什么用呢？

所以，是的，看起来不错，在安德向敌人的大门滑行过去的时候，三支战队的队员都朝着他欢呼，豆子和他的别动队在那里等着他。可惜这漂亮的一幕最终什么都说明不了，而且大家对安德抱有的希望越大，安德的负担就越沉重。

我会尽我所能为你分担一些，豆子在心里说。就像今天一样，你可以把一些事交给我来做，我会尽力做好。那样，你就不会再像现在这样形单影只了。

豆子这么想着，心里明白并不现实。如果能够那样做，安德早就会去做了。豆子回避安德，正因为他不想面对这样一个事实：安德其实就是豆子自己最希望成为的那种人——那种让你寄托全部希望，带走你所有的恐惧，不让你失望，不出卖你的人。

我要成长为一个像你那样的人，豆子想，但是我不能重复你所走过的路，我得找到一条属于自己的成长之路。

安德穿过大门时，豆子跟在他后面。豆子回想起在鹿特丹大街上时，自己跟在波可或者萨金特或者阿喀琉斯身后的情形，不由觉得好笑。是的，我当然也不能再踏上过去那条老路。

出了走廊，安德并不像以往那样停下来等他的士兵聚齐。他头也不回地走在最前面，但是速度不快，热情洋溢的队员们很快赶上他，围住他，他终于迈不动步子了。但是他一声不响，面色冷静，等着队员们释放他们激动的情绪。

"今晚还训练吗？""疯子"汤姆问。

安德摇摇头。

"那明天早上呢？"

"不。"

"嗯，那什么时候训练？"

"不再训练了，除非我改了主意。"

并不是每个人都听清了这句话，但一阵交头接耳之后，队员们都知道了。

"嘿，这不公平。"一个B组的队员说，"是教官们在搞鬼，又不是我们的错。你不能就这样丢下我们不管，因为——"

安德猛地一拍墙壁，冲那个队员吼道："我不再关心什么游戏了！"他扫视着其他队员，和他们目光交汇，让他们不能假装没听见他说的话。最后，他深深呼出一口长气，压低了嗓门："你们能明白吗？"他喃喃地说道，像是在自言自语："游戏结束了。"

他走了。几个男孩想跟上他，走出几步。"热汤"抓住其中两个的脖子把他们拉了回来。"让他单独待上一会儿，你们没看到他现在多需要一个人待一会儿吗？"

他当然需要一个人多待一会儿，豆子想。他今天杀了一个孩子，就算他不清楚结果，也会明白这是一场教官设下的赌局。这些教官故意让他在得不到任何帮助的情况下独自面对死亡。那他凭什么还要任由他们摆布？干得好，安德。

但对我们剩下的人来说，你这样做可就不怎么好了。倒不是说你像我们的父亲或者其他什么。你其实更像一个大哥，作为大哥，你必须轮流照顾我们每个人。但有时你其实可以坐下来，让自己成为被大家照顾的小兄弟。

"苍蝇"莫洛打头，大家往宿舍走去。豆子跟上了大家，他本来想追上安德，和他说几句心里话，说一说自己完全理解他、赞同他的做法。但豆子随即意识到那只能表达一种同情。安德为什么要在乎我能不能理解他呢？我不过是个小孩子，他手下的一员，他懂得该如何发挥出我的作用就够了。

豆子爬上他的床，看到上面有一小张纸片。

调令
任命豆子为狡兔战队指挥官

狡兔是卡恩·卡比的战队。卡恩调走啦？他虽然算不上是一个伟大的指挥官，却是一个好战友。他的表现很正常呀，为什么教官们不等他毕业就匆匆把他调走呢？

他们加速提拔那些他们觉得需要在指挥官位置上锻炼的人，让别的学员提前毕业，好给后来者腾出位置。

他取出小电脑，想用他的"^格拉夫"账号上网查一下变更后的花名册，看都有些什么人发生了变化。但电脑显示"^格拉夫"这个登录号无效，显然教官们不打算让豆子继续使用教官的内部账号了。

宿舍后面，大孩子们闹成一团。豆子听到"疯子"汤姆的声音比谁都大。"你们的意思是让我想出对付飞龙战队的办法？"很快，到处都有类似的叫嚷声响起。所有组长和所有副组长都收到了调令。每一个人都被赋予了一支战队的指挥权。飞龙战队被整个儿拆散了。

闹闹哄哄了大约一分钟，"苍蝇"莫洛领着其他组长从两边床铺之间的过道向大门走去。当然，豆子寻思，他们必须去告诉安德，教官们正在对飞龙战队做什么。但是令豆子意外的是，"苍蝇"在他床前停了下来，望了望上铺的他，然后又回头看了看身后的其他组长。

"豆子，得有个人去把这些情况对安德说说。"

豆子点点头。

"我们觉得……既然你是他的朋友……"

豆子吓了一跳，但他脸上没表现出来。什么？我？安德的朋友？这个宿舍里找不到别的人啦？

接着他意识到，在这支战队中，安德得到了每个人的爱戴和钦佩，而且人人都知道自己得到了安德的信任。但是当安德给了豆子一个特别小队时，他们知道只有豆子能够增强安德的信心。而且当安德心灰意冷，不想再玩那个游戏的时候，他把战队交给了豆子，让他全权指挥。

豆子看到对面床上的尼古拉正在对自己敬礼，嘴巴做出"指挥官"的口型。

豆子给尼古拉回了个礼，但是却笑不出来，他知道现在这种情形对安德而言意味着什么。他对"苍蝇"莫洛点点头，从床上溜下来，走出宿舍。

他并没有直接去找安德，而是先去敲卡恩·卡比的宿舍，没有回应。然后他来到狡兔战队的宿舍，敲开了门。"卡恩在哪里？"他问。

"毕业啦。"狡兔战队的A组组长伊图说，"半小时前刚下达的通知。"

"我们当时正在进行战斗。"

"我知道——同时对付两个战队。你们又赢了，对吧？"

豆子点点头。"我打赌，不止卡恩一个人提前毕业。"

"好多指挥官都毕业了。"伊图说，"超过一半吧。"

"包括邦佐·马利德？我的意思是，他也毕业啦？"

"学校发出的通知上是这么写的。"伊图耸耸肩，"每个人都知道邦佐人概会被拘禁。我是说，他们的派遣证上甚至没有写明他被派往哪里，只写着'喀塔赫纳'，那是他的老家。"

"我还敢打赌总共毕业了九个人。"豆子说，"嗯哼？"

"唔，"伊图说，"的确是九个，看来你知道点内部消息啰？"

"我想，不是什么好消息。"豆子一边说，一边给伊图看他的调令。

"真有你的。"伊图说。他马上向豆子敬礼。既没有讽刺的意思，但也没表示热情。

"你可以帮忙把这事向其他队员通知一下吗？我现在有话要去跟安

德说。也许他已经知道,教官们调走了他的所有组长和副组长,还交给他们每人一支战队。但如果他不知道,我就必须马上去告诉他。"

"每一个飞龙战队的组长都升官儿啦?"

"还要加上每一个副组长。"他本想接着说,很遗憾,你们狡兔战队运气不好,分派给你们的指挥官是我。但豆子寻思,安德永远都不会说出这种自卑的话,如果真要想成为一个优秀的指挥官,就不能从一个道歉开始。"我觉得卡恩·卡比有一支好队伍。"豆子说,"第一个星期之内,我不想调整任何组长和副组长的位置。总之,我得先了解训练情况,再决定我们以后在战斗中采取什么样的组织方式。从现在开始,我们的战斗对手,大多数都是由飞龙战队训练出来的那些指挥官带队。"

伊图马上做出了反应。"伙计,也就是说,以后的战斗会越来越古怪,对吧?安德训练出你们这些家伙,而现在你们却要开始互相对打了。"

"有一件事情可以确定。"豆子说,"我并不打算让狡兔战队去模仿安德的飞龙战队。我们的队员不同,对手也不一样。狡兔战队本来就是一支出色的队伍,我们用不着去模仿任何人。"

伊图咧嘴一笑。"就算你这是在胡说,长官,那也是我听过的最棒的胡说。我会按你的意思通知下去的。"他敬了一个礼。豆子回礼,然后转身往安德的宿舍走去。

安德的床垫、毯子和枕头都被扔到了走廊里。豆子一下子没反应过来,这是怎么啦?看到毯子和床垫上沾着的水印和血渍,他才打消了心头的疑问。水是从淋浴后的安德身上来的,血是从邦佐脸上来的。安德显然不愿意让它们留在寝室里。

豆子敲敲门。

"走开。"安德低声说。

豆子继续敲门,没反应,再敲。

"进来吧。"安德说。

豆子推开门。

"走开，豆子。"安德说。

豆子点点头，他理解安德现在的情绪。但他来这里是因为有话要讲，所以他并不走开，只是低下头盯着自己的鞋，等待安德问他到底有什么事。或者对他发火。

但安德一声不吭，保持着沉默。

豆子抬起头，看到安德正凝视着他，脸上没有怒色，仅仅是……看着他。

他向安德走近一步，把手翻了一下，这样安德就能看到他手上那纸调令了。豆子没有把调令递给安德，但他知道安德会看见的。

"你被调走了？"安德问。他说话的声音死气沉沉，好像一点儿都不觉得意外。

"去狡兔战队。"豆子说。

安德点点头。"嗯，卡恩·卡比是好样的。我希望他能看到你的价值。"

这句话正是豆子渴望已久的、能在安德这里听到的鼓励。他控制住内心的激动，先说正事要紧。

"卡恩·卡比今天毕业了。"豆子说，"我们战斗时，他得到的通知。"

"哦。"安德说，"那么谁接仟狡兔的指挥官？"听上去他对这个问题并没有什么兴趣。只不过说到这里了，就随口问一句。

"我。"豆子说。他有点局促不安，但嘴角还是露出了一个不经意的微笑。

安德仰头望着天花板，点点头。"当然，毕竟，你只比当战队长的正常年龄小四岁。"

"这倒不像是一件有趣的事情。"豆子说，"我不知道这地方以后会变成什么样子。"是的，豆子想，我能感觉到整个系统的运转陷入了恐慌。

"比赛全走样了。现在又来这一手。你知道,我不是唯一被调走的人。他们让半数以上的指挥官毕业,然后把我们的人调去填补这些空缺。"

"哪些人?"安德现在好像有点感兴趣了。

"好像是——所有的组长和副组长。"

"当然了。如果他们成心毁掉我的战队,他们就会选择连根拔起。不管他们要做的是什么,这次他们做得很彻底。"

"你还是会赢的,安德。我们都知道。刚才'疯子'汤姆还说'你们的意思是让我想出对付飞龙战队的办法?'每个人都知道你是最杰出的。"他说这几句话,连自己都觉得有点不着边际。他想激起安德的进取心,但他知道其实安德比他更清楚这一点。不过他仍然喋喋不休地说下去:"他们无法打垮你,无论他们怎么——"

"他们已经把我打垮啦。"

他们耍赖皮,豆子想这么说,但那是另一码事,你不能被打败,你要打败他们。但此刻,从他嘴里说出这些话来会显得空洞无力。豆子一时不知说什么好。"不,安德,他们不能——"

"我不再关心战斗游戏了,豆子。"安德说,"我不玩了。不再训练。不再战斗。他们爱把那些小纸片放在地板上,随他们好了。但我不会接受。今天出门之前我就下定了这个决心,所以我才让你去通过敌人的大门。当时我也不知道能不能行得通,但我已经觉得无所谓了。我现在只想摆脱这种生活。"

我知道,豆子想。你以为我不知道吗?如果你真能够摆脱,你不早就摆脱了吗?"你真应该看看威廉·毕当时脸上的表情。他站在那儿苦苦思索,好半天都没有想通他为什么会失败,你只剩下七个人还能动弹,而他却只损失了三名队员。"

"我为什么要去看威廉·毕的表情?"安德说,"我为什么要去打败别人?"

豆子感到自己的脸窘得发烫，自己一定是说错了什么话。他不知道自己该怎么说才能让安德感觉好一点，让他明白大家对他的爱戴和尊敬有多深。

但是，爱戴和尊敬不也是一种压力吗？在现在这种时候，那同样会让安德厌倦。豆子觉得不管说什么都只会加重安德的负担。所以他干脆闭紧嘴巴，什么也不说了。

安德抬起手按着额头。"我今天出手太重，把邦佐打坏了，豆子。我出手真的太重了。"

是啊，这才是安德情绪低落的症结所在。浴室那场可怕的斗殴给安德带来了多么沉重的负担啊。那场肉搏，你的朋友，你的战队，都没有能够赶到你身边来保护你。但是，真正使你受到伤害的并不是你面对的危险，而是你自卫时给对方造成的伤害。

"他自找的。"豆子说。他这句话说得有点勉强。但他还能怎么说呢？

"我把他打趴在地上。"安德说，"他看上去像已经死了，而我却还在不停地伤害他。"

看来他知道了。不过……他还不能确定。豆子不会告诉他这事的。虽然朋友之间应该绝对诚实无欺，但现在还不到时候。

"我只是想确保他以后不会再来伤害我。"

"他不会了，"豆子说，"他们把他送回家了。"

"已经送走啦？"

豆子把伊图刚跟他说过的话向安德转述了一遍。他始终感到安德清楚他隐瞒了些什么，要想欺骗安德·维京实在是太困难了。

"我很高兴他们让他毕业了。"安德说。

和毕业差不多。他们要埋葬他，火化他，或者随便用哪种今年在西班牙最流行的处理尸体的方法，将他一笔勾销。

他很清楚，如果安德相信他，认为他什么都不知道，那么他所说的安慰话就毫无意义。反过来也不妙,如果安德认为豆子是在他面前装出一副不知情的样子,那他根本就是在撒谎了。"他和一大帮人围攻你吗?"豆子恨不得从屋子里跑出去,他说话的声音干瘪瘪的,自己听着都觉得难受。

"不。"安德说,"只有他和我两个人单挑。他是为荣誉而战。"

豆子放心了。安德深深地吸一口气,他沉浸在自己的情绪中,没有注意到豆子刚才说假话时那副不自在的样子。

"我不为荣誉而战。"安德说,"我为胜利而战。"

是啊,没错,豆子想。该出手时就出手,而一旦出手,就要击中敌人要害。"你胜利了,一脚把他踢出了空间轨道。"这是豆子能够在安德面前说出来的最接近事实的话了。

有人敲门,接着不等里面的人回应,门被打开了。豆子用不着转身看,知道来人肯定是一个教官,因为如果是一个孩子的话,面对他的安德就不必把头抬那么高了。进来的人是安德森少校和格拉夫上校。

"安德·维京。"格拉夫说。

安德站起身。"是,长官。"他说话时的声音又变得无精打采了。

"今天你在战斗室里乱发脾气,顶撞上级,以后不允许再出现类似情况。"

豆子简直不敢相信格拉夫会对安德进行如此愚蠢的批评。在安德接受了那么多教官们强加到他身上的不公平之后,他们还在继续玩这个"不断加压"的游戏?到现在还不放过他,还要让他完全陷入孤独吗?这些家伙也太没良心啦。

安德有气无力地回答:"是,长官。"

但是豆子忍不住了。"我想向教官汇报一下我们对各位教官的做法有什么感想。"

安德森和格拉夫充耳不闻,甚至连看都不看豆子一眼。安德森递给安德一纸公文。不是学校里平常传达命令用的那种小纸片，而是一张写满条条款款的正式调遣命令。看来安德要被调出学校了。

"毕业啦？"豆子问。

安德点点头。

"花这么长时间？"豆子说道，"他们未免也太慢了吧。你不过提前了两三年而已，说话走路穿衣服你全学会了。除此之外，他们还能有什么东西可以教你呢？"这些教官的做法简直是开玩笑。他们真以为大家都是傻瓜吗？你们一边批评安德不服从上级，一边又让他毕业，因为你们要打的战争迫近了，已经来不及给他更多的时间去准备。他是你们胜利的希望，而你们却如此粗鲁地对待他。

"我只知道，游戏结束了。"安德说，他折起那纸调遣令，"我还有时间去和我的队员打个招呼吗？"

"没多少时间了。"格拉夫说，"你的航班二十分钟后起飞，还有，你最好别和他们谈你接到命令的事，这会使事情变得简单一些。"

"是对他们还是对你们？"安德问。

随后安德转向豆子，握住他的手。豆子觉得仿佛有一股魔力从他的手指上传来，心中豁然亮堂起来。也许我就是他的朋友。也许他通过这个动作向我传达出了只有朋友之间才会产生的感受……啊，我对他也有着相同的感受。

过了好一会儿，安德才收回手，转过身准备出门。

"等一下。"豆子说，"你要调到哪儿去？战术学院？导航学院？还是后勤学院？"

"指挥学院。"安德说。

"预备指挥学院？"

"指挥学院。"安德走出了大门。

直接升入指挥学院。它是最高级军事学校，连学校设在什么地方都是机密。成年人才去指挥学院。战争肯定迫在眉睫了,居然让安德直接跳过了战术学院的课程和预备指挥训练的实习。

豆子拉住格拉夫的袖子。"嘿,出什么事啦?从来没人在十六岁之前升入指挥学院呢。"

格拉夫甩开豆子的手,离开了。就算他听出了豆子话中带刺,也没做出什么表示。门关上了,只剩下豆子一个人孤零零地站在安德的宿舍中。

他扫视这间寝室。安德不在,房间显得空荡荡的。就在几天前,豆子还站在这里跟安德谈过话,安德当时让他组建一支别动队。

豆子心潮起伏,脑海里出现波可递给他六颗花生米时的情景。那一刻,她给他的是生命。安德给豆子的也是生命吗?与波可给他的一样吗?

不,不一样。波可给了他生命,而安德让他明白了生命的意义。

安德在的时候,这个房间是战斗学校里最重要的房间。但是现在,它和一个杂物间差不多。

豆子顺着走廊往回走,来到一小时之前还是卡恩·卡比的那个房间前面。他按了一下识别器——门开了,显然已经为豆子重新设定了程序。

这个房间也是空荡荡的,什么也没有。这个房间归我了,豆子想。

他感到一种无以名状的强烈情绪在体内沸腾。他本来应该高兴,自豪于掌握了权力。但是他并不在乎这个。正如安德所说,游戏什么也不是。豆子会做得很棒,但是他之所以能得到士兵的尊重,是因为他反射着安德的光芒。一个小号拿破仑,干着成年人的工作,虽然咆哮着发布命令,声音仍然是小孩子的童音。可爱的小暴君,跟罗马帝国的那个卡里古拉①一样,当时的罗马军团是怎么叫他的?"小靴子",罗马军团最宠爱的人,最终拥戴他登上了帝位。但当他穿上父皇的靴子、挑起父皇

---

① 古罗马帝国暴君,曾杀死养父提比略,后被元老院密谋杀死。

的担子时，才发现那双靴子对他的脚来说实在太大了。卡里古拉心里很清楚，无论自己怎么做，都不能改变这个事实。这会不会正是他后来成为暴君的根源呢？

但我不会那样，豆子想。因为我不会垂涎安德有什么或者安德是什么。有一个安德·维京就够了，我不一定非要成为他不可。

他知道自己心中涌动的是一种怎样的情绪了，那是一种痛苦。这种痛苦噎住了他的喉咙。豆子无声地哽咽着，泪水滚滚而下。他面孔潮红，努力压抑着自己的抽泣。最后他咬紧嘴唇，试着排解这种情绪。但根本没有用，安德已经离他而去了。

现在豆子清楚自己为什么会痛苦了。他试着调节情绪，躺在床上，强迫自己放松，直到想哭的感觉消失为止。安德曾握住他的手说再见。安德还说过："我希望他能认识到你的价值。"豆子将用事实去证明自己的价值。他要在狡兔战队指挥官的位置上好好干，也许有朝一日，当安德站在人类舰队的旗舰指挥舱里的时候，豆子能够接受某项任务，与安德齐心协力大干一场。安德说不定需要他使出绝活去迷惑虫族呢。因此，他不仅不能得罪教官，还要想办法把自己留在他们心中的那些该死的坏印象抹掉，要让他们给自己留一扇门。是的，终有一天，门会打开，而在门的另一边等着他的，是他的朋友安德，这样，他就可以再次加入安德的战队了。

CHAPTER 19
抗 争

"对阿喀琉斯的安排，是格拉夫临走之前做出的最后一个决定，我们都清楚这样做的危险。为什么不能让情况更稳妥一点呢？至少可以把阿喀琉斯分派到另一个战队去吧？"

"因为给豆子再来一次邦佐·马利德式的布置毫无必要。"

"但我们现在还不能肯定这点，长官。格拉夫上校手上掌握着很多别人不了解的情报。我想他给我们布下了一个陷阱。"

"这你可错啦，迪马克上尉。就算格拉夫布下了陷阱，也不是留给我们的。"

"你敢肯定？"

"格拉夫不会成天想着把你我两人除掉的。放心，他从来不搞这种官僚主义的把戏。就算他设置陷阱，那也是为豆子准备的。"

"这正是我想点明的问题！"

"我明白你的意思。不过我们还是得留下阿喀琉斯。"

"为什么？"

"阿喀琉斯的测试显示出，他是个性情非常平和的人。他不是邦佐·马利德，因此不构成对豆子身体的威胁。豆子感到的压力更像是心理上的。可以用阿喀琉斯测试豆子的性格。我们最不了解豆子的地方就是他的心理。豆子拒绝玩心理游戏,从他盗用教官账户登录的情况中,我们也没有得到过什么明确的信息。所以我认为,迫使他面对他心中最害怕的人,是值得一试的办法。"

"长官,这只会起到吓唬或惩罚的效果吧?"

"我们会近距离监控,保证有情况时教官能及时赶到。上次格拉夫对安德和邦佐的安排太大意了,我们这回要吸取教训。每项预防保安措施必须落实到位。我不会像格拉夫那样玩俄罗斯轮盘赌①的。"

"你当然会玩,长官。唯一的区别是格拉夫上校知道他只有一个弹膛里没有子弹,你却不知道究竟有多少个空弹膛,因为这一次装子弹的人依然是格拉夫上校。"

豆子担任狡兔战队指挥官的第一天早上,刚醒来就看到宿舍地面上有张小纸片。他大吃一惊,好一阵子不知所措,还以为教官们居然在自己还没有与队员正式见面之前,就发出了一纸战斗命令。直到看过便条,他才松了一口气,这只是个平常的通知:

> 由于多名指挥官被同时委任,指挥官必须在第一次胜利之后才能进入指挥官餐厅的惯例即日废止。接到通知之时起,你即可以开始到指挥官餐厅用餐。

有道理。既然他们已经拧紧发条,调快了每个人的备战时间表,当然希望一开始就能让所有的指挥官在一起分享信息。这样做的另一个好处

---

① 一种野蛮的游戏,参加者轮流用只装一颗子弹的左轮手枪朝自己开枪。

是，可以营造一种竞争氛围，使指挥官们彼此之间相互给对方施加压力。

让豆子愤愤不平的是，教官们把大家当成玩偶，随心所欲地改变游戏的规则和要求，这种做法除了增加学员们的烦恼以外，什么用处都没有。

例如，剥夺他调阅学生信息的权利这件事。问题并不在于为什么他们现在突然不准他这样做了，也不在于为什么他们原来一直默许他这样做。事实上，问题的关键在于，他们为什么以前不把这种权利赋予别的指挥官。如果想让他们学习如何才能当好指挥官，那么就应该给他们提供方便，使他们的领导能力能迅速提高。

教官们改变规则的时候，为什么不消除那些真正有害的、破坏性的东西呢？比如餐厅里的记分牌。还搞什么排名榜和分数榜！对于即将到来的真正战斗有个屁用。那些分数使指挥官们和队员们谨小慎微，不思进取。这正是那种可笑的编队战斗模式居然维持了那么久的原因——在安德之前，肯定也有不少指挥官想到过更好的战斗手段。但是没人想节外生枝，以失败为代价去当一个改革者。

现在安德走了，联合起来对抗教官、抵制游戏已经变得没什么意义。尤其是豆子和其他人都盼望着在将来的战争中，能成为安德舰队的一分子，这个节骨眼上和教官们对着干可不算聪明。不过，他们完全可以用自己的方式，而不用教官们安排的方式，投入到游戏中去。

想通了这一点，他穿好他的新的——同样不合身的——狡兔战队制服。几分钟之后，豆子站上了一张餐桌，这次是在小一些的指挥官餐厅里。豆子上次在大餐厅里演讲的事迹早已传遍了整个学校，所以他刚跳上餐桌，四周就响起了一片嘘声和笑声。

"你们那地方的人都用脚吃饭吗，豆子？"

"豆子，你非要爬上桌子，才能显出你是个大高个子吗？"

"你以后还是踩着高跷来吃饭吧，免得弄脏我们的桌子！"

新任指挥官，那些昨天还是豆子队友的飞龙战队的组长们，没有发出嘘声和笑声。他们尊重地望着豆子，不久，餐厅里终于安静下来。

豆子抬手指着显示排名的记分牌。"飞龙战队怎么不见啦？"他问道。

"被解散啦。"佩查·阿卡莉说，"除了你们这帮升了官的家伙以外，飞龙队员都合并到其他战队去了。"

豆子不动声色，把自己对佩查的不满埋在心里。但他还是情不自禁地想到，两天前的那个晚上，不管她是有心还是无意吧，总之，她当时差点儿成了把安德拖下陷阱的犹大。

"没有飞龙战队的记分牌毫无意义。"豆子说，"不管我们怎么排名都很无聊。因为如果飞龙战队还在榜上的话，结果会大不相同。"

"这个，我们可一点办法都没有。"丁·米克说。

"问题并不在于缺了飞龙战队。"豆子说，"问题在于我们压根儿不该受这个记分牌的影响。我们彼此之间不应该敌对。虫族才是我们唯一的敌人。我们是战友。我们应该互相学习，取长补短。我们应该把排名抛在脑后，自由地尝试新战略，发明新战术。立在这里的记分牌，那是教官们玩的游戏，他们让我们互相敌视，最后变得和邦佐一样。尽管现在这里还没有谁像他那样在嫉妒中陷入疯狂，但恐怕我们大家离发疯也不远啦。他正是被不断变动的排名搞成这样的。他满脑子想的都是怎样才能打败我们最好的指挥官，打败那个最有希望率领我们战胜虫族的人。但他为什么会有这样的想法？因为安德的排名使他感到自己很丢脸。想一想！伙计们，好好想想！那块破牌子上的排名对他来说，居然比对抗虫族的战争还重要！"

"邦佐是个疯子。"威廉·毕说。

"所以，我们不该步其后尘。"豆子说，"让我们把排名从游戏里剔除出去。让我们每次战斗都不做记录。让我们放手试验自己想出来的任何一种战术。每场战斗结束后，两个指挥官可以坐下来畅谈自己的战略构思，这样我们就能学到对方的长处。没有隐秘！大家尽情施展！拒绝排名！"

一部分人低声赞同，其中有几个并不是从飞龙战队升上来的指挥官。

"说得轻巧。"沈说，"你当然乐意这样了，你的战队在榜上是最后一名。"

"其实这正是问题的关键所在。"豆子说，"你们怀疑我提出这个建议的动机，为什么？还不是因为那个烦人的排名。但是总有一天我们将是同一阵营里的指挥官，难道不是吗？难道到时候我们也像现在这样离心离德，互相猜忌？如果IF所有的舰长、舰队指挥官和舰队司令官成天想的只是个人的地位和荣誉，而不是齐心协力打败虫族，那多让人恶心啊！我想向你学习，沈，我不想和你争那个愚蠢的排名。教官们用这块挂在墙上的记分牌把大家玩得团团转。难道我们还没有受够吗？"

"我相信你们这些从飞龙战队过来的家伙，全都很想在我们这些打败仗的人身上学点儿什么。"佩查冷冷地说。

"是的！是的，我的确想在你们身上学到些新东西，这也的确是因为我原来是飞龙战队的人。这里有九个原飞龙战队成员，我们几乎只学到了安德教给我们的那些东西。嗯，他固然才华横溢，但在整个舰队中，甚至就在我们这个学校中，也并不就意味着他懂得所有事。我想知道你们的想法。我可不想你们对我留一手，同样，你们也不会希望我有所隐瞒吧。安德那么优秀，也许原因之一就是，他让他所有的组长在一块儿讨论，共同实践，共同交流，共同分享。"

现在有更多的人表示赞成，甚至心存疑虑的人也不由自主地点着头。

"所以我建议，大家一起抵制挂在那里的记分牌，不止这一块，还包括士兵餐厅那块。我们都不去理会它，就是这样。我们要求教官们拆掉它或者关闭它。或者我们干脆用椅子把它砸烂。我们绝不能再让他们牵着鼻子走了。我们要对自己负责，督促自己学好本领，做好同真正的敌人作战的准备。我们必须牢记，时刻不忘，谁是我们真正的敌人。"

"说得好。真正的敌人就是那些教官。"丁·米克说。

大家笑成一片。接着,丁·米克跳上桌子,站在豆子身边。"现在年纪稍大点儿的家伙都毕业啦,我算得上是这里年纪最大的老兵,同时也是资格最老的指挥官。我希望我们能立刻采纳豆子的建议,我马上就去向教官们要求撤掉记分牌。有人反对吗?"没人吭声。

"那就是说大伙儿的意见统一了。如果吃午饭的时候记分牌还在那里,我们就用床单把它蒙起来。如果到晚餐时还是老样子,那也请大家别拿椅子去砸。我们可以采取罢工的方式,拒绝参加任何战斗,直到教官们撤走记分牌。"

人堆里的阿莱大声说:"那我们大家的成绩岂不是都降回到……"

阿莱一拍脑袋,反应过来自己在说些什么,不由得笑了起来,随即自嘲了一句:"他妈的,我们的脑子都快被他们洗傻了,难道不是吗?!"

吃过早饭,豆子脸上泛着兴奋的红晕,第一次到狡兔战队宿舍去正式会见他的士兵。狡兔战队的训练时间安排在中午,所以在早餐和第一节课之间只有大约半小时的空闲时间。他注意到,与飞龙战队最大的不同之处是,狡兔战队的队员全都是正常年龄的孩子,甚至没有一个队员的身高和豆子接近。豆子顺着两排铺位之间的通道向里面走去,发现牛高马大的男孩子们——有两个女孩——全都俯视着他。

走到宿舍中间时,他转过脸来。也许最好还是马上挑明这个问题。

"我发现的第一个问题是,"豆子大声说,"你们全都长得太高了。"

没有人笑,豆子顿了一下,但他必须继续下去。

"看来我得抓紧时间快点儿长高。除此之外,我不知道自己还能找到什么别的办法来解决这个难题。"

终于传来一两声压低的笑声。豆子放松了一些,笑声表明至少有一两个队员还算能接受他。

"我们第一次训练时间定在今天上午十点半。至于我们的第一次正式战斗嘛，很难说，但我可以肯定地告诉你们——教官们在我接手一支新战队之后，绝不可能给我三个月的训练时间。所有新上任的指挥官都一样。飞龙战队参加第一次战斗之前，他们只给了安德·维京几星期时间，而且飞龙战队当时是一支刚组建的队伍，完全是白手起家。狡兔战队是一支基础扎实的优秀队伍。唯一的新手就是我了。我估计几天之内就会接到战斗指令，不会超过一星期的，而且以后的战斗会越来越频繁。所以在开头两次的训练中，你们要把目前所采用的战略战术真实地表现给我看。我主要是看，具体指导不会太多，总的来说，我希望你们做得和在卡恩·卡比手下时一样。有什么问题吗？"

没人吭声。宿舍里一片寂静。

"还有一件事情。前天，邦佐和他的一帮朋友企图在走廊里欺负安德。我发现苗头不对，但大多数飞龙战队的队员年龄太小，无法与邦佐那帮人对抗。当我思考该如何帮助我的指挥官时，我来到狡兔战队寻求援助。并不是因为当时我离你们宿舍最近，而是因为我知道你们的指挥官卡恩·卡比是一位公平正直的人，我坚信他领导的战队队员也会与他一样。尽管你们对安德·维京或者飞龙战队没有任何特别的好感，但我知道你们绝不会袖手旁观，不会任由那帮恶棍去殴打一个小孩子。我没有看错人。当你们拥出宿舍，来到走廊为我们作证时，我为你们表现出的正义感而骄傲。现在，我加入到你们中间来，我为自己能成为狡兔战队的一员而感到自豪。"

气氛轻松多了。不管是不是发自内心，说点好话总是没错的。首先要让大家知道新任指挥官非常尊重他们。豆子心里的紧张情绪消除了。

伊图开始鼓掌，其他的男孩也跟着拍起手来。虽然算不上热烈，但足以表明他们开始渐渐向他打开心扉，至少消除了对豆子的戒备心理。

豆子举起手，示意停止鼓掌——恰到好处，因为掌声已经转弱了。"组长们到我的宿舍来一下，我想和你们谈几分钟。其他队员，解散。"

话音刚落，伊图就凑近豆子。"讲得好。"他说，"不过说错了一点。"

"哪点错啦？"

"除了你以外，狡兔战队还来了一个新人。"

"还有一个飞龙战队的人被分配到狡兔战队？"有那么一阵子，豆子真希望新来的人是尼古拉，那样他就有一个值得信赖的朋友了。但不可能有这么好的运气。

"不，飞龙战队的队员都是些老兵油子啦！我的意思是这个人是新来的。他昨天下午才到达战斗学校，昨天晚上你走后不久，他就来报到了。"

"新兵？直接分入战队？"

"是啊。我们问过他，大多数课程他都学过了。他在地球上做了好几次外科手术，这期间他一直在加紧学习，不过——"

"你的意思是，他还处于手术恢复期？"

"不，看他走路的样子，应该没什么问题了，他　　你瞧，你直接去看看他不就得啦？反正还需要你来决定，看把他分到哪个小组，或者让他干点什么吧？"

"嗯，那我们去看看他。"

伊图带着豆子走到宿舍尽头。新来的人就在那里，站在他的床前。是阿喀琉斯。他比豆子记忆中高了几英寸，现在他的两条腿一样长了。他笔直地立正着。

"嗨，阿喀琉斯。"豆子说。

"嗨，豆子。"阿喀琉斯说，脸上堆着讨好的笑容。"看起来，你是这里的大人物。"

"可以这样说吧。"豆子道。

"你们俩以前认识?"伊图问。

"我们在鹿特丹一起混过日子呢。"阿喀琉斯说。

他们把他弄到这里来绝不会是个意外。除了卡萝塔修女以外,我没有向任何人说过他做的那件事,不过当时我怎么能想得到她竟然会向IF汇报这事呢?他们把他安排到这里来,也许就因为我们都来自鹿特丹的大街,来自同一个团伙——同一个家庭——他们也许认为在我的帮助下,他可以更快地适应战斗学校的生活。或者他们早就知道他是一个很有耐心的凶手,平时深藏不露,在你放松警惕时才突施辣手。也许他们清楚他现在正计划着怎样除掉我。是的,教官们把他派到这里,多半就是让他来做我的邦佐·马利德。

只可惜我没有学过任何一门个人防御课程。我的身高只有他的一半——挥着拳头跳起来都打不到他的鼻子。反正不管他们把安德的生命放在什么样的危险中,安德都比我有更多的生存机会。

对我有利的因素只有一点:与渴望报复相比,阿喀琉斯更渴望出人头地。既然他可以把怨恨深埋在心底,就不会急着行动。另外,和邦佐不同,他永远不会因为控制不住情绪,就冒着被人发现的危险贸然出手。在他觉得还需要我的时候,在我不是孤身一人的时候,我的安全应该没有问题。

安全,豆子心中一寒,波可临死之前也觉得自己很安全。

"那时,阿喀琉斯还是我的指挥官哪。"豆子说,"他想出办法使我们那帮小孩没被饿死。他带我们进了慈善厨房。"

"豆子太谦虚了。"阿喀琉斯说,"其实所有办法都是他想出来的。他教会了我们如何团结起来,共同行动。豆子,那以后,我学到了很多东西。有整整一年,我除了看书和上课,别的什么都没干——那时他们还没有切开我的腿，还没有为了使我的骨骼再生而清除掉我原来坏死的骨骼。我在学习过程中终于茅塞顿开，懂得正是在你的帮助下，我们才完成了一次飞跃，从野蛮跃进到文明。豆子，是你，在鹿特丹的大街上重演了人类进化的历史。"

豆子还不至于会愚蠢到听信别人对自己的阿谀奉承。但是，这个刚打地球过来的新人对自己多少还是有点用处的，他知道豆子的厉害，表面上看也很尊重豆子。

"那只不过是小矮人的进化而已。"豆子说。

"我可以告诉大家，豆子是你们能够在大街上见到的最顽强的小家伙。"

不，豆子现在可不想听这个。阿喀琉斯居然想反客为主，将奉承渐渐转为攻击。关于豆子是一个"顽强的小家伙"之类的故事，必然会将阿喀琉斯置于比豆子更高级的地位，成为有权评价豆子的人。那些故事还可能给豆子的信用度带来不利——队员们会因为豆子的缘故信任阿喀琉斯，给他提供更多帮助。这样一来，阿喀琉斯就能在最短的时间内，被大家认同接受。豆子可不想让他如此轻易就被狡兔战队接受。

看样子阿喀琉斯已经准备好打开话匣子了，许多队员凑近他，想听他往下说。"能够加入到豆子的队伍中来，我——"

"这不是我的队伍。"豆子打断他的话头，"这里是战斗学校。我们不讲家庭故事，也没人想听那些陈年旧事。所以我希望你加入我的战队以后，不要去念叨那些发生在鹿特丹的破事儿。"

在刚才的开场白中，他已经表现出了温和的一面。现在到了应该表现威严的时候了。

阿喀琉斯并没有因为遭到训斥而表现出丝毫尴尬："我懂啦，没问题。"

"你们现在该去准备上课了。"豆子对队员们说，"我只需要和我的组长们交换一些意见。"随后，豆子指点着，在围观的队员中找出安布尔，一个来自泰国的学员。豆子在学生档案中了解到，他原来曾担任过组长，但由于经常违反指挥官的命令被免了职。"你，安布尔。你领着阿喀琉斯到他该去的班级，另外教教他怎么穿急冻服，再给他讲解一下急冻服的工作原理，还有战斗室的基本构造。阿喀琉斯，在我把你具体分派到某个小组之前，由安布尔负责带你，你要像服从上帝一样服从他。"

阿喀琉斯咧嘴一笑。"但是，我不信仰上帝。"

哼，你以为我不知道吗？"我发出命令以后，你的正确回答应该是：'是，长官。'"

阿喀琉斯的笑容僵在了脸上。"是，长官。"

"我很高兴你能加入我的战队。"豆子口是心非地说。

"我也很高兴自己能加入你的战队，长官。"阿喀琉斯说。豆子相当确信阿喀琉斯这句话是出自真心。他高兴的原因极其复杂，但其中一个原因很明显：现在，亲眼看着豆子死去的愿望，又在他的心中复苏了。

第一次，豆子理解了为什么安德对邦佐的威胁要表现出毫不在乎的样子。是的，那是一个简单的选择：要么失去威信，只顾保护自己，要么沉着冷静，继续控制战队。要想掌握真正的权力，豆子就必须让他的士兵尊重他，无条件地服从他，即使那意味着要放过阿喀琉斯，即使那意味着他必须承受越来越多的个人危险。

他还有另外一种想法：如果阿喀琉斯没有领导能力，就不会被送到这里来。他在鹿特丹扮演"阿喀琉斯爸爸"时就格外出色。我现在的职责是让他尽快提高水平，发挥潜能，这样才可能让他为IF的事业做出贡献。不能因为我个人的恐惧，或者我个人的憎恶，就影响工作。当然，同时，我要小心背后。

CHAPTER 20
审 判

"你终于把阿喀琉斯送进战斗学校去了,是不是?"

"卡萝塔修女,这段时间我在休假。那意味着我被解雇了,可能你不太理解IF处理这些事情的方式。"

"解雇!判得太轻啦,你该被枪毙。"

"如果圣尼占拉斯修女会还算是基督教会组织的话,那么院长一定会责令你认真忏悔这种非基督徒思想的。"

"你不顾我一再警告,执意把他从开罗的医院带走,直接送到空间站去了。"

"你没注意到你给我打的是普通电话吗?我在地球上。现在战斗学校另有人负责。"

"告诉你,他可是一个连环杀手。在鹿特丹不光杀过一个女孩,还杀过一个男孩,一个被海尔格叫做尤利西斯的孩子。几星期前刚发现尸体。"

"阿喀琉斯这一年可都在接受矫形医疗。"

"法医鉴定那场谋杀发生在一年以前。尸体被长期隐藏在靠近鱼市的储存库后面。你知道,那样做可以掩盖尸体腐烂时发出的气味。可是他还不停手,在我安排他去的那个学校,一位教师又被他害死了。"

"呃,是啊。你抢在我之前把他送到学校里,动作可真够快。"

"那个教师是从楼上摔下来死的。"

"没有证人,没有证据。"

"是的。"

"你认为他现在还有这种倾向?"

"当然这只是我的个人看法。阿喀琉斯下手非常细心,也不会随意选择伤害对象。他不能容忍别人把他看成一个低能儿、跛子和失败者——他受不了那份羞愧。他要彻底抹去耻辱感,所以一心想着要除掉那些胆敢小看他的人。"

"你什么时候变成一个心理学家啦?"

"我是把事实摆在你面前,你才是专家呀。"

"一大堆假定的事实。"

"这又不是在法庭上,上校。我这是在和你说话,因为你把这个杀手送进了战斗学校,而在这所学校中有一个孩子,以前曾经计划实施过一次让他丢尽脸面的行动。我的经验使我确信,阿喀琉斯不去伤害豆子的可能性是零。"

"在太空中,这事可不像你想象的那么容易。你瞧,太空中没有方便抛尸的码头。"

"阿喀琉斯被送到空间站这个消息,你知道我是从哪里听到的吗?"

"我相信你有你的消息来源,地上的人和天上的神都会给你通风报信。"

"告诉我这个消息的人,是我亲爱的朋友,维维安·德拉马尔医生,她是负责给阿喀琉斯矫正伤残的外科医生。"

"想起来了,她还是你推荐的呢。"

"那是在我看清阿喀琉斯的本来面目之前!我一发现阿喀琉斯的本

性,立刻就给她打电话,警告她小心提防。因为我的经验告诉我她也处在危险之中。"

"一个给他矫正伤腿的人?为什么?"

"因为他全身麻醉躺在病床上的那副可怜相,只有他的外科医生看得最清楚。客观地说,我相信他也明白伤害这样一个对他有恩的女人是不对的。但是波可也对他有恩,他不照样残杀了她吗?如果那是他第一次杀人,那他第一次下手加害的就是一个对自己有恩的人。"

"那……维维安·德拉马尔医生,你警告了她以后,她注意到什么迹象没有呢?阿喀琉斯在麻醉状态下,是否无意识地嘀咕了些什么?"

"我们不会知道了。他杀害了德拉马尔医生。"

"你开玩笑吧。"

"现在我就在开罗。她的葬礼明天举行。在我要求他们仔细检查尸体,看看是不是有一个皮下注射的针眼之前,他们一直以为是心脏病发作。最终他们找到了一个针眼,现在这已经是一桩记录在案的谋杀事件。阿喀琉斯的自学能力确实不一般。他在治腿期间懂得了哪些药物能够起到什么作用。他具体是怎么让她安安静静坐在那里,等着他去扎那一针的,我就不知道了。"

"我简直不敢相信,卡萝塔修女。那个男孩既慷慨,又随和,人人都乐意亲近他,他是个天生的领导者。那样的个性是不会杀人的。"

"那让我们看看,死者都是些什么人呢?一个曾当着全班同学嘲弄过他的无知的教师。一个看见过他在麻醉之后可怜地躺在床上的医生。一个把他打倒在地的小孩团伙中的女头领。一个扬言要杀掉他,使得他四处躲藏的大街上的男孩。也许陪审团会怀疑这只是一连串的巧合,但是你,格拉夫上校,现在应该看清楚真相了吧?"

"是的,你让我明白了,的确存在危险。不过我已经警告过战斗学校的教官们,让他们留意可能发生的危险。而现在的我,真的不再负责战斗学校的工作了。"

"但你还在与他们保持联系。如果你给他们更多的紧急警告，他们就会采取措施。"

"我会向他们发出警告的。"

"你撒谎。"

"你怎么能在电话里这么说？"

"因为我知道你想让豆子经历一次真正的危险考验。"

"嬷嬷……呃，是的，我承认。但不会是如此严重的危险。相信我，为了豆子的安全，只要我能够做到，我就会去做。"

"如果豆子有什么三长两短，上帝一定会找你清算的。"

"上帝且得排一排队呢，卡萝塔修女。IF的军事法庭会第一个找我清算。"

豆子在他的住处低头看着输送空气的通风孔，暗自惊叹，自己从前的个子会这么小，竟然能够经过这个小孔钻进管道系统。他那时有多大？一只耗子那么大？

现在真不错，他有了一间属于自己的屋子，不用再把行动局限在送气系统的通风孔上了。他把椅子放在桌子上，站上去，查看朝向走廊那堵墙上方的那个排气口。这个长方形的排气口上面有一块镶板，没有和下面的墙铆死在一起，豆子试了试，轻而易举地撬开了镶板，露出一个比输送空气的通风孔大得多的排气口。豆子估算了一下，学校里绝大多数孩子都能钻进这个洞口，爬到走廊上方天花板上的排气系统里去。

豆子脱掉衣服，又一次爬进排气系统。

真窄呀。他吃惊地发现自己最近竟然长大了这么多。他很快找到排气系统和送气系统中间那个靠近焚烧炉的维护地段。弄清这地方的照明系统之后，豆子开始仔细地把自己需要的那个地区的灯泡全拆下来，连墙上的发光部件也不放过。不一会儿,这里看上去就仿佛是一口黑洞洞的竖井了,门一关便一片漆黑,就算开着门也是模模糊糊的,什么都看不清。他小心翼翼地布置好了自己的陷阱。

阿喀琉斯惊讶自己为什么总是好运不断,好像整个世界就是为他设计的一样。无论他盼望得到什么,最后都能得到。波可和她的团伙,使他在鹿特丹的大街上出人头地。卡萝塔修女,把他带进布鲁塞尔[①]的教会学校。德拉马尔医生,给他治好腿疾,使他能够健步如飞,和同龄的孩子没有什么差异。现在,他进入战斗学校,遇到的第一个指挥官又是原来的老熟人,那个小豆子。看情形豆子准备帮助他在战斗学校尽快得到提拔。宇宙围着他旋转,仿佛所有人都在为了使他得到满足而奔走忙碌。

真不敢相信有如此美妙的战斗室,比赛时就像在盒子里打仗。一抬枪,就能冻住一个孩子。当然,安布尔犯了忌讳,他居然冻住阿喀琉斯,然后嘲笑他失去控制,在空中惊慌失措地飘来飞去的样子。这样做大错特错了,阿喀琉斯迟早会出手纠正这种错误。

豆子也做得不对。他阿喀琉斯本来前途无限,但豆子一见到他就开始贬低他。他曾经是豆子的"爸爸",但现在却只不过是豆子战队里的一个小兵。豆子,你根本没必要这样,你没有权力贬低别人。豆子变化真大,不再是鹿特丹时的那个小不点儿了。想起波可第一次将阿喀琉斯打倒在地,当着所有小孩子的面羞辱他时,只有豆子知道他是个厉害角色。"杀掉他。"豆子是这样说的。是的,豆子心里最清楚,当时他还那么小,就已经看到,即便阿喀琉斯倒下了,也仍然是个危险人物,是个有分量的人。但现在,他竟全然不把阿喀琉斯放在眼里。事实上,阿喀琉

[①] 比利时首都。

斯相信，是豆子授意安布尔故意冰冻他，好让他在战斗室里出丑，遭受大家的嘲笑。

我本来是你的朋友，是你的保护者，豆子，因为你曾经表现出对我应有的尊重。但你现在对我的所作所为，使我不得不重新衡量你。咱们走着瞧。

问题是，战斗学校里每样东西的设计和制造都着眼于安全第一的原则，找不到一件称手的武器。另外，这里几乎没有单独行动的机会。只有指挥官可以单独一人待在他们自己的宿舍里。那是唯一的可乘之机。但阿喀琉斯怀疑，教官们可能有一套随时随地追踪学生的办法。所以他必须先熟悉整个系统，学会逃避追踪，要做好一切准备，才考虑展开行动。

他知道：他必须抓紧时间学习。机会迟早会出现。而他，阿喀琉斯，到时候当然瞅得准，抓得住。没有什么能阻止他步步高升，最终他必将大权在握。到那时，世界上才会有真正的公平和正义。看看现在这个可悲的世界吧，在一些人过着衣食无忧的安稳生活的同时，大街上却到处都能见到饿得要死的孩子、上不起学的孩子、残废的孩子。

在他来到战斗学校的第三天，狡兔战队参加了豆子指挥的第一场战斗。他们打输了。如果是阿喀琉斯当指挥官，那就不会输。豆子做出一些愚蠢得让人难以理解的事情，他居然把所有权力都下放给组长。但是很明显，豆子前任手下的这些组长实在没什么水平。如果豆子想取得胜利，他就应该把控制权牢牢掌握在自己手上。当他向豆子提出这个建议时，那个小孩子却只是一脸不屑地笑着——令人想发无名火的那种上级长官的高傲微笑——告诉他，取胜的关键在于让每个指挥官，乃至于让每个士兵到最后都能看清战局，然后随机应变，去争取胜利。当时阿喀琉斯恨不得吐豆子一脸口水，明明错了，还那么固执，真是十足的愚蠢。而懂得如何指挥的阿喀琉斯却屈居人下，眼睁睁地看着豆子把事情搞得一塌糊涂。他好不容易才把这种痛苦的感觉按捺下去。

但是没必要对豆子说这些。他听不进去。所以他永远不可能把狡兔战队变成一个井然有序的蜂群。他只会不停地制造混乱，浪费时间，这真让人难以忍受。

难以忍受——阿喀琉斯心中正在这么想着的时候，豆子点了他的名，让他跟自己到宿舍去一趟。

两人进屋以后，豆子关好房门。阿喀琉斯发现豆子早已把排气口的镶板揭了下来。豆子做出手势，让他钻进排气管道系统。这事大大超出阿喀琉斯的估计，他被惊呆了。"脱光你的衣服。"豆子说。

阿喀琉斯隐隐觉得那是对他的一种羞辱。但豆子也在脱自己的制服。"他们利用制服跟踪我们。"豆子说，"如果你什么都不穿，他们就不知道你到哪里去了。只有健身房和战斗室例外，他们在那里安装了昂贵的设备，通过每个人散发出的体热实现跟踪，所以那两个地方去不得。快点，快脱呀。"

豆子已经脱光了。既然豆子率先脱光，阿喀琉斯也就不再觉得这样做有什么耻辱了。

"安德和我经常做这事。"豆子说，"大家都以为安德是个才华出众的指挥官，其实真正的奥妙在于，他总能搞清楚其他指挥官的计划，因为我们利用排气管道系统进行侦察。不仅能侦察到其他指挥官的情况，还常能听到教官们商量事情。我们能提前摸清情况，自然容易获胜。"

阿喀琉斯露出了笑容，太棒了。豆子或许是个傻瓜，但阿喀琉斯听说过安德的名头。他知道豆子想干什么了。

"两个人同时进去吗？"

"探察教官宿舍，需要通过一根竖井一样的管道，那地方一片漆黑。我一个人下不去。得找个人把我吊下去，过后还要把我再拉上来。狡兔战队里没有我信得过的人，现在可好……你来了。老朋友怎么也比新相识可靠些。"

幸运之神再次降临。宇宙再次随着他的意愿旋转起来。只有他和豆子两个人，而且摆脱了跟踪系统，没有谁会知道都发生过些什么。

"准备好了。"阿喀琉斯说。

"先推我一把。"豆子说，"你个子高，自己可以爬上来。"

很显然，豆子常常走这条通道。他轻车熟路地穿过这个空间，他的脚和屁股在走廊露进来的灯光下，不时映出些反光。阿喀琉斯注意观察了一会儿他怎样利用手脚行进，很快也能和豆子一样熟练地前进了。

阿喀琉斯非常仔细地察看着他们走过的路线。如果逮着了机会，待会儿可就是他一个人回来了。他不能迷路，也不能泄露自己的行踪。不会有人知道他曾经进入过排气系统。只要他不留痕迹，教官们就永远不会怀疑到他头上来。他们只知道他和豆子曾经是朋友。到时候阿喀琉斯会为这个孩子的失踪而伤心落泪，他的眼泪将是真实的。他为死在自己手下的人流出的眼泪从来都是真实的，因为所有这些死亡都是高贵的悲剧。伟大的宇宙通过阿喀琉斯之手完成的任何工作都是庄严神圣的。

他们接近维护区时，一侧的焚烧炉正在发出低沉的噪音。火烧得很旺。烧过以后的残留物很少。要是有人意外地掉进火里，当然必死无疑。意外嘛，总免不了会有的。豆子，正独自在前面爬过一个弯道……如果他们俩现在朝着炉子过去就太美妙了。

可惜，豆子停下来，打开了一扇门，里面黑乎乎的。从门口透进去的光，显示出不远处像有一口黑漆漆的竖井。"别到那边上去。"豆子高高兴兴地说。他从地上捡起一根极细的索子，说道："这叫死线，是一种保险绳。维修人员在空间站外面的太空中工作时，会把这东西拴在身上，防止自己飘走。是安德和我把这根死线放在这里的。一会儿你把它绕过上面的横梁，拉住死线的一头，正好能把我的身体慢慢吊入这根像竖井一样的管道。但你不能用手拽，不然会划伤你的手心。你把死线系在身上，一定要系牢，那样才不会打滑，懂啦？这里的重力不大，所以才能这样干。死线的长度是计算好的,停下来时,我刚好能到达看得见教官宿舍的通气孔。"

"吊在那里不痛吗?"

"痛得要了老命。"豆子说,"但没有痛苦就没有收获,对吧?我把死线扣在金属扣上,直到我回来时都不会松开。当我要回来时,就拉三下绳子。然后你把我拉起来。别用手,你只管朝门外走就行,走出门,到了我们进来时那个地方,绕过横梁,继续再走,直到碰到墙。就在那里等我,我能自己荡进来,在这个架子这儿落地。然后我解开我这头的绳子。等你过来,我们把死线放在这里,留着下次再用。很简单,懂啦?"

"清楚了。"阿喀琉斯说。

走到墙边?他大可以一直走下去。让豆子吊在空中,让他什么也抓摸不着。时间很充裕,足够他从容不迫地下手。有焚烧炉和抽气泵的噪音掩护,谁都听不见豆子的呼救。是的,把豆子吊起来,勒死他,把尸体投入焚烧炉。然后,把死线扔进竖直管道,不会有人发现的。至于豆子,也很可能永远都不会有人发现啦,就算他们找到他的遗体,软组织也早烧干净啦。嘿,天地之间只有我一个人知道他是被勒死的。这是多么优雅完美的谋杀啊。具体实行起来时也许会有些小麻烦,但阿喀琉斯正是处理这类小麻烦的专家,所以,结果已经注定了。

阿喀琉斯把死线一头结好的绳套从头上套下去,在胳膊下面拉紧。豆子也套好了另一头绳套。

"好了。"阿喀琉斯说。

"必须尽量系紧,待会儿把我往下吊时,才不会割伤你。"

"我懂,已经系到最紧了。"

豆子又检查了一下。他的一根手指紧贴着阿喀琉斯的肌肤插到了线下面。"还要再紧一点。"豆子说。

阿喀琉斯收收腹,死线又勒紧了一点。

"很好。"豆子说,"就是这样。行动!"

行动?应该是豆子行动才对呀。

陡然间,死线绷紧,阿喀琉斯悬空了。绳子猛拉几下之后,他被吊在了半空中。死线深深地勒入他的皮肤。

原来豆子这句"行动"是对另外的人说的。原来早已经有人埋伏在这里等着他上当了。这个奸猾的小杂种。

但阿喀琉斯嘴上什么都没说。他抬头看上面的横梁,够不着。而且死线被自己的体重绷紧了,根本不可能用手拉住死线往上爬。

他在空中扭动身躯,向四周摆动。但没有墙,不管他往哪个方向荡,都触碰不到借力的地方。阿喀琉斯只好开口了。

"你这是做什么,豆子?"

"为了波可。"豆子说。

"她已经死了,豆子。"

"你亲吻她,然后杀了她,把她抛到河里。"

阿喀琉斯只觉得一股热血涌上面颊。当时没人在场啊,他这是瞎猜,是在讹诈我。但是……如果他没有看见,他怎么知道阿喀琉斯吻过她呢?

"你错啦。"阿喀琉斯说。

"现在还敢嘴硬?如果我控制不住自己的情绪,你只有死路一条。"

"想弄死我?别开玩笑,豆子。你可不是一个下得了杀手的人。"

"不用我动手,排气系统里燥热的空气会替我杀掉你的。要不了一天你就被烘成肉干了。现在你已经开始觉得有点口干舌燥了,对吧?接下来你会被一直吊在这里,直到成为一具木乃伊。你知道,排气系统的空气要经过过滤和净化。所以就算你的尸体发出些臭气,也没有人能嗅到。总之谁也发现不了这件事。是啊,阿喀琉斯的失踪将成为战斗学校的秘密。用不了多久,战斗学校闹鬼的故事就会在新兵中流传开来。"

"豆子，我真的没有杀波可。"

"我都看见了，阿喀琉斯，你这个可怜的白痴。我不管你怎么花言巧语，我什么都看见了。只是我从没想过，我还有机会抓住你，清算你的罪行，让你受到应有的惩罚。波可对你那么好，从来没有伤害过你。当时我劝她杀掉你，她不忍心，放了你一马。是波可，让你在大街上称王。你为什么恩将仇报？"

"我没有杀她。"

"既然你蠢得看不清形势，阿喀琉斯，那好，我来帮你分析一下。首先，你忘了你在哪里。在地球上时，你的确比周围的大多数人聪明。但是在战斗学校，人人都和你一样聪明，事实上，这里比你聪明的人占多数。你以为安布尔没有看出来，你盯着他时眼睛里露出的凶光吗？你以为他不知道，嘲笑过你之后就已经被你怀恨在心？你以为在我说出你是个什么样的人时，狡兔战队的队员会怀疑？他们早看出你有些不正常了。大人可能注意不到你那些小动作，他们可能受得了你那些肉麻的巴结奉承，但我们不会。前不久我们这里有类似的事情发生，一个孩子算计着去杀害另一个孩子，我们不能容忍再次出现这样的事。没人那么傻，等着你先下手。我们才不在乎什么狗屁公平呢。我们是战士。一个战士是不会给敌人任何取胜机会的。懂吗？一个战士，就得擅长背后开枪、欺骗敌人、聚众伏击。你那套谋杀的老法子也就只能在俗人中用用。你太自负、太愚蠢，加上精神极度错乱，所以你做梦也想不到会掉进今天这个圈套吧。"

阿喀琉斯知道，豆子的话句句击中要害。他完全失算了。现在想来，刚才豆子说到要为波可报仇而杀他时，口气中带着对阿喀琉斯的轻蔑。他的确有可能下手杀掉阿喀琉斯。

"所以，现在摆在你面前的路有两条。一条路：你一直吊在这里，我们轮换监守，确保你无法脱逃，等你死了以后，我们才离开你，回去继续我们的生活。另一条路：供出你犯下的所有罪行——我的意思是你干过的所有坏事，不仅仅是我已经知道的那些——你必须坦白。向教官坦白，向精神病学家坦白。等你回到地球，进入精神病院时还得坦白。就这么两条路，你怎么选择我们无所谓。不管你选哪条道，反正你永远也不可能在战斗学校的走廊里，或者别的什么地方自由行动了。好啦……你怎么考虑？想吊在死线上风干，还是想让教官们认清你这个疯子？"

"带个教官来，我就坦白。"

"你没听我刚才说的，我们一点儿也不笨吗？你马上交代，当着证人，我们会做好录音记录。别指望我们现在带教官来这里，你以为你吊在这里很好看吗？想让教官同情你？等着吧，你坦白得好，我们自然会通知教官，让他们来接你。到那时教官已经清楚你是个什么样的人了，另外还会有六个IF的陆战队士兵前来帮助你，免得你乱说乱动。阿喀琉斯，他们来这里可就不是闹着玩啦，他们不会给你任何逃跑的机会。返回地球之前，你一点主动权都没有啦，只能任人摆布。我不想跟你再多废话了。现在，是你最后的机会，坦白你的罪行吧。"

阿喀琉斯差点儿笑出声来，不过此刻必须忍耐，要让豆子觉得他是赢家。阿喀琉斯知道，自己已经不可能继续留在战斗学校了。但值得庆幸的是，豆子居然不直截了当地杀他。

你不应该给我留一条后路的，豆子。因为我总有一天要除掉你，除掉你和这里其他任何看着我出洋相的人。

"好吧。"阿喀琉斯说，"我杀了波可。我勒死她，然后把她抛到了河里。"

"接着往下说。"

"还有什么好说的？你想知道她死的时候大小便失禁的细节？你想知道她的眼睛当时鼓得有多大？"

"一次谋杀还不够把你关进精神病院,阿喀琉斯。你以前还干过,这你自己心里最清楚。"

"为什么你这样想?"

"我知道,在动手杀人时,你没有丝毫心理障碍。"

心理障碍?笑话。我阿喀琉斯第一次杀人时就没有任何心理障碍。看来,你根本不懂得什么叫权力。如果干这么点小事都良心不安,那就不配得到权力。"尤利西斯是我杀的,他碍手碍脚的,讨人嫌。"

"还有呢?"

"我可不是杀人狂,豆子。"

"还有,阿喀琉斯,全部交代清楚。你必须让我确信你彻底坦白了。"

现在阿喀琉斯已经把眼前的事当成了一场游戏,他觉得没必要再隐瞒什么。

"最近一次是维维安·德拉马尔医生。"他说,"我告诉她不要在全身麻醉的情况下给我做手术。我告诉她让我保持清醒,我完全可以忍受疼痛。她不听,坚持要按她那一套来。好吧,既然她那么喜欢操纵别人,为什么却在我面前转过身去,背对着我呢?为什么她那么愚蠢,以为我手里真的有枪呢?我拿夹板用力抵住她的后背,她甚至没感觉到我的针是从什么地方扎进去的。大家都以为,她是心脏病突然发作,死在了办公室。甚至没有人知道我去过那里。你还想听这样的故事吗?"

"我要你全部说出来,阿喀琉斯。"

足足用了二十分钟,阿喀琉斯才讲述完他的历史事迹——七次完美的谋杀,七次对错误的纠正。事实上,他觉得对人讲述这种事很过瘾。以前一直没机会像这样在他人面前显示自己多么强大有力。他真想看看把他吊在空中的这几个小家伙的脸,可惜四周太黑了。他想看他们脸上此刻露出的憎恶的表情,那种表情只能证明他们是弱者,证明他们不敢面对强权。如果你想获得权力，就不要害怕杀人，很多时候，你得亲自动手屠杀，不能退缩。你永远不能对人忠诚，那只会让你软弱。当然，傻瓜们是永远不会明白这点的。

开开灯吧，让我看看你们惨白的脸。

但是没有人开灯。等他们记下他的供词，开门出去时，门外微弱的灯光映出他们匆匆离去的剪影。他们有五个人，全都光着身子，扛着录音器材。他们走之前甚至先试听了一下录音效果，确保记录无误。阿喀琉斯听到自己的声音坚定有力，充满自豪感。这种声音在弱者的耳朵里听来，恰好能证明他是一个地地道道的"精神病人"。他们会让他活下去，直到宇宙再次随着他的意志运动，直到他随心所欲地用血腥和恐怖统治地球。刚才没看清那几个家伙的脸。哼，那么别无选择，等所有权力落到他手中的时候，就只好杀掉这段时期待在战斗学校的所有人了。

然后，他会把这个测试天才孩子的工作继续下去。到那时，战斗学校的孩子们的存在将只为了一个目的：巩固阿喀琉斯的统治。

CHAPTER

21

猜 测

"格拉夫上校让安德·维京休养恢复,我们不能坐等。维京以后要做的事用不着战术学院的知识。现在,我们需要其他学员马上来这里。在他们学习操作模拟器之前,还得先让他们熟悉老式战舰的功能。这可是一件相当费时间的事。"

"但他们只进行过几次战斗练习。"

"没办法,时间不允许。你们现在出发,到ISL①要用两个月,从ISL到舰队指挥部要花两个月,在此期间他们必须完成所有的战术理论学习。在我们带他们到指挥学院之前,他们还得有三个月的战术实习时间。三年的训练要压缩到三个月之内完成。"

"还有件事得向你汇报一下,看上去豆子好像已经通过格拉夫最后安排的那次测试了。"

"测试?解除格拉夫上校职务的时候,我还以为他不会再去搞那个小小的病态测试程序了呢。"

---

① Inter-Stellar Launch,作者杜撰的一种空间中转站,直译为"内恒星空间站"。

"虽然事先得到了警告，但我们还是低估了阿喀琉斯的危险性。"

"阿喀琉斯是一个连环杀手。"

"嘀，那会让格拉夫高兴才对呀，又来了一个和安德一样的人。"

"我可不是开玩笑，长官。阿喀琉斯杀了七个人。"

"这样的人居然也能被选送进战斗学校？"

"他懂得怎样回答心理测试题目。"

"请明确告诉我，七次谋杀中没有一次发生在战斗学校。"

"是的，但如果有第八次就很难说了。幸好豆子迫使他坦白了他犯下的所有罪行。"

"这么说来，豆子现在成了一个接受罪人忏悔的牧师啰？"

"长官，他安排下一个巧妙的圈套，智胜阿喀琉斯——引诱他落入陷阱。阿喀琉斯除了招供，别无出路。"

"瞧瞧吧：安德，一个可爱的美国中产阶级子弟，杀死了想在浴室里殴打他的人；而豆子，一个大街上的无赖流浪儿，却让一个连环杀人犯最终受到法律的制裁。"

"对我们来说，更重要的是发现了这两个孩子的性格都有另一个侧面。安德擅长将一支战队凝聚起来，但他也敢于同邦佐一对一地贴身肉搏。豆子呢，一个不合群的孩子，进入学校一年几乎没交什么朋友，但他也有能力召集一群孩子去共同对抗阿喀琉斯，既做他的护卫，又是现场证人。我不知道格拉夫事先预见到这种结局没有，测试结果不仅大大出乎我们的预料，同时也证实他对两个孩子都抱有偏见。"

"你是说偏见，安德森少校？"

"我会把事件的前后经过写入我的报告。"

"嗯。尽可能写详尽点，但别用'偏见'这个字眼儿。"

"是，长官。"

"我已经派出一艘秃鹰驱逐舰到你那里去接人。"

"你需要多少人，长官？"

"我们每次最多需要十一个人。我现在已经有了卡恩·卡比、威廉·毕和莫木，他们已经在前往战术学院的路上了，不过据格拉夫说，那三个人中只有卡比适合与安德·维京共事。我们为安德铺路，但也不能让其他人觉得受到了伤害，所以，这次你送十个来就行了。"

"哪十个？"

"这是你的事，怎么反问起我来了？呃……不过豆子肯定算一个。另外九个，你看谁能够比较好地执行豆子或者安德的命令，就以这个标准确定人选吧。"

"一份同时适合两个司令官的花名册？"

"当然，安德是首选。我们希望他们一同训练，最后能成为一个整体。"

命令在十七点下达，要豆子十八点登上秃鹰驱逐舰。他好像没什么需要收拾的行李。一个小时，比他们给安德的时间长得多。豆子决定去和他的战队道别，告诉队员们自己要去什么地方。

"我们才打了五场比赛。"伊图说。

"汽车到站，总得上车吧，嗯哼？"豆子说。

"唔。"伊图说。

"哪些人与你一起去？"安布尔问。

"教官们没对我说。他们只说，是去……战术学院。"

"我们连这个学院在哪个方位都不知道。"

"反正在太空中的某个点上吧。"伊图说。

"啊，当真？"虽然不算笑话，但大家都笑了起来。说再见比较容易，毕竟他们一起在狡兔战队共同生活的时间只有八天。

"真遗憾，我们还没来得及为你打赢一场战斗。"伊图说。

"如果我想赢，早就可以赢了。"豆子说。

他们看着他，就像他是一个疯子。

"是我提出的倡议，让大家摆脱排名，别把心思放在输赢上。如果我每次都打胜仗，别人会怎么看我呢？"

"当然会认为你很在乎排名啦。"伊图说。

"排名倒无关紧要。"另一个组长说，"但听你的意思好像是说，每次你都故意把我们放在输家的位置上？"

"不，我的意思是，游戏的输赢是次要的。我们在相互对战中学到过什么吗？什么也学不到。我们永远不会和人类的孩子作战。我们要对付的敌人是虫族。那么，我们应该学习什么呢？我想，更重要的是学习怎样在攻击时协调一致，相互呼应。学习怎样把握战斗进程。学习在没有得到指挥官的命令时，怎样灵活处理你所面对的敌情。我就是从这个角度出发来训练你们这帮家伙的。如果仅仅是为了赢得游戏，如果仅仅用我的策略扫平对手，那你们能学到什么有用的东西呢？"

"那就是我们还做得不到家了，不然怎么着也该打赢一两场游戏吧。"

"我不这样看。我觉得你们学会了不少东西。虫族再次来袭的时候，所有事情都会变样。除了正常的战争手段，它们一定会做出一些我们意想不到的举动，因为它们不是人类，它们的思考方式和我们完全不同。按呆板计划发起的攻击，真能打垮它们吗？不一定吧。一旦出现意外，比如指挥系统被切断什么的，你们现在所学的东西就能体现出价值了，你们不会手忙脚乱，你们知道怎么应付。我在军官餐厅里对其他指挥官说过，我在你们这帮家伙身上学到了什么，你们表现出了哪些值得大家借鉴的优点。当然，我也在其他指挥官那里学习他们的发明创造。我学来的那些经验，训练时可都一股脑儿全教给你们了，是这样吧？"

"唔，你早点儿像这样把话挑明就好了。"伊图说。

"用不着向你们挑明。我觉得你们最好能自己领悟出这些道理。"

"你至少可以先给我们讲讲清楚,失败也是一件好事。"

"不。失败并不是一件好事。你们应该尽力争取胜利。我不给你们讲,是因为只有你们自己真正懂得了胜利的价值,胜利才会有意义。虫族到来时,胜利将是我们唯一的目标。那时可就要看你们的了,如果失败,就意味着你和你所关心的人,乃至整个人类,都将灭亡。我刚到狡兔战队时就预感到,我们在一块儿待不长久。所以我尽可能充分地利用时间,为你们,也是为我。瞧瞧,现在,你们这帮家伙都已经做好准备,可以随时上战场去指挥军队了。"

"你呢?豆子。"安布尔微笑着问道,"你做好指挥一支舰队的准备了吗?"

"很难说。这得看他们想不想打胜仗了。"豆子咧嘴一笑。

"那正是关键所在,豆子。"安布尔说,"没有哪个战士愿意失败。"

"正因为此,"豆子道,"我才说,失败是一个比成功更好的老师。"

他们咀嚼着豆子话里的含义,几个队员若有所悟地点了点头。

"当然,前提是,你们得活着。"豆子微笑着补充道。

他们也向豆子报以微笑。

"这个星期,我把我能想到的最有用的东西都教给了你们。"豆子说,"你们也教会了我不少新招。谢谢你们。"他立正,向队员们敬礼。

他们回礼。豆子转身离开了。他来到野鼠战队的宿舍。

"尼古拉刚刚收到一个命令。"一个小组长告诉他。

有那么一阵子,豆子觉得尼古拉可能会和他一同去战术学院。

"什么命令?"豆子问。

"他得到了一个战队。见鬼,他上周才调入我们这个战队,连小组长都没当过,现在居然混成了指挥官。"

"哪支战队?"

"狡兔战队。"那个小组长瞄了瞄豆子的制服,"哦,我想他取代了你的位置。"

豆子笑了,回头往他刚离开的宿舍走去。

门开着,豆子看见尼古拉坐在里面,一副心不在焉的样子。

"可以进来吗?"

尼古拉抬头看见豆子,笑起来。"你来这里不是想把你的战队要回去吧?"

"我估计就是被你抢了饭碗。努力多打几场胜仗,至少队员们认为那很重要。"

"我真不敢相信,你居然连着输了五次。"

"众所周知,这个学校的排名榜已经报废了。"

"我只知道你是个什么人。"

"尼古拉,我真希望你能和我在一起。"

"发生什么事啦,豆子?是那件事?虫族快要打过来了,是吗?"

"我不知道。"

"来,说说你对这事的预测。"

"如果虫族真的来了,学校是会继续让你们这帮家伙留在太空站里,还是把你们送回地球?或者把你们疏散到偏僻的小行星上去?很难说。奇怪的是,一些迹象表明,决战时刻即将到来。但另一些迹象显示出的情况却正好相反——我们周围不会发生什么重大变故。"

"也许他们打算发射一支大规模的舰队去攻击虫族的世界,你们这些家伙可能不得不在旅程中长大成人了。"

"也许吧。"豆子说,"但是照理说,攻击舰队应该在虫族第二次入侵刚结束时,就已经发射出去了。"

"呃,假定到现在为止,他们还没有找到虫族的老巢呢?"

尼古拉的这个问题让豆子冷静下来。"我从没想到这点,"豆子说,

"我的意思是,虫族一定会向它们的老巢发送信息。我们只需咬紧这个通信方向,跟着它们的通信光波就行了。你知道,做到这点并不困难。"

"假如它们不使用光波通信呢?"

"光波走一光年虽然要用一年时间,但它比所有其他媒介的速度都快。"

"万一存在一种特别的通信方式呢?"尼古拉说。

豆子吃惊地看着他。

"哈,我知道,那有点傻,不符合物理定律。"

豆子笑起来。"真有你的,尼古拉。以前我们床对床的时候,你怎么不多对我说点这些事呢。"

"豆子,你知道我没有什么天赋。"

"能到这里来的都是天才,尼古拉。"

"我可不是什么天才。"

"也许你当不成拿破仑,尼古拉,也许你只能当个艾森豪威尔。但别指望我会同情你。"

尼古拉开心地笑了。

"我会想念你的,豆子。"

"谢谢你陪我一起去对付阿喀琉斯,尼古拉。"

"那个坏种让我做了好几天噩梦。"

"我也一样。"

"我真为你高兴,你能带上另外几个朋友一起干这事。伊图、安布尔、'疯子'汤姆,给我的感觉是我们有一大群人。看到吊在死线上的阿喀琉斯,看到世界上居然有他这号人,你一下就能理解为什么人类要发明绞刑了。"

"也许哪一天,"豆子说,"你会像我需要你一样需要我。那时我一定会到你身边来。"

"很抱歉，上次没加入你的别动队，豆子。"

"你是对的。"豆子说，"我有点儿自私，一心只想到你是我的朋友，所以勉强要你加入，当时我只考虑到自己身边特别需要一个贴心的朋友。但我是个不够格的朋友，我没有站在你的角度考虑问题，没有理解你当时真正需要什么。"

"我以后不会再让你失望了。"

豆子张开双臂，抱住尼古拉，尼古拉紧紧地回抱他。

豆子还记得离开地球的时候，他曾拥抱过卡萝塔修女，他当时想，那是她的需要。不过既然我豆子没一点损失，那么我做做样子回抱她，让她高兴一下也无所谓。啊，我再也不是当初那个不懂感情的孩子了。

也许正是因为我现在懂得了这点，才想到要为波可报仇。我让害死她的人认罪伏法，但我对她的帮助太晚了。

"去见你的队员吧，尼古拉。"豆子说，"我该上路了。"

他看着尼古拉走出门，心里感到一阵酸楚。他知道，也许自己以后再也没有与好朋友重逢的机会了。

迪马克站在安德森少校的房间里。

"迪马克上尉，我发现你常常顶撞格拉夫上校，而且老爱在他面前喋喋不休地发牢骚，拒不接受他的命令。我常常想，迪马克也许顶撞得有道理吧，但换了我当他的顶头上司，就绝不允许这种不尊敬长官的行为举止。我不仅要狠踢这种人的屁股，把他撵走，还要在他的档案里写满'不服从命令'的评语。我说这些，是希望你在发牢骚之前，先明确我的态度。"

迪马克眨巴着眼睛。

"现在，有什么事说吧，我听着呢。"

"我想说的这事，严格说，不是发牢骚。"

"那就把你的问题摆到桌面上来吧。"

"我觉得你应该挑出一支既适合安德,也适合豆子的队伍,最好不要有什么差别。"

"'差别'这个字眼毫无意义,除非我不做这件事。退一步说,就算按你这个原则去做吧,你难道就没想到这样做根本行不通吗?我能随便选出四十个最有才华的孩子,都渴望在安德手下效力,并以此为荣。但是,有多少人能'毫无差别'地听命于豆子呢?"

迪马克一时语塞。

"我仔细考虑过这事,我选送去的学员,从感情上说,和安德·维京比较亲近,是一些与他在各方面配合最默契的孩子。可以说,这些战士都是战斗学校培养出来的最优秀的指挥官。同时,他们对豆子也没什么特殊反感。因此,就算他们最后发现是豆子在指挥全局,他们也仍然会全力以赴。"

"他们一旦得知总司令不是安德,绝不会给豆子好脸色的。"

"我想,这对豆子来说是一个挑战。我也是不得已,还能派谁去呢?尼古拉倒是豆子的朋友,但以他现在的能力,显然还挑不起这么沉重的担子。除他以外,豆子还有别的朋友吗?"

"他赢得了很多人的尊敬。"

"但是在五场战斗比赛全都失败以后,这种尊敬可就大打折扣啦。"

"我向你解释过他为什么——"

"迪马克上尉!我们需要的是能打胜仗的人!安德·维京身上充满了胜利者的激情。而豆子呢?连续五次失利,像一个从不把失败当回事的老兵油子一样。"

"那有什么关系?他从其他人那里学到了他想学的东西。"

"迪马克上尉,我觉得我现在有点像格拉夫上校了,正在一步一步掉进你的陷阱。我刚才警告过你，我可不吃你这一套。你的言行超出了一个教官的权限。另外，如果豆子真有你说的那么优秀，他就应该自己学会如何与大家共事。"

"是，长官。"迪马克说。

"豆子还是有令人欣慰的地方的，如果我没看错的话。你还记得豆子约'疯子'汤姆去听阿喀琉斯招供那件事吗？'疯子'汤姆居然去了。这件事说明，越了解豆子的人，越把他当成个人物。"

"谢谢你这样评价豆子，长官。"

"豆子与你不再有什么关系了，迪马克上尉。你在他身上下了不少工夫，工作做得很好，我为此向你致敬。现在……回到自己的工作岗位上去吧。"

秃鹰驱逐舰上的工作人员与战斗学校的这帮孩子没什么共同语言。尽管他们都知道战斗学校，而且舰长和所有机组人员也都是战斗学校的毕业生。但交谈仍然只停留在表面。由于相互之间从前结成的友谊，孩子们中间自然形成几个小集团。丁·米克和佩查，差不多刚进战斗学校时就是朋友，与其他人相比，他俩年龄也大着好几岁，因此没人想过要加入他们的小圈子。阿莱和沈，是安德·维京在新兵小队时的战友，属于这一伙的还有威列德和达普尔，这两位对安德简直崇拜得五体投地，是原飞龙战队B组和E组的组长，四个人平时常聚在一起。另外，"疯子"汤姆、"苍蝇"莫洛、"热汤"韩楚，结成原飞龙战队的另一个三人组合。从私人角度来说，豆子并不指望加入其中任何一个小圈子，但也没有谁故意排斥他。至少，"疯子"汤姆对豆子表现出的敬意是发自内心的，他常常邀请豆子发表意见。如果一定要让豆子属于哪个小集团，那他就是"疯子"汤姆这伙的。

这几个小集团让他感到不安的原因只有一个：这些小集团并不是随

意形成的，很明显有人在背后订出计划，有意组合。这几个小集团的内部成员，相互之间长期培养出来的信任纽带牢不可破。他们是专门为安德挑出来的——任何白痴都能看清这一点——他们一起玩游戏、一起学习、一起做任何事的时候，都没有豆子说话的余地。

豆子打心眼里不愿意加入的小集团只有一个。但他不能把这种情绪表现出来。安德与邦佐展开生死决斗的前一天晚上，佩查在走廊中故意叫安德停下来，差点儿出卖了安德。大人们当然不会认为佩查在这起事件中有什么责任，但豆子却觉得存在很多疑点。佩查是最优秀的指挥官之一，她那么聪明，平时总是眼观六路，耳听八方，怎么可能看不清邦佐设下的那个明显的圈套呢？当然她不是想毁灭安德，但她未免太草率了。

四个月的航程，豆子大多数时间都待在飞船的图书馆里。

他没有阅读军事史或者其他军事理论书籍。他已经读过了所有重要作家和多数一般作家的军事著作。重大战争中，交战双方前前后后的行动，以及所有主要战役的详细进程，早已印在了他脑子里，需要时可以随时调出来运用。现在，他缺之的是全局观。整个世界是怎样运转的？政治学、社会学、经济史中隐含着什么规律？没有战争的时候，地球上那些国家都做些什么？一个国家怎样卷入战争，又怎样摆脱战争？胜利与失败会对一个国家产生什么影响？联盟是如何结成的，又是如何破裂的？

所有问题中最重要也最难预见的是：目前世界正在朝什么方向发展。驱逐舰上的图书馆里只有少量的近期情报，等他们到达星际中转站——ISL——就可以在那里下载大量文件。豆子本来有权提出更多的资料请求，但那样一来，图书馆的计算机就会自动提交正式请求，并且使用正常的通信带宽传送数据，最后必然会引起有关人员的注意，然后大家就会感到奇怪了，为什么这孩子要研究那些与他没有任何关系的东西呢？

不过，将驱逐舰上那些他能够找到的资料拼凑起来，也能大致看出地球上的基本局面，并借此推测出未来发展的某种趋向。这些国家和政治集团采用这些手段,其目的不外乎想在国家之间的经济竞争中占到上风,或者向另一些国家和组织发出警报和威胁。

这时虫族来了。人类意识到团结一致、共抗外敌的重要性,终于结成一个人类联盟,国家与国家之间的恶性竞争受到严格控制。

但这一切仅仅是表面现象。事实上,俄国人利用他们在国际联盟中那些位居要职以行政长官为首的官员,已经建立起一张覆盖整个舰队的关系网。现在,他们的势力几乎控制了整个舰队。

虫族战争结束之后,俄国人显然巴不得能在一小时之内接管舰队,进而控制地球,这是他们早就打好的如意算盘。北美会和以往一样自负,确信世界将朝着他们所希望的方向发展。

豆子了解得越多,就越不想去战术学院。这场战争是属于安德和他的朋友们的。尽管豆子和他们一样喜爱安德,也愿意与他们一起投入打击虫族的战斗,但实际上这场战争根本不需要他。真正需要他大显身手的将是接下来的一场战争,为争夺地球控制权而进行的战争。豆子每每想起,就情不自禁地为之着迷。只要采取的措施得当,完全可以遏止俄国人。

但接着他又反问自己:真的有必要去阻止俄国人吗?迅猛、血腥、有效的闪电行动使世界处于单一政府之下——那意味着人类之间战争的结束,这不是很好吗?全球和平的大气候,对所有民族和国家来说,不正是求之不得的好事吗?

因此,豆子在考虑怎样遏止俄国人扩张的同时,也在用心评估:一个世界性的俄罗斯帝国会是什么样子。

他详细论证之后认定,就算俄国人一统天下,这种统治也维持不了多久。从俄国人的传统来看,他们很难克服政治上的腐败。

豆子很想找个人谈谈自己的这些想法——尼古拉,甚至某个教官都行。要不然他的思想老在一个地方转圈子,会变得越来越迟缓——没有外来刺激,很难随意摆脱自己最先做出的假定。一个独立的头脑,只能想到那些站在自己的立场上发现的问题，而在与他人交流的过程中，却往往可以灵机一动，取得突破。

用型号不同的飞船逐个进行短程航行训练相当无聊。豆子厌烦透了，这些飞船都是些老掉牙的型号，对豆子来说几乎毫无意义——为什么拿这些被淘汰的破飞船来训练你们的指挥官呢？可是教官们对他的意见不屑一顾。他们指出，飞船就是飞船，相当长一段时间以来，最新式的飞船一造好就马上被派到太阳系的周边巡逻去了。所以只好用剩下的老式飞船来进行训练。教官们只让他们掌握最简单的驾驶技术，因为在将来的战斗中，他们的任务是指挥飞船，而不是驾驶飞船。

在战术学院学习期间，他学得和其他人一样好，不过真正吸引他的事，还是地球上的政治局势。战术学院建造在ISL，这里的图书馆不断引进最新资料，图书情报比驱逐舰上多得多。豆子第一次读到了地球上最新的政治思想家写的文章。

两个流行的演说家引起豆子的特别关注。初看起来，德摩斯梯尼是那种善于蛊惑大众的人，比较偏激地宣扬排外思想。但不可否认他在领导民众运动方面相当成功。豆子不能断定，如果在德摩斯梯尼领导的政府下生活，是不是比在俄罗斯式的政府下生活更好，当然德摩斯梯尼实际上不会加入权力角逐。另一个豆子注意到的评论家叫洛克，一个高傲的、目光远大的家伙，他没完没了地谈论着世界和平和打造同盟的话题，似乎陶醉在自己的政治观点中。

豆子设想，不妨写一封信，谈谈自己关于击败虫族之后如何重组世界的战略构想，然后寄给洛克和德摩斯梯尼。以私人信件的形式匿名发送。豆子希望自己对世界格局的猜测能够为人所知，而这两个人看来最有可能使豆子的思想结出现实的硕果。

豆子采用老办法，先花一些时间在图书馆观察其他军官们登录网络，很快他就收集到六个可用的账号。接着他把写好的信分为六个部分，使用不同的账号分别发出，最后，他在一分钟之内把六段信件全都发到了洛克和德摩斯梯尼的私人信箱中。他选择在图书馆最繁忙的一个小时之内完成这件事，同时确保自己的姓名也在网上，正用宿舍内自己的小型电脑登录上网。表面上看，他这时是在玩游戏。他担心教官们计算他的击键次数，发现他在这段时间里根本没有使用小电脑。如果他们追踪那封信，最后查到他身上，嗯，那可就坏事了。十有八九，洛克和德摩斯梯尼不会设法追踪他——因为他在信里要求他们别做那种蠢事。至于自己在信中所做的分析，他们相信还是不相信，同意还是不同意，豆子可就管不着了。他已经尽力为他们指出了真正的危险是什么，俄国人会采用哪些战略，事先必须做好哪些准备，到时候才能阻止俄罗斯的扩张。

他信中提到的最具体的一点是，在虫族被击败以后，那些在战斗学校、战术学院和指挥学院学习的孩子必须尽快回到地球。这些孩子是这一代人中的军事奇才。要想抑制一个伟大民族的权力野心，必须依靠这些天才指挥官。

同一天，德摩斯梯尼在网络上发表一篇评论，呼吁联盟立即解散战斗学校，让那些孩子全都回家。"他们绑架了我们最有前途的孩子。我们的亚历山大和拿破仑，我们的隆美尔①和巴顿②，我们的恺撒、弗雷德里克、华盛顿和斯大林都被困在我们不能触及的高塔内，在那里，他们不能帮助自己的人民捍卫自由，对抗来自俄国人的威胁。没有谁会怀疑，俄国人正企图控制那些孩子。哦，一旦不能得逞，他们一定会恼羞成怒，发射特制的太空导弹，将孩子们炸得粉碎，使我们再也找不回那

---

① 纳粹德国陆军元帅，二战时任德军非洲军团司令。
② 美国将军，在二战中，曾率第三军团横扫法国进入德国。

些原本属于我们的、天才的军队统帅。"一次富有成效的煽动。德摩斯梯尼的评论激起了恐惧和愤怒的火花。豆子完全想象得出,当他们的宝贝学校变成一个政治争议焦点的时候,军队里上上下下会怎样惊慌失措。德摩斯梯尼激起的民众情绪,很快在世界范围内得到了其他民族主义者的响应。在这个关系到孩子的敏感话题上,没有任何政客敢站出来反对"让孩子回家"的倡议。针对这种现状,洛克也借着他的声望,以一种稳健的姿态,在网络上公开表明支持让孩子们尽快回到地球的倡议:"用尽一切办法,承担一切费用——把我们的孩子接回家园。"

在豆子给洛克和德摩斯梯尼发出信件之后的第三天,前来上课的孩子们得知,他们要马上出发,前往指挥学院了。这次卡恩·卡比也加入到他们的队伍中来;他是前一批升入战术学院的学员。他们已经在ISL度过了三个月。豆子想,会不会是他写的那些信促成了这一变化,他的信是不是影响到某些时间安排。如果存在把这些孩子提前送回家的危险,IF当然会采取措施,把孩子们中最出色的人物送得远远的,让其他势力够不着他们。

CHAPTER 22
重 逢

"我想我应该向你道喜,你终于让安德·维京从你给他造成的伤害中恢复过来了。"

"长官,请允许我与你意见相左,我没有给安德造成任何伤害。"

"啊,好得很。那我就用不着向你道喜啦。不过你得明白,目前你的身份是观察员。"

"我希望凭着我多年来与这些孩子相处的经验,有机会能向你提供一些合理的建议。"

"你应该把你的意见都写进你的报告。"

"是的。尽管我很尊重你,但还是忍不住想问一下,有谁能完整地记住我的报告?在需要的时候又有谁能立即想起相关的细节呢?"

"我会听取你的合理建议,格拉夫上校。但我恳求你,如果你打算告诉我,说我是个大傻瓜,请不要先表示你是多么尊重我。"

"我想,前段时间的休假,是上级特意给我安排的一个反思和磨炼的机会。我希望自己表现出一副学乖了的样子。"

"你能够现在就向我反映一些孩子们的细节吗?"

"有一个问题很重要,长官。现在,我们的成败在很大程度上取决于安德知道多少，不知道多少，所以必须把他同其他孩子隔离开，这点至关紧要。在训练时他们可以在一起，但你不能让他们自由交谈，也不能给他们提供任何可以交流信息的环境。"

"那是为什么呢？"

"因为一旦豆子知道了安塞波的存在，他就什么都知道了，包括我们所有最隐秘的情况。他完全可以凭自己的智力推断出安塞波是什么——你根本无法对他隐瞒。安德更值得信赖——但如果安德不知道安塞波的事，他就无法指挥。你听明白了吧？不能让安德把安塞波的事告诉豆子。否则一旦豆子帮助安德分析安塞波，就会坏事。总之绝不能让他俩有任何私下接触和交谈的机会。"

"假如果真如此，我们现在的计划就得稍稍做些改动，不能再让豆子作为安德的候补人选了。如果让豆子候补，我们将不得不告诉他有关安塞波的情况。"

"那没关系。"

"你提出一个如此庞大的建议，仅仅因为一个孩子——"

"长官，普通措施不能用在豆子这孩子身上。"

"因为？"

"因为他不是人类的一员。"

"唔，格拉夫上校，你真烦死我了。"

到指挥学院的航程要经过漫长的四个月，在此期间他们不停地进行训练，他们得彻底掌握弹道学和爆破学的数学基础，以及在快速飞行的战舰上如何操纵各种武器。最后，他们终于能够结成一个稳定的编队，学会了进退自如的诀窍。很快，每个人都看到，学得最好的学生是豆子。第一次航行时他人微言轻，受到大家排斥。现在豆子又一次被大家孤立了，不过原因正好相反——他表现太突出，结果成了一个高高在上的孤家寡人。

他想努力摆脱这种困境，他清楚自己必须成为整体中的一分子，而不是成为一个教导员或者专家。他积极参与他们休息时间的活动，和大家一起放松，开玩笑，回忆战斗学校的生活，甚至说起进入战斗学校之前的往事。

现在，战斗学校中不谈家庭的禁忌终于打破了。他们随意地说起各自的爸爸妈妈，追忆遥远的过去，回味父母曾经给予过自己的重要帮助。

只有豆子一个人没有与父母相关的回忆，刚开始，其他人在他面前说起父母这个话题时都有些不自在。豆子借着这个机会，也给大家详细讲述了自己的生活经历。当他讲到自己如何发现波可尸体的时候，有几个人情不自禁地发出了同情的叹息声。佩查特别悲伤，肩膀抽动着呜咽起来。

很自然地，听完豆子的讲述，佩查立刻离开大家，打算回房间独自待一会儿，稳定一下情绪。豆子随即起身，跟在她身后，一起来到宿舍。

"豆子，我现在不想说话。"

"我现在很想说话。"豆子道，"为了我们这个集体配合得更好，我俩之间有些事得说说清楚。"

"我俩之间有什么事？"她问。

"佩查，你刚才听我讲了，我这一生最不能原谅自己的一件事，就是在波可遇害的那个晚上离开了她。我明明知道阿喀琉斯危险，但我还是当了逃兵，留下波可一个人与他待在一起，要不然她就不会死。我生命中的每一天都能感受到因此带来的痛苦。所以，每当我爱上什么人时，我都会担心，这人以后会不会像我一样背叛朋友呢？"

"为什么对我说这些，豆子？"

"你背叛了安德，我想你也许有点良心不安吧。"

她的眼睛里射出愤怒的火光。"我从没干过什么对不起朋友的事！是你自己良心不安，不是我！"

"佩查，不管你承不承认，那天你在走廊里叫住安德时，不会不知道自己正在做什么吧。你不可能看不到，邦佐召集的那帮无赖当时正在走廊里想截住安德，但你做了什么呢？你想把他拖住，把他从飞龙战队那群队员中孤立出来。"

"你横插了一杠子，我并没有能够拖住安德。"佩查说，"现在谈这个毫无意义，不是吗？"

"但我必须搞清楚你当时为什么要那样做。"

"嗬，你不一定非要搞清楚怎样蹲着撒尿吧。"

"佩查，我们总有一天会走上战场，并肩战斗，所以我们必须相互信任。我不理解你为什么那样做，所以我不能信任你。你以后也不会信任我了，因为现在你已经知道，我不信任你。"

"天哪，我们之间怎么会有那么多疙疙瘩瘩。"

"这话什么意思？"

"我父亲对我说过一句话：'当我们开始习惯相互欺骗的时候，我们之间就疙疙瘩瘩。'"

"说的是啊。现在请你为我解开这些疙瘩吧。"

"你才是那个制造疙瘩的人，豆子。你明明清楚很多事，却从不对我们其他人说。你以为我看不出来？"

"我对你完全是开诚布公的。"豆子说。

"开诚布公？亏你说得出口。你告诉我的只是你的感受。"她用一种轻蔑的语调说，"真会演戏，你清楚许多大家不知道的事，你以为装出一副不知情的样子就能骗过大家吗？你他妈的从没告诉过我们那些幕后的事情。"

"那些全是我的猜测。"

"教官们向你透露的战斗学校内情，我们其他人一无所知。你清楚学校中每个孩子的名字,你了解我们每一个人的情况。你脑子里装满了那些你根本没必要知道的事。"

豆子吃惊地意识到,自己以为隐秘地侵入电脑系统的行动在佩查眼里居然会如此醒目。他做得还不够谨慎?或者她的观察力超出了自己的想象?"我侵入教官的电脑系统,调阅过学生档案。"豆子说。

"他们没发现?"

"我想他们也许一开始就发现了。我后来才知道他们清楚我的一举一动。"豆子把自己为飞龙战队选人的事情,简要告诉了佩查。

她一屁股坐在她的床上,尖着嗓子道:"原来都是你选出的人!那些没人要的老兵和新来的小混蛋,是你选的他们!"

"总得有人来做这件事。教官们又没这个能力。"

"所以安德得到了最优秀的战士。用不着他去培养,他们就已经是最优秀的士兵了。"

"你这种说法过于武断。飞龙战队组建时选入的新兵里,只有我一个人加入到现在这个团队中来。你、沈、阿莱、米克和卡恩,你们都不是飞龙战队的成员,很明显你是最优秀的战士中的一个。飞龙战队之所以能取得胜利,一方面固然因为队员们都很棒,但另一方面,也与安德高超的指挥艺术分不开。"

"哼,飞龙战队,把我的世界搞得一团混乱。"

"佩查,我什么都对你说了,现在轮到你。"

"你要我说什么?"

"解释一下你的行为,让我相信你在战斗学校时不是一个出卖朋友的人。"

"我本来就是一个出卖朋友的人。"佩查说,"我的举动又有什么好解释的呢?"

豆子感到厌恶。"你怎么能说出这种话?你就没有一点羞愧的感觉吗?"

"难道你真是白痴?"佩查问,"我当时做的正是你想做的事情,想办法拯救安德的生命!我知道安德接受过个人格斗训练,但那些无赖没有。我也学过个人格斗课程。邦佐把那帮家伙的愤怒情绪煽动起来,但实际上,他们并不怎么喜欢邦佐,只不过在邦佐的影响下,他们想把心中那股无名火冲着安德发泄一番。如果在走廊里打起来,飞龙战队的队员和其他在场的学员正好堵住通道,他们每次最多只能冲上来两三个,那样的话,安德和我合在一起就能抵挡得住——我想安德多多少少会擦破点皮,或者流点鼻血,但不可能受到更大的伤害。那帮恶棍发泄一通之后,就不会再来找安德的麻烦。"

"你对你的搏斗能力就那么有把握?你可真够猛啊。"

"加上安德。我们两人都是高手,当时的形势对我们很有利。你懂什么?我想安德知道我想做什么,他之所以没动手,唯一的原因是因为你当时在他身边。"

"我?"

"他发现你卷进了事件的中心。很明显,他担心你的脑袋被人当场打烂,所以才忍住没有发作。也就是说,因为要保护你,他才必须将搏斗推迟。第二天的事才真正危险到了极点,安德完全没有后援,一个人被堵在浴室里,进退无路。"

"你以前为什么从没解释过呢?"

"除了安德以外,只有你看出我当时是有意想拖住他。而我一点也不在乎你这个傻小子会怎么想这件事。我不在乎你怎么看我,我没必要向谁解释。"

"你的计划蠢到家了。"豆子说。

"总比你的好些。"佩查说。

"哼,我猜,要是按你的思路设想事情的发展,我们永远也不会明白你那个计划有多蠢。我们现在只看到,我的计划完全泡汤了。"

一丝勉强的笑容从佩查脸上一闪而过。"现在,你又信任我啦?我们又能看到友谊再一次回到两个老朋友之间啦?"

"你懂不懂得,佩查?你那些敌意在我身上全都白费了。说句实话,你根本不该拿我当靶子,因为我是你在这里最好的朋友。"

"哦?是吗?"

"当然。我四岁时在鹿特丹就选择投靠了一个女指挥官,恐怕这里的其他男孩子都没我这样的眼光呢。"

她一下子愣住了,茫然地看着豆子,好一阵才慢慢说道:"我很早以前就忘记自己是一个女孩子了。"

"但是他们没有忘记。你应该很清楚你在他们眼中永远是个女孩子。你应该感觉得到你与那帮家伙之间的距离,他们并不真正了解你。虽说他们是你的朋友,至少米克是吧,自然了,他们都喜欢你。但是,他们没有认识到你的价值。"

"安德认识到了。"佩查说。

"我也认识到了。"豆子说,"大家都知道走廊里发生的事,那没有丝毫秘密可言。但是,你知道为什么只有我把这事放在心上吗?"

"为什么?"

"因为在他们眼里你是个傻大姐,他们认为你察觉不到当时那种紧张的气氛,意识不到一场甲板上的斗殴即将在安德身边发生。只有我清楚,你绝不可能犯如此低级的错误。因为我很重视你。"

"我可以把你这话当成是在拍我的马屁吗?"

"你不应该把我当作你的敌人。在这个团队中你和我差不多,都是与大家保持着一定距离的外人。等真正战斗打响的那一天,你需要有人支持你,需要有人像你自己一样认识到你的价值。"

"我不需要谁来支持我。"

"我得走了。"

"着什么急,我话还没说完呢。"

"用不着辩解,你多想一下就会明白我是对的。你刚才为波可流泪,我就认定我们可以成为朋友。以后你我之间只要相互信任,那就够了。"

不等他转身离开,佩查已开始用惯常的讥讽语气调侃起豆子,但是豆子没有停下脚步,反正他已经把自己想说的话全都说出来了。

指挥学院位于舰队指挥部,指挥部所在的区域是军方的核心机密。想找到它的唯一方法就是被指派到那里去,到过那里的人中只有屈指可数的几个曾经回过地球。

到达之前,孩子们大致了解到一些这里的情况。舰队指挥部设在小行星艾洛斯上。他们到达以后,才发现基地建造在小行星内部。艾洛斯表面除了飞船起降必不可少的船坞外,什么都没有。他们乘坐虫形的穿梭车钻到地下去,用了五分钟。一下穿梭车,他们就进入一个接近零重力的环境里,拂面而过的气流非常强劲,好像艾洛斯内部开动着一台大马力的真空吸尘器。

豆子立刻意识到这地方不是人类建造的。隧道的天花板太低了——另外,很明显天花板是在原来的建筑基础上加凿出的一层,因为下面的墙壁光溜溜的,只有最靠上的半米才明显是用工具开凿出来的。这个地方一定是虫族建造的,也许这就是他们在准备第二次入侵时建成的早期基地。现在被人类占领,成为国际舰队的中心。豆子在脑海里想象着争夺这个基地时发生过的战斗。虫族沿隧道疾速运动,人类的步兵使用小口径武器杀死它们。一团团闪光之后,人类开始打扫战场,把虫族的尸体拖出隧道,把这地方变成人类的空间。

豆子寻思,原来人类掌握那些超级技术的奥妙在这里。人类是通过学习虫族的技术,才建造出自己的引力发生装置,把它们用于战斗学校和其他人类需要的地方。

我们从它们那里还学到了些别的什么技术吗？

豆子注意到孩子们在隧道中穿行时下意识地弓着腰。其实隧道内部至少有两米高，任何一个孩子在里面行走站立时，脑袋离顶部都隔得老远，只是大家现在还不习惯这里面的建筑比例，总觉得隧道顶部在向下压，好像随时会塌下来。在人类刚来这里，还没有把上面的半米开凿出来之前，情况一定更糟。

安德将在这里成长。当然，他也一定会厌恶这个地方，因为他是人类。但来到这里，有助于他进一步理解建造这地方的虫族。

男孩子的铺位被安排在两个房间里。佩查一人住一个比较小的房间。这里比战斗学校更简陋，房间四周的石头透着一种阴冷。与地球上的实心石头不同，这里的石头是泡石。

一天早晨，豆子突然惊醒过来。他刚做了一个噩梦。

他想再睡一会儿，但起床时间就要到了，再睡也睡不了多久。他躺在床上，脑子转动起来。噩梦本身很荒唐——这个地方不可能存在什么活动的虫族。但有些说不清道不明的事情让他害怕，使他感到别扭，但他又不能肯定是什么事。

他想起自己与一个模拟器维护技师的交谈。豆子训练时模拟器出现了故障：那些在三维空间中移动的小光点，也就是那些本来归他操纵的飞船，突然之间失去控制。但令他大吃一惊的是，这些光点并没有按照他最后下达的指令作惯性移动。相反，像有一只无形的手在操纵它们一样，它们居然自行编队，集结到一起，接着改换了一种颜色。

技师赶来更换坏掉的主板时，豆子问他为什么那些失控的飞船没有停下来，或者保持原方向移动。"这是仿真模拟训练的一部分。"技师说，"你的模拟角色不是飞行员，也不是飞船船长。你是舰队司令，每艘飞船专门安排有人模拟船长和模拟飞行员，一旦你们之间的通信中断，他们收不到指令，只好随机应变，这与真实战斗中失去联系时一样。懂啦？"

"这可太麻烦了。"

"瞧，这正是为什么我们要在这些模拟器上花费那么多时间的原因。"技师说，"他们几乎与真正的战场一模一样。"

"如果，"豆子说，"不考虑时间延迟问题，这的确是一场真正的战争。"

看上去技师突然愣了一下。"哦，哦，是呀，时间延迟。呃，不过把这个问题设计进程序没什么价值。"说过这句话他就离开了。

技师神态突然失常，这使豆子很纳闷。他们既然把模拟器制作得如此完美，几可乱真，为什么他们不考虑光速通信条件下不可避免的时间延迟问题呢？远距离的指挥模拟，大多数情况下，在下达指令和执行指令之间必然存在时间延迟。有时候，这种延迟甚至可以长达数秒。但是他们竟然没把时间延迟设计到程序中去。一切通信联系都被简单地处理为即时通信。豆子向教他们操作模拟器的教官提出这个问题，教官含含糊糊地说："呃，那仅仅是一种仿真模拟。等你们投入实战训练的时候，会给你们足够的时间，让你们习惯光速通信中的时间延迟现象。"

当时听起来，只觉得这是一种军方特有的愚蠢想法，但是现在，豆子意识到那是彻头彻尾的欺骗。既然他们连通信中断时飞行员和船长如何自主行动这样的细节都考虑到了，怎么可能考虑不到最简单的时间延迟问题呢？因此，飞船在模拟状态下被设计为能够进行即时反应的原因只有一个：在真实战斗中，通信并不存在时间延迟！

躺在黑暗中，豆子越来越清醒，终于把所有断断续续的事情都联系到了一起。简直太明显了，他们从虫族那里学到的不只是控制重力的技术，他们还学会了超光速通信。对地球上的人来说，这是一个天大的秘密，但事实一定是这样。

既然即时通信可以在飞船之间进行，那当然可以把舰队司令部设在艾洛斯上了。

他立即设想到种种可能性，以及这些可能性有哪些现实意义。我们的侦察飞船，可能在很早以前就发回了虫族舰队向我们飞来的情报。他们也许几年前就知道虫族正在以多快的速度向我们袭来。为什么战斗学校的训练不断加速？因为他们几年前就清楚，抗击第三次虫族入侵的战争会在什么时候打响。

接着他脑子里产生了另一个想法。如果即时通信完全不受距离限制，那么，我们与第二次虫族入侵之后立即发射去攻击虫族老巢的舰队之间，也可以随时保持联络。如果我们的星际舰队以亚光速前进，按常理相对时差会使通信情况变得很复杂，但只要我们设想奇迹出现，这些难题就迎刃而解了。我们能够立刻得知攻击虫族老巢的战役是否取得了成功，就像现场直播一样。天哪！如果通信技术如此发达，加上足够的带宽，舰队指挥部就能即时看到战斗的进展情况，或者至少可以看到真实战争的模拟，那么……

真实战争的模拟。远征军的每艘飞船不断报告所处位置。通信设备接收到数据以后，传送进电脑，再呈现出来……就成了我们正在进行的模拟训练。

我们正在真正的战斗中指挥飞船，战场不是在太阳系，而是在数光年之外的某个空间。IF多年前先送走飞行员和船长，但是把指挥舰队的司令留在后面，留在艾洛斯上的舰队指挥部。他们花费了整整一代人的时间寻找合适的指挥官。而我们这帮孩子，正是他们找来的指挥官！

蓦然间领会到这一点，豆子不由得胸口发紧。在战术学院时，孩子们训练用的飞船都是老式的。现在想来原因再简单不过，需要他们去指挥的飞船早已经发射出去几十年了，而那些老式飞船正是几十年前性能最好、款式最新的飞船。

他们在战斗学校和战术学院期间向我们隐瞒的情况，不是虫族舰队正朝着我们太阳系飞来，而是人类的舰队快要到达虫族的老巢了。

豆子原来之所以想不到这个简单合理的解释，是因为他的思维被局限在"光速是运动和通信的最大速度"这个物理定则里面了。

训练中的某个时候，任何时候，不用发出任何特别预告，甚至不用告诉我们他们正在做的事，只要他们拨动一两个开关，就能把我们全部投放到真实的战斗中，让我们去指挥真正的飞船。我们呢，会认为那只不过是个游戏，但事实上，一场真正的战争却已经在我们手下打响了。

他们不告诉我们真相，因为我们是孩子。他们认为我们难以承受真实战争中的种种惨状，难以承受死亡和毁灭的现实。当我们在游戏中损失一艘飞船时，某个遥远的空间中就会有真正的人死去。

突如其来的压力实在太沉重，豆子有点喘不过气来。现在我知道了。我该怎么去面对这个残酷的现实？我不可能将事实完全抛在脑后，这根本办不到。我现在已经把自己调整到了最佳状态——知道真相并不能使我干得更起劲或者操作得更好。也许反而会坏我的事。也许会使我犹豫，也许会使我精力不集中。你脑子里必须清楚你控制的每艘飞船——为了获取胜利，无论哪艘飞船被彻底摧毁都无关紧要。但是，想到那些死人，想到在寒冷的真空挤压下，那些撕裂的尸体肺叶里的空气被一丝丝抽出，当知道这一切是游戏的真正含义时，有谁能静下心来投入这样的游戏？

教官们对我们隐瞒这个秘密是正确的。导致我发现真相的那个技师应该受到军事审判。

这个秘密我不能对任何人讲。其他孩子不应该知道这些。另外，如果教官们知道我看破了这个秘密，就会把我从游戏中赶出去。所以，我必须装出一副不知情的样子。

不，我必须怀疑它。我必须忘记这是事实。事实根本不是这样的。

豆子控制住呼吸，心跳渐渐稳定下来。我不能让自己陷入这种白日梦。如果有人知道了我睡在床上想出来的这套愚蠢理论，那我可麻烦大了。我什么都不能说。

内部通信系统发出起床信号。豆子一骨碌翻起身，跳下床来——这次他睡的是下铺——然后他尽量像平时那样与"疯子"汤姆和"热汤"韩楚互相开开玩笑，"苍蝇"莫洛板着个苦脸，像是又没有睡好的样子，一旁的阿莱安静地做着他的晨祷。豆子去餐厅，吃得和以往一样多。一切照旧，每件事都很正常。只是他的胃痛了一整天，吃饭的时候，有点恶心，那是睡眠不足造成的。

在艾洛斯上的第三个月快结束时，他们更换了一套模拟器。上面既有他们可以直接控制的飞船，也有可供他们调遣的飞船，不过需要他们大声发出指令，同时用手在控制器上输入命令。"真正打起仗来就是这样的。"督导他们学习的教官说。

"打起仗来，"阿莱说，"我们得清楚自己的下属军官是些什么人。"

"靠下级军官向你们报告战场情况的确很重要，但现在不需要了，你所需要的所有情报都已经传送到了你的模拟器中，它们会出现在显示器上。你们只需要口述命令，手上操作不犯错就行了。只管假定你们的命令已经被下级执行。教官将会监控你们发布的命令，帮助你们学会怎样简单准确地下达指令。你们还必须熟练掌握切换通信频道的技巧，学会在内部通话频道和向飞船下发命令频道之间进行切换。很简单，你们也都知道。头部左右转动，是和身边的人相互交谈，无论左转右转都行，只要你们自己感到舒服。当你直视显示器说话，你的声音会被传送到每一艘飞船上，或者传送到由你选择控制的一个编队中。如果你想对你控制下的所有飞船下达同样的命令，你就直视前方，收紧下巴，像这样。"

"那如果我们抬头的时候会发生什么呢？"沈问。

阿莱抢在教官回答前说了一句："那样的话，你就会和真主交谈。"

等大家笑过一阵，教官发话了："你差点儿就说对了，阿莱。当你们抬起下巴说话的时候，你们就会和你们的指挥官交谈。"

立刻响起几个声音："我们的指挥官？"

"你们该不会以为我们想马上把你们所有人都训练成最高司令官吧？不，不。目前，我们暂时指定你们中的一个来出任总指挥，仅仅是暂时的练习，谁来都行。让我们来选一个，嗯……就这个小不点吧。你，豆子。"

"我？"

"仅仅是为了实习一下。莫非他没这本事？打起仗来没人愿意服从他的命令？"

大家都不屑于回答教官的这个提问。豆子当然有这本事他们当然会听他的。

"不过，他在指挥狡兔战队时，没打赢过一场战斗。""苍蝇"莫洛说。

"很好。那就意味着你们面临一个挑战：帮助这个小不点儿，让他赢得战斗。"

豆子开始指挥从战斗学校来的另外十个孩子。感觉当然比较爽，所有人都知道教官作出这样的选择意味深长。他们清楚豆子操作模拟器的水平最高。佩查有一天说："活见鬼！豆子，我想你闭着眼睛也能玩，你早把所有的一切都印在脑子里啦。"这种评价相当接近事实。

他们花了两天时间学习如何稳定地操作模拟器，执行豆子的命令，以及向部下发布自己的命令。他们的口头发令和手上动作逐渐协调一致。开始总出错，不是头转错方向，就是在请示和下令时将信号传送到错误的地方。但他们适应得很快，过了两天，就可以像出自本能一样应对一切突发情况了。

豆子坚持让大家轮流担任总指挥。"我也得像他们那样练习一下怎样接受命令。"他说。"你的确需要练习一下转动脑袋的技术,学会怎样抬头与你的上级通话,还有怎样与左右的同伴交流。"教官赞同地说。一天以后,豆子掌握了这些技巧,表现得和其他人一样出色。

让大家都来当一当总指挥,还有另一个好处,就是让大家见识豆子的过人之处。虽然没有一个人显得手足无措,但是相比之下,豆子的反应明显比所有其他人都更为迅速敏捷。复杂的战局要求总指挥听见和记住所有下级传来的报告,及时妥善地予以处理。在这一点上,豆子当然独占鳌头。

"你简直不是人。"佩查说,"没人能完成你做的那些事!"

"我简直就是人。"豆子温和地说,"另外,我知道还有一个人,可以比我做得更好。"

"谁?"她急切地问。

"安德。"

好一阵子,大家都一言不发,模拟操作室内一片肃静。

"是啊,嗯,只可惜他不在这里。"威列德说。

"你怎么知道他不在?"豆子说,"大家心里应该有数,安德其实早就到这里来了,现在他当然还在这里。"

"那可太无聊啦。"米克说,"他们为什么不让我们与安德一块儿训练呢?为什么他们一直对我们保守这个秘密呢?"

"因为他们热爱保密。"豆子说,"另外,也许他们要对安德进行一些特殊训练。还有可能他们想扮成圣诞老人,在圣诞之夜才把他当作一个礼物带给我们。"

"还有一种可能。"达普尔说,"也许他们觉得有你指挥就足够了。"

豆子没说什么,只是友好地笑了笑。领军人物当然是安德。这个团队本来就是为安德准备的。安德才是那个寄托着教官们所有希望的人。他们让豆子临时坐上指挥席的原因很简单:豆子是候补人选。万一安德在战争进程中突然患病，他们需要豆子来接替指挥任务。到那时，豆子必须发出命令，决定哪只飞船做出牺牲，决定哪些人去送死。在此之前，一切将由安德选择，但是对安德来说，那只不过是一场游戏。没有死亡，没有痛苦，没有恐惧，没有内疚。仅仅是……一场游戏。

总指挥无疑是安德。安德，你快快现身吧。

第二天，督导他们的教官对他们说，安德·维京将从当天下午开始成为他们的指挥官。没有一个人表现出半分惊讶，这反倒使教官惊讶起来，他问大家为什么不觉得意外，得到的回答是："豆子早就对我们说过了。"

"有人想让我查清楚，你是怎么得到那些内部情报的，豆子。"格拉夫看着桌子对面那个让人头痛的小孩子。这个小孩子坐在那里若无其事地打量着他。

"我没有得到什么内部情报。"豆子说。

"你知道安德将成为你们的总司令。"

"我瞎猜的。"豆子说，"当然这并不难猜。看看我们都是些什么人吧。不是安德最亲近的朋友，就是飞龙战队的组长。安德是唯一一个能把我们大伙儿凝聚到一起的人。你完全可以把很多和我们同样优秀的孩子带到这里来。你们选中我们的原因是，只有我们才是那种只要安德一声令下，哪怕不穿太空服，也会毫不犹豫地跟随他一直走到太空中去的人。"

"很精彩的演讲。不过我对你所谓的'瞎猜'还是抱有怀疑，因为你有偷偷摸摸的习惯。"

"好吧。那你说说我什么时候偷偷摸摸了？我们中有谁在什么时候是独自一人？我们的小电脑都不是智能的终端设备，我们从来不看别人的登录账号，而且你们好像也不再允许我拥有另外一个身份了。我每天都在忙着应付规定的训练。尽管我们是因为聪明出众才被你们挑选到这里来的，但你们这些家伙仍然认为我们小孩子好愚弄。就像现在吧，你坐在这里,毫无根据地怀疑我,觉得任何一个白痴都能猜到的情况是我偷偷摸摸得来的。"

"并不是任何白痴都猜得出。"

"那只是个比喻。"

"豆子,"格拉夫说,"我觉得你编了一整套假话来糊弄我。"

"格拉夫上校,那你就当我在胡说八道吧,我发现安德要来这里,是通过秘密监测你们的梦境得到的。这有什么关系呢?安德早晚会来,他要负责指挥,他会出类拔萃,然后我们各就各位。我作为一个支队长,会坐在什么破地方的一艘飞船上,用一个小孩子的声音向成人发号施令,直到他们烦透了我,把我扔进太空。"

"我不担心你了解到安德的情况。不管你是不是猜出来的,我都不在乎。"

"我知道你不在乎这个。"

"我需要知道你是否还推测出了些别的什么事。"

"上校,"豆子厌倦地说,"你没想过你这样提问会给我某种暗示吗?你问我是否推测出了些别的什么事,这难道不是会大大增加我推测出'别的什么事'的机会吗?"

格拉夫脸上布满了笑意。"我告诉过那位……呃……派我来找你谈话的长官,是他让我问你这些问题的。我告诉他,这种谈话的最后结果只能是,我们透露给你的东西比你透露给我们的东西更多,但那位长官当时说:'这孩子只有六岁,格拉夫上校。'"

"我想我满七岁了。"

"他是从一份过去的报告中了解你的,可能忘了把今年算在内吧。"

"你来告诉我,你们想确定有哪些秘密是我不知道的,而我想对你说的是,就算我知道些什么,也不会给你们造成任何影响。"

"嗯,是这样。"

"格拉夫上校,我的表现还算好吧?"

"废话。你当然表现很好。"

"好,就算我确实知道某些你们不想让我们小孩子了解的事情,我对任何人说过吗?我的训练操作有什么不正常吗?"

"没有。"

"对我来说,我也许听到了某种声音,就像听到一棵树倒在森林里,其他人没有听见,但我并没有把自己听到声音后的推测告诉过其他任何人,同时这也没有影响到我的训练。既然对谁都没有损害,你们为什么还要煞费苦心地想查出我到底知道些什么呢?今天这次谈话过后,你们也许会认为,我又要开始竭力在自己身边去寻找一个七岁大的孩子有能力发现的秘密了。我想说,就算我当真又发现了某些你们的不可告人的秘密,我还是不会对其他孩子说,所以还是不会对任何事有影响。如果这样的话,我们这种浪费时间的谈话是不是可以到此为止了?"

格拉夫的手伸到桌子下面,按了一下什么东西。

"好吧。"格拉夫说,"他们得到了我们刚才谈话的录音记录,如果这还不能打消他们的顾虑,那就没别的办法了。"

"他们有什么顾虑?'他们'是谁?"

"豆子,现在没有录音了。"

"当真?"豆了说。

"我刚刚关闭了录音线路。"

"你居然不敢肯定?"

事实上,格拉夫的确不敢肯定完全关闭了录音设备。他只把他控制的那条线路关上了,但保不准这里还隐藏有别的监控手段。

"我们到外面去散散步吧。"格拉夫说。

"我希望不是到这颗星球的表面去。"

格拉夫撑着桌子费力地站起来——在艾洛斯目前的重力状态下，他的体重有点过量了——带头走到房间外的隧道中去。

散步时，格拉夫压低声音说："他们听不到我们俩的谈话，恐怕会有点坐立不安呢。"

"哈，这很有趣啊。"豆子说。

"IF现在被一个明显的安全漏洞折腾得像一窝热锅上的蚂蚁，你一定希望了解其中的隐情吧。好像有一个掌握了大量机密材料的人给两个网络政治家写了一封信，结果他们开始在网络上呼吁，要求IF把战斗学校的孩子送回他们各自的国家。"

"什么政治家？"豆子问。

"我想，这次该轮到我说'你居然不敢肯定'啦。唔，没别的意思，我碰巧看到一些寄给洛克和德摩斯梯尼的信件——这两人都在IF的严密监视下，我想这一定不会出乎你的预料——我看到这些信件——呃，这些信件显然出自一人之手，另外我注意到信中并没有泄露任何真正的绝密信息。凡是在战斗学校待过的孩子都知道这些情况。真正让他们感到惶惶不可终日的，是信中那些切中要害的政治分析。俄国人急了眼，声称有人正在针对他们搞间谍活动——当然，他们矢口否认信件中针对他们做出的种种预测。嗯……我调查过秃鹰号驱逐舰的图书馆，知道你在那里读过些什么。另外我也检查了战术学院图书馆的阅览记录，我发现你在每个图书馆里都忙得不可开交啊。"

"勤奋学习，是我的本分。"

"如果你知道第一批孩子已经到达地球的消息，一定会高兴的。"

"可惜战争并没有结束。"

"你以为你引发一场政治雪崩，所有事就会照着你所希望的那样变化发展吗？不过，我还是很高兴你能想到其他孩子，你使他们得到了自由。"

"但我们却还困在这里。"

"IF不可能去提醒那些地球上的煽动者，还有很多孩子被留在战术学院和指挥学院。"

"我也不会再去提醒他们了。"

"我知道你不会，豆子。我找这个机会和你私下聊聊天，并不是因为你猜出了安德是你们团队的总指挥。我是觉得你更担忧地球上的情况，所以我想有机会和你谈两件地球上的事。"

"我在听你说呢。"

"第一件事，你一定对洛克和德摩斯梯尼的身份感兴趣吧？"

"怎么？他们是同一个人？"

"一种思想，两个声音。是这样的，豆子，安德·维京是维京家的老三。他的哥哥姐姐有着和他一样的天赋，不过种种迹象表明，他们不太适合进入战斗学校。安德的哥哥，彼得·维京，是个野心勃勃的年轻人。由于进不了战斗学校，他把精力转到了政治方面。结果表明，他在这方面更具天赋。"

"他既是洛克，又是德摩斯梯尼。"豆子说。

"他设计出了这两个角色。但是他只以洛克的身份写作，他的妹妹华伦蒂以德摩斯梯尼的身份写作。"

豆子笑起来。"越来越有意思了。"

"你的两封信都落到了一伙人手里。"

"如果我写过的话。"

"可怜的彼得·维京都快疯了。他利用他在舰队中的一切关系，想查出是谁发送了那些信件。但一无所获。没有谁去注意那六个被你利用过登录账号的军官。没人会想到，那个只有七岁大就被送到战术学院的小家伙，居然能在空余时间里写出这样的政治信件。"

"除了你。"

"因为，感谢上帝，只有我清楚你们这帮孩子到底有多聪明。"

"那我们到底有多聪明呢?"豆子咧嘴一笑。

"我们散步的时间很有限,我可不想把时间都浪费在对你的表扬上。我想告诉你的另一件事情是,卡萝塔修女在你离开地球后,把全部精力都投入到追查你的身世上去了。嗯,注意,前面有两个军官正在向我们走过来,我们这种没有记录的谈话就要到头啦,我尽量说简短些。你有一个正式名字,豆子。你叫朱利安·德尔菲克。"

"那是尼古拉的姓。"

"朱利安是尼古拉父亲的名字。他也是你的父亲。你母亲名叫埃琳娜。你和尼古拉是双胞胎。只不过你们的受精卵培育时间不同,你的基因被人做过一个小小的修改,是这个修改使你和尼古拉变得完全不一样的。豆子,你本来应该在爱你、关心你的父母身边长大。"

"朱利安·德尔菲克。"豆子说。

"尼古拉和第一批返回地球的孩子一道,已经回家了。卡萝塔修女会处理好一切,尼古拉一到家,就会清楚你是他的弟弟。你的父母已经知道你了——卡萝塔修女告诉过他们。你的家在克里特岛的一座小山上,下面是爱琴海,非常美丽。卡萝塔修女对我说,你的爸爸妈妈十分和蔼可亲。他们得知你活着的消息时,高兴极了,哭了好半天。呃,我们的谈话现在得告一段落啦。我们现在讨论的问题是,你凭什么认为指挥学院的教学质量太差呢?"

"你怎么猜到我这个想法的?"

"猜测并不是你的专利。"

两个军官——一个舰队司令和一个将军,假模假式地满脸堆欢——来到他们跟前,问他们谈得怎样。

"录音资料都传给你们了。"格拉夫说,"连你们坚持要求记录的部分都录下来了。"

"那你们现在还谈些什么呢?"

"我正在对上校说，"豆子道，"指挥学院的那些教官们太平庸了。"

"平庸？"

"我们的训练总是以那些特别愚蠢的计算机为对手。然后教官们耗费时间，对这些单调乏味的虚假战斗进行分析。明知道敌人不可能做出模拟器那种愚蠢举动，还做这些无用功干吗呢？我正在向上校建议，要想对我们有帮助，唯一有效的方法是把我们分成两队，然后让两个队伍厮杀。"

两个军官很快地交换了一下眼色。"很有意思的建议。"将军说。

"值得考虑。"舰队司令说，"安德·维京就要加入你们的游戏了，你想向他问一声好吧。"

"是的。"豆子说，"我想。"

"我这就带你过去。"舰队司令说。

"我俩聊聊吧。"将军对格拉夫说。

一路上，舰队司令只说了几句话，豆子根本不用动脑子，随口附和一下就应付过去了。这样很好，格拉夫刚才告诉他的事还在他脑子里乱哄哄地搅动着。洛克和德摩斯梯尼是安德的兄长和姐姐，这毫不奇怪，如果他们和安德一样富有才智，当然会与众不同。网络使他们可以隐藏真实身份，年龄小并不是什么问题。豆子对他们感兴趣，还有一个原因，他们在文章中的表达方式像安德。在一起生活得比较久的人，说话常常互相影响，尽管这种影响很细微，但豆子在下意识中早就察觉到这两人与安德有某种相似之处。

另一件事，尼古拉是他的哥哥——他该不该相信呢？格拉夫像看穿了他的灵魂，发现了他潜藏在心中的渴望。我是个希腊人？我的兄弟碰巧和我在一个新兵小队中？那个与我最亲密的朋友是我的哥哥？我们是双胞胎？我还有爱我的双亲？

我叫朱利安·德尔菲克？

不，我不信。格拉夫从来没有真诚地对待过我们。在安德遭到邦佐袭击的时候,格拉夫甚至没有伸出一根手指去保护安德。除了一心想要控制别人,格拉夫什么事也不会做。我的名字是豆子。我不能因为听到一句谎言就放弃它。

豆子他们听到了安德的声音,刚开始时,是安德在另外一个房间和技师说话的声音。"我怎么能和没见过面的支队长合作?"

"为什么你非得看到他们不可?"技师问。

"我要知道他们是些什么人,了解他们的想法——"

"你会通过他们在模拟器上的表现了解他们。而且,我觉得你没什么可担心的,他们正等着你下命令。戴上头盔后,你就可以听到他们说话了。"

他们全都有点抑制不住内心的激动。他们知道就像他们现在能听到他的声音一样,他很快也会听到他们的声音。

"好像有人在那边说什么。"佩查说。

"还得等他戴上头盔。"米克说。

"我们怎么知道他什么时候能听到我们说话?"威列德问。

"我先来。"阿莱说。

静了一下,他们的耳机里加进来一个新的、细微的呼吸声。

"赛俩目。"①阿莱轻声说。

"阿莱。"安德说。

"还有我,"豆子说,"那个小矮人。"

"豆子。"安德说。

---

① 伊斯兰教祝福语。这样问候是阿莱与安德之间的一种默契,详情见《安德的游戏》一书。

CHAPTER 23
安德的游戏

"将军,你作为统兵大帅,有权力这样做,也有责任这样做。"

"我可不需要一个刚丢掉战斗学校校长职务的人来提醒我,我有哪些责任。"

"如果你不逮捕IF行政长官和他的同谋——"

"格拉夫上校,如果我先出手,那么大家都会指责我,说我挑起了战争。"

"是这样,长官。要么人人都指责你,但我们抢先一步赢得战争;要么没人数落你的不是,因为你站在墙壁前耐心等待,一直等到那个大官发动政变,建立起一个以俄国人为主宰的世界性霸权,让你一枪毙命。你能不能给我说说,这两种结果哪种更好呢?"

"反正我不会开第一枪。"

"一个统兵大帅得到可靠的情报以后,如果不先发制人——"

"政治是另一码事——"

"如果他们取得胜利,就无所谓政治啦。"

"20世纪末以来,俄国人就再也没有扮演过坏蛋的角色了。"

"谁干坏事,谁就是坏蛋。你是军队首脑,为社会清除坏蛋是你的本职工作，长官，你总不能仅仅因为害怕受到人们指责，就坐在这里无所作为吧。"

安德一来，豆子立即自觉地回到了支队长的位置上。其实没人提醒他必须这样做，他曾经担任总指挥，而且相当出色地领导着团队。但安德天生就是这个团队的指挥官，现在他来了，豆子再次成为一个小角色。

豆子清楚，这很公平。前段时间他带队带得不错，但安德一来，他们个个看上去都像新手。其实安德的战略并不比豆子更好。虽然有时候略有不同，但豆子注意到，更多时候安德所做的与他不谋而合。

最本质的区别是安德的领导方式。他鼓起了大家的激情，不像豆子，大家只是服从他的指令，服从中甚至还带着几分怨气。安德一接手，整个团队立刻显得意气风发。他之所以能赢得下级全身心的投入，是因为他不仅注意到战役的进程，同时也了解各级指挥官脑子里的想法。他很苛刻，有时甚至显得急躁，他期待着大家能有更出色的表现。他用得体的方式表示理解、赞赏、鼓励。每个人都能感觉到安德对自己的尊重。

他们调整了我遗传基因中的某个开关，使我成为一个智力运动员。在智力运动的场地上，我在任何位置都能够轻而易举地射门得分。但是仅仅知道什么时候进攻，知道怎样让一个团队聚集起来稳步推进是远远不够的。安德·维京基因中的开关也被调整过吗？或者他体内有什么特别的东西，是我这样的人造天才所不具备的？莫非安德的灵魂，曾经在上帝那里得到过某种特别的赐予？是啊，我们像信徒一样追随他。我们相信他能从岩石中拧出水来。

我能做得和他一样吗？也许我只能做一个军事作家？一个战争的评价者？一个写出战争历史的人？我以后会不会写一本书，告诉人们安德在这次战争中的出色表现呢？

还是让安德自己去写那本书吧。当然，格拉夫写也行。我在这里还有正事要做，等一切结束以后，我要给自己选择一个合适的工作，尽力去把它做好。如果仅仅因为我是安德的一个同伴而被别人记住的话，那也没什么值得炫耀的。和安德在一起战斗这件事本身，就足够作为一种报偿了。

但是，唉，看到其他人如此快乐是多么让人痛心啊。他们现在根本注意不到我了，只是偶尔把我当作一个小兄弟或者吉祥物来开开玩笑。

最糟糕的是，安德对他的安排太过分了。分开这么久以后，安德显然忘记了他原来是多么倚重豆子。他现在最倚重的人是佩查，还有阿莱、米克和沈，都是没有跟他在一个战队中并肩战斗过的人。除非必须发挥创造性才能的时候，安德才会想起豆子。

算了，不能再去想那些事情。因为豆子知道他除了要把一个支队长的工作做好之外，还有另一个任务，更重要的任务。他必须仔细观察每场战役的全部过程，准备好在安德犹豫不决的时候随时出手帮忙。看上去安德好像还不知道豆子赢得了教官们的信赖，但豆子清楚，如果什么时候安德在执行任务时显得有点心烦意乱，或者反应有点迟缓，注意力有点不够集中，就该他上场了。在安德自己都不知道的任何一个时刻，一旦管理人员向他发出信号，豆子就要立即接过指挥棒，继续执行安德的计划，密切关注所有的支队长，拯救游戏。

那天安德再一次偶然地对他们说起教他的那个特别教官。他提到这个教官的名字是"马泽"。"疯子"汤姆接口说："他怎么起了这么个名字？从小到大肯定没少为这个受罪。"

"在他还小的时候，"安德说，"这个名字并不响亮。"

"没有谁能活那么长时间。"沈说。

"当然，但假如他坐上一艘光速飞船，一刻不停地在太空飘游呢？"

这句话让他们眼前一亮。"你的教官就是大名鼎鼎的马泽·雷汉？"

"你们不知道他就是人们说的那一个伟大的英雄吗？"安德说。

他们当然知道。

"但是你们从没听过有谁说他固执得像头犟驴吧？"

接着一场新的模拟战开始了，大家赶忙回到工作上。

第二天，安德对他们说，情况发生了一些变化。"迄今为止，我们一直和计算机对战，或者内部演习。不过从现在开始，每隔几天，马泽都要亲自出马，指挥一支由经验丰富的飞行员控制的舰队与我们作战。我们必须准备好应付更复杂的战局。"

隔几天来一次测试，与马泽·雷汉领军的舰队作战。对豆子来说，听到这种说法就像闻到臭鱼味道一样。

这不是什么测试。这是有计划、有预谋地让我们去摸虫族的底。他们会模拟出虫族母星附近的真实情况，让我们去处理。

IF从远征舰队中不断发回初步的数据，他们可以用这些数据让我们在战争开始之前尽量多做些准备。

很快，系列"测试"中的第一场开始了，对方的战略幼稚得让人目瞪口呆，居然以一艘大飞船为核心，组成一个巨大的球形编队。

通过这次战斗，豆子发现安德掌握着一些他们都不知道的情况。首先，他告诉大家不要去理睬球形编队中心的那艘大飞船。安德怎么会知道那是一个诱饵呢？除非他事先知道虫族惯于使用这种方式设置陷阱。也就是说，安德清楚虫族的作战意图，虫族期待我们去袭击那艘大飞船。

除非，那不是真正的虫族舰队，而是马泽·雷汉的舰队。那么，为什么雷汉认为虫族会这样布阵呢？

豆子回想起安德一遍又一遍观看过的那些录像——那些第二次虫族入侵时的宣传片。

录像里没有战斗场面，因为实际战争中本来就没有出现过什么战斗场面。录像里也没有表现马泽·雷汉高明的布阵和指挥。马泽·雷汉只击毁了一艘虫族的核心飞船，战斗就结束了。嗯，马泽·雷汉杀掉了虫族女王，这才是为什么录像里没有出现面对面作战画面的根本原因。由于那是我们上一次取得胜利的方法，那么这一回虫族当然不会重蹈覆辙，所以才可以判定那艘处于编队中心的大飞船是一个诱饵。

杀掉虫族女王，所有虫族就全部完蛋了。不用想都能明白，这正是录像展示出的意义。安德清楚这一点，他也知道虫族知道我们清楚这一点，所以他不会掉进对方的圈套。

另一件安德知道而他们不知道的事，是存在一种在这次测试之前大家从未见过的武器。安德只是把这种武器称作"设备医生"，并没有细说它的功效，直到他命令阿莱在敌人舰队最密集的地方启动这种武器。让大家吃惊的是，"设备医生"引发了敌方飞船一个接一个的连锁爆炸，在很短的时间内就把绝大多数虫族飞船毁掉了，只剩下最外层的几艘还有活动能力。清除这些漏网之鱼无比轻松。

"它们的战略怎么会如此愚蠢？"豆子问。

"我也奇怪呢。"安德说，"不过我们的飞船毫发无伤，一艘都没损失，这倒是比较爽。"

过了一会儿，安德告诉他们马泽的说法——现在是在模拟一整套侵袭行动，所以设定中的模拟敌人会对我方有个适应过程。马泽的原话是："下从人家就会明白，事情不可能总是那么一帆风顺。"

这句话使豆子警觉起来。一整套侵袭行动？为什么要这样设定游戏呢？为什么不围绕着一个主战役来进行演习？

虫族占领着许多星球，豆子想，只能是这个原因。就像它们发现地球以后，妄图把地球也变成它们的一个殖民星球一样。它们从前就是这样做的。

也就是说，我们派出了许多支舰队，分头去攻打被虫族占据的那些世界。

虫族之所以能够在接二连三的战役中汲取教训，是因为它们也掌握着能够穿越宇宙的超光速通信方式。

豆子所有的猜测终于连成一体，勾勒出一幅战争的全景图。他现在完全明白这些测试后面的秘密了。马泽·雷汉并没有指挥什么模拟的虫族舰队，模拟器上显示出的敌人就是虫族舰队。真正的战争已经打响了，雷汉的职责只不过是观察战争的进程，以及在每次战役之后辅导一下安德，指明敌人的战略意图，并对以后的战役提出建设性意见。

这就是为什么要求他们口头发布指令的原因。指令被传送到真正的飞船上，船长和飞行员收到指令立即在真实的战争中予以执行。我们损失任何一艘飞船，豆子想，都意味着会造成血肉之躯的毁灭。任何疏忽都可能带走几条生命。他们向我们隐瞒这一切，因为如果我们知道真相，那么我们将难以承受。为了保护我们这帮娃娃兵，他们打着游戏和测试的幌子，使我们相信我们只不过是在玩耍嬉戏。

我清楚这些内幕，但不能再让任何人知道了。

"测试"每隔几天进行一次，战斗时间拖得越来越长。阿莱开玩笑说应该给大家发点尿不湿，以免他们在战斗中膀胱胀满的时候心烦意乱。第二天，居然真的为他们配备了导尿管。"疯子"汤姆用过一次以后说："得啦，干脆在我们每人胯下放一个尿罐子吧，那样更省事。"豆子很想知道教官们怎么替佩查解决这个难题，但谁也不敢自讨没趣地问她这个问题。

豆子注意到安德在指挥过程中开始出现一些问题。问题之一是对佩查过于信任。安德总是让她指挥主力部队，总是让她去应付最复杂的战局。这样一来，安德就可以专心营造假象，确定战略方针，安排骗局诱敌上当。难道安德没有发现佩查已经快要承受不住了吗？这个吹毛求疵的佩查，现在每天都为她自己在战场上犯下的错误感到内疚和羞愧。她睡眠严重不足，在战斗中越来越打不起精神。

不过，也许安德没有注意到佩查失常，因为他自己也劳累过度。其实大家全都一个样，逐渐加大的压力使他们疲乏不堪。战局越来越艰难，与敌方僵持的时间越来越长，他们也越来越多地犯错误。

新的"测试"难度不断加大，安德被迫将更多的决定权交给支队长。安德不再像原来那样详细下令，而是比较笼统地布置任务，支队长们越来越多地主动肩负起战斗压力。战线拉得太长时，安德的精力集中在战斗的关键部分，顾不上给处在其他位置的支队长下达命令。遇到这种情况，支队长们只好互相商量，确定应急战术。豆子很高兴地注意到，在安德给他派闲差的时候，一旦安德在战场的某个局部忙得不可开交，"疯子"汤姆和"热汤"韩楚就会来征求他的意见。他们把自己的打算告诉他，在听取豆子的修改建议之后，才落实到具体的行动中去。每次战役，豆子都会把自己一半的精力放在观察和分析安德的战略意图上，所以豆子能够明确地告诉他们，怎样做才可以辅助整体战斗顺利进行。安德有时会表扬"疯子"汤姆或者"热汤"韩楚做出的决定。在豆子耳中听来，姑且就当成是对自己的称赞了。

其他支队长从不向豆子求助。豆子知道其中的原因。安德没有加入到他们中间来时，教官们把豆子放在一个对他们发号施令的位置上，他们至今对此耿耿于怀。现在他们有了一个真正的指挥官，当然不会再多看豆子一眼了。

他必须掌握每个人的指挥情况，不管他们是否情愿，不管自己的感情是否会受到伤害。因为这是他的任务，他打定主意，绝不能在毫无准备的情况下接替安德的工作。压力不断增大，不等大家喘过气来，下一场战斗又开始了，他们的脾气都变得暴躁起来，相互之间的指责越来越多。所有人的失误都明显增加了，只有豆子依旧很少出错，他因此受到大家更多的关注。

有一天，佩查居然在战斗中打起瞌睡来。她手下的部队直接冲进了敌人的火力圈。她的支队立刻被占据优势的敌人拦腰截断。为什么她不下令撤退呢？更糟的是，安德这时还没有注意到她的失误。豆子连忙提醒安德：佩查有点反常。

安德呼叫佩查，没有任何回应。情急之下，安德命令"疯子"汤姆接替指挥佩查支队的两艘残余的战舰，想尽力挽回败局。佩查和往常一样，肩负着整场战役最关键的任务。一旦她败下阵来，安德的战略就会全盘崩溃。仅仅因为敌人在扫荡战场时过于自负，才被安德抓住战机，重新夺回主动权。他最终侥幸地赢下了这一局，但损失极其惨重。

佩查显然在战斗接近尾声时才惊醒过来，发现她的指挥控制线路已经被切断。她一言不发，一直等到战斗结束，大家才听到麦克风里传出她的抽泣声："对不起，对不起。请转告安德我很抱歉，他不会听我说的，我真的非常抱歉……"

豆子在她回到房间之前追上她。由于泪水模糊了她的视线，她只好用手扶着隧道的墙壁，深一脚浅一脚地往回走。豆子赶上去，想扶她一下。她一把推开了豆子的手。

"佩查，"豆子说，"你太累了，脑子转不动的时候，你不可能保持清醒。"

"转不动的是我的脑子！你不可能理解这种感觉，因为你总是那么聪明，换了你，也许在做着我们这些工作的同时，还可以与人下象棋吧！"

"佩查，安德现在太依赖你了，他从来不让你休息——"

"他也没时间休息！噢，我不是故意的——"

"当然不能全怪你。显然，当有人提醒安德注意时，你的支队已经耽误了好几秒钟。另外他在指定其他人接替控制之前，还花了两秒钟试图叫醒你。如果他能早一点做出决定，你的队伍就能剩下六艘飞船，而不是两艘。"

"是你提醒的他。你在观察我。你在监视我。"

"佩查,我观察每个人。"

"你说过你会信任我,但是你没有。当然这不是你的错,我不值得让人信任。"她终于控制不住自己的情绪,放声大哭起来,紧紧地倚着隧道的石墙。

格拉夫很快找到豆子。"你做得对,"格拉夫说,"发挥了很重要的作用。"

"我还是慢了一拍。"豆子说。

"你始终观察着战场全局。你及时发现了整个战略计划在哪里受阻,而且提醒安德注意到那一点。你尽到了你的职责。其他孩子没有意识到你在这次战役中所起到的作用,呃,我知道也许这会让你觉得有点委屈——"

"我才不在乎他们注意到什么——"

"但是,你扭转战局,拯救了这次战役。"

"现在说这些还有什么意思。我想去睡觉了。"

"稍等一下。豆子,安德快累垮了,他最近连着出了好几次错。你肩上的担子更重了,你必须尽全力监视全局,为安德查漏补缺。嗯,另外,你觉得佩查今天表现怎么样?"

"我们都累坏了。"

"唔,安德也一样。他甚至比其他人的情况更糟。他睡觉时哭泣,老做些奇怪的梦。他说马泽在窥测他的梦境,想摸清他脑子里的计划。"

"你这是在告诉我,他快要发疯了吗?"

"我是在告诉你,他把最大的那份压力放到了自己肩上,比他放在佩查肩上的要沉重得多。替他分担一点,豆子,帮他一把。"

"我一直都在帮他。"

"你心里一直有股怨气,豆子。"

格拉夫的话使豆子吃了一惊。他的第一反应是，不，我没有！但接着他又想，我真的没有怨气吗？

"安德在战场上没有给你安排任何重要的任务，但那不是安德的过错。马泽对安德说，他怀疑你指挥大型编队的能力。那才是你为什么没有得到复杂困难任务的原因。倒不是说安德相信马泽的话。但经过这种暗示之后，你做的每件事在安德眼里看来，难免会产生些偏差。"

"马泽·雷汉认为我——"

"马泽·雷汉当然知道你是个什么样的人，他清楚你的实力。但我们不能让安德把重要的任务交到你手里，因为我们需要你能清醒地把握每次游戏的全部过程。而且我们现在还不能让安德知道你是他的候补人选。"

"那你为什么现在要对我说这些呢？"

"等这一系列测试结束，你们成为真正的指挥官时，我们会告诉安德你在这一系列测试中所发挥的作用，还有马泽为什么要在他面前那样评价你。我知道，能不能得到安德的信任，对你来说意义重大，你现在没有得到应该得到的信任，我们希望你明白其中的原因。不是安德不信任你，而是我们在这里面捣乱呢。"

"为什么你这回突然变得诚实起来啦？"

"我想你了解这些情况以后，会在以后的测试中发挥得更出色。"

"不管我是否相信你的话，我都会尽量做得更好。这回你还是有可能在说谎。所以，咱俩谈这么老半天，我又能相信什么呢？"

"相信你愿意相信的，豆子。"

佩查接连两天没有参加练习。等她再回来时，安德没有再把繁重的任务分配给她。她把自己的任务完成得很好，但从前那种热情消失得无影无踪，她再也提不起精神来了。

她这一闹，真够要命的，一睡就是两天。尽管没人愿意犯她那种错误，但犯错之后能美美地睡上一觉，又难免让人觉得心痒痒的。

测试绵绵不断。豆子很想知道，这些混蛋在来到地球之前到底建立了多少殖民世界？我们对此真的一清二楚吗？如果我们的军队无力占领那些殖民地，那么仅仅消灭它们的舰队能起什么作用呢？是不是每次打完仗以后，我们还得把飞船留在行星附近肃清行星上的敌人呢？

佩查并不是唯一崩溃的人。紧接着，威列德由于精神过度紧张，睡在床上怎么叫也叫不醒。医生用了三天时间才让他苏醒过来。和佩查不同，他再也没有重返指挥岗位。

豆子以为"疯子"汤姆也快要撑不住了，但他尽管疲惫困乏，却依然表现神勇，一点也不像"疯子"。反倒是"苍蝇"莫洛，有一天在编队遭遇惨重损失之后，突然放声大笑起来。安德立即切断他的指挥线路，让豆子接管舰队。"苍蝇"莫洛第二天重返指挥岗位，没做什么解释，但人人都清楚，安德不会再把重要的任务交给他去执行了。

豆子发现，安德敏锐的反应能力正在渐渐钝化。他下达命令时停顿的时间越来越长，有时甚至不能清楚地描述指令。遇到这种时候，豆子立即将安德的命令用一种简洁明了的方式向大家转述一遍，不过安德并不清楚他原来下达的命令有点模棱两可。大家最后都意识到，豆子除了要完成他自己那份任务以外，还肩负着一个更重要的任务：辅助安德，照顾全局。也许他们看到了在战斗进行的过程中，豆子常常提出一个问题，并略加解释，以此提醒安德注意战局中的关键之处，不过豆子的提问很得体，听起来没有一点责备人的意思。在这样的战斗下来以后，总会有一两个大孩子用手搭着他的肩，或者拍拍他的背，说上一两句话，"玩得漂亮。""干得好。""别骄傲。""多谢，豆子。"

在他得到这些尊重之前，他从来没有意识到，自己的内心深处，原来是如此渴望得到大家的尊重。

"豆子，下一场游戏就要开始了，有些事，呃，我想给你说说。"

"什么事？"

格拉夫上校犹豫不决地说道："今天早晨我们一直叫不醒安德，他到现在还没起床。他这段时间老做噩梦。没有我们提醒，他甚至饭都不吃。他还在睡梦中狠狠咬自己的手，直到咬出血来。今天干脆叫都叫不醒了。我们本来可以拖延……测试……呃，等他回到指挥岗位上，如同往常一样，但是……这一次有点……"

"我准备好了。我随时准备着。"

"唔，但是……看，这次测试特别难，那是……没有……"

"没有希望获胜。"

"你开动脑筋，想一想该如何应对最艰难的战役。有任何建议都可以提出来。"

"那种被称为'设备医生'的武器，安德好长时间都没让我们使用了。"

"敌人已经弄清楚了它的原理，为了避免连锁反应，它们不可能再次把飞船聚到一堆了。如果打击目标不是大质量的聚合体，这种武器就不能引发连锁反应，发挥不出威力。所以，它现在只是压舱的笨货，没什么用处。"

"如果你能早点告诉我它的工作原理就好了。"

"有些大人物不希望我们告诉你任何事，豆子。你只要得到一点信息的片断，就能猜出许多我们不想让你知道的事实。"

"格拉夫上校，你应该知道，我早就清楚所谓的测试其实是真正的战争。并不是马泽·雷汉在控制敌人。每当我们的战舰被击中时，都有真实的人死去。"

格拉夫把脸转向一边。

"马泽·雷汉知道真实情况，对吧？"

格拉夫微微点头。

"你难道没有想过,安德能够感觉到马泽·雷汉的情绪变化吗?我不认识那家伙,也许他真是铁石心肠?但我想当他在批评安德时,总难免会表现出一点他心里的那种……怎么说好呢,苦恼吧……而安德显然察觉到了那些情绪。因为安德每次受过批评之后,都会比以前显得更疲倦。也许他不清楚实际发生的事,但他一定感觉到这种训练游戏背后隐藏着一个可怕的阴谋。马泽·雷汉对安德在战斗中所犯的错误忧心忡忡,他这种情绪不可能瞒过安德。"

"你已经找到一条可以偷偷摸摸溜到安德房间去的路啦?"

"我知道怎样通过安德说话的语调发现问题。我对马泽的判断没错,对吧?"

格拉夫摇摇头。

"格拉夫上校,你怎么会意识不到,怎么好像大家都把这事忘掉了一样——安德在战斗学校最后那场游戏中,把他的战队交给我来指挥。那并不是一种战略。他弃权了。从开始到最后,他都在罢工。你们居然看不出来吗?邦佐那件事让他彻底崩溃了。我想马泽·雷汉下意识表现出的苦恼,正在对安德造成同样的影响。就算安德没有明确意识到他在杀人,他内心深处也会感到不安,也会备受煎熬。"

格拉夫用锐利的目光盯着他。

"我知道邦佐当场就死了。我看见他躺在浴室里。在那之前我见过的死人多得数不清,上校。如果一个人的鼻子被挤进脑袋,再流上两加仑的血,他就再也不可能站起来走开了。你从没告诉过安德邦佐已经死了,但是如果你认为他什么都不知道的话,那只能说明你是个傻瓜。都怪马泽,他使安德觉察出了目前的训练不大对劲。安德快要坚持不住了,格拉夫上校。"

"看来我们所有的人都低估了你的洞察力,豆子。"格拉夫说。

"这我知道。我是一台冷酷的、无人性的智力机器,对吧?"豆子讥讽地笑着说,"经过基因修改的我,和虫族一样,是个异类。"

格拉夫脸红了。"从来没人这样说过你。"

"你的意思是,你从来没有当着我的面说这些话?有时候你要求别人做一件事,本来照实说就行了,你却偏偏喜欢连哄带骗,把简单的事搞得那么复杂。"

"你这是在建议我们,告诉安德这个游戏是真实的?"

"不!你疯啦?他现在没有意识到真相,就已经显得心烦意乱了,如果他明白自己在做什么的话,你想他能够承受得住吗?他会魂不守舍的。"

"但你气定神闲,永远不会魂不守舍。对吧?也许下一场战斗由你来指挥更好些?"

"你还是没懂我的意思,格拉夫上校。我之所以能保持镇静,是因为我是旁观者,这不是我的战争。我只是帮帮忙,照看照看全局,如此而已。我没什么压力。这是安德的游戏。"

豆子面前的模拟器被激活了。

"时间到了。"格拉夫说,"祝你好运。"

"格拉夫上校,安德也许会像上次在战斗学校做过的那样,再次罢工。他可能会中途退场,甚至放弃指挥。他也许会对自己说:这只不过是一个捉弄人的游戏,我烦透了,我不在乎他们要求我做什么,我再也不干啦。"

"如果我向他保证这是最后一次测试,会不会好一点?"

格拉夫问这句话的时候,豆子正往头上戴头盔。"真的?最后一次了?"

格拉夫点点头。

"太好啦。呃,不过,对安德而言,我觉得这话说不说都差不多。何况,他现在应该是马泽·雷汉的学生,对吧?"

"是的。马泽打算告诉他这是最后一次测试。"

"现在,马泽成了安德的老师。"豆子若有所思地说,"你却在我身边,和一个你开始根本不打算接收的孩子待在一起。"

格拉夫的脸又红了。"是的。"他说,"你好像无所不知啊。我最初确实不想接收你进入战斗学校。"

尽管豆子早就知道了,这句话听起来还是有些刺耳。

"不过,豆子。"格拉夫说,"事实证明,我错了。"他伸出一只手拍拍豆子的肩膀,离开房间。

豆子登录,进入模拟器,发现其他支队长全都到场了。

"你们都来了吗?"安德的声音在耳畔响起。

"我们全体都在。"豆子说,"今天的训练有点耽搁了,是吗?"

"对不起,"安德说,"我睡过头了。"

除了豆子,大家都笑了。

安德领着他们做了一些机动练习,为即将来临的战斗热身。接着模拟器清空显示屏,时间到了。豆子心急如焚地等待着。

显示屏上出现了敌人的舰队。

在敌舰后面,显示屏中央,是一颗行星。人类的舰队正从四周迫近这颗行星。以前的战斗中,他们也曾经多次攻打过行星,不过那些行星总处在显示屏的边缘 敌方舰队每次都会玩些花招,企图引诱他们离开行星。

但这回敌人没有玩任何花招。它们在行星外太空层层叠叠地布满飞船和战舰,彼此之间保持一定距离。成千上万的战舰杂乱无章地交错移动,包裹住整个行星,构成一块死亡盾牌。

这就是虫族的母星,豆子想。他差点儿叫出声来,话到嘴边又咽了下去。

人类用了整整一代人为这次决战做准备。以前那些战役都算不了什么。虫族并不在乎会损失多少个体,虫族的核心是女王。马泽·雷汉在第二次虫族入侵时就杀掉过一个女王。虫族不会冒险让它们的女王涉足任何的局部战斗。但是,今天不同,今天人类是攻击的一方。

那正是它们密密匝匝地聚集在这里的原因。虫族女王就在这附近。

在哪里呢?女王一定坐镇在行星上,豆子想。它们的意图是阻止我们接近行星。

我们正好需要一个这样的目标。"设备医生"只有在击中大质量的聚合体时,才能引发威力惊人的连锁反应。行星非常符合这个条件。

只可惜我们的飞船无法穿过大群敌舰组成的屏障,进入到可以有效发射"设备医生"的区域。如果说人类历史可以为这种情形提供相关教训的话,那么在这种情形下只有一条路可走:撤退!是啊,在敌人拥有绝对优势的兵力时,唯一明智的决策就是立即撤退,保存有生力量,另找机会再战。

然而,这是一场一仗决胜负的战争,不存在任何其他机会,所以绝不能考虑撤退。撤退就意味着整场战争的失败。两代人之前开始发射攻击飞船时,就没有派出足够的兵力。当时送走这支舰队的决策者也许根本没想过,要攻打的目标是虫族的母星,是敌人的老巢。眼下,敌人的舰阵拦在前面,没有人能看出丝毫漏洞。他们甚至连冲击一下敌人的防御网,使敌人暴露出弱点的力量都没有。不管你安德有多聪明,你现在手下只有一个拿着铲子的人,所以你根本不可能掘开一道拦海大堤。

人类的舰队由区区二十艘星际战舰组成,每艘只装载了四架战机。还都是最老式的那种,比前段时间战斗中的那些战机行动更迟缓。道理很简单——虫族母星是所有攻击目标中距离我们最远的,所以攻打虫族母星的舰队从地球出发的时间也最早。当时,人类的战机只有这样的水平。

八十架战机,要和至少五千艘,甚至一万艘敌舰作战。无法确定敌舰数量。敌人的战舰闪闪烁烁,像一大群萤火虫。

很漫长的一段时间过去了——有好几十秒，甚至也许有一分钟。平常这个时候，安德早就让他们展开队形，准备行动了。但这一次，到现在为止他还沉默着，一言未发。

豆子操控台上的一个特殊信号闪亮了。他清楚这个信号的含义。他现在只需按下一个按键，这场战争的指挥权就切换到他这边来了。IF的决策层把机会给了他，因为他们认为安德已经走神了。

他并没有走神，豆子想，他没有惊慌失措。他和我一样，正在尽力了解战场形势。但无计可施啊。不过他还不知道这原本就是一场撞大运的战争，一场无法补救的灾难。

教官们聪明过头了，自始至终向他隐瞒事实真相。但是，现在他们可要引火烧身啦。如果他们早点让安德知道这不是游戏，而是真正的战争，也许他还会拼死一搏，或者凭他的天赋想出一个豆子想不到的、能解决眼前这个难题的方法。但是安德不明真相，对他来说这与那次在战斗室里迎战两支战队一样。当时安德把指挥权移交给豆子，表达的含义相当清楚：拒绝投入这样的游戏。

有那么一阵子，豆子产生了一种喊破真相的冲动。这不是游戏，这是真刀真枪的厮杀，这是最后的决战，输了我们就全完啦！但是这样闹一阵，除了引起大家的惊慌以外，还能起到什么作用呢？

现在就算是看一眼那个可以使自己接管全局控制权的按钮，都显得十分荒谬。安德还没有崩溃和失败。这场战斗压根儿不可能打胜，甚至压根儿就不该打。那些飞船上的人的生命不应该浪费在这样一个绝望的轻装突击队上。

如果我能想出一个可行的方案，也许我还可以考虑接管指挥权。可惜我没有任何对策，只好撒手不管了。这是安德的游戏，不是我的。

还有另一个理由使他不愿意接管战局。

豆子回想起自己曾站在一个危险的、桀骜不驯的无赖面前，当时那个无赖正仰面朝天倒在地上。自己对波可说，现在就把他杀了，杀了他。

我当时没错。现在，我又一次面临危险的敌人，虫族是宇宙中的无赖，必须铲除它们。尽管我不知道该怎样做，但我们不能输。我不知道该怎样打赢这场战争，并不意味着安德不知道。也许安德现在还没有想出一个可行的方案，但如果真有人能够找到一个办法，如果真有人能够创造奇迹，那个人必定是安德。

在安德的指挥下，所有人都能够表现出最佳状态。但如果是我来接管，大家就可能会心不在焉。所以即便我瞅准时机，设计出某种方案，也不可能实现。

只有安德才能做到。如果他放弃，我们就死定了。就算虫族本来并没有打算再派一支舰队来侵略我们，今天这场战斗之后，它们也一定会重整旗鼓，大动干戈。迄今为止，我们在每次战斗中都大获全胜。如果这次不能取得最终胜利，不能彻底摧毁它们，那么，它们终将卷土重来。而且到那时，它们会研制出它们自己的威力更强大的"设备医生"。我们只有一个地球。我们只有一个希望。

动手吧，安德。

豆子脑海里闪过安德在飞龙战队第一次训练时说过的那句话：记住，敌人的大门在下方。飞龙战队最后一次战斗，在看不到任何希望的时候，安德实施的绝地反击战略就是，不顾一切，直扑敌方大门。在那场难忘的战斗中，豆子的别动队最终用四顶头盔抵住敌方大门，赢得了胜利。可惜眼前没有这样的机会。

只要"设备医生"能击中行星就万事大吉。但你怎么看也看不出有这种可能性。

从这个游戏中，大人们也许可以得出一个教训，别让孩子们去做本来该由成年人做的工作。那毫无希望。安德现在迟疑不决，但是再不动手，我们就没时间啦！

"记住，"豆子冷冷地说，"敌人的大门在下方。"

"苍蝇"莫洛、"热汤"韩楚、达普尔、"疯子"汤姆全都狰狞地笑起来。这几个前飞龙战队的组长，都还记得原来天天挂在嘴边的这句话。

但安德并没有把这句话当成玩笑。

安德好像还没有意识到，他无法将"设备医生"投放到行星上去。

与豆子的预计相反，耳边传来他的声音。安德开始下达命令了。他让他们集合编队，一架战机紧挨着一架战机，构成一个圆柱体。

豆子直想大叫，别那么做！飞船里全是真人，别让他们去送死！别让他们成为牺牲品！

但他管住了自己的舌头，因为，在他思想背后，在他心灵深处，他还是希望安德无所顾忌地采取行动。只要有一线希望赢得最终的胜利，就值得付出牺牲。

安德让集结成圆柱体的机群整体行动起来，左闪右晃，躲开敌人变化多端的集群编队。

敌人显然察觉到了我们的意图，豆子想。它们知道我们这种看似混乱的移动的目的，是为了不断靠拢行星。

任何时候，敌人只要集中兵力就可以把我们全部摧毁。但它们为什么不这样做？

豆子想，虫族之所以不敢收缩兵力打击安德的密集编队，是因为那样一来，它们自己的飞船也不可避免地将会相互靠拢，而安德就可以趁机发射"设备医生"来对付它们了。

接着他想到另一种可能性。是不是因为虫族飞船太多了呢？是不是虫族女王没有精力同时照顾上万艘飞船？的确，指挥这么多飞船在空间灵活运动的同时，还要注意让它们彼此之间始终保持一定距离，要花费的脑力和体力简直难以想象。

和安德不同，虫族女王不会把它的指挥权分交给下级。严格说来它根本没有下级。单体虫人如同它的手和脚，现在它必须让成百上千只手脚同时舞动起来，难免会有点力不从心。

那就是它为什么没能做出正确判断的原因。难以计数的战舰等着它调度安排，它无法在短时间内把一切都处理妥当。所以，它没能及时挡住忽东忽西、飘飘悠悠、不断向行星逼近的安德的圆柱编队。

事实上，虫族的错误很滑稽。当安德不断接近行星的引力场时，虫族舰队却忙着在安德编队的后面布置壁垒。

它们想截断我们的退路。

豆子立刻认识到，虫族之所以铸下如此大错的本质原因：它们从以前的战斗中总结出了错误的经验。迄今为止，安德在战斗中总是尽可能保存实力。总要给舰队留一条后路。虫族一定认为人类不可能拿自己的生命冒险，所以它们才凭借兵力优势，想把安德的舰队一网打尽。

不管怎么说，战争之初，就应预见到虫族迟早会犯下这种错误。纵观人类历史，任何伟大的胜利背后，失败者犯下的错误，总是和胜利者表现出的才华对等，甚至可以说是相辅相成。虫族认定了一个死理，以为个体生命的价值在人类的心目中高于一切。我们从不舍弃任何一架战机和飞船，那是由于每个战士的生命都像一个虫族女王那样重要。但它们不懂，人类有时会表现出另一个侧面——舍生取义。为了拯救战壕中的战友，我们可以将自己的身躯扑到手榴弹上。我们跃出战壕，冲向敌人阵地，像飞蛾扑火一样死去。

它们不相信我们会使用"设备医生"，因为一旦发射，人类的飞船也只有死路一条。但很显然，安德下达的向行星挺进的命令，意味着这次攻击就是一次自杀性攻击。这些飞船完全没有穿越大气层的防护设备。但是为了进入发射"设备医生"的有效距离，它们必须进入大气层。

冲入行星的引力场，在飞船被大气层摩擦烧毁之前发射"设备医生"。如果成功，行星将被彻底炸成碎片，连锁反应的能量场将延伸向太空,波及所有本来有希望生还的飞船。无论赢还是输,参加这场战斗的人都没有幸存的可能。

虫族从没见过人类飞船的这种疯狂举动。它们不能理解,是啊,人类通常总会保护自己的生命,但这次是个例外。

几年来针对虫族所进行的全部训练和研究,是否使安德本能地认识到虫族会犯这种致命错误?

我不知道这一点。所以换了我就想不出这种战术。我想不出任何对策。安德是唯一一个知道,或者说猜测到,或者说下意识地感觉到,应该这样去做的指挥官,他相信这种同归于尽的战术能够使敌人迟疑、出错、崩溃,最终失败。

或者他一无所知?他是否和我一样,看出这场战斗没有任何取胜机会?他这样做是想甩手不干,赌气退出游戏?我那一句"敌人的大门在下方"引发了他绝望的情绪,所以他干脆让他的飞船全部自毁?我们的胜利难道只是一个偶然的意外吗?

不,就算我那句话刺激了安德,促使他做出这种决策,但编队、佯攻、闪避和曲折前进的路线仍然是他精心设定的。安德以前的胜利教会敌人,始终把我们当成一种理性的生物来看待。那些可怜的外星人哪怕在做噩梦的时候,可能都不会想到人类有朝一日会突然间变成最可怕的怪物。它们不知道盲斗士参孙①的故事:撼倒大厅支柱,和敌人同归于尽。

在那些飞船上,豆子想,都是抛家别子、放弃了故土的人,他们这样做的目的只有一个,那就是跨越星系,与人类的死敌决战。现在,他们也许已经明白了安德的战略意图,需要他们全部付出生命。但是,他

---

① 《圣经·旧约》中的大力士,以色列民族英雄。被非利士人捉住挖去眼珠,拉去戏弄。他撼倒了演武大厅的支柱,引发大厅崩塌,和在场的非利士人同归于尽。

们义无反顾地服从了指挥官的命令。

可是,坐在精致的游戏机前指挥他们的这些孩子,却根本不知道他们所表现出的大无畏精神和他们所付出的牺牲。我们没有能够给予他们应得的尊敬,因为我们甚至不知道这些无名英雄的存在。除了我。

卡萝塔修女最喜欢的一段《圣经》故事浮现在豆子的脑海里。也许因为她没有孩子,这个故事才对她那么重要吧。她给豆子讲押沙龙谋反的故事,押沙龙背叛了自己的父亲大卫王。在战斗中,押沙龙被人杀死。人们把这个意味着胜利、意味着不会再有士兵死亡的消息告诉大卫王。人们告诉他,他的王位安全了,他的生命有保障了。但这个时候,大卫王却一心只想着他的儿子,他深深爱着的儿子,他死去的儿子。

豆子埋下头,这样他的声音就只会被他所指挥的人听到。现在,时间只允许他说几句话,他按下一个按钮,把自己的声音传送到了遥远的舰队上那些战士们的耳朵里。豆子不知道他们听到他说的话以后会产生什么想法。他们会听到他稚气的童音?或者声音经过扭曲以后,他们会误认为他是一个成人?也许他们听到的只是经过电脑处理以后的干巴巴的机器人语言?没关系。总之在遥远的舰队里,一定会有人听到他这几句以某种超光速传递过去的话语,上帝作证。

"哦,我的儿子押沙龙。"豆子轻声说道。同时第一次体会到,曾经说出这话的人是多么痛苦。而这样的话从一个坚强的男子汉嘴里说出来,又是多么让人控制不住眼里涌出的热泪。"我的儿子,我的儿子押沙龙。上帝知道,我愿意替你去死,哦,押沙龙,我的儿子,我的儿子们!"

他做了一点小小的改动①,但上帝应该能够理解。就算上帝不能理解,卡萝塔修女也一定能理解。

---

① 豆子将《圣经》原文中的"儿子"改成了"儿子们"。

现在，豆子想，该下命令了，安德，你千万不要在此刻放弃。虫族已经察觉到危险。它们正在集中兵力。它们想在我们的武器发射出去之前，先把我们清扫出它们的天空。

"佩查中队以外的所有人注意。"安德说，"以最快的速度直扑下去，向行星发射'设备医生'。离行星越近越好，尽可能拖到最后一秒。佩查，你负责掩护。"

豆子和其他支队长将安德的命令传达到自己下属的舰队。现在除了观察，没有其他事情可做。每艘飞船都只能靠自己。

敌人终于恍然大悟，不顾一切地向垂直下冲的人类战机开火。一架接一架的战机被不断涌来的虫族战舰击毁。只有很少几架战机侥幸冲进了行星大气层。

坚持住，豆子想。尽可能多坚持一会儿。

有几艘飞船发射得太早，"设备医生"引爆之前在大气层中被烧毁了。还有几艘没来得及发射，飞船就起火了。

只剩下两艘飞船。其中一艘归豆子指挥。

"不要发射。"豆子埋下头对着话筒说，"就在你的飞船里引爆。上帝与你同在。"

豆子不清楚是他指挥的这一艘还是另一艘飞船这样做了。他只知道两艘飞船从屏幕上消失的时候都没有发射"设备医生"。接着行星的表面占据半个屏幕，行星沸腾了，像一锅冒泡的开水。突然，一声巨响，行星爆炸的冲击波向人类剩下的战机席卷而来。佩查的飞船上面也许还有活着的人，如果真的有，那他们应该还能看到死亡向他们扑面而来，看到他们最后胜利的一幕！

模拟器上行星的爆炸蔚为壮观，"设备医生"引发的连锁反应所产生的能量场，将所有虫族战舰都卷了进去。其实，在虫族最后一艘飞船被吞没以前很长的一段时间里，虫族的所有行动就已经停止了。虫族的飞船飘浮在太空中，一动不动，就像第二次虫族入侵录像中那些呆板的虫族飞船。行星上的女王们一旦死去，残余的虫族飞船的毁灭就仅仅是一种形式了。虫族全死光了。

豆子走进隧道时，发现其他孩子都正在那里欢庆胜利，感叹行星大爆炸的场面看上去如此壮丽，不知道真实战争中会不会出现同样的场面。

"当然会。"豆子说，"和刚才一样。"

"好像你很拿得准。""苍蝇"莫洛笑着说。

"我当然拿得准。"豆子说，"这事已经发生了。"

他们茫然地盯着豆子，不知道豆子说的是什么意思。"什么时候发生的？""我从没听说过有这样的事。""他们在哪颗行星上试验过这种武器？""我知道，他们炸掉了海王星！"

"刚刚才发生，"豆子说，"在虫族母星上。我们炸毁了它。虫族已经全死了。"

他们好不容易才意识到豆子不是在开玩笑。马上，大家嚷成一团，纷纷表示这绝不可能。豆子向他们解释，说IF拥有一种超光速通信设备。但大家都不相信。

这时，一个成年人的声音加入到他们的讨论中来。"那种设备叫安塞波。"

大家抬起头，看到格拉夫上校站在远处。接着，他顺着隧道向他们走过来。

"豆子说的是真的？""我们刚打了一场真正的战争？"

"它们都是真的。"豆子说，"那些所谓的测试，其实都是真正的战斗。真正的胜利。对吧？格拉夫上校。自始至终，我们都在打真正的战争。"

"现在结束了。"格拉夫说，"人类将继续生存下去，虫族彻底完了。"

过了好一阵，他们晕乎乎的脑子里才反应过来眼前这件事意味着什么。结束啦。我们打胜啦。我们不是在训练，我们是真正的军事指挥官。

然后，终于，只剩下一片寂静。

"虫族全都死了？"佩查问。

豆子点点头。

他们再次看着格拉夫。"我们已经得到报告。所有虫族占据行星上的虫族生命活动都已经完全中止。虫族女王一定是全部聚集在母星上了。虫族女王一死，单体的虫族成员自然活不成。现在我们没有敌人了。"

佩查靠着墙壁哭起来。豆子本想伸手过去安慰她，但是米克已经在那里了。米克才是那个能够握着她的手，安慰她的朋友。

有人严肃冷静，有人欣喜若狂，他们回到宿舍。佩查并不是唯一掉泪的人。但流一阵眼泪，真的就能够减轻心中的伤痛吗？

只有豆子一个人没有回宿舍，也许那是因为只有他丝毫不感到惊讶。他和格拉夫一起站在隧道里。

"安德知道真相后有什么反应？"

"糟透了。"格拉夫说，"我们本来应该做得更周到一些，让他慢慢适应，但在胜利的那一刻，情绪太激动，忍不住一语道破了天机。"

"你孤注一掷，这下可赢了个盆满钵满。"豆子说。

"别开玩笑了，豆子，刚才发生的事我都注意到了。"格拉夫说，"你为什么不接管控制权？你怎么知道他最后能拿出一个方案呢？"

"我并不知道。"豆子说，"我只知道我自己拿不出什么方案。"

"但是你说的那句——'敌人的大门在下方'，那正是安德这次使用的方案。"

"那不能叫做方案。"豆子说，"也许那句话让他想起了应该采用什么方案。但方案是他的，是安德的。你把你的钱押到了一个正确的孩子身上。"

格拉夫默默地看着豆子，然后伸出一只手放到豆子头上，轻轻揉了揉他的头发。"我想也许是你，把所有人都拉过了终点线。"

"这已经无关紧要了，对吧？"豆子说，"不管怎么说，与虫族的战争算是结束了。我想，人类不牢固的联盟恐怕也随之结束了吧。"

"是的。"格拉夫说。他把手拿开，梳理了一下自己的头发。"我相信你的分析没错。我提醒过将军。如果将军能听取我的忠告，那么行政长官在艾洛斯和舰队里的人应该已经被拘捕了。"

"他们能够给世界带来和平吗？"豆子问。

"我们很快就能看到能不能。"格拉夫说。

隧道远处突然响起一阵枪声。

"听起来和平好像没那么容易。"豆子说。

一阵急促的脚步声离他们越来越近。很快，隧道远处出现一支由十二个陆战队士兵组成的武装小分队。

豆子和格拉夫眼睁睁地看着他们跑过来。"朋友还是敌人？"

"他们穿着同样的制服。"格拉夫说，"总之你是一个对他们很有吸引力的人，豆子。那几扇门后面的孩子，"他指着孩子们的宿舍门说，"现在成了人人都想得到的战利品。他们回到地球上会成为军队的指挥官，他们是未来战争的胜利希望。你也一样。"

陆战队的士兵们在格拉夫面前停下。"我们奉命来这里保护孩子，长官。"他们的队长说。

"出了什么事？"

"好像忠于行政长官的人正在拒捕，长官。"那个队长说，"将军已经下令，要不惜一切代价保护这些孩子的安全。"

格拉夫弄清楚这支小分队是哪一边的人之后，显然放心了。"那边那间屋子里是一个女孩子，这边两间住着几个男孩。我建议你们在整段时期内，都要用心做好这几个房间的安全保卫工作。"

"这个孩子呢?"队长指着豆子问。

"他也是他们中的一个。"

"胜利归功于安德·维京。"豆子说,"安德是我们的指挥官。"

"安德也住在这房间里吗?"队长问道。

"他和马泽·雷汉在一起。"格拉夫说,"这个孩子住我那里。"

队长向格拉夫敬礼,忙着布置护卫工作去了。

豆子快步跟上格拉夫,他领着豆子沿隧道往下走。

"如果将军考虑周到,那么安塞波应该已经被妥善保护起来了。我不知道你以后会怎样。这几天我还有时间去看看新闻,过不了多久,我可就无事可干啦。"

"学俄语难不难?"豆子问。

"这是一个幽默吗?"格拉夫问。

"不,只是一个简单的问题。"

"豆子,你是一个了不起的孩子,但现在给我闭嘴,听见啦?"

豆子笑了。"好的。"

"你不介意我一直称呼你为豆子吧?"

"那本来就是我的名字。"

"你的名字应该是朱利安·德尔菲克。如果你有出生证书,那上面就会填这个名字。"

"当真?"

"你现在还觉得我在撒谎吗?"

他们随即意识到刚才的一问一答实在有点荒诞,两人都忍不住笑起来。直到他们从一队守护着安塞波入口的特种部队军人旁边走过时,笑意还挂在他们脸上。"你认为会不会有人请我去当一个军事参谋?"豆子问,"无论如何,我一定要参加这场战争,哪怕谎报年龄,我也必须应征加入陆战队。"

CHAPTER 24
回 家

"你也许想知道，我们刚刚得到了一些让人沮丧的消息。"

"即使走在通往胜利的道路上，也总难免会听到一些坏消息。"

"内战告一段落，局势变得明朗时，联盟控制了战斗学校，计划在IF的保护下把孩子们送回家去。但是新华沙条约组织显然在暗中做了些调查，他们发现有一个从战斗学校出来的孩子摆脱了我们的控制。你知道，那孩子是阿喀琉斯。"

"他只不过在你们那里待了几天。"

"但他很有潜力。他是通过复杂的测试才被选送进战斗学校的。而且目前情况下，他是他们唯一能够找得到的人。"

"他们已经这样做了？找到他啦？"

"突破了严密的安全设施，杀死三个守卫。那里收容的所有人都被放出来，重新获得了自由。"

"那么他也获得了自由。"

"准确地说，他是唯一的例外。他们费尽心思找他，当然是为了利用他。"

"他们知道他的情况吗？"

"不，他的档案还被密封着。一个少年，你看。他们没有想过要窃取他的档案。"

"他们迟早会发现他的秘密。我相信莫斯科人同样不喜欢连环杀手。"

"很难说，他太善于掩盖自己了。你想，在我们弄清楚他杀了多少人之前，对他有过丝毫怀疑吗？"

"战争已经结束了。"

"为了在下一次战争中取得优势，他们也许现在就着手准备啦。"

"你好自为之吧，格拉夫上校，到那时候我早死啦。"

"我实际上不再是上校了，卡萝塔修女。"

"他们当真要把你送上军事法庭？"

"要彻底调查，就是这样。要做一次严格的质询。"

"我不理解，明明胜利了，为什么还要找一个替罪羊。"

"我会没事的。太阳照常升起，阳光依旧灿烂。"

"但是，虫族那个悲惨的世界再也见不到阳光了。"

"卡萝塔修女，你的上帝也是它们的上帝吗？他会把它们也带进天国吗？"

"他不是我一个人的上帝，格拉夫先生。我和你一样，都是他的孩子。我不知道他会不会眷顾那些虫族，会不会把它们也看成是他的孩子。"

"说到孩子，卡萝塔修女，我最后总算为这些孩子做了件好事。"

"你拯救了世界，让他们有家可回。"

"除了一个人以外，他们都可以回家了。"

过了好几天，忠于行政长官的人才被镇压下去，最终，舰队指挥机构完全被控制在联盟统兵大将手中，没有一艘飞船落到叛军手中。这是一场胜利。作为停战条件的一部分,联盟霸主也退位了。

内战期间,豆子一直和格拉夫待在一起。他们阅读每一份急件,听取所有关于舰队和地球方面的最新事态报告,讨论时局的演变趋势,推想暗藏着的种种可能性,并尽力解释正在发生的各种事件。对豆子来说,人类与虫族之间的战争已经成为过去。现在的焦点集中到了地球局势的变化上。当一个靠不住的停战协定被签署,交战双方暂时停止对抗时,豆子知道这种表面的和平持续不了多久。一旦回到地球,他将大有用武之地,他必须准备好扮演属于自己的那个角色。安德的战争已经结束了,他想,下一场战争将会是豆子的战争。

豆子贪婪地浏览新闻的时候,其他孩子被护卫队禁闭在他们各自的宿舍内,在艾洛斯电力供应中断期间,他们只能蜷缩在黑暗中。他们所在的这个区域受到过两次攻击,但俄国人究竟是想找到这些孩子,还是寻找打击目标时碰巧探测到这个区域,就无从得知了。

安德处在更严密的守护之下,但他自己什么都不知道。他耗尽了精力,心力交瘁,也许不愿意或者不能够承受自己犯下的灭绝种族的暴行吧,一连好几天,他都人事不省。

直到内战平息以后,他才恢复知觉。

管理人员让孩子们再次聚集到一起,现在他们的禁闭结束了。他们一同前往安德所在的房间,一个隔离治疗室。他们发现他显得很平静,甚至还能和大家开几句玩笑。不过豆子注意到,安德的眼神中流露出一种深深的厌倦和悲哀。胜利使他付出的惨痛代价,比其他任何人都大得多。

他比我更痛苦,豆子寻思,尽管我一直清楚我在做什么,而他一直被蒙在鼓里。他做这一切时不带丝毫恶意,他是清白的,但他却在严酷地拷问自己。我呢,没事人一样继续我行我素。也许那是因为,对我而言,波可的死比我从没见过的生物的全种族灭亡更重要吧。我认识她——把她铭记在心。虫族我从没见过，自然不会为它们感到悲伤。

但是，安德会。

在他们把安德昏睡期间发生的事讲给他听过以后，佩查轻轻地抚摸着他的头。"你还好吗？"她问，"你把我们吓坏了。他们说你疯了，我们却认为他们才是疯子。"

"我是疯过。"安德说，"但我现在没事了。"

这句玩笑话里自嘲的成分更多些，接着安德就控制不住自己的情绪了，他一下子哭出声来。在他们的印象中，安德是第一次当着这么多人流泪。豆子正好站在离安德很近的地方，安德伸出手，抱住了豆子和站在另一边的佩查。感受着安德的拥抱和抚摸，豆子只觉得心中一酸，忍不住跟着哭了起来。

"我很想你们，"安德说，"真想见到你们哪。"

"可你过去把我们整得不轻。"佩查说。她没有哭，吻了吻他的脸颊。

"你们是最出色的。"安德说，"只怪我考虑不周到。越是我最需要的人，我给他们的任务就越重。"

"现在每个人都没事了。"米克说，"我们缩在黑暗的角落里整整五天，什么毛病都治好啦。"

"我用不着再做你们的指挥官了，对吗？"安德问，"我不想再指挥任何人。"

豆子相信安德的话，相信安德永远不会再去指挥一场战斗。虽然他一如既往地具有指挥官的天才。但更重要的是，他不能被第二次卷入到暴力的漩涡中去了。如果宇宙间还保有一点仁慈，甚至仅仅保有一点正义，安德都永远不会再去剥夺他人的生命了。他已经达到极限。

"你不用再指挥任何人。"米克说，"但你永远都是我们的指挥官。"

豆子也有同感。在场的所有人，无论他们走到哪里，无论他们做什么，心里都会想着安德。

豆子没有心思告诉大家地球上正在发生什么，内战双方都坚持要求成为年轻的安德·维京的监护人。安德·维京，这场战争的英雄，他的伟大胜利赢得了公众的垂青。无论哪一方，只要拥有他，不仅可以利用他杰出的军事头脑，还可以利用他的号召力，从围绕他、追捧他的舆论和公众那里捞到好处。

正因为此，政界要员们在讨论停战协议时，最终才接受了一个折中的提案：除了安德·维京以外，所有战斗学校的孩子都将被遣送回家。

安德·维京不能回家，就不会被地球上的任何政党利用。这就是那个提案的中心内容。

这个提案是网上那个叫洛克的人提出来的。豆子知道，他是安德的亲哥哥。

得知这个消息，豆子心中极其不平，就像当初他认为佩查背叛安德的时候一样。这太不公平了，让人难以接受。

也许彼得·维京这样做，是为了避免使安德成为人质，是为了让安德保有自由。或者就是彼得担心安德的影响力太大，怕他回到地球以后，借此在政治方面干出一番事业，与自己分庭抗礼。彼得·维京到底是在救他的弟弟，还是在清除一个强劲对手呢？

总有一天我会查出实情，豆子想。如果他出卖他的弟弟，我就消灭他。

豆子在安德的房间里尽情流泪，泪水中就包含着这个其他人都不知道的原因：安德和战舰里那些死去的战士一样，再也不能重回家园。

"那么，"阿莱打破沉默，"我们现在该做什么？虫族战争已经结束了，战争降临到了地球上，甚至波及了这里。我们怎么办？"

"我们还是孩子。"佩查说，"他们可能会把我们送进学校吧。这是法律规定的。十七岁以前非得上学不可。"

他们全都大笑起来，不停地笑，直到泪水从他们脸上滑落下来。

接下来的几天里，他们彼此之间时不时地还会见上一面。然后他们分别搭乘不同的飞船，陆续踏上重返地球的旅程。豆子很清楚为什么要让他们搭乘不同的飞船，那样一来，就没人问安德为什么不和大家一块儿回去了。在他们离开前，安德说不定已经得知自己再也不能回到地球，但他什么都没有说。

埃琳娜抑制不住心中的狂喜，因为卡萝塔修女刚才打来电话，请她和她丈夫在一个小时之内待在家里，哪儿也别去。"我把你们的儿子带回来啦。"她说。

尼古拉，尼古拉，尼古拉。埃琳娜在心里、在嘴里一遍又一遍地念叨着这个名字。她的丈夫朱利安也一样兴奋，像跳舞一样轻快地整理房间，做好迎接儿子的准备。尼古拉走的时候那么小，现在他一定长大好多啦。说不定都有点儿认不出来了。对他在战斗学校的那段经历，他们几乎一无所知。但这并不重要。重要的是他们爱他。几年来虽然天各一方，但这丝毫不会对他们未来的幸福生活造成影响。

"汽车来了！"朱利安嚷道。

埃琳娜连忙把杯盘上的盖子都揭开，等尼古拉进入厨房时，他会看到桌上摆满了他童年记忆中最新鲜、最美味的食物。不管他在太空轨道上能吃到什么，都不可能比家里的更好。

她跑到门外，站在丈夫身边。很快，他们看见卡萝塔修女从小车前门钻了出来。

为什么她没有把尼古拉带回来？

别急。后门打开了，尼古拉跳下车，挺直身躯。长这么高啦！不过，还是娃娃脸，身上还带着几分童年的稚气。

来，跑过来，我的儿子！

但是他没有向他们跑过来。他回转身,背对着他的父母。

哦,他正伸手到后座去。也许,去取一件礼物?

不,他从车上又扶下一个男孩。

一个小不点儿,除了身高以外,很像尼古拉。也许对于那么小的孩子来说,他的表情显得过于成熟了一些,像个饱经风霜的成年人,但是明显透出和尼古拉一样的坦率和善良。尼古拉情不自禁地微笑着。小不点儿没笑,他看上去有点局促不安。

"朱利安。"她的丈夫说。

埃琳娜不禁奇怪他为什么念叨自己的名字。

"那孩子也是我们的儿子。"他说,"他们并没有全部死掉,埃琳娜。有一个活下来了。"

她本来已经不再对见到那些孩子抱任何希望。丈夫这句话猛然触到她心中的痛处。一时间,她几乎有点缓不过神来。

"尼古拉在战斗学校遇到了他。"做丈夫的接着说道,"我对卡萝塔修女说过,如果我们有另一个儿子,你想给他取朱利安这个名字。"

"你早就知道?为什么不告诉我?"埃琳娜说。

"原谅我,亲爱的。当时卡萝塔修女还不能完全肯定他是我们的孩子。另外也不能确定他能不能顺利回家。如果我那时对你说了,让你满怀希望,而结果却让你伤心的话,那我可受不了。"

"我有两个儿子。"她喃喃地说。

"如果你能接受他,是的,我们就有两个儿子。"朱利安说,"不过他的生活一度十分艰难。他对我们这里非常陌生,不懂希腊语。他们告诉他,到这里来只是做一次普通的拜访。从法律上说,他还不能算是我们的孩子,政府才是他的合法监护人。如果你不愿意接受他,埃琳娜,我们不一定非让他加入我们的家庭。"

"闭嘴,傻瓜!"她说。然后,她对着两个向她走过来的男孩大声喊:"我的儿子,你们终于回家了!总算摆脱战争啦!快到妈妈这里来!你们离开妈妈那么多年,我真想你们俩啊!"

他们向她跑过来,她搂紧他们,泪水不断线地滴在他们身上。她丈夫则在一边用双手抚摸着两个孩子的头顶。

她的丈夫接着又说了几句话。埃琳娜听出是《路加福音》里的句子。但他只能用希腊语说。小不点儿一时好像没能听懂他的意思。没关系。尼古拉正在把爸爸的话翻译成舰队通用语,几乎同时,小不点儿记起了卡萝塔修女几年前在他面前曾经诵读过这几句话,他从记忆中调出这句话来,清楚准确地复述了一遍:

"我们可以吃喝快乐,因为我这个儿子,是死而复活,失而又得的。"①小不点儿念完这几句《路加福音》,突然号啕大哭起来,紧抱住他的母亲,然后又拉过父亲的手掌亲吻着。

"欢迎回家,弟弟。"尼古拉说,"我早就给你说过,爸爸妈妈是这个世界上最好的人。"

[本书完]

---

① 语出《圣经·路加福音》中"浪子回头"的故事。一位父亲在小儿子回家时,说了这段话。

奥森·斯科特·卡德
Orson Scott Card

1951年出生于华盛顿州。在加利福尼亚州、亚利桑那州和犹他州长大。

美国作家、评论家、公众演说家、散文作家、专栏作家、
反对同性婚姻的政治家，同时也是摩尔门教拥护者和终身执业成员。

作为科幻小说家十分多产，共有12个系列，
其中安德系列就有包括长篇、短篇、有声读物等20部作品，另有3部还在计划中。

目前和妻子一起定居于北卡罗来纳州，为当地一份报纸撰写专栏文章，
空余时间在阳台上喂养鸟、松鼠、花栗鼠、负鼠和浣熊。

安德的影子

作者 _ [美]奥森·斯科特·卡德　译者 _ 郭卫文

编辑 _ 徐羚婷　装帧设计 _ 何月婷　主管 _ 吴涛
技术编辑 _ 白咏明　责任印制 _ 梁拥军　出品人 _ 吴畏

营销团队 _ 李洋　毛婷　孙烨

果麦
www.goldmye.com

以 微 小 的 力 量 推 动 文 明

ENDER'S SHADOW by ORSON SCOTT CARD
Copyright：© 1999 BY ORSON SCOTT CARD
This edition arranged with BARBARA BOVA LITERARY AGENCY
through Big Apple Tuttle-Mori Agency,Inc., Labuan,Malaysia.
Simplified Chinese edition copyright:
2016 Shanghai Gaotan Culture Co.,Ltd.
All rights reserved.
版权合同登记号：图字：11-2016-190号

图书在版编目(CIP)数据

安德的影子/(美)卡德著；郭卫文译.—— 杭州：浙江文艺出版社，2016.6（2025.6重印）
ISBN 978-7-5339-4493-3

Ⅰ.①安… Ⅱ.①卡…②郭… Ⅲ.①儿童文学－科学幻想小说－美国－现代 Ⅳ.①I712.84

中国版本图书馆CIP数据核字(2016)第070064号

安德的影子
［美］奥森·斯科特·卡德 著
郭卫文 译

责任编辑　陈富余　朱　敏
装帧设计　何月婷

出版发行　浙江文艺出版社
地　　址　杭州市环城北路177号　邮编310003
经　　销　浙江省新华书店集团有限公司
发　　行　果麦文化传媒股份有限公司
印　　刷　河北鹏润印刷有限公司
开　　本　880mm×1230mm　1/32
字　　数　348千字
印　　张　13.5
插　　页　2
版　　次　2016年6月第1版
印　　次　2025年6月第39次印刷
书　　号　ISBN 978-7-5339-4493-3
定　　价　48.00元

版权所有　侵权必究
如发现印装质量问题，影响阅读，请联系021-64386496调换。